HEYNE <

Das Buch

Die Grenze zwischen dem Diesseits und einem dunklen, namenlosen Jenseits ist fragil und durchlässiger, als die meisten Menschen es sich in ihren schlimmsten Alpträumen ausmalen: Schon ein Erdbeben oder ein Vulkanausbruch genügt, um das nach oben zu befördern, was in den finsteren Tiefen lauert und von den Menschen Besitz ergreifen will. Einzig die Paladine bewachen die Grenze und versuchen, das Böse zu bannen. Devlin Bane ist einer von ihnen. Unzählige Male wurde er bereits tödlich verwundet und anschließend wiedererweckt von dem Ärzteteam, das die Wächter immer wieder den Schatten zu entreißen sucht. Dieses Mal ist alles anders: Kaum schlägt er im Krankenzimmer die Augen auf, erblickt Devlin Laurel, seine Betreuerin, die Gefühle in ihm entfacht, von denen er nicht einmal wusste, dass er sie hat. Und auch Laurel fühlt sich unwiderstehlich zu ihrem Patienten hingezogen. Doch Devlin schwebt in höchster Gefahr: Jemand aus seinen eigenen Reihen will ihn offenbar aus dem Weg räumen. Jemand, der auch vor Laurel nicht haltmacht ...

»Der absolut gelungene Auftakt zu einer neuen Serie, die den Leserinnen die nächsten Jahre versüßen wird.« *Paranormal Romance Writers*

»Verpassen Sie *Traumwächter* auf keinen Fall!« *Romance Review Today*

Die Autorin

Alexis Morgan konnte schon als Jugendliche nicht genug bekommen von düster-romantischen Liebesgeschichten und – Western. Diese ganz spezielle Mischung prägte sie und ihr Schreiben. Ihre Geschichten sind temporeich und spannend, ihre Helden sind tapfere Kämpfer, die sich nur eine kleine Schwäche erlauben: die Liebe und die Leidenschaft, für die sie alles andere hintanstellen. Alexis Morgan lebt mit ihrem Mann in der Nähe von Seattle.

ALEXIS MORGAN

Traumwächter

Roman

Aus dem Englischen
von Eva Malsch

WILHELM HEYNE VERLAG
MÜNCHEN

Das Original DARK PROTECTOR
erschien bei Simon & Schuster/Pocket Books,
New York

FSC
www.fsc.org
MIX
Papier aus verantwortungsvollen Quellen
FSC® C014496

Verlagsgruppe Random House FSC–DEU–0100
Das für dieses Buch verwendete FSC®-zertifizierte Papier
Holmen Book Cream liefert Holmen Paper, Hallstavik, Schweden.

Vollständige deutsche Erstausgabe 09/2011

Printed in Germany 2011
Umschlaggestaltung: Nele Schütz Design, München,
unter Verwendung eines Fotos von thinkstock/Stockphoto
Satz: IBV Satz- und Datentechnik GmbH, Berlin
Druck und Bindung: GGP Media GmbH, Pößneck
ISBN: 978-3-453-77265-6

www.heyne.de

Widmung:

Dieses Buch widme ich den besten, wunderbarsten Menschen, die Amerika zu bieten hat – den Männern und Frauen in Uniform, die unserem Land dienen, sowohl in der Heimat als auch im Ausland. Mit Gebeten um Ihre Sicherheit und meinem herzlichen Dank – dieser Roman ist für Sie bestimmt.

Prolog

Zahlreiche Gegensätze beherrschen Ebbe und Flut unseres Lebens: Nacht und Tag, Winter und Sommer, Jugend und Alter. Im Lauf der Geschichte fanden Männer und Frauen Trost im Walten der Natur. Aber wie wir wissen, lauern Schatten im Verborgenen, wann immer die gierigen Finger des Dunkels nach der Schönheit des Lichts greifen.

In den Tiefen der Erde erstreckt sich eine Grenze zwischen unserer Welt und einer anderen – einer Welt der Finsternis und des Bösen. Ihre bleichen Bewohner sehnen sich nach dem Licht, das die Menschen für selbstverständlich halten. Nur eine fragile Barriere trennt die beiden Welten. Wenn sich Kontinente verlagern oder Vulkane ausbrechen, wird die Grenze niedergerissen. Dann dringen die Anderen hindurch, bringen ihre Dunkelheit mit sich und beflecken alles, was sie berühren.

In alten Zeiten standen Paladine bereit, um die Anderen abzuwehren und das Dunkel in die Welt zurückzutreiben, in die es gehört. Diese Ritter sind die Helden des Lichts. Am gefährlichen Rand der Finsternis kämpfen sie für uns alle. Dies ist ihre Geschichte.

Erstes Kapitel

Er bahnte sich einen Weg aus dem Nebel. In tiefen Zügen sog er kostbare Luft in seine Lungen und verscheuchte die letzten fauligen Reste des Todes. Langsam begann sein Herz wieder zu schlagen und nahm sich besänftigende Zeit, um in den Rhythmus seiner Erinnerung zurückzufinden. Er atmete ein, er atmete aus, und mit jeder Sauerstoffration sandte er widerstrebend das Leben in seine Glieder zurück.

Verdammt, das hasste er. Viel zu oft war er schon gestorben, manchmal aus gutem Grund, manchmal grundlos. Jedes Mal war die Rückkehr von der Grenze eine äußerst schmerzhafte Prozedur gewesen. Und jedes Mal hatte er etwas weniger von seiner Menschlichkeit behalten, bis er sich kaum noch entsann, wie es sich anfühlte, einfach ein Mensch zu sein. Im Lauf der Jahrzehnte hatten ihn die Schatten gestärkt, die der Tod auf seiner Seele hinterließ. Doch sie verhärteten sein Herz, und er wurde immer reizbarer, immer zorniger.

»Da ist er wieder.« Die vertraute Stimme war nicht willkommen.

»Bevor Sie ihn erneut hinausschicken, muss er sich ausruhen, Colonel«, bemerkte eine Frauenstimme.

»Jetzt wird er gebraucht.« Diese Worte erklangen im schroffen Ton eines Mannes, der es gewohnt war, Befehle zu erteilen und fraglosen Gehorsam zu fordern.

»Als seine Betreuerin muss ich sogar gegen Ihre Anwesenheit protestieren – Sir.« Unmissverständlich entsprang die Anrede einer widerwilligen Pflichterfüllung. »Die Übergangsphase fällt ihm schwer genug, auch ohne Publikum. Wenn Sie sich nicht entfernen, muss ich bei meinen Vorgesetzten eine Beschwerde einreichen.«

In Gedanken lächelte Devlin. *Sehr gut, Schätzchen, mach ihm die Hölle heiß.* Natürlich würde ihr Protest auf taube Ohren stoßen, aber den Mann von der Einsatztruppe ärgern.

»Es tut mir leid, Miss Young«, log der Colonel aalglatt. »Aber wie gesagt – sobald er wieder bei Kräften ist, wird er gebraucht.«

Dieser Äußerung folgte ein undamenhaftes Schnaufen. »Bitte, *Dr.* Young. Und wie die Einsatztruppe oft betont hat, wird er immer irgendwo gebraucht. Wenn Sie ihn immer wieder in diese tödlichen Situationen bringen, ohne für seine Sicherheit zu sorgen, werden Sie ihn bald verlieren.«

Obwohl sie in ruhigem Ton sprach, schwang eine geballte Energie in ihrer Stimme mit, die Devlin nicht zu deuten vermochte.

»Auf welche Weise ich ihn einsetze, geht Sie nichts an, Dr. Young«, stieß Colonel Kincade hervor. »Er gehört nämlich zu uns.«

Niemals würde sich der alte Bastard widerspruchslos kritisieren lassen, schon gar nicht von einer Frau. Das duldete er nicht, und so wäre es besser, die Betreuerin würde ihm etwas vorsichtiger begegnen.

»Gewiss, Colonel, Sie bestimmen, wie Sie Devlin Banes Talente am wirksamsten nutzen können. Aber *ich* entscheide, wann – und ob – er für eine neue Mission bereit ist.«

Sie trat nahe genug an Devs Lager heran, so dass er die Hitze spürte, die sie ausstrahlte. Offenbar wurde die normalerweise ruhige, gelassene Laurel Young an diesem Tag von heftigen Emotionen beherrscht.

»Nehmen Sie Ihre Papiere und gehen Sie, Colonel. Heute werde ich nichts unterschreiben. Morgen auch nicht. Vielleicht nicht einmal übermorgen.«

Seit er das letzte Mal wiedergeboren worden war, hatte sie scharfe Krallen entwickelt. Doch die Männer von der Einsatztruppe hatten jahrzehntelang Erfahrungen in der Kunst gesammelt, ihren Willen durchzusetzen. Sobald Devlin wieder sprechen konnte, würde er Laurel Young warnen und ihr einschärfen, sie müsse ihren Rücken decken. Dass sie ihn verteidigte, war überflüssig, und das wollte er auch gar nicht.

Nun hörte er wütende Stakkatoschritte, während der Colonel das Labor verließ. Kincade würde seine Streitkräfte neu formieren und dann zurückkommen. Aber vorerst war er verschwunden. Sofort wirkte die Luft viel frischer und heilsamer.

Kühle Finger umfassten Devlins Handgelenk, und er fragte sich, warum sie ihm den Puls fühlte – warum sie nicht die Angaben der Geräte akzeptierte, die piepsten und ächzten und mehr über ihn wussten als er selbst.

»Jetzt können Sie aus Ihrem Versteck kommen, Mr. Bane. Er ist weg.«

Verdammt, er hatte geglaubt, er hätte die Rückkehr seines Bewusstseins besser getarnt.

Wie es die Ärztin befohlen hatte, bemühte er sich, seine schweren Lider zu heben. Dafür brauchte er mehrere Versuche. Und er musste sich gewaltig anstrengen, bis er etwas mehr zustande brachte, als seine Betreuerin nur anzublinzeln. Besorgt neigte sie ihr Elfengesicht zu ihm herab und murmelte etwas Unverständliches vor sich hin.

Laurels Gesicht war eigentlich nicht hübsch, eher interessant, mit weit auseinanderstehenden, von dichten Wimpern umrahmten braunen Augen, in der Farbe dunkler Schokolade. Diesen Blick zu erwidern, war Devlins Lieblingsbeschäftigung, wann immer er ein neues Leben begann.

»Ja, ich lebe. Wieder einmal.« Ob er das wirklich wollte, wusste er nicht genau. Wohl kaum, solange der Colonel und dessen Freunde in der Nähe herumschnüffelten.

»Diesmal hat es länger gedauert.« Laurel runzelte die Stirn. »Fast zu lange.«

Hörte er Angst aus ihrer Stimme heraus? Plötzlich wünschte Devlin, seine Hände wären nicht gefesselt, damit er sie mit einer Berührung trösten könnte. Dieser unerwartete Impuls schockierte ihn. Schon zwei Betreuerinnen zuvor hatte er die meisten seiner sanfteren Emotionen abgeschüttelt, zugunsten einer kalten Distanz.

Im Kampf gegen die Anderen hatte er sich diese Gemütslage angeeignet. Seine Alpträume waren schon schlimm genug – insbesondere, wenn er sich in einen der Feinde verwandelte. Bald konnte dieser spezielle Horror grausige Realität werden.

»Nehmen Sie mir die Riemen ab«, verlangte er.

Aufrichtiges Bedauern überschattete Laurels Züge. »Das darf ich nicht, und Sie wissen es. Noch nicht.« Sie schaute an ihm vorbei zur Wanduhr. »Mindestens eine Stunde müssen wir noch warten. Sie sollten die Routine inzwischen kennen, Mr. Bane.«

Ja, doch das bedeutete keineswegs, dass sie ihm gefiel. Da mussten Tests durchgeführt, Reflexe studiert, verschiedenen Körperteilen Proben entnommen und erforscht werden. Alles reine Zeitverschwendung. Und seine kostbare Zeit wurde immer knapper. Außerdem – wäre er tatsächlich ein Anderer geworden, hätte Laurel das beim ersten Blick in seine Augen festgestellt. Und nachdem sie nicht um Hilfe gerufen hatte, musste noch genug Menschlichkeit in ihm stecken, so dass er alle Tests bestehen würde.

Er ballte die Hände, prüfte seine Fesseln, und die Riemen gaben ein wenig nach – aber in zu geringem Maß. Also konnte er sich nicht losreißen, ohne weitere Verletzungen zu riskieren. Noch immer nutzte sein Körper alle verfügbaren Ressourcen und reparierte die Schäden der vergangenen Nacht. Wenn er sich mit aller Macht befreite – falls er die nötige Kraft überhaupt aufbrachte –, würde er die Genesung hinauszögern. Er holte so tief Atem, dass es schmerzte, und zwang sich zur Entspannung. Dann konzentrierte er sich darauf, seine flatternden Nerven zu besänftigen, die ihn irritierten und schwächten.

»Welch ein kluger Entschluss, Mr. Bane. Denn ein Kampf würde keinem von beiden helfen, während wir unsere Jobs erledigen.« Jetzt stand Laurel etwas weiter von seinem Lager entfernt, ihr allgegenwärtiges Klemmbrett an die Brust gedrückt. Ihr Blick schweifte über seine Gestalt. »Möchten Sie noch eine Decke haben?«

»Nein.«

Devlin fror nicht. Schon gar nicht angesichts dieser reizvollen Kurven, die Laurel zu bieten hatte.

Zu den Nebeneffekten einer Wiederbelebung gehörte der sofortige, intensive Drang, alle grundlegenden Bedürfnisse seines Körpers zu befriedigen. Ganz oben auf der Liste standen Essen und Sex. Als er jünger gewesen war, hatte er diesem Impuls normalerweise mit der erstbesten bereitwilligen Frau nachgegeben. Aber später hatte er es immer unangenehmer gefunden, eine namenlose Fremde zu beglücken.

Seine Sinne – immer sensitiv, aber nach einer Rückreise aus dem Totenreich besonders empfänglich – reagierten beinahe schmerzhaft auf Laurels femininen Duft, der ihm trotz der starken medizinischen Gerüche des Labors in die Nase stieg.

Entschlossen wandte er sich von ihr ab und starrte zur Decke des sterilen Raums hinauf. Dabei stellte er fest, dass Laurel die Poster ausgewechselt hatte, die sie da oben zur Unterhaltung ihrer Patienten anzubringen pflegte.

Die vollbusigen Blondinen, die an einem Strand umhertollten und nicht viel mehr trugen als ein Lächeln, zog er den Kätzchen und jungen Hunden vom letzten Mal ganz entschieden vor.

»Hübsche Kunstwerke.«

Auch Laurels Lippen umspielte ein Lächeln, als sie nach oben schaute. »Diese Poster schickte mir einer Ihrer Freunde, nachdem er die Reise nach draußen angetreten hatte. Ich brachte es nicht übers Herz, sie wegzuwerfen, ohne ihnen eine faire Chance zu geben.«

»Sieht so aus wie das Dekor, das D.J. gefallen würde.«

Sie rümpfte die Nase. »Da haben Sie völlig Recht. Ich persönlich fand die Kätzchen viel hübscher.«

»Weil Sie nicht an diesen verdammten Labortisch gefesselt sind, wie ein Versuchskaninchen, das auf seine Obduktion wartet.«

Die brutale Realität seiner Worte ließ sie zusammenzucken. Denn sie konnte ihm nicht widersprechen. Wäre ihr Blick in den ersten Sekunden nach seiner Rückkehr nicht von einem Paladin, sondern von einem Anderen erwidert worden, hätte sie ihm ohne Zögern starke Drogen verabreicht, um sein

Leben für immer zu beenden. Vorerst durften sie das kleine Problem vergessen.

Aber irgendwann würden sie sich damit befassen müssen. Diese Rollen waren ihnen in der unausweichlichen Tragödie zugeteilt worden. Statt zu sprechen, schloss er lieber die Augen und stellte sich schlafend. Obwohl Laurel zu intelligent war, um darauf hereinzufallen, erlaubte sie ihm das kleine Täuschungsmanöver. Ein paar Sekunden später dimmte sie die Lichter, und er schlummerte tatsächlich ein.

*

Laurel fragte sich, ob Devlin wusste, dass er schnarchte.

Während sie am Computer arbeitete, fand sie es erfreulich, diesem heiseren Klang zu lauschen. Irgendwie wirkten die Laute heimelig und ließen Devlin weniger beängstigend erscheinen, ein bisschen menschlicher. Das war er nicht – zumindest nicht vollends. Doch sie wünschte, er würde die restliche Menschlichkeit, die er noch besaß, möglichst lange bewahren.

Ein leiser elektronischer Klingelton kündigte das Ende seiner Wartezeit an. Trotzdem beschloss Laurel, ihn nicht sofort zu wecken. Nachdem er sogar auf der Stahlplatte eingeschlafen war, brauchte er wahrscheinlich eine längere Ruhepause. Sie sah sich im schwach beleuchteten Labor um. Warum diese Tische so unbequem sein mussten, hatte ihr niemand erklärt. Sicher würde eine dünne Polsterung die harte Wirkung des Stahls nur geringfügig beeinträchtigen. Und die Paladine verdienten einen gewissen Komfort in ihrem schwierigen Leben.

Nicht, dass irgendeiner das zugeben würde. Ganz im Gegenteil – voller Stolz nannten sie sich die taffsten Hurensöhne des Universums. Und das stimmte tatsächlich. Alle waren groß und stark. Diese Kombination ergänzten sie allmählich mit kompromissloser Härte. Sogar die schwer bewaffneten Wachtposten, die vor Laurels Tür standen, verhielten sich in der Nähe eines Paladins äußerst vorsichtig.

Vor allem, wann immer es um Devlin Bane ging.

Sie seufzte. Kaum eine Woche verstrich, ohne dass sie einen heimgekehrten Paladin mindestens einen oder zwei Tage lang betreuen musste. Sie kämpften, sie starben. Dann kamen sie zu ihr, damit sie genesen und neue Kräfte sammeln konnten. Manche waren ein bisschen leichter zu behandeln als die übrigen. Aber jeder stellte sie vor diffizile Probleme.

Auch darin unterschied sich Devlin Bane von den restlichen Paladinen.

Allein schon seine Gegenwart genügte ihr, um das geräumige Labor beengt und vollgestopft zu finden. Sie wandte sich wieder zum Stahltisch, auf dem er lag, und musterte ihn.

Obwohl seine Nase ein- oder zweimal gebrochen worden war, besaß er ein attraktives, markantes Profil. Seine Brauen bildeten zwei dunkle Striche, die eine von einer Narbe durchtrennt, die aus einer Schlacht in ferner Vergangenheit stammte. Auf seinen Lippen verharrte ihr Blick etwas länger. Sie wirkten überraschend sinnlich, fast deplatziert im Vergleich zu seinen anderen Zügen. Vermochte er genauso gut zu küssen, wie er alles erledigte, was er sich vornahm?

Ehe sie ihre Überlegungen fortsetzen konnte, registrierte sie, dass er seine grünen Augen geöffnet hatte und sie anstarrte, mit einer Intensität, die sie deutlich spürte, sogar über den Raum hinweg.

»Tut mir leid, ich wusste nicht, dass Sie wach sind.« Sie sprang vom Schreibtisch auf und warf beinahe ihren Stuhl um.

»Oh, das ist schon okay. Vermutlich waren Sie zu sehr damit beschäftigt, mich zu inspizieren, um das zu merken.« In seinen Worten schwang kein bisschen Humor mit. »Ich will aufstehen.«

Laurel überspielte ihre Verlegenheit, indem sie zu fachsimpeln begann. »Zuerst muss ich Ihnen Blut abnehmen. Wenn wir Ihren derzeitigen Zustand festgestellt haben …«

»Ja, Doc«, unterbrach er sie, »ich kenne die langweilige Routine. Bringen wir's hinter uns.«

Seine Worte durften sie nicht verletzen. Im Lauf der Jahre hatte sie schon Schlimmeres gehört. Sogar gelassene Männer reagierten ein wenig gereizt, wenn sie von den Toten auferstanden. Meistens gelang es ihr, das Gemurre zu ignorieren. Bei Devlin fiel es ihr etwas schwerer.

Wenn er das wüsste, würde er es hassen. Selbst wenn er nur den Verdacht hegte, dass sie stundenlang seine Akte studierte, um möglichst viele Informationen über ihn zu sammeln, würde er sofort an die Tür ihres Chefs klopfen und einen neuen Betreuer verlangen.

Und sie musste weiterhin für ihn sorgen, das war sehr wichtig. Soviel man wusste, zählte Devlin Bane zu den ältesten Paladinen. Schon um zwei Jahrzehnte hatte er die durchschnittliche Lebensspanne seiner Spezies überdauert. Wenn Laurel herausfand, wodurch er die üblichen Grenzen überschritt, die dem Dasein eines Paladins gesetzt wurden, konnte sie vielleicht auch das Leben seiner Artgenossen verlängern.

Sie befreite seinen rechten Arm von der Fessel und umschloss ihn oberhalb des Ellbogens mit einem Stauschlauch. Diese Prozedur hatte Devlin schon immer irritiert. Unbehaglich schaute er weg, als sie die Nadel in eine Ader stach. Das Blut rann in das Röhrchen, dickflüssig und dunkelrot.

Dann wechselte sie das Röhrchen aus und füllte zwei weitere, bevor sie den Stauschlauch entfernte. Sie umhüllte die Nadel mit einem Wattebausch und zog sie aus der Ader.

»Beugen Sie den Arm.« Vorsichtig schüttelte sie die drei Röhrchen und ging davon, steckte sie in ein Gestell und kehrte zu Devlin zurück. »Zeigen Sie mir den Einstich.«

Seufzend streckte er den Arm aus, und sie untersuchte die Haut unter dem Wattebausch. Nachdem sie keinen Bluterguss entdeckt hatte, klebte sie ein Pflaster auf die kleine Wunde.

Nur mühsam unterdrückte sie ein Kichern, als sie grinsende gelbe Smileys auf dem Pflaster sah.

Diese Aufheiterung wusste er offensichtlich nicht zu schätzen. »Sehr komisch.«

»Das war ein Sonderangebot.« Genauso wie die Pflaster ohne Smileys …

Nun öffnete sie den ersten der Riemen, die Devlins Beine auf dem Stahltisch festhielten. Mit den Fußknöcheln fing sie an und arbeitete sich nach oben. Geflissentlich ignorierte sie seine Nacktheit unter der dünnen Decke. Wenn ein Paladin ins Labor gebracht wurde, musste sie distanziert bleiben, was solche Dinge betraf. Daran versuchte sie sich zu erinnern, während sie den letzten Riemen löste.

Die Decke um seine Hüften geschlungen, setzte er sich auf.

»Wie fühlen Sie sich?«, fragte sie. »Ist Ihnen schwindlig oder übel?«

»Nein.« Devlin rieb seine steifen Handgelenke, um den Blutkreislauf anzukurbeln. »Mir geht's genauso wie bei den letzten zehn Malen, nachdem ich das durchgemacht habe.« Er stand auf und überragte Laurel um mindestens einen Kopf.

Ärgerlich verdrehte sie die Augen und erlaubte ihm nicht, sie mit seiner Größe einzuschüchtern. »Diese Tür werden die Wachtposten erst öffnen, wenn ich sie dazu auffordere. Vorher brauche ich Antworten.«

Er rezitierte eine Litanei aus Antworten auf unausgesprochene Fragen, die er dank seiner früheren Besuche im Labor auswendig kannte. »Keine Übelkeit, keine Schwindelgefühle. Ich sehe nichts doppelt, ich leide nicht an sonderbaren Hautausschlägen. Und bevor Sie sich danach erkundigen – ich erinnere mich nicht genau, was mich getötet hat. Entweder das Schwert, das in meinem Bauch steckte, oder die Axt, mit der mein Bein zertrümmert wurde. Zu jenem Zeitpunkt erschien mir das nicht wichtig.«

Natürlich durfte die Liste seiner Verletzungen keinen Schock verursachen, denn Laurel hatte die Schäden behoben. Aber diese emotionslose Aufzählung erschreckte sie. »Und wie fühlt sich ihr Bein an? Kommt es Ihnen geschwächt vor? Haben Sie Schmerzen?«

»Hören Sie, Dr. Young, alles funktioniert einwandfrei.« Um seine Behauptung zu beweisen, ließ er die Decke fallen.

Dieser Herausforderung hielt sie stand. Doch beim Anblick seiner kraftvollen Männlichkeit konnte sie ein brennendes Erröten nicht verhindern. Devlin war sehr stark gebaut. Überall. »Während Sie sich anziehen, werde ich Ihre Mahlzeit bestellen. Ihre Kleidung finden Sie da drüben im Spind.«

Er wandte sich ab. Weil sie nicht dabei ertappt werden wollte, wie sie seine knackige Kehrseite anstarrte, eilte sie zu ihrem Schreibtisch zurück und ergriff das Telefon.

»Bitte, teilen Sie Dr. Neal mit, dass unser Patient erwacht und aufgestanden ist. Und lassen Sie Mr. Banes Lieblingsspeise unverzüglich ins Labor bringen. Sie wissen ja, wie ungehalten er werden kann, wenn er seine Mahlzeit nicht sofort bekommt.« Absichtlich hob sie ihre Stimme, damit er jedes einzelne Wort verstand.

»Ich will zu Hause essen.«

Verwirrt zuckte sie zusammen. Wie schaffte es ein so großer Mann, sich lautlos zu bewegen? Jetzt stand er direkt neben ihr, knöpfte sein Hemd zu und krempelte die Ärmel hoch. In seinen abgetragenen Jeans und dem ausgebleichten, gemusterten Baumwollhemd sah er nicht weniger bedrohlich aus. Das schulterlange Haar betonte seine unzivilisierte Erscheinung.

»Ja, das wäre möglich. Dazu rate ich Ihnen sogar. Aber Sie werden das Labor nicht verlassen, bevor ich mich vergewissert habe, dass Sie die Nahrung bei sich behalten können.«

Ehe er zu protestieren vermochte, schwang die Tür auf. Ein schwer beladenes Tablett in den Händen, trat Dr. Neal ein, Laurels unmittelbarer Vorgesetzter und der Leiter der Forschungsabteilung.

»Ah, Devlin, jetzt sehen Sie viel besser aus als bei Ihrer Rückkehr vor fünf Tagen.« Er stellte das Tablett auf einen kleinen Tisch. »Aber ich nehme an, keiner von uns sieht besonders gut aus, wenn er tot ist. Lassen Sie sich's schmecken, ich kann warten.«

Devlin warf Laurels Boss einen vernichtenden Blick zu, dann fiel er über die Mahlzeit her.

»Zeigen Sie mir seine Werte, Dr. Young«, bat Dr. Neal.

Laurel stand auf und reichte ihm das Klemmbrett. »Die Ergebnisse der Bluttests und anderer Untersuchungen bekomme ich erst am späteren Nachmittag. Bisher gibt es keine Überraschungen.« Abgesehen vom erstaunlichen Erfolg, mit dem Devlin die Veränderungen abwehrte, die so viele Tode normalerweise bewirkten …

Ihre Resultate im Zusammenhang mit diesem Thema hatte sie niemandem außer ihrem Boss verraten, nicht einmal Devlin selbst. Solange sie keine Erklärung für die unerwarteten Forschungsergebnisse fand, wollte sie kein Aufhebens darum machen.

Vielleicht bedeuteten sie einfach nur, dass Devlin Glück hatte.

Dr. Neal blätterte in Laurels Bericht und überflog die Angaben. Als er bei der letzten Seite angelangt war, versah er sie mit seiner Unterschrift und gab ihr das Klemmbrett zurück.

»Vor seiner nächsten Reise soll er alle paar Tage hierherkommen, und Sie wiederholen die Tests, Dr. Young«, entschied er und machte sich ein paar Notizen.

Erbost blickte Devlin von seinem Dinner auf. »Den Teufel werde ich tun! Suchen Sie sich gefälligst eine andere Laborratte.«

Laurels Boss war ein kleiner, unscheinbarer rundlicher Mann mit schütterem Haar. Doch das bedeutete keineswegs, dass er sich manipulieren ließ. »Wenn ich Sie daran erinnern darf, Mr. Bane – Sie haben die Order, jederzeit mit meinem Personal zu kooperieren. Das können wir auf zwei verschiedene Methoden realisieren. Sie versprechen, ins Labor zurückzukommen, wenn Sie dazu aufgefordert werden. Oder wir behalten Sie hier. Was ziehen Sie vor?«

Statt einer Antwort bekam der Doktor einige obszöne Flüche zu hören. Seelenruhig nickte er.

»Ja, ich dachte mir, Sie würden meine Meinung teilen. Wenn Sie beide mich jetzt entschuldigen – ich fürchte, ich habe Colonel Kincade lange genug warten lassen.« Über den Rand seiner Brille hinweg betrachtete er Laurels Gesicht. »Als er mich anrief, erschien er mir ziemlich indigniert. Sollte ich irgendetwas wissen, ehe ich mit ihm spreche?«

Laurel spürte Devlins Interesse an ihrer Erklärung, obwohl er nicht in ihre Richtung schaute. »Kurz bevor Mr. Bane zu sich kam, war der Colonel hier und äußerte den Wunsch, meinen Patienten sofort wieder in die Pflicht zu nehmen.«

»Was haben Sie gesagt?«

»Nun, ich erinnerte ihn an eine Tatsache. Die Entscheidung, wann Mr. Bane wieder einsatzfähig ist, liegt nicht bei ihm, sondern bei mir. Und ich betonte, ich würde die Entlassungspapiere erst unterzeichnen, wenn ich mich vergewissert hätte, dass Mr. Bane bei seinem letzten Kampf keine bleibenden Schäden erlitt.«

»Wann erwarten Sie, diese Entscheidung zu treffen?«

Der Stress der letzten Tage, während der Patient zwischen dieser Welt und der anderen Welt geschwebt hatte, zerrte an Laurels Nerven. Beinahe verlor sie die Beherrschung. Ihr frostiger Blick schweifte zwischen den beiden Männern hin und her. »Was ich gern wüsste – warum haben es alle Leute plötzlich so eilig?«

Kaum merklich runzelte Dr. Neal die Stirn. »Tut mir leid, Laurel, aber die Einsatztruppe verlangt zu erfahren, wann sich Mr. Bane bei ihr melden wird.«

»Ganz sicher nicht, bevor ich die nötigen Untersuchungen in zwei Tagen beenden werde.« Oder in drei, falls sie den Colonel so lange hinhalten konnte.

»Danke, das klingt schon etwas besser. Diese Information werde ich weitergeben.« Er schenkte ihr ein Lächeln, das besänftigend wirken sollte. »Hoffentlich muss ich Sie in nächster Zeit nicht wiedersehen, Mr. Bane.«

»Genau das hoffe ich auch, Doc.« Devlin wandte sich wieder seinem Dinner zu.

Nachdem die Tür hinter Dr. Neal ins Schloss gefallen war, setzte Laurel sich an den Schreibtisch und starrte den Bildschirm ihres Computers an. Vor lauter Erschöpfung brannten ihre Augen.

»Wie viel haben Sie seit meiner Ankunft geschlafen?«, fragte Devlin.

Sie bewegte ihre steifen Schultern und versuchte die Verspannungen zu lockern. Ohne Devlin anzuschauen, zuckte sie die Achseln. »Eigentlich sollte ich sagen – das geht Sie nichts an. Aber solche Hinweise haben Sie noch nie beeindruckt. Jeden Tag gab Dr. Neal mir etwa vier Stunden frei.« Die Lider gesenkt, beugte sie sich vor und stützte ihre Stirn in beide Hände.

Während Devlin die Bedeutung ihrer Worte überdachte, aß er seinen Teller leer. Nach den Schatten unter Laurels Augen zu schließen, stand sie kurz vor einem Zusammenbruch.

»Dr. Young?«

Keine Antwort.

»Laurel?« Nur selten erlaubte er sich das Privileg, die Ärztin mit dem Vornamen anzureden.

Noch immer keine Antwort.

Schließlich hob er sie hoch und trug sie zu dem Klappbett, das sie für besonders schwierige Patienten bereithielt. Sie bewegte sich nur so lange, bis ihr Kopf eine komfortable Stelle auf dem Kissen gefunden hatte. Dann breitete er die Decke, die er vorhin fallen gelassen hatte, über Laurels Körper und widerstand der Versuchung, einen Kuss auf ihre Stirn zu drücken. Während er mit sanften Fingern eine dunkle Locke hinter ihr Ohr strich, lächelte sie im Schlaf. Seltsamerweise hatte er das Gefühl, sie würde eine Hand ausstrecken und ihn berühren.

Er trat zurück. Verdammt, er durfte nicht in ihrer Nähe bleiben. Selbst wenn sie eher sterben als das zugeben würde – ihr Interesse an ihm ging offensichtlich über die Aufmerksamkeit einer Ärztin hinaus, die ihrem Patienten galt. Solange er sie beobachtete, wenn er an ihren Stahltisch gefesselt war, kam er mit diesem Problem zurecht. Dazu musste er sich zwingen. Denn sie war das Einzige, was ihn in dieser Welt festhielt – eine Rettungsleine. Mit aller Macht zog sie ihn immer wieder aus dem Abgrund zurück, in dem er lebte und kämpfte. Und er hegte den schrecklichen Verdacht, alle anderen Leute, die hier wohnten, hätten ihn schon vor Jahren seinem Schicksal überlassen.

Höchste Zeit, aus dem Labor zu verschwinden … Er drückte auf eine Taste, um sich an das Sicherheitspersonal zu wenden.

»Ja, Dr. Young?« Diese körperlose Stimme war ihm vertraut.

»Nein, hier ist Devlin Bane. Sind Sie das, Sergeant Purefoy?«

»Ja, Mr. Bane. Was brauchen Sie, Sir?«

»Dr. Young ruht sich gerade aus. Soeben hat sie meine Entlassungspapiere unterschrieben.« Zumindest hoffte Devlin, das hätte sie getan. So oder so, er würde nicht warten, bis sie aufwachte.

»Gleich komme ich hinein.«

Zweifellos bis an die Zähne bewaffnet, dachte Devlin, von zwei oder drei Kollegen unterstützt. Er postierte sich in der Mitte des Raums und versuchte, einen möglichst harmlosen Eindruck zu erwecken. Doch das gelang ihm niemals. Sein Ruf als einer der Paladine war zu fest in den Gehirnen der Männer verankert.

Die Tür öffnete sich, und Sergeant Purefoy trat ein, dicht gefolgt von seinen Leuten. Die Waffen gezückt, schwärmten sie aus, bis ihr Kommandant sich vergewissert hatte, dass Laurel tatsächlich schlief, dass ihr keine Gefahr drohte.

»Willkommen daheim, Sir.« Das Lächeln des Sergeants wirkte aufrichtig. »Nun werde ich die Unterschrift prüfen. Dann eskortieren wir Sie aus dem Gebäude.«

»Oh, ich habe es nicht eilig.« Zum Teufel, hier drinnen fühlte Devlin sich gefangen und ausgeliefert …

Purefoy blätterte in den Papieren des Klemmbretts. Ab und zu hielt er inne, um irgendetwas zu lesen. »Anscheinend ist alles in Ordnung, Sir.«

»Gut. Brechen wir auf.«

Devlin ging zwischen den Männern zur Tür. Erleichtert seufzte er, weil er das Labor und die reizvolle Laurel endlich verlassen würde. Das Letzte, was er im Moment brauchte, wäre ein neuer Betreuer, mit dem er sich herumschlagen müsste. Dafür stand zu viel auf dem Spiel. Denn das Schwert, das ihn niedergestreckt hatte, war nicht von den Händen eines Anderen geschwungen worden.

Die Augen sekundenlang geschlossen, versuchte er sich an alle Einzelheiten jener letzten Minuten zu erinnern. An den Geruch von Blut und Angstschweiß, Stöhnen und Ächzen, klirrende Waffen. An ein schimmerndes Schwert, das zu mühelos in ihn gedrungen war. Kaltes Entsetzen zwang ihn in die Knie. Aus seinem Körper quoll Blut und floss zu Boden.

Das Gesicht seines Angreifers sah er nicht – nur die Hände, die den Schwertgriff umklammerten und die Klinge herumdrehten. Eindeutig menschliche Hände … Während er am Boden verblutet war, hatte sein letzter Gedanke einer beklemmenden Erkenntnis gegolten. Offensichtlich hatte ihn jemand zu töten versucht, der seinem eigenen Volk entstammte.

Zweites Kapitel

»Er ist verschwunden.«

Als er die Flüsterstimme hörte, bekam er eine Gänsehaut. »Davor habe ich Sie gewarnt – sie sind schwierig zu töten. Das dürfte Sie nicht überraschen.« Natürlich wusste jeder, der ein halbwegs funktionsfähiges Gehirn besaß, dass die Paladine dauernd starben. Wie man diesen Zustand bis in alle Ewigkeit verlängerte – so lautete die Frage, die Probleme aufwarf.

»Wann werden Sie es wieder versuchen?«

Die heisere, trockene Stimme ging ihm an die Nerven, und er wünschte, er hätte den nötigen Mut, um den Bastard in die Hölle zu schicken. Aber wenn er das aussprach, würde er sein eigenes Todesurteil unterschreiben. Wer immer Devlin Bane endgültig tot und begraben sehen wollte, würde ein Vermögen für den erledigten Job zahlen. Und es würde nur einen Bruchteil dieser Summe erfordern, jemanden auf *seinen* Hals zu hetzen.

»Nun? Ich warte.« Und das ziemlich ungeduldig …

»Bald. Aus dem ganzen Gebiet treffen Berichte über den Druck im Vulkan ein, der zusehends wächst. Deshalb nehme ich an, die Einsatztruppe wird die Paladine in den nächsten Tagen wieder losschicken. Den Angriff wird Bane organisieren. So wie üblich.«

»Noch länger können wir seinen Aufenthalt nahe der Grenze nicht riskieren. Sonst würde er was merken.«

Als hätte ihn der erfolglose Anschlag auf sein Leben nicht ohnehin schon alarmiert ... Von Anfang an war diese Attacke idiotisch gewesen. Das hatte er gewusst. Aber die Lockung des Geldes hatte die Warnung seines Verstandes verdrängt. »Ja, das ist mir völlig klar.«

»Die Paladine schauen zu ihm auf und vertrauen seiner Führerschaft. Also wird sein Tod sie alle verwirren und schwächen. Wenn wir unser Ziel erreichen wollen, brauchen wir ein heilloses Chaos in ihren Reihen.« Kurzfristig verstummte die Stimme, ein keuchender Atemzug erklang. »Für Sie steckt ein Bonus drin, wenn er die nächste Verlagerung der tektonischen Platten nicht erlebt.« Dann klickte es in der Leitung, der mysteriöse Anrufer beendete das Telefonat.

Wütend warf er den Hörer auf die Gabel. »Zum Teufel mit dir, du Bastard! Wenn dir Banes Tod so wichtig ist, bring ihn doch selbst um!«

Er verfluchte sich selbst, schalt sich einen verdammten Narren, weil er so leichtfertig gewesen und zwischen die Fronten der beiden gefährlichsten Männer in dieser Welt (oder irgendeiner anderen) geraten war. So sehr ihn der Bonus für Banes Ermordung auch reizte – würde er lange genug leben, um ihn zu kassieren?

Selbst wenn es ihm gelang, würde er während seiner restlichen Tage ständig über seine Schulter spähen. Niemals nahmen die Paladine den Verlust eines der ihren klaglos hin. Falls sie auch herausfanden, dass sie hintergangen worden waren, würden sie auf gnadenlose Rache sinnen. Doch er hatte keine Wahl. Wenn er Bane vernichtete, würden sie ihn töten. Und wenn der Anschlag missglückte, würde ihn der Besitzer der heiseren Stimme beseitigen.

*

»Schaut mal, wer wieder da ist.«

Ein zweiter Mann ergriff das Wort. »Schon immer hielt ich ihn für den unangefochtenen Favoriten. Von *uns* kriegt keiner fünf Tage frei, wenn der Berg Dampf ablässt.«

»Fahrt alle beide zur Hölle!«, sagte Devlin, weil das von ihm erwartet wurde. Wenn er auf die Hänseleien seiner Männer nicht reagierte, würden sie sich um ihn sorgen. Er verschwand in seinem Büro und sank auf den Schreibtischstuhl. Obwohl er Laurel das Gegenteil versichert hatte, schmerzte sein Bein, und es pochte in seinen Schläfen. Aber er hatte schon schlimmere Qualen überlebt. Bei diesem Gedanken lächelte er ironisch.

D.J. folgte ihm ins Büro und setzte sich auf die Schreibtischkante. »Und wie geht's der schönen Dr. Young? Vermisst sie mich?«

»Nicht, dass ich es bemerkt hätte. Immerhin hat sie deine Poster an die Decke ihres Labors geklebt, falls dir das irgendwas bedeutet.« Devlin konzentrierte sich und begann die E-Mails zu lesen, die seit seinem Tod Anfang der Woche eingetroffen waren. Selbst wenn er all die scherzhaften Beileidsbekundungen seiner Paladin-Freunde eliminierte, musste er sich mit zahlreichen Informationen befassen, eine ärgerliche Pflicht.

»Wirklich? Die hat sie da oben hingeklebt? Und ich dachte, sie würde mich mit einer Betäubungsspritze überfallen.«

D.J. seufzte enttäuscht.

»Allzu lange werden die Bilder nicht an der Decke prangen, weil Dr. Young immer noch junge Hunde und Kätzchen bevorzugt.« Devlin las die ersten Mails, hauptsächlich Berichte über wachsende Unruhen an den Verwerfungslinien. »Hast du was von der Einsatztruppe gehört? Wann wollen sie uns wieder rausschicken?«

Sein Freund schüttelte den Kopf. »Nichts Neues. Aber Colonel Kincade ist ein paarmal hier gewesen und hat sich aufgespielt.«

»Im Labor war er auch. Da wollte er herausfinden, wann er mich einsetzen kann.«

D.J. runzelte die Stirn. »Warum taucht er dort auf? Wo er doch weiß, dass Dr. Neal und sein Personal ihm mitteilen werden, wann wir für neue Aufgaben bereit sind.«

»Wenn ich bloß erraten würde, was in Kincade vorgeht ...« Devlins Lippen verzogen sich zu einem widerstrebenden Lächeln. »Jedenfalls hat Dr. Young ihm die Tür gewiesen.«

»Oh, ich wünschte, das hätte ich gesehen! Wenn man sich das vorstellt – der große, böse Colonel wird von deiner Lieblingsbetreuerin rausgeworfen.« D.J. lachte. Dann senkte er seine Stimme zu einem nervösen Flüstern. »Glaubst du, das wird er ihr heimzahlen?«

»Wenn er's hinkriegt, ohne dass er Konsequenzen befürchten müsste ... Das ist ein verdammt rachsüchtiger Hurensohn.«

Alle Paladine verachteten den Colonel wegen seiner Arroganz, und weil er das Leben der Leute, die unter seinem Kommando standen, so wenig achtete.

Die Paladine konnte er nicht so leicht verletzen wie andere. Aber oft genug hatten sie ebenfalls einen hohen Preis für seine Rücksichtslosigkeit bezahlt.

»Hast du sie gewarnt, Dev?«

»Noch nicht. Morgen muss ich wieder ins Labor gehen, dann werde ich mit ihr darüber reden.«

Und er wollte ihr noch viel mehr klarmachen. Er würde ihr einschärfen, sie dürfe sich nicht mehr in die Angelegenheiten der Paladine einmischen. Wenn ein toter Paladin in ihr Labor gebracht wurde, übernahm sie die Verantwortung für ihn. Und sobald er lebendig hinausging, hatte sie nichts mehr mit ihm zu schaffen. So war es immer gewesen, mit gutem Grund. Manchmal musste sie entscheiden, ob sie das Leben eines Paladins für immer beenden sollte. Sie besaß ohnehin schon ein viel zu weiches Herz. Wenn sie sich mit einem ihrer Schützlinge anfreundete und ihn nicht mehr am Leben lassen durfte, würde sie zusammenbrechen.

Die Tür öffnete sich, und Lonzo Jones steckte seinen Kopf herein. »Komm, D.J., wir brauchen dich. Irgendwas haut da nicht hin.«

Mit einem langgezogenen Seufzer stand D.J. auf. »Was habt ihr Idioten denn diesmal mit dem System gemacht? Das schwöre ich – sobald ich weggehe, fangt ihr an, auf die Tasten zu drücken und Nummernscheiben herumzudrehen, nur damit ihr die hübschen Lichter blinken seht.«

Devlin war froh, weil er sein Büro eine Weile für sich allein hatte.

Schon seit langer Zeit zählte D.J. zu seinen engsten Freunden. Deshalb durchschaute er die knallharte Persönlichkeit, die Dev jahrzehntelang perfektioniert hatte.

Wenn ihn jemand töten wollte, schwebten auch die Menschen, die ihm nahestanden, in Gefahr. D.J. und die anderen Paladine konnten für sich selbst sorgen. Aber Dr. Young stellte ihn vor ein kleines Problem.

Auf seinem Schreibtischstuhl zurückgelehnt, schloss er die Augen und versuchte sich einige Minuten lang zu entspannen. Unter den üblichen Umständen wäre er in sein Quartier gegangen und hätte eine oder zwei Schichten verschlafen. Diesen Luxus durfte er sich nicht erlauben, bevor er festgestellt hatte, was während seiner Abwesenheit geschehen war.

Verdammt, fünf verlorene Tage, für immer entschwunden. Kein Wunder, dass Laurel angedeutet hatte, diesmal sei er sehr lange tot gewesen. Normalerweise dauerte die Rückkehr der Paladine nur zwei oder drei Tage. Manchmal auch vier, je nach der Anzahl oder der Schwere ihrer Verletzungen. Aber fünf? Entweder ließ die Regenerationsfähigkeit seines Körpers allmählich nach. Oder er hatte sich in einem schlimmeren Zustand befunden denn je.

Bei diesem Gedanken lächelte er bitter. Nur ein Paladin verstand die Ironie der Tatsache, dass es verschiedene Nuancen des Todes gab. Darüber würde sich seine Betreuerin wohl kaum amüsieren.

Doch die Betreuer waren die Einzigen, die alle Paladine wieder zusammenflickten.

Seit Jahrzehnten studierten die Wissenschaftler und Ärzte, die der Forschungsabteilung der Regenten angehörten, die Physiologie der Paladine. Mittels unzähliger Tests versuchten sie zu begreifen, wieso ihre Patienten immer wieder von den Toten auferstanden, warum sie wesentlich länger lebten als gewöhnliche Sterbliche.

Steckte einer der Wissenschaftler hinter den Attacken auf Devlin? Über diese Möglichkeit dachte er eine Zeit lang nach. Schließlich entschied er, das würde keinen Sinn ergeben. Wenn er endgültig starb, würde es der Forschungsabteilung nichts nützen.

Er rieb sein Bein, um die Qualen zu lindern, die er immer noch spürte. Bald würden die Schmerzen verebben, die Narben verblassen. Doch die

Erinnerung an die Axt, die seine Knochen zerschmettert hatte, und an den enormen Blutverlust würde ihn begleiten – bis sie von schlimmeren Erfahrungen verdrängt wurde.

Nein, es war sinnlos, an einem Leben zu hängen, das nur daraus bestand, auf Kämpfe zu warten, zu kämpfen, bis man nicht mehr bluten konnte, wiederbelebt zu werden und den Kreislauf erneut zu beginnen. Nicht, dass er in Selbstmitleid versinken würde.

Der Lebensinhalt der Paladine stand einwandfrei fest, was nur wenige Menschen von sich behaupten durften. Dank ihrer einzigartigen genetischen Merkmale waren sie virtuose Krieger. Außergewöhnlich stark gebaut, konnten sie hervorragend mit Waffen umgehen. Bedingungslos engagierten sie sich für den guten Zweck, den sie auf dem Schlachtfeld verteidigten. Und sobald sie entschieden hatten, wem sie dienten, war ihre Loyalität unerschütterlich.

Devlin musterte die verschiedenen Schwerter und Äxte, die an der Wand gegenüber seinem Schreibtisch hingen. Rasiermesserscharf, stets perfekt instand gehalten, stellten sie die Werkzeuge seiner Berufung dar und wurden immer wieder in der Finsternis geschwungen, die in seine Welt eindrang, wann immer sich die Verwerfungslinien verlagerten oder ein Vulkan Flammen, Rauch und Asche in den Himmel spuckte.

Er stand auf und ging zu seinem Arsenal. Mit beiden Händen hob er sein Lieblingsschwert von der

Wand. Natürlich hätte er wissen müssen, einer seiner Kameraden würde es nach dem Kampf hierherbringen.

An einigen Stellen war die Schneide eingekerbt, was ihn nicht überraschte. Doch der schwarze Brandfleck in der Nähe des Griffs verblüffte ihn. Am nächsten Tag würde er das Schwert im Waffenlager instand setzen lassen. Wenn er auch mehrere Schwerter besaß – keines lag so gut in seiner Hand wie dieses.

Der Teppichboden dämpfte die Schritte eines Besuchers, der die Schwelle überquerte, nur unvollkommen. Bevor Devlin sich zu seinem Kollegen wandte, hängte er das Schwert an die Wand zurück. Cullen Finley lehnte am Türrahmen. Wie immer wartete er geduldig, ehe er zu sprechen begann.

»Beinahe hätten wir es nicht gefunden.« Ohne eine Einladung abzuwarten, trat er näher. Hätte Devlin keine Gesellschaft gewünscht, wäre die Tür geschlossen und versperrt gewesen. Das wusste Cullen.

Devlin setzte sich wieder hinter den Schreibtisch und bedeutete seinem Freund, ebenfalls Platz zu nehmen. »Freut mich, dass du meine Waffe mitgebracht hast, Cullen. Ich würde sie vermissen. Wo lag sie?« Wie er sich vage entsann, hatte er sie zu Boden fallen lassen und nicht mehr darauf geachtet, zu sehr mit seinem Tod beschäftigt.

Die Stirn gefurcht, blickte Cullen zu Devlins Arsenal hinüber. »Dein Schwert steckte in der Barriere. Ganz vorsichtig mussten wir es herausziehen, um es nicht zusätzlich zu beschädigen – oder den Grenzwall.«

In Devlins Gehirn schrillten Alarmglocken. »Als ich niedergestreckt wurde, befand ich mich nicht in der Nähe der Barriere. Ich war in einen Seitenweg gerannt, um zwei Flüchtlinge zu verfolgen.« In jenem Moment hätte er merken müssen, dass irgendetwas nicht stimmte. Nur selten agierten die Anderen paarweise. Doch diese beiden waren trotz einer Abzweigung zusammengeblieben. Hatten sie das geplant und ihn in eine Falle gelockt?

Noch ein Teil des Puzzles, der nicht in das Gesamtbild passte …

»Gibt es noch etwas, das ich wissen müsste?«, fragte er.

Bevor Cullen antwortete, nahm er sich sehr viel Zeit. Sein Spitzname lautete »Professor«, weil er stets gründlich nachdachte, bevor er sprach. Und er hatte, ebenso wie Devlin, umfangreiche Informationen über die Paladine und ihr Schicksal gesammelt.

Schließlich schüttelte er den Kopf. »Wie das Schwert an diese Stelle geraten war, kann ich dir nicht erklären. Aber wenn ich es wüsste – dafür würde ich einiges geben. Fast sah es so aus, als hätte irgendjemand deine Waffe benutzt, um die Barriere absichtlich zu zerstören.« Er grinste sarkastisch. »Wer immer deine Waffe schwang, muss seine Hände ziemlich schmerzhaft verbrannt haben. Darauf wette ich. Falls der Wall auf Hochtouren eingestellt war, jagte er einen gewaltigen Blitzschlag in die Klinge.«

Dieser Gedanke heiterte Devlin ein wenig auf. »Wenn du weitere Einzelheiten herausfindest, gib mir Bescheid.« Er hob die Arme über seinen Kopf und streckte sich. Nun ließ der kleine Energieschub nach, den die Rückkehr in sein Büro bewirkt hatte. Er müsste nach Hause gehen und in sein Bett sinken. Sonst würde er die Nacht womöglich am Boden neben seinem Schreibtisch verbringen.

»Hat D.J. das System gerettet?«, erkundigte er sich.

Cullen lächelte wieder. »Ja, alles ist in Ordnung. Manchmal glaube ich, Lonzo und seine Spießgesellen machen sich einen Spaß daraus, mit dem System zu spielen und Mist zu bauen, nur damit D.J. sich ärgert. Und das funktioniert stets aufs Neue.«

Mit solchen Possen lockerten sie die Anspannung, unter der sie tagaus, tagein standen. Darüber wollte Devlin sich nicht beschweren, solange sie keinen ernsthaften Schaden anrichteten.

»Offiziell bin ich immer noch außer Dienst«, erklärte Devlin, »bis Dr. Young und Dr. Neal genug Löcher in mich gebohrt und alles Blut aus meinen Adern gezapft haben. Heute gehe ich möglichst früh schlafen, und ich hoffe, wenn ich mich einen ganzen Tag ausgeruht habe, kann ich mich aus den Klauen der beiden befreien.«

Sein Freund hob die Brauen. »Also, mein Typ ist Dr. Neal auch nicht. Aber an deiner Stelle hätte ich es nicht so eilig, von Dr. Young wegzukommen.« Sekundenlang schloss er die Augen und genoss ein Fantasiebild. »So intelligent – und trotzdem so umwerfend schön …«

Plötzlich empfand Devlin den verwirrenden Impuls, seinem Freund die Zähne einzuschlagen, und er wäre beinahe über den Schreibtisch gehechtet.

Nur mühsam zwang er sich, seine Fäuste zu öffnen und eine unbefangene Miene beizubehalten. Er umklammerte die Tischkante und stand auf. Bis er sich besser unter Kontrolle hatte, wollte er allein bleiben – vorzugsweise in seinem Quartier.

Cullen folgte ihm in den Korridor hinaus. »Lass dir Zeit, bevor du wieder zu uns kommst. Wenn wir deine Hilfe brauchen, verständigen wir dich.«

»Tut das.«

Devlin wartete, bis Cullen aus seinem Blickfeld verschwand. Dann hämmerte er eine Faust gegen die Wand. Zum Teufel mit Laurel Young und ihren großen, strahlenden Augen! Entfachte sie die Begierde aller Paladine? Für sexuelle Zurückhaltung waren sie sicher nicht berühmt. Und wenn sich einer mit ihr einließ, würden die Fetzen fliegen.

Insbesondere, wenn er nicht Devlin Bane hieß.

*

An diesem Vormittag hatte Laurel zu viel Zeit mit der Beobachtung ihrer Uhr verschwendet. Wäre sie so klug gewesen, einen Termin mit Devlin Bane zu vereinbaren, hätte sie vielleicht bessere Arbeitsresultate erzielt. Wütend auf sich selbst, verfluchte sie diese alberne Obsession. Es gab gute Gründe, warum die Betreuer und die Paladine ihre Kooperation schon seit Generationen auf einer kühlen, professionellen Basis abwickelten.

Trotzdem schweifte Laurels Blick jedes Mal, wenn ihre Konzentration nachließ, zum großen Uhrzeiger, und sie wünschte inständig, er würde sich etwas schneller bewegen.

Die Paladin-Krieger standen zwischen dieser Welt und der dunklen, die hier einzudringen und alles zu vernichten drohte. Und jene Anderen waren die Feinde, nicht ganz menschlich, aber annähernd. Sie lauerten jenseits der Barriere, die beide Welten trennte. Wann immer der Grenzwall beschädigt wurde, strömten sie durch die Bresche, bis sie von den Paladinen in blutigen Nahkämpfen zurückgeschlagen wurden. Dabei klirrten Waffen aus dem Mittelalter. Während die meisten Paladine kämpften, besserten einige ihrer Kameraden die Barriere aus. Wenn der Schaden für eine sofortige Reparatur zu groß war, standen die Paladine Schulter an Schulter und bildeten eine Verteidigungslinie.

In solchen Situationen wurden ihre Seelen schmerzlich belastet. Laurel erschauerte. Warum das so war, wusste niemand – aber je öfter ein Paladin kämpfte und starb, desto ähnlicher wurde er den Bewohnern der dunklen Welt, unkontrollierbar und mörderisch. Obwohl sie den Gedanken hasste, einen der tapferen Männer, die sie kannte und respektierte, töten zu müssen – wenn es nötig war, würde sie es tun.

Das war sie ihm schuldig, auch seinen Gefährten.

Selbst wenn es sich um Devlin Bane handelte. Ganz besonders, wenn es um ihn ging. Der Mann kämpfte schon so lange wie keiner seiner Vorgänger in der Geschichte der Paladine. Und er verdiente es, sein Leben würdevoll zu beenden, nicht als rasendes Monstrum. Was ihre eigene Seele erleiden würde, wollte sie sich nicht vorstellen.

Die Sprechanlage surrte. Weil Laurel nicht übereifrig erscheinen wollte, wartete sie fünf Herzschläge lang, bevor sie sich meldete.

»Ja, Sergeant Purefoy?« – »Devlin Bane ist hier und möchte mit Ihnen reden, Dr. Young.«

»Geben Sie mir eine Minute Zeit, bevor Sie ihn hereinführen.«

Sie musste sich glücklich schätzen, wenn die Wachtposten ihn auch nur halb so lange zurückhalten konnten. Wenigstens ermöglichten ihr diese kostbaren paar Sekunden, sich prüfend umzuschauen und festzustellen, ob alles in Ordnung war. Ihr Klappbett stand im Schrank, die Decke, die Devlin über ihren Körper gebreitet hatte, lag sorgsam zusammengefaltet in einem Schubfach der Kommode.

Warum sie diese Decke nicht in den Korb für die Schmutzwäsche geworfen hatte – nein, darüber wollte sie nicht nachdenken. Oder dass es furchtbar peinlich gewesen war, während der Dienstzeit einzuschlafen, ganz egal, wie erschöpft sie sich gefühlt hatte …

Oft genug überlegte sie, wie sich das angefühlt hatte, von Devlins starken Armen getragen zu werden. Sie wünschte, daran würde sie sich genauso gut erinnern wie an ihr Erwachen, umgeben von seinem Duft, der an dieser Decke haftete.

Verdammt, solche Gedanken musste sie endlich verdrängen. Sie würde die Decke sofort in den Wäschekorb werfen …

Aber bevor sie die Kommode erreichte, öffnete sich die Tür, und Devlin kam herein. Von Sergeant Purefoy und seinen Männern begleitet.

Wie seine Miene deutlich verriet, fand er diese Eskorte überflüssig und unangenehm.

»Danke, Sergeant«, sagte Laurel. »Wenn er geht, rufe ich Sie über den Summer.« Auch ihr missfiel die Regel, dass ein Paladin auf Schritt und Tritt bewacht werden musste. Trotzdem musste sie sich daran halten.

»Bringen wir's hinter uns.« Devlin krempelte bereits einen Hemdsärmel hoch. Offensichtlich glaubte er, Dr. Neal hätte nur eine weitere Blutuntersuchung angeordnet. Stattdessen mussten mehrere Tests vorgenommen werden, angefangen mit einer Prüfung der körperlichen Kraft und des Durchhaltevermögens.

»Gut, beginnen wir mit dem Heimtrainer.« Um seinem Blick auszuweichen, ergriff sie ihr Klemmbrett.

»Warum zum Geier sollte ich das akzeptieren?«

Laurel wappnete sich gegen den Wutausbruch, der ihr zweifellos drohte, und reichte ihm die Liste. »Weil Dr. Neal darauf besteht.«

Erbost riss er ihr das Blatt Papier aus den Fingern. »Auf gar keinen Fall, Dr. Young. Für diesen Unsinn habe ich keine Zeit.«

Obwohl sie ihm seine Weigerung nicht verübelte, musste sie die Anweisungen ihres Vorgesetzten befolgen. Normalerweise funktionierte die Zusammenarbeit mit Dr. Neal problemlos. Aber wenn sie gegen seine Wünsche protestierte, würde er ihr Devlins Betreuung entziehen. Und das wollte sie nicht riskieren.

Vielleicht konnte sie Devlin einen Kompromiss anbieten. »Erledigen wir heute nur die Hälfte der Liste – und den Rest morgen.«

Mit schmalen Augen starrte er sie an. »Warum hat er das beschlossen? Was erwartet er herauszufinden?«

»Danach müssen Sie Dr. Neal fragen.« Laurel glaubte, er würde die Wahrheit verdienen. Doch die durfte er vorerst nicht erfahren. »Jetzt werde ich die nötigen Vorbereitungen treffen.« Sie öffnete eine Schublade und nahm Shorts heraus. »Sicher ist das bequemer als Ihre Jeans.«

Devlin beobachtete, wie sie den Raum verließ. Nicht einmal der wenig kleidsame weiße Laborkittel konnte ihre langen Beine und den femininen Hüftschwung verbergen. Die Nebenwirkungen der Wiederbelebung plagten ihn immer noch. Und Laurels Nähe verschlimmerte den sexuellen Frust.

Seufzend zog er das Hemd aus und griff nach dem Reißverschluss seiner Jeans. Vielleicht würde ihm der Heimtrainer helfen. Auf das gewohnte morgendliche Jogging hatte er verzichtet. Solange er nicht wusste, wer den Mordanschlag auf ihn verübt hatte, wäre es unklug, als Zielscheibe herumzulaufen.

»Steigen Sie auf den Apparat.« Laurel hielt mehrere Kabel in der Hand und entfernte die Schutzhüllen aus Papier von den Elektroden, die sie auf Devlins Brust und die Arme steckte. Jedes Mal, wenn ihre Fingerspitzen ihn berührten, prickelten seine Nervenenden. Glücklicherweise hatte sie den Monitor noch nicht eingeschaltet. Sonst würde sie alle seine lasterhaften Gedanken lesen. Zum Beispiel, dass er sie irgendwohin zerren wollte, wo sie ungestört wären. Dort würde er sie leidenschaftlich küssen, bis sie den Verstand verlor.

Und das würden Dr. Neal und seine Konsorten solchen Wünschen entnehmen. Bei diesem Gedanken grinste er. Instinktiv trat Laurel einen Schritt zurück. Schlaues Mädchen. Wenn sie sich ein bisschen vor ihm fürchtete, würde es beiden nützen.

»Fangen Sie langsam an. Dann beschleunigen Sie das Tempo allmählich. Natürlich weiß ich, wie schnell ihr Jungs euch erholt. Aber ihr gebrochenes Bein sah ziemlich schlimm aus. Deshalb will ich keine weitere Verletzung riskieren.«

»Das ist schon okay.«

Nicht ganz. Aber am nächsten Tag würde sein Bein so gut wie neu sein. Langsam begann er zu radeln, seine Muskeln erwärmten sich. Nach ein paar Minuten erreichte er den vertrauten Rhythmus seines Morgentrainings. Es tat ihm gut, sich wieder zu bewegen, den Blutkreislauf zu spüren, Luft in seine Lungen zu saugen.

Bisher hielt sein Bein der Belastung stand, und er fühlte keinen nennenswerten Unterschied zum unverletzten. Falls es zu schmerzen anfing, würde er so lange wie möglich weiterradeln. Denn er musste wissen, ob er sich auf dieses Bein verlassen konnte, wenn er auf das Schlachtfeld zurückkehren würde.

Die Wahrscheinlichkeit eines größeren Spalts in der Verwerfungslinie entlang des westlichen Rands von Washington wurde immer offenkundiger. Wenn die Barriere zusammenbrach, drohte ein Blutbad. Dann wurde jedes einzelne Schwert gebraucht.

Bei dieser Überlegung fiel ihm ein, dass er an diesem Tag das Waffenlager aufsuchen musste.

»Jetzt können Sie das Tempo drosseln.« Laurel wandte sich vom Monitor ab und trug die Daten in Devlins Kartei ein.

Einige Minuten lang behielt er seinen Rhythmus bei – teilweise, weil sich die Bewegung angenehm anfühlte, und außerdem, weil ihm das eine gewisse Kontrolle gestattete. Laurel ignorierte die kleine Rebellion und konzentrierte sich auf die diversen Resultate, die ihr Gerät ausspuckte. Dass alles, was seine Person ausmachte, auf endlose Zahlenreihen und Dateien reduziert wurde, hatte er schon immer gehasst. Als wären diese Resultate realer als er selbst …

Allmählich verlangsamte er das Tempo, hörte schließlich zu radeln auf und stieg vom Heimtrainer. Er nahm ein Handtuch von dem Stapel, der in seiner Reichweite lag, wischte den Schweiß von seiner Stirn und seinem Nacken und wartete ab, was Laurel nun mit ihm machen würde. Was das betraf, hatte er einige Ideen. Doch er bezweifelte, dass sie sich dafür interessierte. Außerdem war das Labor der falsche Ort für solche Gelüste.

Kameras und Mikrofone ermöglichten den Wachtposten draußen vor der Tür, alles zu verfolgen, was hier drinnen geschah. Falls er jemals der Versuchung nachgeben und mit Laurel schlafen würde, brauchte er gewiss kein Publikum.

»Was jetzt?«

Um Bescheid zu wissen, musste er nur ihr Gesicht mustern. Ärgerlich zerknüllte er das Handtuch und warf es in die Richtung des Wäschekorbs, der in einer Ecke stand. Noch ein verdammter Gehirnscan, bei dem sich herausstellen sollte, ob seine Menschlichkeit allmählich dahinschwand.

»Und wenn ich mich weigere?«

Laurels Kinn hob sich um einen Zentimeter. Sekundenlang glitt ihr Blick zur Kamera an der Decke des Labors, bevor sie Devlin wieder anschaute. »Gibt es dafür einen Grund?«

»Keinen besonderen. Ich hab's einfach nur satt. Ständig wird an mir herumgefummelt.« Er wandte sich zum Schreibtisch, auf dem ein dicker Aktenordner lag. »Haben Sie auch nur die leiseste Ahnung, wie viele Bäume sterben mussten, um Ihnen genug Papier für meine Testergebnisse zu verschaffen?«

Als sie merkte, dass er die Prozedur erdulden würde – zumindest diesmal –, ließ die Anspannung in ihren Schultern ein wenig nach. »Je eher wir anfangen, desto schneller haben Sie's überstanden.«

Er folgte ihr in einen kleinen Raum, der mit einem schmalen Bett und einer weiteren elektronischen Konsole voller Skalen und Tasten und blinkender Lichter eingerichtet war. Diesen Apparat verabscheuten alle Paladine. Denn er repräsentierte ihren Richter und die Geschworenenbank – ein gnadenloses Gericht, das den Angeklagten von vornherein verurteilen und ihm keine Chance geben würde, sich zu verteidigen.

Und das Urteil konnte zur unverzüglichen Exekution führen.

Ganz egal, wie oft er die Tortur schon durchgemacht hatte – sie wurde nicht erträglicher. Nur wenige Dinge auf dieser Welt fand er schrecklicher als die Elektroden, die sich wie winzige Klauen in seine Kopfhaut bohrten und beklemmende Schmerzen verursachten. Außerdem wurde ihm bei jedem Gehirnscan übel. Obwohl er wusste, dass er immer noch im ausreichenden Maß menschlich war, fürchtete er, was Laurel feststellen würde, wenn das Gerät zirpte und summte und seine Gehirnwellen aufzeichnete.

Er streckte sich auf dem Bett aus. Nur vage registrierte er das kühle Baumwolllaken unter seinem Rücken. Die Augen geschlossen, konzentrierte er sich auf seine Betreuerin, um seine Gedanken vom hässlichen Weg des Selbstzweifels wegzulenken. Schon immer hatte er für brünette Frauen mit langen Beinen geschwärmt, die sich mühelos um die Hüften eines Mannes schlangen. Und diese leuchtenden schokoladebraunen Augen …

Am liebsten würde er Laurel mit Haut und Haaren verschlingen. Ihr Duft reizte seine Sinne – eine Mischung aus Seife und Shampoo und irgendetwas Einzigartigem, das nur *sie* ausstrahlte. Krampfhaft grub er seine Finger in das Laken. Je länger er sich in ihrer Gesellschaft befand, desto unwiderstehlicher erschien ihm die Versuchung, sie zu berühren. Als sie sich zu ihm hinabbeugte und die letzten Elektroden anbrachte, biss er auf seine Lippen und unterdrückte ein Stöhnen.

Besaß die Frau so wenig Verstand? Warum hielt sie ihre Brüste nicht von seinem Gesicht fern? Beinahe überwältigte ihn der Wunsch, den Kopf zu heben und daran zu saugen. Stattdessen begnügte er sich mit einem kurzen Blick. Diese intime Nähe musste er nutzen. Über ihrem Busen spannte sich der weiße Kittel und bestätigte seine Vermutung. Sicher waren ihre Brüste wohlgeformt und passten perfekt in die Hände eines Mannes. Oder in seinen Mund. Und sie würden nach reifen Beeren und warmem Sonnenschein schmecken.

Er bewegte sich – dankbar für die weit geschnittenen Shorts, die seine sofortige Erektion zumindest teilweise verbargen. Als Laurel zurücktrat, atmete er hörbar aus. Offenbar hatte er die Luft angehalten. Das merkte er erst jetzt.

»Jetzt werde ich die Lichter dimmen«, kündigte sie an. »Versuchen Sie sich zu entspannen und denken Sie an etwas Schönes.«

Im Halbdunkel setzte sie sich auf den Stuhl neben dem Bett und betätigte den Schalter, der das Programm startete. Devlin tat sein Bestes, um sich zu entspannen. Aber es gelang ihm nicht.

»Dass diese Untersuchung keinen Spaß macht, weiß ich, Devlin.« Ihre Stimme klang kühl und beruhigend. Erstaunlicherweise hatte sie ihn mit seinem Vornamen angesprochen.

Ihre Hand sank auf seine Schulter. Langsam wanderte sie über seinen Arm zu seiner Hand. Er drehte die Handfläche nach oben und schlang seine Finger in ihre. Nun spielten sie beide mit dem Feuer. Aber in diesem Moment brauchte er alle Wärme, die er kriegen konnte. Vielleicht würde sie jeden Paladin so freundlich behandeln … Nein, das glaubte er nicht.

Keiner hatte jemals erwähnt, sie würde sich nicht distanziert und professionell benehmen. Andernfalls hätten die Paladine damit geprahlt. Die meisten waren eitel und oberflächlich. Also hätten sie wohl kaum den Mund gehalten. Sogar D.J. oder Cullen hätten ihn darauf hingewiesen. Mit dieser geringfügigen Sorge musste er sich vorerst nicht befassen.

Wann immer er an diesen Apparat angeschlossen

war, verlor er sein Zeitgefühl. Die Prozedur dauerte nur etwa dreißig Minuten. Doch sie kam ihm viel länger vor. Selbst wenn die Resultate ihm immer noch ausreichende menschliche Eigenschaften bescheinigten, so dass er am Leben bleiben durfte – jeder Gehirnscan markierte seine fortschreitende Verwandlung in einen Anderen.

Niemals hatte er sich erkundigt, wie weit er vom Ende entfernt war. Natürlich würde Laurel diese Frage nicht beantworten. Und außerdem würde es nichts ändern, wenn er die Wahrheit erfuhr. Er würde weiterhin kämpfen und an der Seite seiner Kameraden sterben, bis seine Betreuerin ihm dieses Privileg versagte. Darauf war er verdammt stolz.

Allmählich entspannte er sich. Seine Welt verengte sich zu einem schwachen Lichtkreis, den die bernsteingelben und grünen Lämpchen der Konsole dominierten. Als er den Kopf ein wenig seitwärts drehte, sah er Laurels Profil. Woran mochte sie denken, während sie in der Stille warteten?

Trotz seines überdurchschnittlichen Sehvermögens konnte er von ihrem unbewegten Gesicht nicht auf ihre Stimmung schließen. Vielleicht stellte sie eine Liste der Waren zusammen, die sie auf dem Heimweg im Supermarkt kaufen würde. Oder sie spürte seine Nähe ebenso schmerzlich wie er ihre. Stellte sie sich in manchen schlaflosen Nächten vor, wie es wäre, ihn zu verführen?

An so etwas sollte er nicht denken. Welche Zukunft hätte er einer Frau zu bieten? Selbst wenn sich eine in ihn verliebte und bereit wäre, ihm ihr

Herz zu schenken – wie konnte sie das Monstrum lieben, in das er sich unweigerlich verwandeln würde?

Ratternd und piepsend kündigte der Apparat das Ende des Tests an. Als Laurel ihm ihre Hand entziehen wollte, schlossen sich seine Finger fester um ihre und hielten sie gefangen.

»Bitte, Mr. Bane.« Also war sie zu seinem Nachnamen zurückgekehrt.

Da verlor er die Beherrschung. Er riss die Elektroden von seiner Kopfhaut, ignorierte den stechenden Schmerz der winzigen Wunden und befreite sich vom Gewirr der Kabel. Dann sprang er auf und presste seine Betreuerin an die Konsole.

»Für Sie bin ich vielleicht nur ein Gebilde aus Zahlen und Testergebnissen, Dr. Young«, stieß er hervor. »Nur ein weiteres interessantes Exemplar, das Sie eifrig studieren können.«

Sie schaute auf und runzelte die Stirn, als wollte sie gegen diese Einschätzung protestieren, und es gefiel ihm, wie sich ihre Pupillen vergrößerten, wie ihre Nasenflügel bebten. Offenbar war sie nicht immun gegen die unmittelbare Nähe seines fast nackten Körpers.

Mit seinem Daumenballen streichelte er ihr Handgelenk und spürte ihren beschleunigten Puls. Seine Stimme sank zu einem verführerischen Flüstern herab. »Aber ich bin immer noch ein Mann mit den natürlichen Bedürfnissen eines Mannes – insbesondere, wenn ich einer schönen Frau begegne. Sollten Sie mich weiterhin herausfordern, werden

Sie wahrscheinlich auf die harte Tour herausfinden, was das für Bedürfnisse sind – und was geschehen muss, damit sie befriedigt werden.«

Plötzlich drückte er sie an seine Brust. Der Blick ihrer dunklen Augen schweifte zu seinem Mund, ihre eigenen Lippen öffneten sich, als wollte sie ihn einladen. In diesem Moment verlor sein Gewissen den Kampf, und er erlag der schwindelerregenden Versuchung, in die Laurel Youngs betörender Duft ihn führte.

Drittes Kapitel

Ihre Hand in seiner gefangen, presste er Laurel an seine harten Brustmuskeln, während er sie leidenschaftlich küsste. Sie war dankbar für seine Kraft. Denn in diesem Moment hätte sie kein einziger Knochen in ihrem Körper aufrechterhalten.

Seine Zunge erforschte ihren Mund, kostete und schmeckte sie und weckte die Sehnsucht nach intensiveren Reizen. Seit sie dem Impuls nachgegeben hatte, Devlin während der unbarmherzigen Aufzeichnung seiner Gehirnströme zu trösten, konnte sie keinen einzigen rationalen Gedanken fassen. Und nach den Konsequenzen dieses Unvermögens zu schließen, sollte sie die Elektroden vielleicht an ihrer eigenen Kopfhaut befestigen.

Nun wünschte sie sich nur noch eins – Devlin zu berühren, seine schiere Kraft zu genießen. Nicht einmal annähernd hatten ihre Fantasien der Realität seiner Glut geglichen, die einzig und allein ihr galt.

Heiße, feuchte Lippen zeichneten die Konturen ihres Kinns nach, bis sie eine Ohrmuschel erreichten und seine Zunge den fein geschwungenen Linien folgte. Dann seufzte er tief auf. Sein warmer Atem jagte ein brennendes Verlangen durch Laurels

Adern. Ungeduldig schlüpfte sie aus ihrem Laborkittel und ließ ihn zu Boden fallen.

Wenige Sekunden später landete sie auf dem schmalen Bett, und Devlins köstliches Gewicht drückte sie in die Matratze. Um ihn willkommen zu heißen, spreizte sie die Beine. In vollen Zügen genoss sie den intimen Körperkontakt. Von verzehrenden Küssen attackiert, fühlten sich ihre Lippen geschwollen an. Und seine starken Hände waren überall und berührten sie zuerst durch den dünnen Schutz ihres Hemds hindurch, bevor sie daruntergelitten. Raue, schwielige Fingerspitzen öffneten die Köpfe.

Ungehindert konnte sein Mund die oberen Wölbungen ihre Brüste liebkosen. Nachdem er Laurel von ihrem BH befreit hatte, richtete er sich auf und schaute hinab.

»Ja, ich hatte Recht.«

Womit, wollte sie fragen. Doch da saugte er an einer erhärteten Knospe und stöhnte zufrieden. Mit seiner Zunge, mit Lippen und Zähnen erregte er ekstatische Gefühle, Laurels Begierde wuchs, und es drängte sie, vollends mit ihm zu verschmelzen.

Das Geräusch des Reißverschlusses, als er ihre Jeans öffnete, entzückte sie, seine Hand in ihrem Slip noch mehr. Mit sanften Fingern prüfte er ihre Bereitschaft und spürte feuchte Hitze. Schon jetzt erreichte sie beinahe einen Höhepunkt.

Plötzlich erstarrte Devlin, legte den Kopf schief und schien auf etwas zu lauschen, das ihr eigenes Gehör nicht wahrnahm.

»Sie kommen«, flüsterte er, sprang vom Bett und zog Laurel mit derselben blitzschnellen Bewegung auf die Beine.

Völlig verwirrt schaute sie ihn an – unfähig, zu begreifen, was er ihr mitteilte.

»Verdammt, Laurel, wir sind schon zu lange hier drin. Jetzt wollen die Wachtposten herausfinden, was los ist.«

Endlich verstand sie, wovon er redete. Jemand … Nein, mehrere Leute durchsuchten das Labor. Sie bezwang ihre Panik. Wenn sie mit aufgeknöpfter Bluse und geöffneter Hose ertappt wurde, war ihr Ruf rettungslos ruiniert. Und man würde Devlin noch vor dem Abend einen neuen Betreuer zuteilen.

An der Konsole blinkte ein Licht. Zum Glück war dies der einzige Raum des Laborbereichs, in dem es keine Überwachungskameras gab, auch keine Mikrofone, denn deren elektronische Impulse würden die sensitiven Geräte des Gehirnscans stören. Um das wettzumachen, musste der Betreuer regelmäßig eine verschlüsselte Nachricht an die Wache schicken und versichern, alles sei in Ordnung. Jeden Tag wurde der Code geändert. Dadurch verhinderte man, dass ein ungebärdiger Paladin das Geheimnis ergründete und seine Entdeckung ausnutzte.

Da Laurel die letzte Meldung nicht durchgegeben hatte, war ein Alarm ausgelöst worden.

Und wenn sie die Situation nicht entschärfte, würden Sergeant Purefoy und seine Männer in den kleinen Nebenraum stürmen, um einen aufsässigen

Paladin zu bändigen. Hastig drückte sie auf die Taste, die den blinkenden Alarm ausschaltete, und tippte den Code in den Computer. Damit würde sie die Wachtposten nicht zum Rückzug veranlassen, weil sie natürlich vermuten mussten, Devlin hätte den Code geknackt und benutzt. Aber wenigstens würden sie ihre Waffen nicht vorschnell abfeuern.

Beim zweiten Versuch gelang es ihr, ihren BH zu schließen. In aller Eile knöpfte sie ihr Hemd zu, schloss die Jeans und glättete ihr Haar. Sie hoffte, sie würde nicht so derangiert aussehen, wie sie sich fühlte. Wenigstens würde der Laborkittel einiges verhüllen.

Devlin hatte sich auf das Bett gelegt und die meisten Elektroden wieder an seiner Kopfhaut befestigt. Die Lider gesenkt, erweckte er den Eindruck, er wäre eingeschlafen, während er die Sekunden bis zum Ende des Tests gezählt hatte.

*

Noch immer zitterten Laurels Hände. Aber ihre Stimme klang ruhig, als sie sich über die Sprechanlage meldete. »Hier ist Dr. Young, Sergeant Purefoy. Code Alpha Zulu Beta. Ich wiederhole, Alpha Zulu Beta. Es handelt sich nicht um einen Notfall.«

Zu ihrer Bestürzung antwortete Dr. Neal. »Was geht da drinnen vor, Dr. Young?« Wenigstens hörte sich die Frage eher genervt als wütend an.

»Nichts, Sir.« Zumindest nicht mehr. »Wenn ich die Tür öffnen darf, kann ich Ihnen alles erklären.«

Hoffentlich, dachte sie.

Bevor sie die Türklinke ergriff, drückte Devlin ihre Hand. »Lass dich nicht unterkriegen.«

Diese kleine Aufmunterung half ihr, die Schultern zu straffen. Als die Tür aufschwang, betrat sie einen Raum voller bewaffneter Männer. Ohne mit der Wimper zu zucken, wandte sie sich zu ihrem Boss.

Ein paar Minuten später hielten sich nur mehr Laurel und Dr. Neal im Labor auf. Devlin schlief immer noch, sein leises Schnarchen bestätigte wortlos die stockende Erklärung, die sie ablieferte.

»Tut mir leid, Sir. Keine Ahnung, wieso ich vergessen habe, mich bei Sergeant Purefoy zu melden … Ich muss eingenickt sein.« Achselzuckend schüttelte sie den Kopf und hoffte, ihr Chef würde glauben, sie wäre seinem Blick nur aus reiner Verlegenheit ausgewichen.

Er spähte an ihr vorbei in den Nebenraum, wo Devlin lang ausgestreckt auf dem Bett lag. »Dann schlage ich vor, Sie machen heute früher Schluss und ruhen sich aus. Während der Arbeit einzuschlafen – noch dazu, wenn Sie einen Paladin in Mr. Banes fortgeschrittenem Alter untersuchen, ist ziemlich albern – um es milde auszudrücken. Zum Glück für alle Beteiligten ist kein Schaden entstanden.«

»Ja, Sir. Sobald Mr. Bane aufwacht, gehe ich nach Hause. Bis dahin finde ich noch genug Zeit, um den Gehirnscan abzuschließen und meinen Bericht zu schreiben.«

»Wäre es nicht besser, ich würde das für Sie erledigen, Dr. Young?«

Auf keinen Fall durfte er herausfinden, wie schlampig die Elektroden an Devlins Kopf festgemacht waren. Dafür konnte sie sich keine Erklärung ausdenken.

»Nein, danke, Sir. Aber wenn Mr. Bane nicht erwacht, bevor ich gehen möchte, rufe ich Sie an.«

Nur widerstrebend verließ Dr. Neal den Raum. Da die Gefahr bestand, er könnte unerwartet zurückkehren und sie überprüfen, wartete sie ein paar Minuten, ehe sie zu Devlin eilte. Das Gewirr der Elektrodenkabel hing nach unten. Einen Ellbogen auf das Kissen gestützt, lag ihr Patient da, mit ausdrucksloser Miene.

»Wann immer du willst, kannst du verschwinden. Sergeant Purefoy wird dich hinausbegleiten.« Nachdem sie seine Kleidung auf das Bett geworfen hatte, wandte sie sich ab, um die Apparate auszuschalten.

Devlins Blick schien ihren Rücken zu durchbohren, während er sich anzog. Was mochte er denken? Bedauerte er, dass nicht beendet worden war, was sie begonnen hatten? Oder dass es überhaupt geschehen war?

Als er aufstand, raschelte das Bettzeug. Dann spürte sie seinen warmen Körper dicht hinter ihrem.

»Möchtest du einen neuen Betreuer beantragen?« Laurel hielt den Atem an und hoffte inbrünstig, er würde nicht Ja sagen.

»Nein. Aber das darf nicht mehr passieren.«

Natürlich nicht. Trotzdem brannten Tränen in ihren Augen. Wortlos nickte sie.

»Zumindest nicht hier.« Er neigte sich vor, und sein Atem kitzelte ihren Nacken. »Wenn wir beide miteinander schlafen, Laurel – und das werden wir ganz sicher bald tun –, bevorzuge ich eine etwas privatere Atmosphäre. Denn *nichts* wird uns daran hindern, auf die richtige Weise zu beenden, was heute anfing.«

Ohne eine Antwort abzuwarten, ging er davon.

*

Obwohl es im Labor beinahe zu einer Katastrophe gekommen wäre, befand Devlin sich in so guter Stimmung wie schon lange nicht mehr. Welch eine angenehme Überraschung hatte ihm die begehrenswerte Dr. Young bereitet … Hinter dem weißen Kittel und dem unvermeidlichen Klemmbrett verbarg sich eine erstaunlich leidenschaftliche Frau.

Er konnte es kaum erwarten, sie in sein Bett zu holen, ihre nackte Haut unter seiner zu spüren. Gewiss, sie mussten ihre Beziehung äußerst sorgsam arrangieren. Doch er hatte sich in zahllosen Kämpfen als hervorragender Taktiker erwiesen. Und ein geheimes Rendezvous ließ sich sicher genauso leicht planen wie ein Hinterhalt.

Er bog in die First Avenue, in die Richtung des Pioneer Square, eines beliebten Touristentreffpunkts. Unter den Straßen lag ein Netzwerk aus Korridoren, der sogenannte Seattle Underground. Zu diesem unterirdischen Gebiet wurde Besuchern und Einheimischen begrenzter Zugang gewährt. Und niemand ahnte, dass die eingestürzten Ziegelmauern aus der Vergangenheit das Hightech-Control-Center der Paladine tarnte.

Immer wieder machten sich D.J. und seine Gefährten einen besonderen Spaß daraus, die Touristen zu beobachten, wenn sie durch die wenigen Teile des Underground geführt wurden, die den Sicherheitsbestimmungen entsprachen und für die Öffentlichkeit zugänglich waren. Aber Devlin fand diese Horden eher lästig.

Aus reiner Gewohnheit vergewisserte er sich, dass ihm niemand folgte, bevor er die Gasse betrat, an deren Ende er den nächstgelegenen Eingang zum Center erreichen würde. Davor war ein Wächter postiert, dem er zunickte. Wie ein heruntergekommener Trunkenbold gekleidet, voller Schmutz, mit den passenden Gerüchen behaftet, genügte Penns äußere Erscheinung, um die meisten Eindringlinge abzuschrecken. Falls das nicht funktionierte, verfügte er über ein imposantes Waffenarsenal, in einem derangierten Einkaufswagen versteckt.

Penn sah noch verwahrloster aus als bei der letzten Begegnung. Offenbar fand er ein perverses Vergnügen an seinem Job.

»Wenn du ankommst, sollst du sofort zu Cullen gehen, Sir. Das hat er mir vorhin gesagt.«

»Danke, irgendwo werde ich ihn sicher finden.«

Devlin stieg die Treppe hinab und tippte den Code in einen kleinen Computer, um die Tür zu öffnen. Sobald er die Schwelle überquert hatte, ließ seine Vorsicht nach. Wenn er irgendwo sicher war, dann hier. Vielleicht hatte Cullen inzwischen herausgefunden, wieso Devs Schwert in die Barriere geraten war.

Auf dem Weg zu seinem Büro blieb er kurz stehen, um mit Lonzo und D.J. zu reden. Keiner der beiden hatte Cullen in letzter Zeit gesehen. Aber sie versprachen, ihm mitzuteilen, Devlin würde ihn suchen.

Beim Anblick der gestapelten Berichte auf seinem Schreibtisch hätte er beinahe kehrtgemacht und das Büro wieder verlassen. Es widerstrebte ihm, all diese knochentrockenen Kommentare über den derzeitigen Zustand der Barriere zu lesen. Verdammt, er musste nur die Nachrichtensendungen einschalten, um zu wissen, ob der Mount St. Helens Dampf ausspie und einen neuen Lavaberg bildete.

Falls der labile Vulkan beschloss, seinen Gipfel erneut wegzusprengen, würden Devlin und seine Gefährten an der Front stehen und kämpfen, um die Anderen von dieser Welt fernzuhalten. Er klickte auf seinem Computer eine Landkarte an, die alle heiklen Stellen entlang der Barriere zeigte. Natürlich – in der Nähe des reizbaren Bergs wurde der Grenzwall von der *anderen* Seite aus getestet.

Er griff zum Telefon. »Hi, Lonzo. Haben wir die Deckung da unten in der Nähe des Bergs verstärkt?«

»Sobald wir letzte Nacht vom ersten schwachen Rumpeln hörten, wurde sie verdoppelt. Für den Notfall hält die Einsatztruppe eine weitere Schwadron bereit.«

»Schickt sie schon jetzt los, denn ich bin mir nicht sicher, ob sie ausreichen wird. Auf der anderen Seite nehmen die Aktivitäten stetig zu.«

Am liebsten wäre Devlin selbst nach unten gefahren.

Doch er wartete immer noch auf die Erlaubnis, seinen Dienst anzutreten. Wäre er lange genug im Labor geblieben, um die restlichen Untersuchungen zu absolvieren, könnte er sich wahrscheinlich schon wieder frei bewegen.

Trotzdem bedauerte er keine Sekunde lang, was geschehen war – abgesehen von dem Alarm, der die Wachtposten ins Labor gelockt hatte.

Nun, vielleicht war die Ankunft der Männer sogar vorteilhaft gewesen. Ein überstürzter Liebesakt auf dem schmalen, unbequemen Bett hätte seine Begierde vorerst gestillt, allerdings nur für kurze Zeit. Das wusste er, weil er die Reaktionen seines Körpers auf die betörende Nähe seiner Betreuerin kannte. Laurel verdiente es nicht, so respektlos behandelt zu werden, wie er es in der kleinen Kammer fast getan hätte.

Normalerweise gab er einer Frau zu verstehen, eine intime Beziehung mit ihm würde nicht lange dauern. Wenn sie das akzeptierte, zogen sie sich an einen privaten Ort zurück und befriedigten einander. Nachdem er sich vergewissert hatte, seine Partnerin wäre genauso wie er selbst zum angestrebten Höhepunkt gelangt, gingen sie getrennte Wege, ohne weitere Verpflichtungen.

Wenn er mit Laurel schlief, würde er Komplikationen heraufbeschwören. Vom Verstand her wusste sie, dass die Paladine ihre menschlichen Gefühle allmählich verloren – dass sie sich immer unberechenbarer und gewalttätiger verhielten, bis sie ihre Grenze schließlich überschritten und vernichtet werden mussten. Aber was würde ihre Seele erleiden, wenn sie sich zum ersten Mal gezwungen sah, einen ihrer Patienten wie einen tollwütigen Hund zu beseitigen?

Und wenn er selbst dieser Paladin sein würde? Nachdem sie ein Liebespaar geworden wären? Schon jetzt bedeutete er ihr sehr viel, das spürte er. Den Anderen, zu dem er sich langsam entwickelte, würde sie verabscheuen. Wie konnte er sie vor sich selbst schützen?

Auf seinem Monitor begann ein Licht zu blinken, das ihn veranlasste, in den Kontrollraum zu laufen. Mit grimmigen Mienen starrten Lonzo und Cullen auf ihre Computerbildschirme.

»Was ist passiert?«, rief Devlin. »Und wo?«

»Offensichtlich hat der Berg soeben eine Wolke aus Dampf und Asche ausgespuckt. Noch ist es zu früh, um festzustellen, wie schlimm das war.«

Nun musste Devlin hinausstürmen, mit oder ohne die Erlaubnis der Forschungsabteilung. »Ist die Verstärkungsschwadron schon vor Ort?«

Lonzo riss seinen Blick vom Bildschirm los und schaute auf die Uhr. »Nein, noch nicht. Voraussichtlich wird sie ihr Ziel in fünfzehn Minuten erreichen.«

Schmerzhaft krampfte sich Devlins Magen zusammen. »Und die Barriere? Was sagt der Computer?«

»Ein paarmal hat sie geflackert und ist wieder erloschen«, antwortete Cullen. »Im Moment funktioniert sie. Aber ob sie einem Lavaschwall standhalten wird, wissen wir nicht.«

»Wer kommandiert die Leute da draußen?«

»Trahern.«

Beruhigt atmete Devlin auf. Sobald Blake Trahern einem Feind gegenüberstand, verwandelte er sich in eine kaltblütige Tötungsmaschine. Wenn jemand einen größeren Angriff mit einem kleinen Trupp und beschränkten Ressourcen zurückschlagen konnte, dann dieser Mann. Allem Anschein nach hatten die Anderen jenseits der Barriere eine Chance auf eine Invasion abgewartet und immer mehr Kämpfer zusammengetrommelt, während der Druck im Mount St. Helens gewachsen war. Wenn der Grenzwall tatsächlich nur flackerte, würden die Anderen in kleinen Gruppen eindringen statt in einer geballten Formation aus Waffen und Hass.

Devlin rückte einen Stuhl zwischen Lonzo und Cullen, setzte sich und wartete auf die ersten Meldungen über eventuelle Verluste.

»Falls wir Informationen über Verletzte bekommen, schickt eine Kopie an Dr. Neal, damit er sich drauf einstellt. Hoffentlich wird der Einsatz seiner Abteilung nicht gebraucht. Aber es könnte den Job seiner Leute erleichtern, wenn sie wissen, was auf sie zukommt.«

Er überlegte, ob er Laurel anrufen sollte. Aber er

entschied sich dagegen. Es gehörte nicht zur Routine, mit einzelnen Betreuern zu kommunizieren. Wenn ein Paladin verletzt oder – noch schlimmer – tot war, würde man Dr. Young rechtzeitig verständigen, damit sie ihre Vorbereitungen treffen konnte. Wieder einmal würde sie lange Arbeitsstunden verkraften müssen und nur wenig Schlaf finden. Alles würde sie tun, um ihre Patienten zu heilen oder wiederzubeleben.

Und sie tat es, weil sie es wichtig nahm – nicht nur, weil es ihre Pflicht war. In diesem Engagement glich sie den Paladinen.

»Jetzt ist die zweite Schwadron angekommen und rückt vor«, verkündete Lonzo mit ruhiger Stimme. Ganz egal, wie schlimm die Situation aussehen mochte – niemals geriet er in Panik. Erst wenn alles vorbei war, neigte er zu Wutausbrüchen, in ihrer Vehemenz vom Ausgang der Schlacht abhängig. Mit der Zeit hatten seine Gefährten gelernt, ihn in solchen Momenten von teuren Geräten zu entfernen. Weiter unten am Flur lag ein Trainingsraum, unter anderem mit Punchingbällen ausgestattet. An denen konnte er seinen Zorn mit Fausthieben und Fußtritten auslassen, dem launischen Berg im Süden nicht unähnlich.

Bis weitere Berichte eintrafen, würde es eine Weile dauern. Während die Paladine die Ruhepause genossen, kehrte Devlin in sein Büro zurück, schickte eine zweite E-Mail an Dr. Neal und bat um die Erlaubnis, das Schlachtfeld aufsuchen zu dürfen. Wenig später bekam er eine Antwort.

Devlin las sie einmal – und dann noch einmal. Dabei stieß er die obszönsten Flüche hervor, die ihm einfielen. *Was bildet sich der Kerl eigentlich ein?* Die Barriere flackerte, seine Freunde kämpften und würden womöglich sterben – und dieser idiotische Doktor hatte keine bessere Idee, als ihm noch mehr Blut abzuzapfen …

Gleich morgen früh würde er vor Dr. Neal stehen. Denn weder Hölle noch Hochwasser würden ihn daran hindern, mit dem nächsten verfügbaren Transport die Barriere anzusteuern.

Jeder Mann, dessen DNA die Gene eines Paladins enthielt, war für Kämpfe programmiert, wann immer die Barriere beschädigt wurde. Bis zu einem gewissen Grad spürte es jeder Einzelne von ihnen, wann die Sicherheit ihrer Welt bedroht war – durch eine Bresche in dem Wall, der die Realität ihrer Welt von jener dunklen auf der anderen Seite trennte. Dann wuchs der Druck in ihren Seelen, bis sie ein Ziel für ihre Aggression fanden, mochte sie gerechtfertigt sein oder auch nicht.

Unablässig gefährdeten die Anderen die Stabilität des sensiblen Ökosystems auf diesem Planeten. Dank diverser Erdbeben und Vulkanausbrüche hatten schon genug Andere die Grenze erfolgreich überquert, und nun erschütterten sie das Gleichgewicht zwischen ihrem Schattenreich und dem Licht der Welt. Allein schon die Schäden der Ozonschicht genügten, um in den nächsten Jahren ernsthafte Schwierigkeiten zu verursachen.

Wieder einmal mussten sich die Lebensbedingungen jenseits der Barriere verschlechtert haben, weil so viele Andere die Grenze mit selbstmörderischen Attacken zu überqueren suchten. Eine gewisse Anzahl der Feinde konnte die Erde aufnehmen. In der Vergangenheit war das oft genug geschehen. Wie die neueste DNA-Statistik verriet, schien die Anwesenheit zusätzlicher Anderer in der menschlichen Bevölkerung ebenso viele Geburten von Paladinen zu bewirken.

Die Wissenschaftler im Forschungszentrum glaubten, das würde die sensitive Reaktion der Krieger auf die Barriere erklären. Zweifellos ein Vorteil. Die Kehrseite der Medaille war die Tendenz der Paladine, den Anderen im Lauf der Zeit immer mehr zu gleichen. Nun arbeitete die Organisation an der Entwicklung von Methoden, die alle menschlichen Eigenschaften der Paladine stärken und dauerhafter gestalten sollten.

Bei dieser Überlegung dachte Devlin wieder an Laurel Young und ihr besonderes Interesse an ihm. Erforschte sie seine Vergangenheit aus persönlichen oder professionellen Gründen?

Hatte die unverkennbare Anziehungskraft zwischen ihnen Laurels Neugier auf ihren künftigen Liebhaber geweckt?

Er wünschte, er hätte ihr Gesicht gesehen, als er ohne Umschweife seine Absicht geäußert hatte, mit ihr zu schlafen. Hätte er in ihren dunklen Augen Erschrecken oder Faszination gelesen? Bald würde er es wissen. Aber zunächst musste er einen Kampf organisieren und für seine Freunde sorgen.

Er setzte sich an seinen Schreibtisch und wartete die weiteren Ereignisse ab.

*

»Ja, Mom, es geht mir gut. Mein Job ist großartig. Und – nein, mein Boss bürdet mir nicht zu viel Arbeit auf.« Abgesehen von den Vierundzwanzig-Stunden-Schichten, die Laurel bewältigen musste, wenn sie einen Patienten aus dem Totenreich zurückholte. Doch das gehörte zu den Geheimnissen, die sie vor ihrer Familie hütete.

Sie schloss die Augen und drückte sich in die Ecke ihres Sofas. So sehr sie ihre Mutter auch liebte – sie war nicht in der Stimmung für ein solches Gespräch. In letzter Zeit widmete sich Mom der Mission, einen netten Mann für ihre Tochter zu finden. Laurel sollte ihr endlich weitere Enkelkinder schenken. Diese Pflicht hatten ihre Geschwister bereits erfüllt.

»Ja, Mom, ich weiß, mein Geburtstag steht bevor. Wenn ich mir ein paar Tage freinehmen kann, gebe ich dir rechtzeitig Bescheid.«

Erst in zwei Jahren wurde sie dreißig, und sie war stolz auf alles, was sie geleistet hatte. Wenn ihre Eltern diesen Stolz bloß teilen würden … Natürlich meinten sie es gut mit ihr. Aber sie hatten nie gewusst, was sie mit einer Tochter anfangen sollten, die ausgezeichnete Zeugnisnoten erzielte und sich für Naturwissenschaften und Medizin interessierte statt für Schulabschlussbälle und Homecoming-Spiele wie alle anderen Mädchen in der kleinen Stadt.

Die Highschool war ein einziger Alptraum gewesen – bis zur Ankunft eines mysteriösen Briefes von einer Gruppe, die sich »die Regenten« nannte und ihr ein College-Stipendium angeboten hatte. Schon mit fünfzehn Jahren konnte sie ihr Studium beginnen.

Nach Tränenströmen und langwierigen Streitigkeiten packte sie ihre Sachen und stieg ins nächstbeste Flugzeug nach Seattle. Die Regenten hatten sie vor dem Leben gerettet, das den Plänen ihrer Eltern entsprechen und für das sie sich nicht im Mindesten eignen würde. Gewiss, sie liebte ihre Heimatstadt und die Eltern. Sie waren wirklich wundervoll. Aber sie passte nicht in ihre Welt.

Plötzlich merkte Laurel, dass sie während des Telefonats irgendetwas überhört haben musste. »Was hast du gerade gesagt, Mom?«

»Nun, ich habe erwähnt, wie gern er dich herumführen würde. So lange ist es her, seit du hier gelebt hast. Sicher würdest du dich freuen, wenn dir jemand all die Veränderungen zeigt.«

Unbehaglich hielt Laurel den Atem an. »Wer soll mich herumführen?«

»Also, das schwöre ich, Laurel – niemals hörst du zu, solange sich ein Gespräch nicht um irgendwelche Krankheiten dreht.« Durch die Leitung drang ein abgrundtiefer, leidvoller, deutlich vernehmbarer Seufzer. »Bitte, verzeih mir, so habe ich's nicht gemeint. Ich will doch nur, dass du glücklich bist.«

Nach ihrer Definition von Glück, nicht nach meiner …

»Wer soll mich herumführen, Mom?«

»Carl, der neue Geschäftspartner deines Bruders. Was dachtest du denn, wen ich meine?«

Manchmal vergaßen die Eltern Laurels ausgezeichnetes Gedächtnis, dem kein einziges Detail entfiel. »Ist das derselbe Carl, der geschieden ist, einen Spitzbauch und schüttere Haare hat?«

»Eh – ja. Aber du solltest einen Menschen nicht nach seiner äußeren Erscheinung beurteilen. Ich weiß, in seiner Vergangenheit gab es einige Probleme. Jetzt ist das alles überstanden, und er sucht eine nette Frau, mit der er eine Familie gründen kann.«

»Dann wünsche ich Carl viel Glück, Mutter. Aber die Rolle dieser netten kleinen Ehefrau werde ich nicht spielen. Erstens muss er in der Nähe seines Geschäfts wohnen. Und zweitens arbeite ich hier in Seattle.«

»Das ist es ja, Laurel!« Moms Stimme nahm einen aufgeregten, fröhlichen Klang an. »Wie ich schon erzählt habe, unsere Stadt verändert sich und wird immer größer. Neulich sprach ich mit Dr. Watson, und er sagte, in letzter Zeit hätte er so viele Patienten, dass er's nicht mehr schafft. Deshalb wäre er sicher froh über deine Hilfe, selbst wenn du verheiratet bist und nur halbtags arbeiten möchtest.«

Obwohl Laurel ihre Mutter nicht verletzen wollte – sie musste erklären, sie würde ihren Beruf nicht ausüben, um Geld zu verdienen, sondern weil er den wichtigsten Teil ihres Lebens ausmachte.

»Tut mir leid, wenn ich dich kränke, Mom. Aber ich komme nicht nach Hause. Mein Job in Seattle bedeutet mir zu viel.« Von ihrem speziellen Fachgebiet und ihrer Erfahrung hingen Menschenleben ab. »Außerdem bin ich keine praktische Ärztin. Und die würde Dr. Watson brauchen. Ich interessiere mich für die Forschung. Dafür benötige ich den spezifischen Arbeitsplatz, der mir hier zur Verfügung steht.«

Dass Mom sich geschlagen geben würde, durfte sie nicht hoffen. Bestenfalls würde ihre Mutter den Rückzug antreten und neue Kräfte sammeln.

»Reden wir noch einmal darüber, wenn du hier bist. Ruf mich an, wenn du weißt, ob du nach Hause kommen kannst.«

»Ja, Mom. Sag Dad und den anderen, ich liebe euch alle.«

Jetzt klang Moms Stimme etwas sanfter. »Das wissen wir, Schätzchen. Und wir lieben dich auch. Oh, so spät ist es schon! Nun muss ich anfangen, das Dinner zu kochen. Pass gut auf dich auf.«

Laurel legte den Hörer auf die Gabel und fragte sich, was ihre Familie von Devlin Bane halten würde. Natürlich respektierten ihre Verwandten jeden, der beim Militär diente, und damit ließen sich die Paladine vergleichen.

Einige Sekunden lang malte sie sich aus, wie es wäre, mit Devlin ein paar Urlaubstage in ihrer Heimatstadt zu verbringen und ihn ihrer Familie vorzustellen. Würde er im kleinen Wohnzimmer ihrer Eltern sitzen, an einem Samstagnachmittag, um mit ihrem Dad und ihrem Bruder College-Football im TV zu sehen? Nein, völlig undenkbar …

Dann läutete ihr Handy, das sie nur beruflich benutzte.

Schweren Herzens meldete sie sich, denn das konnte nur eines bedeuten – irgendwo kämpften Paladine und starben.

*

In der Forschungsabteilung herrschte Alarmstufe eins, alle Mitarbeiter erwarteten einen Ansturm zahlreicher Patienten. Laurel hatte ihre Medikamente ergänzt, ihr rostfreier Stahltisch war desinfiziert worden. Sorgsam hatte sie die Riemen und Ketten überprüft, die ihre Patienten fesseln sollten.

Nun konnte sie nur noch warten und versuchen, nicht daran zu denken, was am Vortag beinahe geschehen wäre. Nur um Haaresbreite hatte sie eine Katastrophe vermieden. Bei dieser Erinnerung erschauerte sie.

Würde sie sich an die Regeln halten, müsste sie Devlins Betreuung abgeben. Doch das würde sie nur tun, wenn man sie dazu zwang. Um ihre Pflicht zu erfüllen, musste sie entscheiden, was am besten für ihren Patienten wäre. Wie konnte ein anderer Betreuer, der nur einen von vielen und keine individuelle Persönlichkeit in ihm sah, kompetentere Entschlüsse fassen, die Devlins Wohl betrafen? Keiner seiner früheren Betreuer hatte jemals die Tatsache seines verlangsamten Fortschritts zum unvermeidlichen Wahnsinn erwähnt, und das passte nicht in die Norm. Es musste ihnen aufgefallen sein. Deshalb nahm Laurel an, sie hätten die Testresultate zwar gesehen, aber nicht beachtet und keine Ursachenforschung betrieben.

Hingegen hatte Laurel bereits begonnen, Devlin Bane zu studieren. Ihr intensivstes Interesse galt dem wissenschaftlichen Wert der Erkenntnis, was ihn von anderen Paladinen unterschied. Falls es sich um eine genetische Anomalie handelte, würde sie nicht viel unternehmen können, um seine angeborene Widerstandsfähigkeit auf seine Gefährten zu übertragen. Aber wenn es sich um eine chemische Veränderung in seinem Blut handelte, würden sich zahlreiche Möglichkeiten eröffnen. Vielleicht würden nicht nur die Paladine, sondern auch gewöhnliche Sterbliche davon profitieren.

Aufmerksam las sie Devlins Krankenblatt und verglich frühere Ergebnisse mit den neuesten. Seit drei Jahren fungierte sie als seine Betreuerin. In diesem Zeitraum war die chemische Zusammensetzung seines Blutes konstant geblieben. Die Messungen seiner physischen Kraft und seines Durchhaltevermögens zeigten nur geringfügige Änderungen an. Deshalb waren sie in statistischer Hinsicht bedeutungslos. Wesentlich interessanter fand sie die Untersuchungen seines Gehirns. Wie sie erleichtert feststellte, glichen die ersten Aufzeichnungen des Vortags den anfänglichen bei seinem vorletzten Scanning.

Aber nach der ersten Hälfte des Tests stiegen sie an, und danach sanken sie wieder und blieben auf diesem Level. Was mochte das verursacht haben? Zu diesem Zeitpunkt hätte Devlin sich entspannen müssen. Doch das konnte die dramatisch gesunkenen Werte nicht bewirkt haben.

Laurel kreiste die Zahlen ein, die ihr am wichtigsten erschienen. Später würde sie etwas mehr Zeit finden, um diese Zahlen mit allen übrigen Messungen zu vergleichen. Dann würde sie eine Liste zusammenstellen, Dr. Neal vorlegen und nach seiner Meinung fragen. Vielleicht hatte das alles nichts zu bedeuten. Aber eine innere Stimme flüsterte ihr zu, sie würde die richtige Spur verfolgen.

Plötzlich begannen Lichter zu blinken, eine schrille Alarmsirene ertönte. Automatisch schloss Laurel den Aktenordner und schob ihn beiseite. Nur wenige Minuten würden verstreichen, bevor der erste Patient auftauchen würde. Ihr handverlesenes Team, das aus Krankenschwestern und Technikern bestand, nahm hastig seine Triage-Positionen ein, um die Verletzten nach der Schwere ihrer Wunden einzuteilen.

Als die Doppeltür aufschwang, empfand Laurel die übliche professionelle Gelassenheit. Sie zog sterile Handschuhe an und trat neben das Kopfende des Untersuchungstisches.

»Okay, Leute, legt ihn hierher. Dann werden wir sehen, womit wir's zu tun haben.« Wie sie aus Erfahrung wusste, musste sie möglichst ruhig auf den Anblick schwerer Verletzungen reagieren. Dann würde ihr Personal diesem Beispiel folgen.

»Jetzt zähle ich bis drei. Eins – zwei – drei.«

Ächzend vor Anstrengung beförderten sie den Paladin von der Bahre auf den Tisch. Jemand drückte sein Krankenblatt in Laurels Hand. Während sie die ersten Anmerkungen der Sanitäter studierte, schlossen ihre Mitarbeiter den Patienten an die Monitore an und entfernten die blutgetränkten Bandagen.

Erleichtert atmete Laurel auf, weil der Mann blutete. Also schlug sein Herz immer noch.

Ausnahmsweise ein Patient, der noch lebte. Zumindest vorerst.

»Zunächst braucht er Infusionen, dann flicken wir ihn zusammen.«

»Wer ist das?« Soeben war Dr. Neal an ihrer Seite stehen geblieben.

Sie warf einen Blick auf den Namen und erschauerte. Den meisten Leuten jagte Devlin Bane die größte Angst ein. Aber nach Laurels Ansicht konnte er sich nicht mit Blake Trahern messen.

»Trahern. Legt ihm die Riemen an.«

Nach dem Tempo zu schließen, mit dem ihr technisches Team agierte, war sie nicht die Einzige, die Traherns kalte graue Augen nervös machten. Seine Testresultate waren nicht so weit fortgeschritten wie die Devlins, verschlimmerten sich aber wesentlich schneller. Insgeheim glaubte sie, er würde der Erste sein, dessen Leben sie beenden musste. Deshalb fürchtete sie sich jedes Mal, wenn sie ihn verarzten musste.

»Weiß irgendjemand, was geschehen ist?«, fragte sie.

Dr. Neal ging auf die andere Seite des Behandlungstisches. Gemeinsam schlossen sie die Wunden, um den Heilungsprozess zu beschleunigen.

Nur sekundenlang blickte er von der Schnittwunde auf, die er gerade nähte. »Wie ich gehört habe, ist es schlimm. Vielleicht wirklich schlimm.«

»Die Barriere?«

»Den ersten Berichten zufolge, die ich las, hat sie nur geflackert. Deshalb kamen die Anderen in kleinen Gruppen herüber. Die Paladine schlugen alle zurück. Und dann brach ein großer Teil des Grenzwalls zusammen.«

»Wie viele Leute haben wir verloren?«

»Genug, so dass es uns schwerfallen wird, alle zu ersetzen.« Die Sorge in Neals Augen sandte einen kalten Schauer über Laurels Rücken. »Aus diesem Grund musste ich Devlin Bane für dienstfähig erklären. Jetzt führt er das Kommando bei der Bresche, bis Verstärkung aus anderen Sektoren eintrifft. Ich habe Colonel Kincade gewarnt und erklärt, Bane sei noch nicht vollends genesen. Wenn das verletzte Bein der Belastung nicht standhält, riskiert die Einsatztruppe den Verlust dieses wichtigen Paladins.«

So schwierig es auch war, Paladine für immer zu töten – wenn sie unter mehreren Äxten und Schwertern zusammenbrachen, bestand diese Gefahr.

»Aber es war nicht Kincade, der um Banes Einsatz bat, sondern der Paladin selbst. Hätte ich die Entlassungspapiere nicht unterzeichnet, wäre er ohne Erlaubnis zur Barriere geeilt. Also habe ich die unvermeidliche Situation für alle Beteiligten ein wenig erleichtert, bis am späteren Abend die Verstärkung eintreffen wird.«

Nun flog die Tür wieder auf, einige Wachtposten

trugen zwei schwere Untersuchungstische herein. Bei jedem dröhnenden Schritt wackelten die Riemen, klirrten die Ketten. Bald würden Patienten auf dem kalten Stahl liegen, und Laurel wappnete sich für eine Marathonschicht.

Für Devlin Bane konnte sie nur noch beten.

Viertes Kapitel

Der schrille Klingelton des Telefons riss ihn aus dem Tiefschlaf. »Jetzt haben Sie Ihre Chance«, flüsterte eine heisere Stimme. »Genug Andere überqueren die Grenze, die würden gleichsam eine Nebelwand für Sie bilden.«

Dann war die Leitung tot. Er starrte den Hörer in seiner Hand an und wünschte, er hätte den Anrufbeantworter laufen lassen.

Erst beim zweiten Versuch gelang es seinen zitternden Fingern, den Hörer auf die Gabel zu legen. An Schlaf war nicht mehr zu denken, weil sich sein Magen umdrehte, während er überlegte, was er tun sollte – wie er sich am vernünftigsten verhalten würde. Allen Berichten zufolge ging es an der Barriere ziemlich schlimm zu. Also würde es niemand sonderbar finden, wenn er als freiwilliger Krieger mit seiner Waffe in den unterirdischen Korridoren auftauchte.

Sobald die Anzahl der Anderen, die eine Bresche durchdrangen, das normale Maß überstieg, war es nicht ungewöhnlich, dass die Paladine eine Verstärkung anforderten. Mit einem Schwert konnte er gut umgehen, allerdings nicht so meisterhaft wie die Paladine. Natürlich fanden sie in mehreren Lebensspannen genug Zeit, um ihre Kampfkraft zu perfektionieren.

Wenigstens waren Trahern und einige weitere beängstigende Paladine schon außer Gefecht. Dafür musste er dankbar sein. Bane war zwar der personifizierte Schrecken, aber er besaß immer noch ein paar menschliche Gefühle.

Hingegen waren Traherns Augen bereits tot, und deshalb wirkten sie umso grausiger.

Seine eigenen Chancen auf einen Erfolg würden immens steigen, wenn er sich eine offizielle Order beschaffen konnte, um seinen Aufenthalt im Untergrund zu rechtfertigen. Dann würde sich niemand über seine Anwesenheit wundern. Falls Bane für immer starb, waren zwei verschiedene Konsequenzen möglich. Entweder gerieten die führerlosen Paladine vorübergehend in einen chaotischen Zustand, oder sie vereinten sich und jagten Banes Mörder.

Sicher brauchte man keinen messerscharfen Verstand, um vorauszusehen, dass sie eine besonders grausame Todesart für den Mann ersinnen würden, der einen der ihren verraten hatte. Insbesondere, wenn es sich um Bane handelte. Verdammt, wie sollte er das knifflige Problem lösen? Schwankend stand er am Rand eines rutschigen Hangs, an dessen Fuß die Hölle lag. Wenn er sein eigenes Todesurteil nicht unterzeichnen wollte, musste er den steilen Weg ganz vorsichtig hinabsteigen, Schritt für Schritt.

Warum war Bane für die Hinrichtung ausgewählt

worden? Irgendwann würde seine Betreuerin ihn ohnehin beseitigen. Nicht, dass dies jetzt eine Rolle spielte. Offensichtlich hatte der langlebige Paladin einer einflussreichen Person auf die Zehen getreten.

Ganz egal, wie er die Situation betrachtete – den Tag mit der Planung einer Exekution zu beginnen, zerrte gewaltig an seinen Nerven.

*

Devlin stand im Vordergrund des Lifts, weil er das besser vertrug als seine Gefährten. Insbesondere Lonzo musste seinen Rücken gegen die Wand lehnen, bis der Kampf anfing. Während die Liftkabine nach unten ratterte, prüften sie alle automatisch ihre Waffen. Sorgsam vergewisserten sie sich, dass die Schwerter und Wurfmesser reibungslos aus den Scheiden gleiten würden. Einige Paladine benutzten spezifische Waffen. Lonzo bevorzugte eine zweischneidige Axt. Und aus D.J.s Gürtel ragte ein Wurfhammer.

»Irgendwelche Neuigkeiten über die Anzahl der Feinde?«, tönte Lonzos Frage aus dem Hintergrund des Aufzugs.

Devlin schüttelte den Kopf. »Seit heute Morgen habe ich nichts mehr gehört. Wahrscheinlich werden sich ziemlich viele in unserem Gebiet herumtreiben.«

»O ja, verdammt nochmal!« D.J. begeisterte sich für interessante Kämpfe, im Cyberspace genauso wie in der Realität, mit seiner persönlichen Beteiligung.

In Devlins Welt gab es keine Männergruppe, die er lieber hinter seinem Rücken wissen würde. Er spähte über seine Schulter, um festzustellen, wie seine Kameraden ihre innere Anspannung verkraften.

Einen Kaugummi in der Backe, summte D.J. irgendeine Melodie, wie üblich total disharmonisch. Lonzo trat von einem Fuß auf den anderen. Von einem heftigen Adrenalinschwall durchströmt, konnte er unmöglich stillstehen. Und Cullen checkte einen Minicomputer in seiner Hand. Zweifellos studierte er die aktuellen Daten über den Zustand der Barriere, damit sie alle wussten, was sie am Boden des Schachts erwarten würde.

Sie hatten die Order erhalten, die Verteidigungsbastion der Barriere zu sichern. Gemeinsam mit Cullen würde Devlin nach Schwachstellen suchen. Sie würden ihr Bestes tun und etwaige Lücken schließen. Allen Berichten zufolge hatte Trahern versucht, den Grenzwall zu stabilisieren, als er unter dem Angriff einer überwältigenden Vielzahl von Anderen zusammengebrochen war.

Glücklicherweise traf die Verstärkung rechtzeitig ein und schlug die Attacke zurück. Diesen Männern war es sogar gelungen, die Barriere zu befestigen, bevor sie ihre verletzten Kameraden ins Zentrum gebracht hatten. Laut der letzten Nachricht, die Devlin von der Forschungsabteilung erhalten hatte, war Trahern schwer verletzt. Aber seine Gefährten hatten ihn früh genug ins Labor getragen, so dass ihm die anstrengende, schmerzhafte Prozedur einer weiteren Wiederbelebung erspart blieb. In ein oder zwei Tagen würden Laurel und Dr. Neal ihn kurieren.

Nachdem nur wenige Paladine gegen die Feinde gekämpft hatten, war Devlin froh, weil sich die Verluste in Grenzen hielten. Falls die Barriere nicht erneut flackerte, würde er zusammen mit seinen Begleitern die Passagen von verstreuten Widersachern säubern. Bis zum Abend konnten die Anderen die Sicherheit des relativen Dunkels im Untergrund nicht verlassen. Um sich an die Intensität der Erdensonne zu gewöhnen, brauchten sie einige Zeit – eine Schwäche, an der die Paladine nicht litten.

Durch den Boden der Liftkabine spürte er das Surren der mit Starkstrom geladenen Barriere. Die Energie tanzte in seinen Nerven, ein köstliches Gefühl, das die Paladine immer wieder ersehnten. Wie er der rastlosen Bewegung hinter seinem Rücken entnahm, war er nicht der Einzige, der die Wirkung dieser Emotionen genoss und dem Kampf ungeduldig entgegenfieberte.

»Showtime, Gentlemen.« Devlin umklammerte den Griff seines Schwerts. »Scheuchen wir die Bastarde über die Grenze zurück – oder geradewegs in die Hölle.«

Mit einem sanften Aufprall hielt der Lift. Sobald die Türhälften auseinanderglitten, sprang Devlin vor – bereit, seine Freunde und sich selbst zu verteidigen. Aber der Korridor war anscheinend leer. Hinter ihm schwärmten seine Kameraden aus.

Da stimmte irgendetwas nicht. Wenn die Barriere durchbrochen worden war, mussten mehrere Leute die beidem Aufzüge bewachen. Niemals durften die Anderen den Hauptzugang zum Zentrum unter ihre Kontrolle bringen.

Devlin hob eine Hand und bedeutete den Paladinen, innezuhalten. Dann schloss er die Augen, und seine übrigen Sinne sondierten das Terrain. Die Umgebungstemperatur fühlte sich richtig an, zwischen zehn und fünfzehn Grad. Hätte die Barriere geflackert oder wäre vollends erloschen, müsste es viel wärmer sein, denn die Hitze der dunklen Nebenwelt würde herüberdringen. Die Luft roch schal, nach feuchtem Gestein. Auch das war normal, kein Grund zur Beunruhigung.

Nun identifizierte er die Geräusche ringsum, eines nach dem anderen. Die summende Maschinerie der Lifte, die pochenden Pumpen, die für frische Atemluft sorgten, die kaum hörbaren Atemzüge seiner Freunde.

Und dann scharrende Schritte in einem Korridor, der aus dem fremden Bereich heranführte … Ohne jeden Zweifel näherten sich Andere. Mit einer Hand schwang Devlin sein Schwert empor, mit der anderen hob er drei Finger und zeigte nach links. Diese Richtung schlug er ebenso wie Lonzo, Cullen und D.J. ein, die restlichen Paladine eilten nach rechts.

Devlin lächelte. Jetzt umfasste er seine Waffe mit beiden Händen und folgte einer Biegung der Passage, stets dicht neben der Wand. Alle paar Meter blieb er stehen und lauschte. Ein Teil der feindlichen

Schritte war verhallt. Offenbar wandten die Anderen ihre Lieblingstaktik an und teilten sich in immer kleinere Gruppen, bis schließlich jeder auf sich selbst gestellt war.

Schon oft hatte er sich gefragt, wie es in ihrer Welt sein musste, warum sie einander so sorgfältig mieden. Oder vielleicht hofften sie, wenn sie sich trennten, würde es den Paladinen schwerer fallen, sie aufzustöbern.

Aber nur wenige Andere lebten lange genug, um einen Weg in Devlins Welt zu finden.

Immer wieder zweigten Korridore ab. Die Paladine, die ihn begleitet hatten, entfernten sich in verschiedene Richtungen. Letzten Endes war Devlin allein. Die Erinnerung an seine letzte Suche nach Anderen weckte seine Neugier, und er nahm sich Zeit, um zu lauschen.

Als der Tunnel, dem er folgte, scharf nach links bog und ihm die Sicht auf Gestalten versperrte, die sich möglicherweise vor ihm aufhielten, rannte er weiter, um näher an die Feinde heranzukommen. Wie er wusste, teilte sich die Passage hinter der Kurve. Ein Weg führte steil nach oben, zu den Straßen der Stadt, der zweite wand sich zur Barriere zurück.

Wieder einmal blieb er stehen und lauschte.

Nichts.

Er wich ein paar Schritte zurück. Reglos wartete er. Nach einigen Sekunden wurde seine Geduld belohnt. Leises Gemurmel drang aus dem oberen Teil des Korridors zu ihm. Den Kopf schief gelegt, horchte er angespannt auf die Geräusche. Bald verklangen sie, und er schlich weiter – bereit, sofort anzugreifen, nachdem er seine Zielpersonen identifiziert hatte.

Als er die Abzweigung erreichte, musste er eine Entscheidung treffen. Falls die Feinde nach rechts gegangen waren, würde er dorthin zurückkehren, woher er gekommen war. Hatten sie sich nach links gewandt, würden sie womöglich einen Weg zu den Straßen von Seattle finden. Ein oder zwei Andere, die den Paladinen entkamen, würden die Umwelt nicht allzu sehr beeinflussen. Aber mit der Zeit konnte der Schaden anwachsen und irgendwann eine verheerende Wirkung ausüben.

Und so wandte er sich nach links und begann die langwierige Klettertour nach oben. Auf halber Höhe spürte er, wie sich die Luft hinter ihm regte. Offenbar hatte jemand die Passage betreten. Wer immer das sein mochte, bewegte sich nicht so wie ein Paladin. Da er keine Wahl hatte, musste er weitergehen, bis sich der mysteriöse Verfolger zu erkennen gab.

Statt zu warten, beschleunigte Devlin sein Tempo, um einen gewissen Vorsprung gegenüber den Anderen herauszuholen.

Kurz bevor er um eine weitere Kurve bog, erklang der feindliche Kriegsschrei, weiter oben im Korridor, der sich an dieser Stelle verengte. Anscheinend hatte er die Anderen zwischen dem schmerzlichen Sonnenlicht außerhalb des Untergrunds und sich selbst festgenagelt. Voller Angst, in die Enge getrieben, kehrten sie zurück, um zu kämpfen.

Zwei schwer bewaffnete Männer kamen ihm entgegen. Hätten sie ihre Flucht besser getimt, würden sie oben in der Stadt vor dem nächsten Morgen alle Leute ermorden, die ihren Weg kreuzten. Nun würden sie mit der Verzweiflung Totgeweihter kämpfen, wild entschlossen, Devlin auf ihrer letzten Reise mitzunehmen. Grimmig lächelte er. Hatten sie auch nur die leiseste Ahnung, wie viele von ihrer Sorte im Lauf der Jahrzehnte unter seinem Schwert gestorben waren? Selbst wenn sie ihn umbrachten – er würde ein neues Leben beginnen und ihresgleichen weiterhin bekämpfen.

Während sie sich näherten, versuchte er seinen Rücken zu decken. Ob der Verfolger, der hinter ihm heraufstieg, ein Freund oder ein Feind war, wusste er nicht.

»Warum sind Sie hier?«, fragte einer der Männer. Wenn die Anderen die Barriere überquerten, sprachen sie in einem seltsamen englischen Dialekt, der rau und guttural klang.

»Um euch zurückzuschicken«, erwiderte Devlin und grinste höhnisch. »Oder direkt in die Hölle. Das dürft ihr euch aussuchen.« Effektvoll unterstrich er seine Worte, indem er sein Schwert zückte.

»Aber wir haben schon bezahlt.«

Bezahlt? Wofür? »Ich werde nicht bezahlt, damit ich euresgleichen töte. Das tue ich zu meinem Vergnügen.« Mit dieser Lüge versuchte er ihnen Angst und Schrecken einzujagen.

»Das wusste ich ja, euch Schurken kann man

nicht trauen!« Dann schrie der Mann: »Stirb, elender Mensch!«

Der größere der beiden Anderen sprang vor, schwang ein langes Schwert empor und ließ es seitlich herabsausen. Dabei zielte er auf den Hals des Gegners, den er enthaupten wollte. Es war schwierig, einen Paladin für immer zu töten. Doch auf diese Weise musste es gelingen. Devlin tänzelte nach hinten. Dann stürmte er vorwärts. Nur mit knapper Not verpasste er seine Chance, den Bastard zu erstechen.

Mit blitzschnellen Attacken und kühlen, kalkulierten, geschmeidigen Bewegungen bekämpften sie einander, bis beide keuchten. Devlin schätzte sich glücklich, weil er nicht beide Anderen gleichzeitig abwehren musste. Aber die Passage war nur breit genug für die Manöver zweier Krieger. Wenn der zweite dem ersten beistand, würden sie ihre Erfolgschancen verringern.

Trotz der kalten Luft strömte Schweiß über Devlins Gesicht, sein verletztes Bein schmerzte von der Anstrengung des Gefechts. Dass er es schonte, merkte sein Widersacher und griff ihn auf dieser Seite an, so dass Devlin das schwache Bein verstärkt belasten musste.

Ohrenbetäubend klirrte der Stahl in der engen Passage, während Devlin die Schwerthiebe des Feindes wiederholt parierte und sich aus seiner Reichweite zu entfernen versuchte.

Noch länger wollte er dem Anderen die Kontrolle des mörderischen Tanzes nicht überlassen.

Er sprang seitwärts, dann nach vorn, sein Schwert durchbohrte die Brust des Feindes. Noch lebte der Mann. Aber Devlin wusste, dass die Wunde tödlich war.

Er riss sein Schwert aus dem Körper des Anderen, der am Boden lag, und wandte sich zu dem zweiten, der wesentlich jünger war und sich mit spielerischer Anmut bewegte. Bei diesem Duell durfte Devlin sich keinen einzigen Fehler erlauben. Sonst würde er erneut auf dem Stahltisch in Dr. Youngs Labor landen.

Während sie einander umkreisten, überlegte Devlin, ob er einen Kompromiss anstreben sollte. So entschlossen er sich auch in jeden Kampf stürzte, um seine Welt zu schützen – es bereitete ihm wahrlich keine Freude, seine Gegner zu töten.

»Wenn Sie jetzt kapitulieren, dannschicke ich Sie in Ihre Welt zurück, sobald die Barriere wieder flackert.«

Statt eine Antwort zu hören, musste er noch vehementere Attacken abwehren. Diesen Mann würde er nur mit brutaler Gewalt besiegen können. In den Augen des Burschen glitzerte heller Wahnsinn und verriet deutlich genug, dass er jedes Friedensangebot ablehnen würde. Deshalb blieb Devlin nichts anderes übrig – mit einem gewaltigen Kraftakt verhalf er dem Anderen zu einem schnellen, barmherzigen Tod.

Mühsam schöpfte Devlin Atem, wischte den Schweiß von seiner Stirn und mit einem Taschentuch das Blut von seinem Schwert. Um die Leichen und die Waffen würde sich die Einsatztruppe später kümmern.

Jetzt musste er ein merkwürdiges Rätsel ergründen. Langsam stieg er in die Tiefe hinab. Alle paar Schritte blieb er stehen und lauschte auf die besonderen Aspekte der Stille. Irgendwie fühlte sie sich leer an, als hätte der mysteriöse Verfolger seine Pläne aufgegeben.

Wäre er nicht von den beiden Anderen angegriffen worden, hätte er diese Beobachtung als Gebilde seiner Fantasie abgetan. Aber sein Instinkt verriet ihm, jemand müsste ihm nachgeschlichen sein – jemand, der gehofft hatte, die zwei Gegner würden Devlin schwer genug verletzen, so dass er eine leichte Beute für einen Hinterhalt wäre. Diesen Gefallen hatten sie dem Verfolger nicht erwiesen. Und so zog sich der Feigling in die Schatten zurück, um eine neue Gelegenheit abzuwarten.

Nun eilte Devlin schneller hinab. Es war an der Zeit, wieder auf seine Gefährten zu stoßen.

Plötzlich wisperten Schritte in der Stille. Aber diesmal erkannte er die Anwesenheit eines Paladins. Wenn ihn nicht alles täuschte, kam D.J. ihm entgegen.

Wie er dem gemächlichen Tempo der Geräusche entnahm, versuchte der Freund keine verstreuten Anderen aufzuspüren. Vermutlich hatten die Paladine alle Feinde besiegt. Und jetzt wollte D.J. nachsehen, ob sein Anführer Hilfe brauchte.

Devlin steckte sein Schwert in die Scheide und lehnte sich an die Wand. Erleichtert entlastete er sein Bein. Kurz bevor D.J. im Blickfeld erschien, richtete er sich auf. Von seiner Verletzung durfte niemand erfahren, nicht einmal sein Freund.

»Da du lebst, nehme ich an, die Anderen sind gestorben.« D.J. spähte an Devlin vorbei in die leere Passage. »Wie viele?«

»Zwei.« Devlin schüttelte den Kopf. »Eigenartig – ich könnte schwören, die werden immer jünger.«

Lässig zuckte D.J. die Achseln. »Bei der letzten Zählung haben wir ein halbes Dutzend beseitigt.«

Sie kehrten zum Treffpunkt in der Nähe der Lifte zurück. Wie Devlin erwartet hatte, tauchte der geheimnisvolle Verfolger nicht auf. Doch die Ahnung seines Instinkts ließ sich nicht verdrängen. Und er schuldete den Kameraden die Warnung, in Zukunft müssten sie besonders vorsichtig sein.

»D.J., ich muss dir eine Frage stellen. Dabei geht es um meinen letzten Tod. Habt ihr damals irgendetwas Seltsames bemerkt?«

Abrupt blieb D.J. stehen. »Dein Schwert, das in der Barriere steckte … Oder meinst du etwas anderes?«

»Ja.«

»Niemand hat irgendwas erwähnt. Aber jene Entdeckung fanden wir schlimm genug.«

»Warum? Wollte sich jemand auf diese Weise einen Weg in unsere Welt bahnen? Oder versuchte er die Barriere vollends zu zerstören?«

Mit glanzlosen Augen starrte D.J. seinen Freund an. Kein Paladin wollte sich ausmalen, welches Grauen bei einer solchen Katastrophe entstehen würde. Bis an die Zähne bewaffnet, überquerten die Anderen immer wieder die Schwelle, um ihre Feinde zu ermorden. Die wenigen, die den Paladinen entkamen, reagierten verschiedenartig auf ihre neue Umgebung.

Da gab es entfesselte Amokläufer, die alle Menschen töteten, die ihnen begegneten, bis sie gefasst und eliminiert wurden. Die zweite Gruppe passte sich dem neuen Dasein an. Bald entschwand ihre kränkliche Blässe, die vom langen Leben in der Finsternis herrührte. Mit der Zeit gewöhnten sich die Augen dieser Anderen an den hellen Sonnenschein. Und schließlich konnten die Paladine sie nicht mehr aufspüren. Aber während die Entflohenen immer menschlicher wurden, färbte die negative Energie ihres Wesens auf ihre Umwelt ab. Wenn innerhalb kurzer Zeit zahlreiche Andere aus dem Dunkel ins Licht übersiedelten, würden sie der Ökologie des Planeten irreparable Schäden zufügen.

Devlins Stimme sank zu einem Flüstern herab. Denn seine Worte waren nur für die Ohren des Freundes bestimmt. »Jemand ist mir in diese Passage gefolgt.«

Sofort griff D.J.nach seinem Schwert. »Haben wir einen übersehen?«

»Wohl kaum. Wie ein Anderer fühlte er sich nicht an. Eher wie ein Mensch. Leider war ich zu beschäftigt für genauere Nachforschungen. Hast du jemanden gesehen, der nicht hierher gehörte?« Nun erinnerte er sich an die unbewachten Aufzüge. »Sind die Wachtposten zurückgekommen?«

»Nein, sie sind tot.« In D.J. Augen funkelte heller Zorn. »Das waren keine Paladine. Offenbar hat Kincade einige Wächter zur Verstärkung hinuntergeschickt, bevor wir hier eingetroffen sind. Gegen ein halbes Dutzend schwer bewaffneter Anderer hatten sie keine Chance. Zum Glück konnten die Feinde den Lift nicht benutzen, weil er nach oben gefahren war, um uns abzuholen.«

»Wurden die Leichen identifiziert?«

»Dafür fanden wir noch keine Zeit.«

Falls einer der Wachtposten dem Gemetzel entronnen war, hatte er sich vielleicht im Labyrinth der Korridore verirrt. Und wenn er das Gefecht zwischen Devlin und den beiden Anderen beobachtet hatte, dürfte man ihm seine Flucht sicher nicht verübeln.

Aber diese Erklärung des Rätsels erschien Devlin nicht plausibel. Selbst wenn der Mann sich nicht in die Nähe eines kämpfenden Paladins gewagt hatte – warum war er nicht zu dessen Gefährten geeilt, um Hilfe zu suchen?

»Gehen wir zu unseren Freunden«, schlug Devlin vor, »und durchstöbern wir das Gebiet noch einmal. Dann rufen wir Colonel Kincade an. Seine Toten müssen nach oben gebracht werden.«

Nicht dass der Bastard sich selbst die Hände mit dieser unangenehmen Arbeit beschmutzen würde. Nein, er würde irgendwelche armen Narren herunterschicken, die sich darum kümmern mussten. Den direkten Beweis seiner Unfähigkeit wollte Kincade gar nicht sehen. Skrupellos ließ er seine Leute sterben. Und wenn sie Erfolge erzielten, beanspruchte er den Ruhm für sich.

»Vergiss diese Order, D.J. Für die Toten sorgen wir selbst – das Mindeste, was wir für sie tun können. Immerhin sind sie gestorben, weil sie unsere Pflichten übernommen haben.«

*

Laurels Rücken schmerzte unerträglich. Wenn sie nicht bald abgelöst wurde, war sie nicht mehr für ihre Handlungsweise verantwortlich. Vor ein paar Stunden hatten zwei ihrer Patienten das Labor verlassen. Nur mehr einer lag vor ihr – ein Mann, dem sie sich nicht gewachsen fühlte.

»Lassen Sie mich aufstehen, Doktor.«

So wie in den letzten zwölf Stunden ignorierte sie den Befehl. Während sie den Papierkram erledigte, erinnerte sie sich an die vergangenen zwei Tage – an die zahlreichen verletzten Paladine, die sie versorgt hatte. Die meisten hatten nur einfache Erste Hilfe gebraucht.

Unglücklicherweise war Trahern der Patient, der die intensivste Fürsorge benötigte. Nicht einmal in gesundem Zustand war er ein angenehmer Zeitgenosse. Wenn er verarztet werden musste, benahm er sich unmöglich.

»Lassen Sie mich *aufstehen*.«

Wie die klirrenden Ketten verrieten, stemmte er sich mit aller Kraft gegen seine Fesseln, obwohl er zu geschwächt war, um sie zu sprengen. Selbst in Topform würde er das nicht schaffen, denn Dr. Neal hatte für die älteren, gewalttätigeren Paladine neue Ketten aus einer besonders widerstandsfähigen Legierung bestellt.

Trotzdem hielt Laurel jedes Mal den Atem an, wenn er seine immer noch beträchtlichen Kräfte aufbot und sich zu befreien versuchte.

Sie unterbrach ihre Schreibtischarbeit. Nun war es wieder an der Zeit, die lebenswichtigen Körperfunktionen des Patienten zu prüfen. Er hasste es, berührt zu werden – mindestens genauso, wie sie es hasste, ihn zu berühren. Aber sie hatte als Ärztin und Betreuerin einen Eid geschworen und gelobt, die bestmögliche Versorgung der Paladine zu gewährleisten – selbst wenn sie es nicht wollten.

»Jetzt reicht's!« Von ohnmächtiger Wut erfüllt, schauten Traherns eisgraue Augen zu ihr auf. »Lassen Sie mich endlich gehen!«

Laurel ignorierte den Befehl und fühlte ihm den Puls. Auf den Monitoren zeigte sich ein leichter Temperaturanstieg, verglichen mit der Messung vor einer Stunde. Paladine neigten nicht zu Infektionskrankheiten. Aber es konnte dazu kommen. Und vielleicht hing es mit Traherns fortschreitender Verwandlung in einen Anderen zusammen.

So, wie er sich derzeit verhielt, würde sie ihm keine langfristigen Pläne empfehlen.

»Fassen Sie mich nicht an!«, stieß er hervor.

»Diese Diskussion haben wir bereits geführt, Mr.

Trahern. Was ihre ärztliche Behandlung angeht, treffe *ich* die Entscheidungen. Dazu sind Sie nicht befugt.«

Er wartete, bis sie das Stethoskop auf seine Brust drückte. Dann versuchte er sich erneut loszureißen. Erschrocken sprang sie aus seiner Reichweite, und er brach in schallendes Hohngelächter aus.

»Hör auf mit dem Unsinn, Trahern.«

Sie hatte nicht gehört, wie die Tür geöffnet wurde. Nun stand Devlin Bane im Labor. Und der arme Sergeant Purefoy tat sein Bestes, um ihm den Weg zu versperren. Hinter ihm hatten sich seine Leute postiert.

Offenbar war Devlin hereingestürmt, ohne zu warten, bis die Wache ihn anmelden würde. Unter anderen Umständen hätte Laurel protestiert. Doch in diesem Moment war sie dankbar für seine Anwesenheit. Immerhin genoss er den Ruf des stärksten, gefährlichsten Paladins. Wenn jemand ihren ungebärdigen Patienten einschüchtern konnte, dann nur er.

Erstaunlicherweise hielt Purefoy seine Stellung. Laurel bewunderte seinen Mumm, denn Devlin wäre durchaus fähig, ihn wie ein lästiges Insekt beiseite zu schleudern.

»Schon gut, Sergeant, Mr. Bane wird mir helfen.« Mit diesen Worten erweckte sie den Anschein, sie hätte Devlin hierher bestellt. »Darüber hätte ich Sie natürlich informieren müssen. Aber ich wusste nicht genau, wann er kommen würde.«

Als Devlin diese Lüge hörte, hob er die Brauen. Zu ihrer Erleichterung schwieg er. Die Wachtposten entspannten sich und wichen zurück. Nur der Sergeant sah noch immer nicht allzu glücklich aus. Aber er wies mit dem Kopf zur Tür und bedeutete seinen Untergebenen, den Rückzug anzutreten. »Wenn Sie mit den beiden nicht zurechtkommen, rufen Sie mich, Dr. Young.« Nach einem vernichtenden Blick in Devlins Richtung verließ er den Raum und schloss die Tür.

»Einfach grandios, wie Ihre Wachhunde die Zähne zeigen, Doc …«, bemerkte Devlin und schlenderte zu Laurel.

»Sicher haben Sie keinen Grund, sich darüber lustig zu machen, Mr. Bane, denn diese Männer erfüllen einfach nur ihre Pflicht.« Sie wandte sich wieder zu ihrem unberechenbaren Patienten. »Soeben wollte ich Mr. Trahern erklären, ich müsste die Untersuchungen fortsetzen. Je schneller ich das erledige, desto eher kann er das Labor verlassen.«

»Erlauben Sie mir aufzustehen, Dr. Young. Dann dürfen Sie mich begrapschen, wo Sie wollen.« Trahern spitzte die Lippen und schmatzte, als wollte er Laurel küssen. Dann verzerrte er sein Gesicht in gespielter Wollust.

»Verdammt, Blake, benimm dich!« Erbost ballte Devlin die Hände.

»Scher dich zum Teufel, Bane!« Von neuem Zorn getrieben, wandte Trahern sich ab und riss an den Ketten, bis seine Handgelenke bluteten.

Nun musste Laurel drastischere Maßnahmen ergreifen. Sie ging zum Medikamentenschrank. Wann immer Trahern sich in diesem Gebäude aufhielt, hielt sie mehrere Sedativa bereit.

Als sie sich umdrehte, hatte Devlin das Problem buchstäblich in seine eigenen Hände genommen. Die Finger um Traherns Hals gekrallt, zwang er den verletzten Paladin, ihn anzuschauen.

»Willst du, dass sie dir den Garaus machen, Trahern? Darauf legst du's nämlich an. Du musst es nur sagen, und ich erwürge dich schon jetzt.«

Wegen des ruhigen Tonfalls klangen Devlins Worte umso beängstigender. Scheinbar war es ihm egal, welche Antwort er bekommen würde.

»Also? Ich warte. Wie entscheidest du dich, Trahern? Wenn dich das alles zu sehr nervt, beende ich dein Leben. Aber glaub mir, gerade jetzt kann ich so einen Blödsinn wirklich nicht gebrauchen, weil du mir den Rücken freihalten müsstest.«

Alle drei warteten – Devlin in fast unnatürlicher Gelassenheit, Laurel mit heftig klopfendem Herzen, und aus Traherns Augen schienen Funken zu sprühen.

Würde sie es verkraften, mitanzusehen, wie Devlin seinen Freund für immer von den offenkundigen Qualen erlöste? Das bezweifelte sie. Aber sie gestand sich schuldbewusst ein, dass sie erleichtert war, weil diese Entscheidung nicht bei ihr lag.

»Das hasse ich.« In Traherns Stimme schwang kein Zorn mehr mit. Doch die spürbare Trauer war noch schwerer zu ertragen.

»Ja, Blake, wir alle hassen es. Aber es ist nun einmal unser Schicksal. Nimm Dr. Youngs Hilfe an, dann wirst du ein bisschen schlafen.« Devlin ließ Traherns Kehle los und trat zurück. Vorerst war die Krise überwunden.

Hastig betupfte Laurel die blutigen Handgelenke des Patienten mit Alkohol und injizierte ihm ein starkes Beruhigungsmittel. Während beide den Schlaf abwarteten, in den er versinken würde, erwiderten seine müden Augen ihren Blick.

»Tut mir leid«, flüsterte er.

Mit bebenden Lippen brachte sie ein Lächeln zustande. »Mir auch, Blake, mir auch.«

Seine Lider schlossen sich, seine Züge erschlafften. Wenn sie auch wusste, das sollte sie nicht tun – sie strich ihm das Haar aus der Stirn und zog die Decke über seine Brust bis zum Kinn hinauf.

Dann kehrte sie ihrem schlafenden Patienten den Rücken.

Devlin starrte ihn an, ohne die tiefe Sorge zu verbergen, die sein Herz zu zerreißen schien. »Allmählich nähert er sich der Grenze.«

Obwohl es keine Frage war, antwortete sie. »Die Werte sind schlechter als bei den letzten Tests. Aber er ist noch nicht am Ende angekommen. Dass du hier warst und ihn zurückgeholt hast, hilft ihm. Gegen mich und Dr. Neal lehnt er sich auf. Offenbar hört er nur auf dich. Wenn er nächstes Mal eingeliefert wird …« Laurel wünschte, sie müssten nicht fürchten, es könnte das letzte Mal sein. »… solltest du an seiner Seite warten, bis er aufwacht. Für alle Fälle. Damit würdest du mir helfen.«

Er nickte und rührte sich nicht von der Stelle.

Weil sie erkannte, wie schmerzlich Traherns Anblick ihn bedrückte, beschloss sie ihn abzulenken.

»Hör mal, ich brauche eine Tasse Kaffee. Jetzt schläft er, und ich kann mich ablösen lassen. Dank des Sedativums dürfen wir mit einer ruhigen Nacht rechnen.«

Wenige Minuten nach einem kurzen Telefonat kam ihr Lieblingspfleger zur Tür herein. Kenny sah wie ein Preisboxer aus, dem man mehrmals übel mitgespielt hatte. Trotz seiner raubeinigen äußeren Erscheinung ging er sehr behutsam mit seinen Schützlingen um, und Laurel vertraute ihm Trahern bedenkenlos an. Gewiss würde er für einen ungestörten Tiefschlaf des Patienten sorgen.

»Piepsen Sie mich an, wenn er aufwacht oder falls es irgendwelche anderen Probleme gibt.«

Normalerweise hätte sie hinzugefügt, wo sie zu erreichen wäre. Aber sie würde das Gebäude mit einem Paladin verlassen, noch dazu mit dem berüchtigten Devlin Bane. Und das wollte sie niemandem verraten. Schlimm genug, dass die Wachtposten sie zusammen sehen würden ... Was sie Colonel Kincade oder Dr. Neal mitzuteilen pflegten, hatte sie bisher noch nicht festgestellt.

Kenny nickte nur und studierte Traherns Krankenblatt.

Falls er es sonderbar fand, dass sie mit Devlin Bane hinausging, ließ er sich nichts anmerken.

Als sie ihre Jacke und die Handtasche ergriff, berührte Devlin ihren Arm. »Treffen wir uns irgendwo.«

Zweifellos eine gute Idee ... Aber warum sollten

sie es riskieren, in einem Café gesehen zu werden? Laurels Vorschlag überraschte sie selbst genauso wie Devlin. »Wie wär's in meinem Apartment? In dreißig Minuten?«

»Besser nicht, das wäre unklug«, murmelte er und schaute in die Richtung des Nebenraums, wo der Gehirnscan stattgefunden hatte.

Die Erinnerung an die Beinahe-Katastrophe trieb ihr das Blut in die Wangen. »Okay. Ich bin hungrig. Kennst du das italienische Lokal beim Pioneer Square?«

»Ja, dort werde ich auf dich warten. Und jetzt ruf deine Wachhunde herein, damit sie mich rausbringen.«

Obwohl sie sich bemühte, Missbilligung zu heucheln, umspielte ein Lächeln ihre Mundwinkel.

»Sergeant Purefoy, Mr. Bane möchte aufbrechen. Er hat versprochen, er würde sich anständig benehmen. Informieren Sie mich, wenn er Ihnen Schwierigkeiten macht. Dann kriegt er die nächste Injektion mit einer stumpfen, rostigen Nadel.«

Sekunden später marschierten die Wachtposten herein. Fügsam und bereitwillig wanderte Devlin in ihrer Mitte hinaus.

Laurel brachte den Schreibtisch in Ordnung, denn sie wollte Devlin genug Zeit geben, das Gebäude zu verlassen. Auf dem Weg nach draußen ging sie in die Damentoilette, bürstete ihr Haar und zog sich die Lippen nach.

Nach diesem anstrengenden Tag brauchte sie eine Aufmunterung. Wenn sie in dieser Nacht genug

Schlaf fand, würde sie Trahern am nächsten Morgen erholt und gestärkt gegenübertreten.

Aber jetzt würde sie erst einmal mit einem faszinierenden, attraktiven Mann essen gehen. Wenn Dr. Neal davon erfuhr, würde sie erklären, sie hätte es für nötig gehalten, mit Devlin Bane über Traherns Situation zu reden. Und das stimmte sogar. Offenbar fiel es dem Patienten in der Nähe seines Freundes leichter, sich zu beherrschen. Und möglicherweise würde Devlin diese beruhigende Wirkung auch auf andere verletzte Paladine ausüben.

Vielleicht machte sie sich etwas vor, was den Grund ihrer erstaunlichen Freude auf eine simple Mahlzeit betraf. Nun, wenn sie Glück hatte, würde sie auch anderen Leuten Sand in die Augen streuen – Devlin Bane inklusive.

Fünftes Kapitel

Devlin fand einen freien Tisch in einer Ecke des Restaurants. Hinter einigen hohen Topfpflanzen nur unzulänglich verborgen, beobachtete er die Tür.

Natürlich hatte er nicht den geringsten Grund, Laurel außerhalb ihres Labors zu treffen. Aber der Wunsch, ihre Gesellschaft zu genießen, fern von indiskreten Kameras und Mikrofonen, besiegte seine Vernunft.

Die Erinnerung, wie fürsorglich sie mit Trahern umgegangen war, irritierte ihn, obwohl er sich das nicht eingestehen wollte. Sicher würde es sein Freund nicht schätzen, wenn er wüsste, die gute Dr. Young hätte ihn wie ein Kleinkind verhätschelt, das nach einem Wutanfall zusammengebrochen war.

Wenn es auch kein bisschen erotisch gewesen war, wie sie Blake zugedeckt und das Haar aus seiner Stirn gestrichen hatte – seit dieser Episode fühlte Devlin sich nervös und gekränkt und so verdammt eifersüchtig, dass es wehtat. Welcher Bastard missgönnte einem verwundeten, leidenden Freund eine schlichte, tröstliche Berührung?

Außerdem stand Trahern kurz vor der grausigen Grenze, hinter der er sich in einen Anderen verwandeln würde. Devlin wusste, wie sehr er Laurel mit dem Angebot schockiert hatte, Blake von seinem Elend zu erlösen. Doch er hatte es ernst gemeint. Niemand verdiente es, mitanzusehen, wie ihm der letzte Rest seiner Seele entglitt. Inständig hoffte er, D.J. oder Cullen würden ihm den gleichen Freundschaftsdienst anbieten, wenn es an der Zeit war. So abgrundtief würde er es hassen, wäre Laurel – mit ihrem sanften Wesen und ihren hübschen Kätzchenbildern – wegen ihres Jobs gezwungen, sein Leben zu beenden.

Über dem Eingang des Lokals bimmelte ein Glöckchen und riss ihn aus seinen deprimierenden Gedanken. Für ein paar Sekunden stand er auf, damit Laurel ihn entdeckte, und setzte sich sofort wieder. Unsicher lächelte sie ihn an, während sie zu ihm ging. Irgendetwas an ihr wirkte verändert. Kurz bevor sie den Tisch erreichte, wusste er, woran es lag. Abgesehen von dem Zwischenfall nach dem Gehirnscan präsentierte sie sich zum ersten Mal ohne den Panzer ihres Laborkittels.

An ihren Anblick in der geöffneten Bluse erinnerte er sich nur vage, weil der Raum so schwach beleuchtet gewesen war. Aber er wusste nur zu gut, wie seidig sich ihre Haut anfühlte, wie süß ihr Mund schmeckte, was es bedeutete, ihren Körper unter seinem zu spüren – wenn auch nur für wenige überwältigende Sekunden.

Laurels Schritte stockten, und das wies ihn darauf hin, dass sie seine Gedanken und Emotionen besser ergründen konnte als sonst jemand. Entschlossen bezwang er sein wachsendes Verlangen, lehnte sich in die Polsterung der Nische zurück, versuchte entspannt und unbefangen zu erscheinen.

»Netter Versuch, Devlin.« Nun lächelte sie etwas selbstsicherer. Sie warf ihre Jacke und die Handtasche auf die Sitzbank und nahm ihm gegenüber Platz. »Um dir diese Unschuldsnummer abzukaufen, kenne ich dich viel zu gut.«

»Wenigstens musst du zugeben, dass ich mich bemüht habe.«

Er griff nach der Speisekarte und heuchelte Interesse an den zahlreichen Pastas mit diversen Soßen, die das Restaurant zu bieten hatte. In der Luft hing der würzige Duft von Basilikum und Oregano und erinnerte ihn an die langen Stunden, die seit seiner letzten Mahlzeit verstrichen waren. Vielleicht gar keine so schlechte Idee, dieses Essen ...

Als er merkte, dass Laurel ihre Speisekarte geschlossen und beiseitegelegt hatte, fragte er: »Weißt du schon, was du bestellen willst?«

»Das Gleiche wie immer – Pizza mit Pilzen und Artischockenherzen.«

»Kein Fleisch?« Das hätte er sich denken können.

»Nein, ich mag nur streng vegetarische Pizzas.«

Diese kleine Information speicherte er in seinem Gehirn, während er die Speisekarte noch einmal überflog. Wenn ein Schuljunge verknallt war – fühlte er sich dann so ähnlich? Das wusste er nicht, weil er sich kaum an seine Jugend erinnerte.

War er jemals jung gewesen?

Nun kam die Kellnerin an den Tisch, und er reichte ihr die Speisekarten. »Die Lady nimmt die Artischockenpizza, und ich möchte die Spaghetti mit Fleischbällchen.«

»Was zu trinken?«

Er hielt Laura für eine Weißweintrinkerin. Aber sie überraschte ihn erneut. »Für mich ein dunkles Ale, bitte.«

»Für mich auch.«

»Ich bringe Ihnen erst einmal die Salate und den Brotkorb.«

Eine Zeit lang schwiegen sie. Da er keine Ahnung hatte, wie man höfliche Konversation machte, beschloss er zu fachsimpeln.

»Vielen Dank für deine Geduld mit Trahern. Er hat's viel schwerer als die meisten Paladine.«

»Das weiß ich.« Um ihre Hände zu beschäftigen, zerriss sie ihre Papierserviette in schmale Streifen. »Und es wird jedes Mal schlimmer. Wenn ich bloß wüsste, warum ...«

»So ist es nun einmal im Leben eines Paladins. Eigentlich dachte ich, das hättest du inzwischen herausgefunden.«

Jetzt erwiderte sie seinen Blick. »Ja, natürlich weiß ich das, Devlin. Aber ich muss nicht akzeptieren, dass es unabänderlich ist. Ich bin Ärztin *und* Wissenschaftlerin. Also ist es mein Job, festzustellen, wie ihr tickt.«

Obwohl er mir leiser Stimme sprach, verhehlte er seinen Unmut nicht. »Hör mal, ich will kein interessantes Forschungsobjekt in deinem Labor sein.

Wenn du das von mir erwartest, stehe ich sofort auf und verschwinde.«

Lachend verdrehte sie die Augen. »Würde ich für Laborratten schwärmen, könnte ich im biologischen Institut einer Universität mit ihnen spielen. Aber ich habe mich für die Arbeit mit Menschen entschieden, weil ich das wichtig finde.« Ihr Lächeln erlosch. »Niemals vergesse ich auch nur eine Minute lang, wer und was du bist. Manchmal glaube ich sogar, das erkenne ich klarer als du und deine Freunde.«

In eindringlichem Ton fuhr sie fort und neigte sich vor.

»Genau das ist ja mein Problem – *warum* verändert ihr euch? Und warum verändert ihr euch in unterschiedlichem Tempo? Zum Beispiel ist Trahern um einige Jahrzehnte jünger als du. Doch das wirkt sich nicht auf seine Werte aus, die deine bald übertreffen werden, wenn er so weitermacht wie bisher.«

Seufzend lehnte sie sich wieder zurück.

»Ach, vergiss, was ich gesagt habe. Unglaublich, dass ich mit dir über den Fall eines anderen Patienten diskutiere … Aber Traherns Schicksal geht mir nahe, trotz seiner keineswegs charmanten Persönlichkeit. Und ich fürchte, die Zeit läuft mir davon, während ich ihn zu retten versuche.«

Als würde es irgendjemandem gelingen … Und Trahern wäre der Erste, der das bestreiten würde. Niemals hatte er freundschaftlichen Umgang mit anderen Leuten gepflegt, nicht einmal mit seinen Kameraden. In letzter Zeit hatte er sich immer mehr zurückgezogen. Er redete kaum mit jemandem. Und an den Tagen, wo es an der Barriere ruhig zuging und die Paladine sich entspannen konnten, gesellte er sich nur selten zu ihnen, um einen Drink zu genießen.

Dieses Verhalten passte zum Wesen der Paladine. Während ihre Menschlichkeit allmählich dahinschwand, entwickelten sie sich zu Einzelgängern. Nur ein gewisses Pflichtgefühl blieb zurück. Und der Wunsch zu töten. Solange sich dieses Bedürfnis gegen die Anderen richtete, funktionierten die Paladine immer noch. Aber letzten Endes verfielen sie in wilde Raserei, und es war zu befürchten, dass sie alle Leute wahllos niedermetzelten, die ihren Weg kreuzten. Es gehörte zu den Aufgaben der Betreuer, die Anzeichen dieses Stadiums rechtzeitig zu erkennen und die Tollwütigen zu beseitigen. Bevor sie ermordeten, was sie ihrer Bestimmung nach schützen sollten …

Bei dieser Überlegung richtete Devlin seine Aufmerksamkeit wieder auf Laurel Young und ihr ernsthaftes Bestreben, das Leben der Paladine zu erleichtern. Allein schon der Gedanke war lächerlich. Zahlreiche Generationen von Paladinen hatten ihr Leben mit der Gewissheit verbracht, sie würden irgendwann im Wahnsinn sterben. Um Gnade baten sie nicht. Die verdienten sie auch gar nicht.

Und seine Betreuerin mit ihren sanften Augen und behutsamen Händen dürfte sich nicht so sehr für die Paladine engagieren.

»Alles okay, Devlin?«

Jetzt glitten diese Hände über den Tisch hinweg, berührten seine und holten ihn in die Gegenwart zurück. Der Kontrast zwischen Laurels schmalen Fingern und seinen rauen Händen fiel ihm auf. Weiche Wärme im Gegensatz zu kalter Härte. Ihre Hände – dafür geschaffen, zu heilen und zu trösten – umfassten seine, die eine beklemmende Pflicht erfüllen und töten mussten. Warum fühlte sie sich nicht von ihm abgestoßen? Hatte sie auch nur die leiseste Ahnung, wie viele Andere unter der Spitze seines Schwertes gestorben waren?

Wenn sie es wüsste, würde es vermutlich nichts ändern. Oft genug hatte sie verletzte Paladine zusammengeflickt und wiederbelebt. Deshalb verstand sie besser als sonst jemand das Grauen des endlosen Kampfes, den sie ausfochten, um diese Welt zu schützen.

Offenbar wollte sie eine Antwort hören, und so log er: »Ja, es geht mir gut.«

Ehe sie weitere Fragen stellen konnte, sah er die Kellnerin zum Tisch kommen. »Ah, unser Essen wird serviert.«

Laurel akzeptierte die Ablenkung. Aber ihr Blick warnte ihn. Diese Diskussion würde sie später fortsetzen. Warum hatte er der Versuchung nachgegeben, ein bisschen Zeit mit ihr zu verbringen? Das war ein Fehler gewesen.

Hier, zwischen Topfpflanzen und den köstlichen Aromen italienischer Gewürze, konnte er sich beinahe vorgaukeln, seine Beziehung zu Laurel wäre normal. Sie wären einfach nur Freunde, die zusammen in einem Restaurant saßen. Oder noch besser, ein künftiges Liebespaar, das die letzten Momente vor der Erfüllung genoss – ein Mann und eine Frau, die sich mit glutvollen Blicken versprachen, was sie einander schenken würden …

Er begehrte sie genauso leidenschaftlich, wie er die Barriere schützte, mit jener machtvollen Intensität, die das Wesen eines Paladins ausmachte. Was er mit diesem Gefühl anfangen sollte, wusste er nicht. Die Paladine heirateten nie. Nur selten dauerten ihre Beziehungen länger als ein paar Wochen. Nicht zuletzt, weil die Frauen ein unheimliches Gespür für die Gefahren besaßen, die von gewissen Männern ausgingen. Im Bett mochten die barbarischen Instinkte eines Kriegers aus ferner Vergangenheit unterhaltsam sein. Aber wohl kaum im Alltag einer dauerhaften Beziehung.

Und wenn er glaubte, das Problem wäre gelöst, wenn er Laurel Young für ein paar heiße Nächte in sein Bett holte, täuschte er sich ganz gewaltig. Unbehaglich rutschte er auf seinem Sitz umher, weil solche Gedanken die vorhersehbare Wirkung in seiner Anatomie erzeugten.

»Hör auf, Devlin.«

»Womit?« Interessiert legte er seine Gabel beiseite. Was mochte sie meinen?

»Schau mich nicht so an, als wärst du ein großer Kater, der sich jeden Moment auf eine Maus stürzen wird.«

Unwillkürlich grinste er, was er nur selten tat. »Ist

es etwa meine Schuld, dass du so verführerisch aussiehst?«

Obwohl sie errötete, hielt sie seinem Blick stand. »Devlin, ich bin deine Betreuerin. Deshalb können wir nicht – wir dürfen nicht ...«

Natürlich hatte sie Recht. Doch das schien keine Rolle zu spielen.

Er warf seine Serviette auf den Tisch. Dann legte er genug Geld daneben, um die Rechnung zu begleichen. Doppelt so viel.

»Verschwinden wir von hier. Gehen wir spazieren.«

Sie nickte. Plötzlich erschienen ihm ihre Augen ungewöhnlich groß. »Also gut.«

Während der kurzen Zeit, die sie im Restaurant verbracht hatten, war die Sonne von dunklen Wolken verhüllt worden. Sehr gut, das düstere Grau passte zu Devlins Stimmung. Wortlos wandten sie sich nach Norden und dann nach Westen, weg vom Pioneer Square, zum Ufer des Sees.

Das Schweigen war kaum leichter zu ertragen als das gefährliche Gespräch beim Essen. Fast unwiderstehlich reizte Laurels Nähe seine Sinne. Die Brise spielte mit ihrem Haar, die kurzen dunklen Locken forderten eine Berührung heraus. Mühelos hielten ihre langen Beine seinen Schritten stand.

Würde ihn nur körperliches Verlangen zu ihr hinziehen, könnte er es ignorieren. Aber er wusste auch zu schätzen, wie sie sich gegen ihn behauptete, wie hingebungsvoll sie ihre Patienten versorgte. Im Bett würde sie die gleiche Intensität beweisen. Daran zweifelte er nicht. Trotzdem wollte er sich vergewissern. Vor allem weil sie seine Seele erwärmte, die viel zu lange gefroren hatte …

»Jetzt bringe ich dich nach Hause, Laurel.«

»Noch nicht. Ich habe meine Pizza nicht aufgegessen.

Deshalb bist du mir eine große Portion Eiscreme schuldig.«

Mit dieser Forderung bot sie ihm ein paar Minuten länger in ihrer Gesellschaft an. Ein Angriff auf seine Willensstärke? Und wenn er schwach wurde? Vielleicht konnten sie einfach nur Freunde sein, während sie das Eis verspeisten. Dann würde er sie nach Hause bringen, bevor er oder sie nicht mehr die Kraft für den Abschied fanden.

»Okay. Eine Kugel? Oder zwei?«

»Das ist eindeutig der richtige Moment für zwei Kugeln. Und ich will das teure Sahneeis, das die Arterien verstopft, aber so gut schmeckt, dass es einem egal ist.«

Und dann überraschte sie ihn und hängte sich bei ihm ein, bevor sie die Uferstraße entlanggingen, auf der Suche nach einem Eiswagen.

*

Laurel liebte ihre Eigentumswohnung mit der Aussicht auf die Elliott Bay und die Skyline von Seattle. Aber in diesem Moment wünschte sie sich ein Domizil, meilenweit von der City entfernt. Dann würde Devlin sehr lange brauchen, um sie nach Hause zu begleiten. Nicht nur eine knappe Viertelstunde.

Aber da wohnte sie, dort vorn am Ende des Häuserblocks. Sie würde ihren Sicherheitscode in den kleinen Computer tippen, die Tür würde aufschwingen, und sie würde die Schwelle allein überqueren. Bedauerlicherweise würde Devlin davongehen, zu seinem Haus. Und beide wären einsam und unglücklich.

Aber diese letzten Minuten ihrer erstaunlichen Flucht aus dem normalen Leben wollte sie sich nicht verderben. Nachdem sie Eiscreme gegessen hatten, waren sie an den Geschäften entlang des Piers vorbeigewandert. Alles Mögliche schauten sie sich in manchen Läden an, von teuren Kunstwerken bis zu kitschigen Souvenirs. Diese Gegend hatte sie schon oft besucht, aber diesmal – an Devlins Seite – viel schöner und bunter gefunden.

»So, da sind wir.«

»Wo wohnst du?«

Sie zeigte ihm das kleine Ziegelhaus an der Ecke. »Dort, auf der rechten Seite. Im Erdgeschoss.«

»Das hätte ich mir denken können, all die Blumen im Vorgarten …« Vor dem Eingang blieb er stehen und sah sich um.

»Stimmt was nicht?«

»Deine Vordertür ist zu exponiert«, erklärte er, packte ihre Hand und zog sie in eine nahe Gasse zwischen zwei alten Gebäuden.

»Exponiert? Wofür?«

Abrupt hielt er inne und drängte sie an eine Ziegelmauer, die gegen die Straße von gestapelten Kisten abgeschirmt wurde. »Dafür.«

Dann presste er seinen Mund auf ihren. Er schmeckte nach Schokolade, Minze und Hitze. Das wünschten sich beide, seit sie das Labor verlassen hatten. Zwischen der Ziegelwand und dem kraftvollen Männerkörper fühlte sie sich fast erdrückt. Trotzdem war es wundervoll. Gut und richtig. So wagemutig kam sie sich vor, als sie ein Bein um seine schlang.

Zu ihrer Verblüffung hob er auch ihr anderes Bein und schlang es um seine Hüften, schmiegte den Beweis seines Verlangens an ihre Hitze.

Leise begann sie zu stöhnen.

Seine Zunge flackerte in ihrem Mund. Im selben Rhythmus rieb er sich zwischen ihren Schenkeln an ihr und verriet ohne Worte, was er am liebsten tun würde. Dann umfasste er eine ihrer Brüste, und sie verlor alle Kontrolle, ohne jede Vorwarnung von einem explosiven Höhepunkt überwältigt.

An ihren Lippen spürte sie Devlins Lächeln. »Verdammt, ich wusste, wie glutvoll du in meinen Armen brennen würdest.«

Die Wellen ihrer Leidenschaft schwächten sie, und sie zitterte am ganzen Körper. Statt sie auf die Füße zu stellen, vergrub er das Gesicht in ihrem Haar und streichelte sie.

»Habe ich dir wehgetan?«, flüsterte er in ihr Ohr.

»In diesem Moment könnte es mir gar nicht besser gehen.«

»Dann sollte ich dich jetzt heimbringen. Morgen früh werde ich im Zentrum erwartet.« Er ließ sie zu Boden gleiten und hielt sie immer noch fest, falls ihre Beine sie vorerst nicht tragen würden. »Komm, gehen wir zu deiner Tür.«

Er trat zurück, entfernte sich, als würde das genügen, um die Begierde abzukühlen, die nach wie vor zwischen ihnen knisterte.

Also würde er sie verlassen. Natürlich musste er das tun. Trotzdem fühlte sie sich gekränkt und respektlos behandelt. »Ich bin ein erwachsenes Mädchen, Devlin«, fauchte sie. »Diesen kurzen Weg schaffe ich auch allein. Außerdem ist meine Haustür – wie hast du es ausgedrückt? – zu *exponiert*.«

»Okay.«

Seine lässige Kapitulation schürte ihren Zorn. Abrupt kehrte sie ihm den Rücken, um ihm zu zeigen, auch ihr wäre die Situation egal. Schon beim zweiten Schritt spürte sie seine Hand auf ihrer Schulter, und er drehte sie zu sich herum. Eine Sekunde später war sie wieder dort, wo sie sein wollte – in seinen Armen. Fast verzweifelt küsste sie ihn und fühlte die heftigen Emotionen, die auch ihn erfassten.

Dann erwiderte er ihren Kuss nicht mehr fordernd, sondern sanft und zärtlich. Laurel verbarg, wie tief sie verletzt worden war.

Schweigend schlenderten sie zu ihrem Apartment, und keiner von beiden schien zu wissen, was jetzt geschehen sollte.

»Nun musst du gehen«, murmelte sie und erlaubte sich das Privileg, seinen Hemdkragen zu glätten.

Er zuckte zusammen. Aber er wich nicht zurück. »Soll ich morgen ins Labor kommen, wenn Trahern aufwacht?«

Inzwischen hatte sie sich anders besonnen. »Oh, ich werde schon mit ihm fertig.« Daran zweifelte sie nicht, obwohl der schwierige Patient sein Bestes tat, um sie zu erschrecken.

Beinahe lächelte er. »Das weiß ich. Oft genug zeigst du uns deine Tigerkrallen. Wir alle haben eine Heidenangst vor dir. Trotzdem musst du's sagen, wenn du mich brauchst.«

Sie widerstand der Versuchung, auf seinen Vorschlag einzugehen. »Natürlich weiß ich dein Angebot zu schätzen. Aber Trahern soll nicht glauben, ich wäre auf deine Hilfe angewiesen – oder wir würden uns gegen ihn verbünden.«

»Gute Nacht, Laurel.«

»Danke für die wunderbaren Stunden, Devlin.«

Statt zu antworten, nickte er nur, und sein Gesicht nahm die normalen harten Züge an.

Dann wanderte er davon und verschwand in der Schattenwelt, die anscheinend ein Teil seines Wesens war. Obwohl Laurel nicht danach gefragt hatte, fürchtete sie, dass sie ihn erst wiedersehen würde, wenn man ihn über die Schwelle ihres Labors trug – blutüberströmt, mit gebrochenen Knochen. Über ihre Wange rollte eine Träne. Doch sie wischte sie nicht weg und kämpfte auch nicht gegen die anderen Tränen, die der ersten folgten.

In ihrem Leben gab es manches, das es wert war, darum zu weinen. Und ihr Herz sagte ihr, Devlin Bane würde dazugehören.

*

Eine unruhige Nacht lag hinter ihm. Rastlos hatte er sich unter der Decke umhergewälzt. Seit Jahren fand er nur mehr selten einen friedlichen Schlaf. Durch seine Träume waren Bilder von Laurel gegeistert, und er fragte sich, was er tun sollte, wenn sie ihn in ihre Wohnung einlud – in ihr Bett. Verdammt, es half ihm nicht, dass er den süßen Geschmack ihres Mundes und die seidige Glätte ihrer Haut bereits kannte. Und die Erinnerung an ihre schönen langen Beine, um seine Hüften geschlungen, und an die feuchte Hitze zwischen ihren Schenkeln würde in diesem Leben nicht verblassen. Auch nicht im nächsten.

Schon lange, bevor die ersten Sonnenstrahlen über den Bergen im Osten schimmerten, gab er den Versuch auf, noch einmal einzuschlafen. Sein Frühstück – eine Kanne Kaffee und eine zwei Tage alte Pizza – konnte seine Stimmung nicht aufhellen. Ebenso wenig vermochten es die letzten warmen Wassertropfen in seinem Tank, die er nutzte, um die schwachen Reste von Laurels Duft abzuwaschen. Wären die Erinnerungen doch genauso leicht wegzuspülen … Falls er Glück hatte, würde eine Krise seine Aufmerksamkeit erfordern, wenn er am frühen Morgen in sein Büro ging.

Obwohl es nähere Türen zum Zentrum als jene beim Pioneer Square gab, brauchte er einen Spaziergang, um sich aufzumuntern. Natürlich erwartete niemand von den Paladinen, sie würden gute Laune verbreiten. Alle waren Einzelgänger. Nur die jüngeren hatten enge Freunde, innerhalb und außerhalb des Paladinkreises.

Freundschaften außerhalb seiner speziellen Welt vermisste Devlin nicht. Er fand es zu anstrengend, auf jedes Wort zu achten, das er aussprach, die Lügengeschichten über seinen Beruf beizubehalten oder zu erklären, warum er manchmal für längere Zeit verschwand. Und nachdem er schon mehrmals gestorben war, ertrug er die Nähe größerer Menschenmengen nur kurzfristig. Sonst würde er es riskieren, seine Beherrschung zu verlieren.

Seltsamerweise hatte er nichts von der üblichen Irritation empfunden, während er mit Laurel am Wasserrand entlanggewandert war. Trotz des Gedränges in den Läden, in die sie ihn schleppte, fühlte er sich erstaunlich wohl. Für ein paar Stunden hatte er sogar sein Schicksal vergessen. Für diesen Fehler würde er im nächtlichen Dunkel, wenn er mit seinen Erinnerungen allein war, bitter büßen. Aber alles in allem bereute er keine einzige Sekunde, die er mit ihr verbracht hatte.

Zu den vorteilhaften Nebenwirkungen der Paladin-Gene gehörte ein unterentwickeltes Gewissen. Als er daran dachte, besserte sich seine Stimmung. Gerade noch rechtzeitig, denn Penn war bereits auf den Beinen und erwartete ihn vor dem Eingang zum Zentrum.

»Die wollten schon einen Suchtrupp losschicken.« Penns Zähne hoben sich leuchtend weiß vom Schmutz in seinem grinsenden Gesicht ab.

»Warum?« An der Barriere konnte es nicht liegen. Irgendwelche Probleme, die mit ihr zusammenhingen, hätte Devlin sofort gespürt.

»Keine Ahnung. Jedenfalls haben Cullen und D.J. verlangt, wenn ich dich sehe, müsste ich dir sagen, du sollst deinen Arsch schleunigst bewegen.« Penn setzte sich auf seinen gewohnten Platz und hüllte seine Schultern in eine zerschlissene Decke. »Und bevor du danach fragst – die beiden kamen mir eher aufgedreht als besorgt vor.«

»Danke für die Info.«

Sobald Devlin das Zentrum betreten hatte, machte er sich auf die Suche nach seinen Freunden. Cullen saß an seinem Schreibtisch und las ein Buch. Wie üblich widmete er sich seiner Leidenschaft für düstere Fantasy-Romane.

Diese Begeisterung teilte Devlin nicht, denn diese Geschichten glichen dem Leben, das er tatsächlich führte, viel zu sehr. Wenn er etwas las, wollte er der Realität entfliehen.

»Ich habe gehört, du suchst mich?«

»Ja.« Cullen steckte ein zerknittertes Kuvert zwischen die Buchseiten, um es als Lesezeichen zu benutzen. Dann legte er den Roman beiseite. »Eigentlich ist's D.J., der dich sehen will. Er muss dir was zeigen. Wahrscheinlich sitzt er vor seinem Computer. Da hat er wieder mal den Code eines geheimen Systems geknackt.«

Seufzend schüttelte Devlin den Kopf. D.J. war ein Elektronik-Genie, und er machte sich einen Spaß daraus, mit der Cyber-Polizei Katz und Maus zu spielen. Bisher stand die Partie Zigtausend zu null. Die anderen Paladine hatten einen Wett-Pool gegründet. Dabei ging es um die Frage, wie lange es dauern mochte, bis er infolge eines Ausrutschers ertappt wurde. Nicht, dass man ihn wegen seiner keineswegs harmlosen Possen hinter Gitter bringen würde. Dafür waren die Regenten, die das Zentrum leiteten und kontrollierten, also auch die Paladine, zu einflussreich. Und sie schützen ihre Mitarbeiter, sogar vor sich selbst.

Wie erwartet saß D.J. mit gekreuzten Beinen in einem Sessel, seine Computertastatur auf dem Schoß. Während seine Finger über die Tasten tanzten, grinste er den Bildschirm herausfordernd an.

»Viel zu spät, sorgloser Bastard! Nächstes Mal solltest du alle Hintertüren zu deinem System schließen.« Nachdem die Zentraleinheit die Dateien gespeichert hatte, drückte er auf die Löschtaste. Lachend wandte er sich zu Cullen und Devlin. »O Mann, war das geil.«

»Davon wollen wir nichts wissen.«

»Ich hatte auch gar nicht vor, euch einzuweihen. Vermutlich genügt es, wenn ich euch verrate, dass das Militär seine Sicherheitsmaßnahmen bald verbessern wird.«

Mit dieser Prophezeiung erweckte D.J. den Eindruck, er hätte den Militärs einen Gefallen getan, indem er durch ihre Dateien gesurft war.

Cullen lehnte sich an die Wand und kreuzte die Fußknöchel. »Da fällt mir was auf – du hast sie zu einem günstigen Zeitpunkt auf ihre Fehler hingewiesen. Kurz bevor unsere neue Software auf den Markt kommt.«

Gekränkt über diesen Verdacht, warf D.J. ihm einen vorwurfsvollen Blick zu. »Ich bin patriotisch. Nicht geldgierig.«

Das kauften ihm weder Cullen noch Devlin ab. D.J. spielte mit anderen Computerfreaks Fangen. Ständig kriegten sie sich in die Wolle, und er war seinen Rivalen stets um eine Nasenlänge voraus.

Nun beschloss Devlin, das Thema zu wechseln. »Penn hat gesagt, du willst mit mir reden.«

»Ja, ich hab was auf deinen Schreibtisch gelegt.«

»Lass mich bloß nicht raten. Dafür bin ich nicht in Stimmung.«

»Dieses hübsche kleine Rätsel wirst du sicher gern lösen«, meinte D.J., stand auf und streckte sich.

Devlin führte die Parade in sein Büro an. Auf dem Schreibtisch lagen zerknüllte Fetzen. »Was zum Geier ist das?«

Widerstrebend ergriff er einen Lumpen, der wie ein kleiner Beutel mit Durchzugsband aussah. Am unteren Ende war er aufgeschnitten worden. Der Stoff fühlte sich dick und weich an. Sonst konnte Devlin nichts Bemerkenswertes entdecken.

»Wo hast du das her?« Doch er glaubte die Antwort zu kennen. Wenn die Fetzen nichts mit den Anderen zu tun hätten, würde D.J. ihn nicht damit belästigen.

»Das Zeug haben wir unter einem der ermordeten Wachtposten gefunden.« Cullen streckte eine Hand aus, und Devlin warf ihm einen der Lumpen zu. »Ein paar von diesen Dingern haben wir schon untersucht.«

»Und?« Die Antwort würde Devlin nicht gefallen. Das wusste er.

»Sie stammen aus der Welt jenseits der Barriere.«

Sofort ließ Devlin den Beutel fallen, als hätte er sich verbrannt. Dann fühlte er sich albern und wühlte in dem Haufen, um zu beweisen, er würde sich nicht vor einer möglichen Infektion fürchten. Immerhin hatten sie schon zahllose tote Andere entsorgt und ihre Kleidung berührt, ohne sich eine ansteckende Krankheit zu holen. Oder vielleicht doch? Niemand wusste, warum die Paladine mit der Zeit gewalttätiger wurden. Vielleicht lag es an ihrem häufigen Kontakt mit dem Eigentum der Anderen.

»Habt ihr noch was festgestellt?«

»Alle Säckchen wurden mit demselben Messer aufgeschlitzt. Früher hat es einem unserer Wachtposten gehört. Das Messer fanden wir, aber keine Fingerabdrücke.«

Devlin löste die Schnur, die einen der Beutel zusammenhielt. Dafür brauchte er eine Weile, weil sie fest verknotet war. Also war die Person, die das Messer benutzt hatte, in höchster Eile gewesen.

»Haben die Beutel irgendwas enthalten?«

D.J. nickte. »In einigen steckte kristalliner Staub. Nichts, was wir kennen. Aber das ist keine Überraschung. Jetzt werden die Tests in der Forschungsabteilung wiederholt. Einer meiner Kumpel kümmert sich drum. Morgen kriegen wir die Resultate.«

Kein einziger Paladin war jemals tapfer oder dumm genug gewesen, die Barriere zu überqueren und die Welt auf der anderen Seite zu inspizieren. Da die Anderen so viel riskierten, um ihrer Heimat zu entrinnen, musste sie aus lauter Alpträumen bestehen. Das bezweifelte Devlin keine Sekunde lang.

Der Anblick dieser Beutel weckte eine vage Erinnerung. Aber sie blieb im Verborgenen.

»Könnt ihr euch vorstellen, was diese Dinger bedeuten?«, fragte er. »Irgendeine Idee?«

Cullen zählte seine Ideen an den Fingern ab. »Erstens gehören sie nicht zu unserer Welt, also müssen die Anderen sie über die Grenze gebracht haben. Zweitens – sicher haben die Beutel etwas Wertvolles enthalten, denn normalerweise nehmen die Anderen nur ihre Waffen und die Kleider mit, die sie am Leib tragen. Und drittens – jemand auf dieser Seite muss den Wert des Zeugs erkannt haben. Sonst hätten unsere Feinde die Wachtposten nicht getötet, um es zurückzugewinnen.«

Doch es gab noch eine vierte, unausgesprochene Möglichkeit. Es war kein Anderer, der die Wächter niedergemetzelt hatte. So schrecklich dieser Gedanke auch sein mochte – er passte zu der Attacke auf Devlin. Ein Mensch war zu einem skrupellosen Verbrecher geworden.

Da Cullen das offenbar nicht erwähnen wollte, musste Devlin davon sprechen.

Er wandte sich von den Beuteln ab und schaute seine Freunde an. »Bei meinem letzten Tod geschah etwas, das ihr wissen solltet. Wir nahmen gerade einen Routine-Check an der Barriere vor, als ein Teil des Walls ohne Vorwarnung einstürzte. Glücklicherweise konnte nur etwa ein Dutzend Anderer herüberkommen, bevor wir die Barriere reparierten. Während Trahern und einige seiner Leute vor Ort blieben, um eine Wiederholung des Zwischenfalls zu verhindern, folgte ich mit den restlichen Kameraden den Flüchtlingen. Ich spürte zwei auf, die gerade nach oben stiegen.«

Die Augen geschlossen, versuchte er sich auf alle Einzelheiten zu besinnen. Auch diese Erinnerungen konnte er nicht auffrischen.

Cullen stieß ihn an. »Was ist mit diesen Anderen passiert?«

Zögernd hob Devlin die Lider. »Wir fochten … Den einen tötete ich im nördlichen Tunnel, auf halber Höhe, der zweite entkam während dieses Kampfs. Ich suchte nach ihm. Plötzlich tauchte er aus dem Nichts auf und schwang eine Axt. Keine Ahnung, wo zum Teufel er sich die angeeignet hatte. Denn als er die Grenze überquert hatte, war er unbewaffnet gewesen.« Wie aus eigenem Antrieb rieb seine Hand die schmerzende Stelle an seinem Bein. »Ein paar Sekunden lang konnte ich ihn abwehren. Dann sprang noch jemand aus dem Dunkel und streckte mich nieder, ebenfalls mit einer Axt.«

»Hast du ihn gesehen?«

»Sein Gesicht nicht. Aber ich erinnere mich an seine Hände.« Devlin hielt seine eigenen Hände vor seine Augen. »Zu meiner Verblüffung hatten seine Finger eine ähnliche Farbe wie meine. Nicht blass und grau. Also wurde ich von einem Menschen ermordet, nicht von einem Anderen.«

»Verdammt, diesen Hurensohn werden wir zwei Mal töten!« D.J. schaut sich im Büro um, als könnte der unbekannte Widersacher in einer Ecke lauern. Von seinem üblichen aufbrausenden Temperament getrieben, begann er wie ein Löwe in einem Käfig hin und her zu laufen.

Stets der ruhigste der drei Freunde, schüttelte Cullen langsam den Kopf. »Nein, das tun wir nicht. Unsere Vergeltung muss warten. Erstmal werden wir ihn zum Reden bringen. Offenbar geht hier mehr vor als eine Attacke auf Devlin.« Was er meinte, legte er plausibel dar. »Dev wird getötet. Nichts Besonderes. Aber da dieser Angreifer eine Axt benutzte, sollte sein Opfer vermutlich für immer sterben.«

Devlins Atem stockte. Daran hatte er ebenfalls gedacht. Doch es beunruhigte ihn, die Bestätigung seiner Theorie zu hören. Wenn ein Paladin zerstückelt wurde, konnte er nicht ins Leben zurückkehren. »Und was hat ihn davon abgehalten, sein Werk zu vollenden?«

»Nun, du warst nicht lange genug tot. Vielleicht nur ein paar Sekunden, bevor wir dich fanden. Der Schurke geriet offenbar in Panik und floh …« Cullen unterbrach sich und runzelte die Stirn. »Da fällt mir ein – neben deinem Körper lagen zwei tote Andere. Bei keinem entdeckten wir eine Axt. Daran würde ich mich erinnern. Wenn du den zweiten nicht eliminiert hast, muss es dein Mörder getan haben.«

»Also wollte der Partner dieser beiden offene Fragen klären.« D.J. lächelte freudlos. »Heutzutage kann man niemandem mehr trauen.«

»Dann wäre noch mein Schwert zu beachten, das in der Barriere steckte«, betonte Devlin. »Bei all der Energie, die an dieser Stelle des Walls auf Hochtouren lief, muss sich der Bastard glücklich schätzen, weil er nicht gegrillt wurde.« Verdammt schade, dass es nicht passiert war ... Aber Cullen hatte Recht, sie mussten den Hurensohn verhören, bevor sie sich an ihm rächten.

Und Devlin würde den Verräter zum Reden bringen. Damit wollte er sich zunächst begnügen. Voller Vorfreude ballte er die Hände.

»Hättest du bloß sein Gesicht gesehen ...«, seufzte Cullen. »Glaubst du, einer der Wachtposten will dich aus dem Weg räumen?«

Devlin schlenderte zu seinem Arsenal. Prüfend strich sein Daumen über eine Messerklinge. Sie fühlte sich scharf genug an. Doch er musste seine Hände irgendwie beschäftigen, und so griff er nach einem Wetzstein. »Keiner dieser Männer mag uns. Aber – nein, das glaube ich nicht. Ich bemühe mich, mit ihnen zu kooperieren. Wenn ich es auch hasse, dass sie mich mit vorgehaltener Waffe herumführen – das ist ihr Job.«

Und ihre Wachsamkeit schützte Laurel vor Paladinen, die womöglich ausrasteten. Allein schon aus diesem Grund wollte er sich mit Purefoy und dessen Kumpanen gutstellen. Langsam ließ Devlin das Messer über den Wetzstein gleiten und lenkte seine Gedanken in andere Bahnen.

»Vielleicht ist es ein Wachtposten von der Einsatztruppe oder jemand anderer aus Kincades Einheit. Sonst könnte niemand in die Tunnels gelangen, ohne einen Alarm auszulösen. Und niemand außer den Paladinen kennt sich im Untergrund gut genug aus, um eine solche Tat zu verüben.«

»Glaubst du, der Mord war geplant? Oder geschah er aus einem Impuls heraus?«

»Das können wir nicht abschätzen, weil wir zu wenig wissen. Womöglich bin ich auf irgendwas gestoßen und habe es gar nicht gemerkt.« Devlin stocherte mit seinem Messer in den zerfetzten Beuteln herum. »Zweifellos hat jemand einen Pakt mit dem Teufel geschlossen. Darauf wette ich mein Lieblingsschwert. In diesen Dingern muss was Kleines, sehr Kostbares gesteckt haben. Wertvoll genug für einen Mord.«

D.J. zog eines der Säckchen an der Schnur hoch. »Ungewöhnlich dick, dieser Stoff. Vielleicht sollte er den Inhalt schützen – oder Geräusche dämpfen.«

»Darüber können wir im Augenblick nur spekulieren.« Devlin legte das Messer beiseite. »D.J., sicher kannst du unbemerkt durch die Dateien der Regenten surfen.«

Sein Freund grinste dämonisch. »Was glaubst du denn, wer ihr Sicherheitssystem programmiert hat? Natürlich ist ihnen das nicht aufgefallen.« Er schlang seine Finger ineinander, streckte die Arme aus und ließ die Gelenke knacken. »Was suchen wir?«

»Das weiß ich noch nicht. Fang mit den Dienstplänen der Wachen in meiner Todesnacht an. Vermutlich werden wir unseren Schurken noch nicht aufspüren, können aber ein paar Namen von der Liste streichen. Zum Beispiel die Leute, die in der Forschungsabteilung zu tun hatten.«

»Okay. Außerdem werde ich die finanziellen Dateien checken. Wenn man mit der anderen Seite kooperiert, muss irgendwo Geld fließen.« D.J. ließ den Beutel fallen und ging zur Tür.

»Wahrscheinlich ist's besser, wenn ich mit ihm gehe«, sagte Cullen. »Er ist gut, aber nicht unfehlbar. Und sobald er irgendeine Spur wittert, gibt's kein Zurück. Da braucht er jemanden, der ihn an einer kurzen Leine hält.« Cullen folgte seinem Freund aus dem Büro. »Pass auf, dass dir niemand in den Rücken fällt, Devlin. Der Anschlag, der auf dich verübt wurde, war wohl kaum der letzte.«

Welch ein Narr würde sich mit solchen Bastarden verbünden?

Plötzlich unterbrach das schrille Klingeln des Telefons Devlins Gedanken, und er riss den Hörer von der Gabel. »Bane!«, stieß er ärgerlich hervor.

»Warum verspätest du dich? Hast du deinen Termin vergessen?«

Laurel war die letzte Person, die er sehen wollte. »Den sage ich ab.«

»Nein, das tust du nicht. Dr. Neal hat deine Entlassung widerrufen. Dabei bleibt's, bis die Tests durchgeführt wurden, die er angeordnet hat. Entweder kommst du fügsam wie ein kleiner braver Soldat zu mir, oder ich schicke die Wachtposten in dein Büro.«

»Verschon mich mit deinen Wachhunden, Doktor, und mit deinen diversen Nadeln. Ich bin beschäftigt.«

Auch Laurel konnte auf stur schalten. »Das sind keine Wachhunde – *Devlin*.« Wie seltsam sie seinen Vornamen betonte – kein allzu subtiler Hinweis auf die Tatsache, dass ihn mehr mit ihr verband als die Beziehung zwischen einer Ärztin und ihrem Patienten.

An seiner schlechten Laune war sie nicht schuld. Er kniff in seinen Nasenrücken und versuchte drohende Kopfschmerzen abzuwehren. »Wenn ich Zeit habe, komme ich zu dir, Laurel. Hier geht irgendwas vor, das meine Aufmerksamkeit erfordert.«

»Wie wichtig dein Job ist, weiß ich. Aber du kannst deine Pflicht nur erfüllen, wenn du gut auf dich aufpasst. Also halt deinen Termin ein, bevor ich die Wachen auf dich hetze.« Ihre Stimme sank zu einem Flüstern herab. »Bitte.«

Seine Freunde waren schon wütend genug. Deshalb wäre es nicht gerade erstrebenswert, wenn sie beobachten mussten, wie er von einer bewaffneten Truppe abgeführt wurde. Allein schon der Gedanke war unerträglich.

»Okay. In zwei Stunden.«

»Soll ich dir einen Wagen schicken?«

»Nein. Ich habe gesagt, ich werde da sein. Und ich werde mein Wort nicht brechen.«

Ungeduldig knallte er den Hörer auf die Gabel, ein effektives Ende der Diskussion. Dann ergriff er sein Messer und starrte es eine Zeit lang an. Mit einer blitzschnellen Drehung seines Handgelenks schleuderte er es in die Luft. Von obszönen Flüchen begleitet, bohrte es sich in die Wand am anderen Ende des Raums. Er lief hinüber, riss die Klinge heraus und wünschte, es gäbe ein lebendiges Ziel für seinen Zorn.

Wenn er sich in einer so miserablen Stimmung befand, war es sinnlos zu arbeiten. Genauso gut könnte er ins Waffenlager gehen und sein Schwert reparieren. Obwohl die Regenten ausgezeichnete Waffenschmiede beschäftigten, die das Arsenal der Paladine einwandfrei instand hielten, kümmerte Devlin sich lieber selbst um solche Jobs.

Die meisten Paladine versuchten auf diese oder jene Weise den Krieg zu vergessen, den sie tagtäglich ausfochten. Während Devlin seine Waffen pflegte, fand er für wenige Stunden inneren Frieden. Die Reparatur seines Schwerts würde seine Wut mildern, bevor er ins Forschungszentrum ging. Keinesfalls durfte er wegen seiner schlechten Laune die Tests vermasseln – das Letzte, was er brauchen würde.

Auf dem Weg nach draußen begegnete er Cullens Blick. »Gerade hat Dr. Young angerufen. Dr. Neal hat weitere Untersuchungen angeordnet, weil er sich vergewissern will, dass ich diensttauglich bin. Natürlich wissen wir beide, dass das reiner Mist ist. Aber wenn ich nicht mühelos durch die Reifen springe, wird's Ärger geben.«

Sein Freund musterte ihn seltsam. Dann nickte er. »Wie gesagt, halt deinen Rücken frei. Wahrscheinlich sind einige Wachtposten in die Sache verwickelt, das wissen wir. Aber ob sie die Einzigen sind? Das steht keineswegs fest.«

Was mochte das bedeuten? War Devlin ein leichtfertiger Narr, wenn er allein durch die Straßen von Seattle wanderte? O nein, verdammt wollte er sein, wenn er sich von einem feigen Wächter einschüchtern und in einen Schlupfwinkel treiben ließ. Außerdem war es taghell. Wenn es jemand auf ihn abgesehen hatte, würde er ihn im Schutz der Dunkelheit überfallen. Er verließ das Gebäude und betrat die Gasse, in der Penn postiert war.

»Halt die Augen weit offen, Devlin. Soll ich dich in der nächsten Zeit begleiten?«

»Nein.«

»Das dachte ich mir.« Penn lehnte sich an die Hausmauer. »Übrigens, Cullen hat gesagt, du sollst dich melden, wenn du in der Forschungsabteilung bist.«

Zur Hölle mit Cullen. Das hätte Devlin wissen müssen. Sobald ein Problem auftauchte, würde sein Freund sämtliche Leute informieren.

Mit dieser Situation würde Devlin allein zurechtkommen. Und das wussten sie alle. Es gab nur einen einzigen Grund, warum er nicht zurückrannte und dem Kerl mit ein paar gezielten Fausthieben Vernunft einbläute. Weil er dieselben Maßnahmen ergreifen würde, wenn Cullen gefährdet wäre.

»Okay. Dieses eine Mal. Aber richte ihm aus, ich brauche keinen Babysitter.«

»Wird gemacht.«

Sechstes Kapitel

Der Minutenzeiger kroch zur Zwölf. In sechzig Sekunden würde Devlin offiziell zu spät kommen. Nun fragten sie sich sicher, ob er überhaupt erscheinen würde, und das bereitete ihm ein perverses Vergnügen. Nachdem er im Gebäude der Forschungsabteilung angekommen war, warf er sein repariertes Lieblingsschwert und ein paar Messer auf den Tisch der Wachstation. Dann ging er weiter.

»Da bin ich. Bringen wir's hinter uns.«

Hastig sprangen drei Wachtposten auf, ergriffen ihre Waffen und formierten sich hinter ihm zu einer Eskorte. Verdammt, er hasste Inkompetenz. Wenn sie unter seinem Kommando stünden, würde er sie wegen ihres schludrigen Verhaltens in den Hintern treten. Er wartete die Erlaubnis, Laurels Labor zu betreten, nicht ab, stieß die Tür auf und kümmerte sich nicht mehr um seine unfähigen Begleiter. Natürlich würden sie ihm folgen.

Laurel ließ sich nirgendwo blicken, und er fragte den Corporal an seiner Seite: »Okay, wo ist sie?«

Ehe der junge Soldat eine Antwort stammeln konnte, tauchte Dr. Neal hinter einem Aktenschrank auf. »Im Moment ist Dr. Young nicht hier, und ich übernehme ihre Pflichten.« Er nickte den

Wachtposten zu. »Danke, Gentlemen, dass Sie Mr. Bane hereingeführt haben.«

Nachdem sie hinausgegangen waren, musterte der Doktor den Paladin über den Rand seiner Brillengläser hinweg.

»Ich weiß, unser Protokoll frustriert Sie maßlos, Mr. Bane. Trotzdem würde ich mich über Ihre Kooperation freuen.«

»Wäre ich bereits dem Wahnsinn verfallen, hätte ich die miserabel ausgebildeten Clowns da draußen umgebracht, ehe sie einen Schuss abfeuern konnten. Ab und zu müsste man sie ein bisschen wachrütteln, damit sie merken, wozu sie hier sind.«

»Dafür sind Sie nicht verantwortlich. Aber ich werde Colonel Kincade auf den Zwischenfall hinweisen. Anscheinend mangelt es ein paar neuen Rekruten an der nötigen Disziplin. Und nach allem, was vorhin geschehen ist, sollte man meinen, sie wüssten es besser.«

In Devlins Magen entstand ein flaues Gefühl. »Was ist passiert?«

»Nichts, was Sie interessieren müsste. Setzen Sie sich und krempeln Sie Ihren Ärmel hoch.«

Während Dr. Neal einen Stauschlauch um den entblößten Arm des Patienten schlang und die Armbeuge nach einer geeigneten Ader abtastete, schweifte Devlins Blick im Labor umher. Gab es irgendwelche Anhaltspunkte – einen Hinweis auf das Ereignis, das hier offenbar stattgefunden hatte?

An einer Seite des Aktenschranks entdecke er eine große Delle, die zuvor nicht da gewesen war.

Und eine von Laurels Topfpflanzen wirkte ziemlich mitgenommen. Was war in den zwei Stunden vorgefallen, seit er zuletzt mit ihr gesprochen hatte?

Dr. Neal bemerkte, dass Devlin überall hinschaute, nur nicht auf seinen Arm. »Wie ich feststelle, hassen Sie solche Nadeln immer noch.« Seine Augen funkelten boshaft, als er ein kleines Pflaster auf den Einstich klebte. Es zeigte das Bild eines Kätzchens. Zweifellos ein Sonderangebot. »Nun muss ich Ihr Bein noch einmal röntgen. Das war ein sehr schlimmer Bruch. Obwohl Sie's nicht zugeben wollen, stört er Sie immer noch. Ich habe beobachtet, wie Sie das Bein schonen. Seit Ihrem letzten Kampf im Untergrund behandeln Sie's vorsichtiger denn je.«

»Unsinn, mein Bein ist okay.« *Und verdammt nochmal, wieso weiß Dr. Neal irgendwas über meine Gefühle nach dem Kampf mit den beiden Anderen?* Waren die Tunnels mit Überwachungskameras ausgestattet? Oder hatte einer von Devlins Freunden hinter seinem Rücken was ausgeplaudert?

»Dann werden's die Röntgenbilder beweisen, nicht wahr?« Seelenruhig drückte der Doktor auf die Taste der Sprechanlage. »Bitte, führen Sie Mr. Bane in die Radiologie.« Zu seinem Patienten gewandt, fügte er hinzu: »Dort müssen Sie warten, bis Sie mir die Aufnahmen bringen können.«

Wortlos ging Devlin hinaus. Wenn Dr. Neal nicht verraten wollte, was sich im Labor ereignet hatte – vielleicht war einer der Wachtposten etwas mitteilsamer.

Sicher brauchte man keinen genialen Verstand,

um zu erkennen, dass Devlin die Leute noch nervöser machte als normalerweise. Was zum Henker mochte passiert sein? Wenn einem seiner Kameraden etwas zugestoßen war, hätte er das beim Verlassen des Zentrums erfahren.

❊

Die medizinisch-technische Assistentin in der Radiologie war neu. Sorgfältig postierte sie Devlins Bein auf dem Tisch. Dann eilte sie hinter ihren Schirm, um die Röntgenapparate einzuschalten. Das war das Letzte, was er von ihr sah, bis sie ihm ein Kuvert mit den Negativen hinhielt.

»Sagen Sie Dr. Neal, ich hole die Bilder später. Die müssen Sie ihm nicht bringen, das ist wirklich nicht nötig.«

Ohne eine Antwort abzuwarten, verschwand er im Labyrinth aus Fluren und Untersuchungsräumen. Verdammt, wenn er Laurel dermaßen beunruhigte, würde sie nicht mehr lange für die Regenten arbeiten. Inzwischen müsste sie sich an die Realität gewöhnt haben. Im besten Fall waren Devlin und die anderen Paladine unberechenbar, im schlimmsten brauchte man einen kühlen Kopf und sichere Hände, um sie zu kontrollieren.

Schlimmstenfalls …

Großer Gott, hatte jemand die Grenze überquert? Kincade hatte Verstärkungen aus anderen Sektoren eingesetzt, die aushelfen sollten, während sich der Mount St. Helens wichtig machte. Wenn die Veränderung eines dieser Paladine rettungslos vorangeschritten war, musste Devlin nicht unbedingt davon gehört haben. Vielleicht zog er vorschnelle Schlüsse. Wie auch immer, er fand diese Erklärung plausibel.

Jeder Betreuer wusste es – eines Tages würde er einem seiner Schützlinge das Leben nehmen müssen. Meistens wurde er von einem erfahreneren Arzt unterstützt. Aber wenn Laurel allein gewesen war ... Falls ein Paladin unter dem Verdacht stand, seine endgültige Verwandlung in einen Anderen wäre beinahe erreicht, würde ihr ein Kollege beistehen, nur zur Sicherheit.

Allerdings musste Devlin auch die Möglichkeit bedenken, dass sie den betreffenden Patienten kaum gekannt hatte und nicht vorgewarnt worden war. Niemand wusste, was in einem Paladin während der letzten Phase seiner Normalität vorging.

Nachdem er seine Röntgenbilder aus der Radiologie geholt hatte, kehrte er zum Labor zurück und zwang seine Eskorte, ihre Schritte zu beschleunigen.

Im Labor angekommen, warf er das Kuvert auf den Schreibtisch, hinter dem Dr. Neal saß.

»Wer war es?«

Der ältere Mann blickte von dem Krankenblatt auf, das er studiert hatte, nahm seine Brille ab und rieb sich die Augen. »Wahrscheinlich kannten Sie ihn nicht, Mr. Bane. Erst vor kurzem war er aus einem anderen der Pacific-Rim-Sektoren hierher versetzt worden.«

Obwohl sich Devlins Gewissen meldete, seufzte er erleichtert, weil der tote Paladin keiner seiner Freunde gewesen war. »Wie kam sie damit zurecht?«

Auch diesmal gab Dr. Neal nicht vor, er hätte keine Ahnung, wen Devlin meinte. »Es fiel ihr sehr schwer. Was mich keineswegs überrascht …« Tiefe Trauer überschattete seine dunklen Augen. »Uns allen geht es immer wieder nahe. Es ist nicht so einfach, die Macht über Leben oder Tod auszuüben. Schon gar nicht, wenn wir uns von jemandem verabschieden, der sein langes Leben unserem Schutz geweiht hat.

»Wo ist sie?«

»Ich habe sie nach Hause geschickt.«

In dieser Situation sollte sie nicht allein sein. Doch das sprach Devlin nicht aus. Keinesfalls durfte Dr. Neal ihn eines unprofessionellen Interesses an Laurel verdächtigen – das Letzte, was sie beide brauchen würden …

Um das Thema zu wechseln, schob er das Kuvert auf dem Schreibtisch zu Dr. Neal hinüber.

Der Arzt setzte seine Brille wieder auf. »Ja, schauen wir uns Ihre Röntgenbilder an. Sicher haben Sie etwas Besseres zu tun, als den ganzen Tag hier herumzuhängen.«

Zwischen den Aufnahmen, die vor einigen Tagen entstanden waren, und den neuen ließ sich ein deutlicher Unterschied erkennen. Dazu bedurfte es nicht einmal eines fachmännischen Auges. Auf den ersten Fotos sah Devlin seinen zerbrochenen Oberschenkelknochen. Von der Axt zersplittert, hatten sich einzelne Teile in alle Richtungen bewegt. Und auf den letzten Aufnahmen zeigte nur noch eine dünne Linie an, wo der Knochen zusammengewachsen war.

»Da können Sie wirklich von Glück reden, Devlin«, meinte Dr. Neal. »Wäre die Axt nur ein bisschen kräftiger geschwungen worden, hätten Sie das Bein verloren. Ich habe von Fällen gelesen, in denen Paladine solche Amputationen überlebten. Allzu viele waren es nicht. Natürlich hat eine so schwere Verletzung ihre Kriegerlaufbahn beendet.«

Was ihren Übergang zum Wahnsinn vermutlich beschleunigt hat. Zum Wesen eines Paladins gehörte das angeborene Bedürfnis zu kämpfen. Ohne die Fähigkeit, ein Schwert zu schwingen, konnte er nicht leben.

»Nun werde ich die Papiere für Ihre endgültige Entlassung unterzeichnen, Mr. Bane, und an Colonel Kincade schicken.«

»Danke, Doc.«

»Und in Zukunft halten Sie sich lieber fern von hier. Wir vergeben keine Bonuspunkte an Stammkunden.«

Weil es erwartet wurde, lachte Devlin über den alten Witz. »Wenn Sie die Wachtposten verständigen würden, Doc – ich möchte gehen.«

Bevor Dr. Neal auf die Taste der Sprechanlage drückte, schaute er seinen Patienten eindringlich an. »Das meine ich ernst, Devlin. In der nächsten Zeit möchte ich Sie hier nicht mehr sehen. Seien Sie vorsichtig.«

In geordneter Formation marschierten die Wachtposten zur Tür herein, noch bevor der Arzt die Taste losgelassen hatte. Devlin folgte ihnen aus dem Gebäude. Nicht zum ersten Mal wunderte er sich über die Logik der Regel, dass sich die Paladine in den Räumen der Forschungsabteilung nur unter der Aufsicht bewaffneter Männer bewegen durften und dann auf die Öffentlichkeit losgelassen wurden. Vielleicht glaubten die Regenten, wenn ein Paladin da draußen auf den Straßen die Beherrschung verlor, würde das inmitten der täglichen Gewaltakte in Seattle nicht auffallen.

Im hellen Sonnenschein wandte er sich in die Richtung des Zentrums, obwohl er es nicht aufsuchen wollte. Für ihn gab es nur ein einziges Ziel. Doch das durfte niemand in der Forschungsabteilung herausfinden. Auch Cullen oder D.J. würde er nichts erzählen. Aber er musste ihnen erklären, warum er nicht zurückkehrte, um seine Schicht zu beenden.

Er holte sein Handy hervor und sprach eine Nachricht auf Cullens Mailbox.

»Hier ist Devlin. Hör mal, Cullen, ich bin todmüde. Und ich muss was Privates erledigen. Falls die Hölle nicht losbricht, melde ich mich für diesen Tag ab. Wenn du mich brauchst, ich habe mein Handy bei mir.«

Obwohl er es kaum erwarten konnte, Laurel wiederzusehen, ging er auf Umwegen zu ihrem Apartment. Niemand war wahrscheinlich dumm genug, um ihn zu verfolgen. Trotzdem wollte er nichts riskieren. Jeder Schritt in die falsche Richtung war eine Qual. Wie konnte Dr. Neal sie allein nach Hause geschickt haben?

Schließlich, nach einer zwanzigminütigen, entnervenden Wanderung, stieg er in einen Bus, der ihn zu Laurels Haus führen würde. Vielleicht wollte sie nicht von ihm belästigt werden. Doch das war ihm verdammt egal. Sobald er wusste, dass sie okay war, würde er sich verabschieden. Seufzend lehnte er sich auf seinem Sitz zurück und fluchte jedes Mal, wenn der Busfahrer an einer Station hielt.

*

Dieser vermaledeite Paladin war ein aalglatter Bastard, das musste ihm der Neid lassen. So wie der sich verhielt, hätte er schwören können, Bane wüsste, dass er verfolgt wurde.

Vom Forschungszentrum aus war Bane zum Zentrum gegangen. In letzter Minute wandte er sich nach Osten. Wäre es nicht Bane gewesen, hätte er geglaubt, der Typ hätte seinen Orientierungssinn verloren. Erst nach zwei Runden um den Häuserblock nahm er die Spur seines Opfers wieder auf. Diesmal ging's nach Westen, zum Puget Sound. Schließlich musste der Paladin laufen, um einen Bus nach Norden zu erreichen. Damit war die Verfolgungsjagd effektiv beendet, zumindest für diesen Tag.

Aber welches Ziel steuerte Devlin Bane an? Die einzige Person, die seines Wissens in dieser Richtung wohnte, war Dr. Young. Dieser Gedanke nahm ihm sekundenlang den Atem.

An diesem Tag hatte sie einen Paladin aus einer Zweigstelle erledigt, der ein Anderer geworden war. Bei der Erinnerung an den verrückten Killer erschauerte er. Endlos lange hatte das Ungeheuer im Labor getobt. Endlich wurde es in eine Ecke getrieben, und die Ärztin konnte es töten.

Eigentlich mochte er sie. Doch sie war zu sehr mit ihren Patienten beschäftigt, um einen unbedeutenden Wachtposten zu beachten.

Nach dieser grausigen Szene war sie früher nach Hause gefahren.

Nur selten wiesen die Paladine irgendwelche Schwächen auf, die man ausnutzen konnte. Falls Bane ein erotisches Interesse an Dr. Young entwickelt hatte, wäre das sicher vorteilhaft.

Um herauszufinden, ob sein Verdacht stimmte, musste er dem Bus zum anderen Ende der Stadt folgen. Noch besser wäre es, ihn zu überholen. Nun schöpfte er neue Hoffnung, denn offenbar stiegen seine Chancen, Bane zu beseitigen. Entschlossen winkte er ein Taxi an den Straßenrand.

*

In Laurels Herzen brannte das Leid wie Feuer. Und gleichzeitig drohte es ihr Blut zu gefrieren. Einer der Wachtposten hatte sie nach Hause gefahren. Bevor er zur Forschungsabteilung zurückkehrte, wartete er, bis sie in ihr Apartment gegangen war. Sie hatte Dr. Neal versichert, sie sei okay und könne bis zum Dienstschluss weiterarbeiten. Doch das glaubte sie nicht einmal selbst. Immerhin durfte sie einen gewissen Stolz empfinden, weil sie nach der Erfüllung ihrer Pflicht nicht zusammengebrochen war

An diesem Tag hatte sie einen Mann getötet, weil es die Pflicht einer Ärztin und Betreuerin war. Hätte er sich nicht in ein rasendes Monstrum verwandelt, wäre er vielleicht dankbar gewesen. Weil sie ihm den Weg ins Jenseits erleichtert, weil sie sich die Allmacht Gottes angemaßt hatte, die Entscheidung, für ihn wäre es an der Zeit zu sterben …

Sie kniff die Augen zusammen. Über ihre Wangen rannen Tränen, die wie Säure brannten. Der Paladin war aus Japan nach Seattle versetzt worden, weil er den ortsansässigen Kollegen beistehen sollte, solange der Mount St. Helens auszubrechen drohte. Als er in Japan an Bord des Fliegers gegangen war – hatte er da gewusst, dass er niemals zurückkehren würde? Hatte er jemanden verlassen, der um ihn trauern und ihn in guter Erinnerung behalten würde? Sicher verdiente er das. Denn er war ein Held gewesen.

Und wie hatte sie ihm seinen Dienst an der Menschheit vergolten? Mit einer Spritze voller giftiger Substanzen. Was für ein großartiger Start in den Ruhestand … Schaudernd zog Laurel eine Wolldecke um ihre Schultern. An diesem Tag würde sie sich erlauben, eine Zeit lang zu trauern, nicht nur um den Paladin, der am Nachmittag gestorben war, auch um alle anderen, die ihm ins Jenseits folgen würden. Trahern, der Schwelle schon so nahe, D.J. und Cullen. Und Devlin Bane. Was wäre geschehen, hätte er mit unmenschlichen Augen zu ihr aufgeblickt?

Natürlich hätte sie nach der Spritze gegriffen. Denn der Devlin Bane, den sie kannte, hätte nicht mehr existiert.

Es läutete an ihrer Haustür. Einmal, zweimal, dreimal. Aber sie ignorierte das Geräusch. Sie war nicht in der Stimmung, um sich mit irgendjemandem auseinanderzusetzen. Nachdem es einige Sekunden lang still geblieben war, entschied sie, der Unbekannte müsste seine Pläne aufgegeben haben.

Und dann begann er gegen die Tür zu hämmern.

Sie kniff die Augen noch fester zusammen und wünschte inständig, der ungebetene Gast würde einfach verschwinden und sie in Ruhe lassen.

Endlich verstummte der Lärm, und sie seufzte erleichtert. Nun konnte sie sich wieder ungestört ihrer Trübsal hingeben. Sie sank tiefer auf ihrem Sofa hinab und versuchte die schmerzlichen Gedanken zu verdrängen. Zehn Sekunden später klopfte der unwillkommene Besucher wieder gegen die Haustür.

Offensichtlich würde sie das Problem nicht lösen, wenn sie es missachtete. Langsam ging sie zur vorderen Tür und spähte durch das Guckloch. Ein Paladin, der ziemlich wütend aussah, blickte ihr entgegen.

Weil er den Eindruck erweckte, er würde das Holz zertrümmern, öffnete sie die Tür. Wortlos schob er sich an ihr vorbei.

»Warum hast du nicht auf die verdammte Klingel reagiert?« Er warf die Tür hinter sich zu und drehte den Schlüssel herum. »Und habe ich nicht laut genug geklopft? Halb Seattle musste den Lärm gehört haben. Das war's dann wohl mit der Geheimhaltung meines Besuchs.« Die Hände in die Hüften gestemmt, starrte er Laurel vorwurfsvoll an.

Diesen Unsinn musste sie sich nicht anhören. Schon gar nicht aus Devlins Mund. »Jede vernünftige Person hätte angenommen, ich wäre nicht daheim oder nicht bereit, jemanden zu empfangen. Wenn du sofort wieder verschwindest, wird deine Anwesenheit kein Aufsehen erregen.«

Auf das Spiel »Wer guckt zuerst weg?« hatte sie keine Lust. Also wandte sie sich ab und ging davon, ohne festzustellen, ob er ihr folgen würde oder nicht. Natürlich tat er es. Noch bevor sie ihre Couch erreichte, holte er sie ein und postierte sich dicht vor ihr. Um ihn zu umrunden, fehlte ihr die Kraft.

»Was ist heute passiert, Laurel?« Jetzt klang seine Stimme sanft. Genauso sanft war die Hand, die ihre Wange berührte. »Sprich mit mir.«

Seinem Zorn und seinem Befehl hätte sie standhalten können. Aber seiner Fürsorge war sie nicht gewachsen. Neue Tränen begannen zu fließen. Sofort trat er näher zu ihr und umfing sie mit starken Armen.

»O Devlin, ich habe ihn getötet. Weil ich ihn zusammenflicken sollte, wurde er zu mir gebracht. Anfangs war er okay. Und dann öffneten wir die Riemen – und da geschah etwas. Eben noch hatte er meine Fragen beantwortet, und plötzlich versuchte er einen meiner medizinisch-technischen Assistenten zu erwürgen. Sechs Wachtposten mussten ihn bändigen.«

So schnell hatte sich alles abgespielt. Aber sie glaubte jede Einzelheit zu sehen, als würde in ihrer Fantasie ein Film in Zeitlupentempo laufen.

»Seine Augen wechselten die Farbe. Und er schrie und schrie …«

»Erzähl weiter, lass alles heraus.« An seiner Brust spürte sie, wie seine Stimme vibrierte.

»Ich wusste, ich musste Schluss machen. Für ihn gab es kein Zurück.«

»Natürlich nicht«, bestätigte Devlin und drückte sie noch fester an sich. »Der Mann, der er gewesen war, existierte nicht mehr. Den hast du nicht getötet. Nur ein Monstrum.«

»Nach der Injektion dauerte es länger, als ich dachte – viel länger, als meine Mitarbeiter es angekündigt hatten. Das Grauen jener Minuten zwischen dem Einstich der Nadel und dem letzten Atemzug des Mannes war für alle Beobachter ein Alptraum gewesen. O Gott, ich habe ihn getötet. Ich bin eine Ärztin. Und ich habe einen Eid geschworen – ich würde meine Patienten heilen, nicht umbringen …«

»Glaub mir, Laurel, du hast keinen Menschen getötet, sondern ein tollwütiges Tier.« Devlin drückte ein Taschentuch in ihre Hand. »Von dem einstigen Menschen war nichts mehr übrig. Sonst hätte er sich nicht in einen Anderen verwandelt. Das musst du dir vor Augen führen, weil es die Wahrheit ist.«

Ja, sie wollte es glauben – sie *musste* es glauben, oder sie wäre unfähig, mit ihrer Entscheidung zu leben. Die Zeit war zu knapp gewesen, und sie hatte Dr. Neal oder einen anderen erfahrenen Arzt nicht um Hilfe bitten können. Trotzdem schluchzte sie immer noch, bis ihre Augenlider anschwollen und Devlins Hemd durchnässt war.

Irgendwie sanken sie in die Polsterung des Sofas, ohne dass es ihr bewusst wurde, und er hielt sie auf seinem Schoß fest. Seine Hände strichen langsam über ihren Rücken. Die Liebkosung tröstete ihre verwundete Seele. Schließlich schlief sie ein.

*

Sein Arm brachte ihn fast um. Aber den würde er eher abhacken, bevor er die schlafende Frau in seinen Armen störte. Sicher brauchte Laurel den erholsamen Schlummer dringender als er die Erlösung seiner verkrampften Muskeln. Und wenn sie bis zum Jüngsten Tag schlief – er würde reglos sitzen bleiben und sie festhalten. Sicher das Mindeste, was er tun konnte, um ihr zu vergelten, dass sie einem Paladin den Gnadentod gewährt hatte …

Und wenn es einen Gott im Himmel gab, würde es nicht Laurel Young sein, die jene letzte verhasste Nadel in seinen eigenen Arm stach. Nein, da verdiente sie etwas Besseres.

Nun bewegte sie sich. Allmählich kehrte sie ins

Bewusstsein zurück. »Wie lange habe ich geschlafen?«

»Ziemlich lange. Inzwischen ist die Sonne untergegangen.«

»Schon vor Stunden hättest du mich wecken müssen …«, murmelte sie und gähnte. Einfach hinreißend sah sie aus – die Wange, die an seiner Brust gelegen hatte, leicht gerötet, mit blinzelnden dunklen Augen. Er wollte sie küssen, bei ihren nackten Füßen anfangen, bis zu ihrer Stirn hinauf eine heiße Spur ziehen und wieder nach unten und dazwischen bei allen seinen Lieblingsstellen etwas länger verharren.

Als sie sich streckte und ihr dünnes T-Shirt die Konturen ihres Busens nachzeichnete, spürte er ein wachsendes Unbehagen in einem seiner eigenen Körperteile. Nur gut, dass sein Arm jegliches Gefühl verloren hatte. Sonst wäre die Versuchung unwiderstehlich gewesen, und er hätte seine Hand unter ihr Shirt geschoben, um das Gewicht ihrer Brüste zu prüfen. Bei diesem Gedanken ermahnte er sich zur Disziplin. Für solche Spielereien war er zu alt, zu müde. Und was Laurel betraf, durfte er sich so etwas nicht einmal vorstellen.

»Du musstest dich ausruhen.« Glücklicherweise war er so vernünftig gewesen, mit ihr auf dem Sofa sitzen zu bleiben, statt sie durch den Flur in ihr Schlafzimmer zu tragen. Diese Schwelle würde er nur überqueren, wenn sie ihn dazu einlud. Und dann würden sie diesen Raum sehr lange nicht verlassen.

»Danke«, sagte sie, brachte ein schwaches Lächeln zustande und küsste seine Wange. »Das war wirklich süß von dir.«

Lachend schüttelte er den Kopf. »Noch nie hat jemand behauptet, ich sei süß.«

»Dann hat dich niemand gut genug gekannt.« Entschieden reckte sie ihr Kinn vor, als wollte sie mit allen Leuten streiten, die ihr widersprechen würden.

In den Tiefen ihrer sanften Augen sah er immer noch die düsteren Schatten. Vielleicht verstand sie jetzt, warum er glaubte, sie würde sich nicht für ihren Job eignen. Selbst wenn er sie nach ihrer Kündigung nie wiedersehen würde …

»Was du denkst, weiß ich, Devlin. Nein, ich gebe meinen Job nicht auf. Und damit basta, Ende der Diskussion.« Sie richtete sich auf. Aber sie erhob sich nicht von seinem Schoß. »Ein paar Tränen hat er verdient. Meinst du nicht auch?«

Die Pflicht, das arme Monstrum zu töten, hatte ihr Herz zerrissen. Wie würde sie sich jetzt fühlen, wenn sie den Mann gekannt und gemocht hätte?

Eines Tages würde sie Trahern oder D.J. oder Lonzo die tödliche Injektion verabreichen. *Oder – der Himmel möge es verhüten – mir …* Nun musste er sich von ihr entfernen, Distanz wahren, bis diese brennende Sehnsucht erlöschen würde.

Er wollte sie von seinem Schoß heben. Daran hinderte sie ihn, indem sie seine Hand berührte. »Stoß mich nicht weg, Devlin. Das brauche ich. Wir beide brauchen es. Nur um diese eine Nacht bitte ich dich.«

Natürlich wünschten sie sich viel mehr als eine einzige Nacht, in der sie heißen Sex genießen würden. Aber bevor er vernünftige Gegenargumente anführen konnte, streifte sie seine Lippen mit ihren, und ihre Zunge drängte ihn, den Mund zu öffnen.

Mit jedem Flackern ihrer Zungenspitze schürte sie das Feuer in seinen Adern, bis er es nicht länger ertrug. Hungrig erforschte er ihren Mund mit seiner eigenen Zunge und kostete den Geschmack ihrer Begierde. Ohne den Kuss zu unterbrechen, setzte sie sich rittlings auf seine Schenkel. Sein Verstand funktionierte noch einigermaßen, und so riss er sich los und stellte die entscheidende Frage. »Bist du sicher, dass du es auch wirklich willst?«

Statt zu antworten, zog sie ihr T-Shirt über den Kopf und warf es auf den Boden. Mit zitternden Fingern versuchte sie ihren BH zu öffnen. Als es ihr endlich gelang, lächelte sie, schob die Träger über ihre Schultern hinab, und der BH landete auf dem Shirt. Jetzt war er verloren, und er wusste es. Ihre Hand glitt nach unten, zu der Stelle, wo die vereinte Hitze beider Körper die Luft ringsum zu entzünden schien.

Entschlossen hielt er ihr Handgelenk fest. »Nicht hier.« Irgendwie spannte er genug Kräfte an, um Laurel festzuhalten und mit ihr aufzustehen. »Wohin?«

»Den Flur entlang, und dann links.«

Auf halbem Weg musste er stehen bleiben und

sie wieder küssen. Er presste ihren Rücken an die Wand und hob sie noch höher, um ihre Brüste zu liebkosen. Zunächst wollte er sie sanft behandeln. Behutsam leckte er an den Knospen, bis sie sich erhärteten. Aber damit begnügte sie sich nicht. Fordernd drängte sie sich an seinen Mund, und als er an ihren Brustwarzen saugte, stöhnte sie entzückt.

Wenn sie nicht bald ins Bett sanken, würden sie sich am Boden lieben. Devlin lief ernsthaft Gefahr, die Kontrolle zu verlieren. Im Schlafzimmer angekommen, befreite er eine seiner Hände für ein paar Sekunden und knipste das Licht an. Dann zerrte er die Tagesdecke vom Bett und ließ Laurel auf die Matratze fallen.

Hastig kleidete er sich bis auf seine Boxershorts aus und hoffte, wenn er sie anbehielt, würde er sich etwas länger beherrschen können. Aus demselben Grund erlaubte er Laura nicht, aus ihrer Tunnelzughose zu schlüpfen, und zog ihre Hände nach oben, hinter ihren Kopf.

»Küss mich«, befahl sie.

»Wo?« Ein Bein über ihren Schenkel, hielt er sie gefangen. »Sag es mir.«

»Auf den Mund.« Ihr Lächeln verwandelte sie in eine magische Verführerin.

Bereitwillig gehorchte er. Als er glaubte, er hätte eine ausreichende Leistung vollbracht, flüsterte er: »Wo noch?«

»Meine Brüste schmerzen«, gestand sie errötend.

»Das dürfen wir nicht dulden, oder?« Er ließ ihre Hände los und sehnte sich genauso inbrünstig wie sie nach intimeren Zärtlichkeiten. Die Finger in sein Haar geschlungen, drückte sie ihn an ihren zauberhaften vollen Busen. Abwechselnd küsste er die beiden Knospen und schenkte jeder die gleiche Aufmerksamkeit.

Immer fester klammerte sie sich an seine Schultern und spornte ihn an. Schließlich schob er eine Hand zwischen ihre Beine, während seine Lippen zu ihrem Bauch hinabglitten. Die weiche Flanellhose verhehlte die feuchte Hitze nicht. Um den Druck seiner Finger zu verstärken, presste Laurel die Schenkel zusammen.

Zweifellos war sie bereit für ihn. Aber er wollte etwas anderes versuchen. Er streifte den Hosenbund hinunter, nur um ein paar Zentimeter. Dann hielt er inne, bevor er weitere Zentimeter ihrer seidigen Haut entblößte.

Beim dritten Mal flehte Laurel: »Jetzt. Bitte, Devlin, jetzt.«

Nicht nur ihr, auch sich selbst tat er den Gefallen und zog die Hose bis zu ihren Knien hinab. Erst mit einem, dann mit zwei Fingern spürte er ihre Bereitschaft. Ungeduldig hob sie die Hüften, eine stumme Forderung nach stärkeren Reizen. Da widmete er sich wieder ihren Brüsten, stimulierte sie mit seinen Lippen und seiner Zunge. Dabei streichelte er ihr weibliches Zentrum.

Das ertrug sie nicht lange. »Nimm mich, Devlin! Sofort!«

Energisch ergriff sie die Initiative, befreite sich von ihrer Flanellhose und dem Slip. Dann sank sie auf das Bett zurück und wartete. Ihr Lächeln war weibliche Verlockung pur. Eigentlich wollte er langsam vorgehen und sich jeden Moment einprägen, jeden Geschmack, jeden Duft. Doch die Leidenschaft hatte ein Stadium erreicht, das ein neuerliches Zögern nicht zuließ. Und so schlüpfte er aus seinen Shorts, hob Laurels Knie ein wenig an und legte sich zwischen ihre Schenkel. Kraftvoll drang er in sie – in ein Paradies, von dem er sein Leben lang nur geträumt, das er nie zuvor genossen hatte.

Laurel glaubte, sie wäre auf eine Achterbahn geraten. So intensive Emotionen hatte sie nie gekannt. Niemals hatte sie sich so verwöhnt gefühlt, so geachtet. Devlins Hände bewiesen ihr, wie zärtlich die Berührung eines Kriegers sein konnte. Beinahe gab sie der Versuchung nach, einfach nur dazuliegen und ihm die Kontrolle über den Liebesakt anzuvertrauen. Aber er verdiente es, ebenso wie sie erotische Freuden auszukosten.

Als er noch tiefer in sie eindrang, rang sie nach Atem, vollends ausgefüllt von seiner harten Männlichkeit. Lächelnd schaute sie zu ihm auf und beobachtete, wie er um seine Selbstbeherrschung rang und ihr Zeit ließ, damit sie sich an seine Größe gewöhnte.

Mit sanften Fingern strich sie das Haar aus seiner Stirn. Dann zog sie seinen Kopf herab und beglückte ihn mit einem verzehrenden Kuss. »Halt dich nicht zurück, Devlin.«

Wenn sie nur diese eine Nacht zusammen verbrachten, mussten sie einander alles schenken, was sie zu geben vermochten.

»Und du halt dich an mir fest, Laurel.«

Nun begann er sich zu bewegen, erst langsam, dann immer schneller. Ringsum schien sich die Welt zu verengen, bis sie nur mehr aus dem Bett bestand, auf dem sie lagen. Nichts existierte außer der Hitze der beiden Körper, als er Laurels Beine um seine Taille schlang, so dass er noch tiefer in ihr versank.

Sie grub ihre Finger in seinen starken Rücken und wusste, sie würde Spuren hinterlassen. Doch das war ihr egal. Devlin schob eine Hand nach unten, sein Daumen strich über das Zentrum ihrer Lust. Ein Mal – zwei Mal – drei Mal – bis er eine Explosion in ihrem Innern entfesselte.

Vergeblich flehte sie um Gnade. Er löste sich von ihr und rückte hinab. Ehe sie protestieren konnte, umfasste er ihre Hüften. Seine Küsse zogen eine Feuerspur über die Innenseite eines Schenkels bis zu der Stelle, die immer noch von den Nachwirkungen des Höhepunkts bebte.

Nein, er kannte keine Gnade. Mit seinen Lippen und seiner Zunge trieb er sie erneut zur Erfüllung. Mit einem triumphierenden Lächeln schaute er sie an. Plötzlich drehte er sie auf den Bauch, erhob sie auf die Knie und drang wieder in sie ein. Diese neue Position erschien ihr primitiv – als wären sie in die Steinzeit zurückversetzt worden, wo sich der stärkste Mann des Stammes mit der Frau seiner Wahl paarte.

Die Stirn in ihr Kissen gedrückt, kniete sie vor

ihm. Niemand hatte ihr jemals einen so glutvollen, intensiven Liebesakt geboten. Und niemals hatte sie sich einem Liebhaber so hemmungslos hingegeben. Zufrieden spürte sie, wie er die Beherrschung verlor, wie sein Bauch immer wieder gegen ihre Hinterbacken prallte. Ihre letzten klaren Gedanken lösten sich in einem roten Nebel auf.

Jetzt gab es nur mehr Devlin, nur mehr das wilde Verlangen, das er entfachte.

Mit beiden Händen umklammerte er ihre Hüften und drängte sie, ihm auf den Gipfel der Ekstase zu folgen. Heftige Erschütterungen durchzuckten beide Körper.

Dann streckte er sich an ihrer Seite aus, und nach einem zärtlichen Kuss schliefen sie ein.

*

Er eilte um den Häuserblock herum. Lautlos huschte er von einem Schatten zum anderen. Der Gestank des Müllcontainers beleidigte seine Nase. Aber dahinter fand er die beste Position, um Dr. Youngs Apartment zu beobachten, ohne von Passanten entdeckt zu werden. Er verfluchte den Kaffee, den er vorhin getrunken hatte. Wenigstens konnte er den Schutz zweier großer Büsche nutzen und sich erleichtern.

Hätte er gewusst, wie lange der verdammte Paladin bei der Ärztin bleiben würde, wäre er besser auf eine Belagerung vorbereitet gewesen.

Er war hungrig und müde und bitter enttäuscht von Laurel Young. Trotz ihrer sonderbaren Berufswahl – der Betreuung dieser Tiere, die Paladine genannt wurden –, hatte er immer viel von ihr gehalten. Aber jetzt flammte Licht im Schlafzimmer auf, und Bane war immer noch da drin. Bei dem Gedanken, sie könnte es mit diesem mörderischen Bastard treiben, wurde ihm übel.

Gleichzeitig empfand er heiße Eifersucht.

Das Licht brannte endlos lange. Ein Grund mehr, um den Paladin zu hassen. Wenn Dr. Young Lust auf eine schnelle Nummer hatte, schön und gut. Dass so viel Testosteron eine Frau erregte, verstand er. Sogar die Wachtposten wurden davon beeinflusst. Und manchen Frauen fiel es schwer, einem Mann in Uniform zu widerstehen.

Aber offensichtlich machte sie für diesen Hurensohn nicht nur die Beine breit – nein, in dieser Nacht teilte sie auch noch ihr Bett mit ihm. Das Fantasiebild der zwei nackten, erhitzten Körper, eng aneinandergeschmiegt, flößte ihm Ekel ein. Jetzt hasste er alle beide.

Er beschloss seinen langen Heimweg anzutreten. Endlich hatte er eine Schwachstelle des Paladins gefunden, eine Waffe, die er gegen ihn benutzen konnte. Da all die anderen Paladine in den Tunnels Devlin Banes Rücken deckten, war es unmöglich, ihn da unten zu erledigen. Deshalb musste er ihn allein in eine Falle locken, und Laurel Young würde als Köder fungieren.

Zum ersten Mal, seit er sich auf den Deal eingelassen hatte, grinste er.

Siebtes Kapitel

Langsam kehrte Devlin ins Bewusstsein zurück. Das Aroma von frischem Kaffee hatte ihn geweckt. Allzu lange konnte er nicht geschlafen haben, denn er erinnerte sich an mehrere Liebesakte in den zerwühlten Laken. Aber er fühlte sich nicht erschöpft, sondern großartig, als er auf der Bettkante saß. Seine Boxershorts hatte er unter einen Stuhl geworfen, die Jeans fand er in einer Ecke auf der anderen Seite des Raums. Nun brauchte er eine Dusche – und vielleicht eine Tasse von diesem Kaffee, der so köstlich roch.

Und dann mussten Laurel Young und Devlin Bane der Realität ins Auge blicken.

Aber vorerst war er nicht bereit, die Konsequenzen dieser Nacht zu überdenken. Während der heiße Wasserstrahl auf seinen Körper herabprasselte, verdrängte er sein Gewissen. Dabei half ihm der Seifenschaum nicht, der nach Laurels Haut duftete, blumig und feminin. Er benutzte ihren kleinen rosa Rasierapparat und entfernte die Bartstoppeln aus seinem Gesicht. Hatten sie gerötete Spuren auf ihren Brüsten hinterlassen, auf den zarten Innenseiten ihrer Schenkel? Darüber hatte sie sich nicht beschwert. Natürlich war sie ein bisschen abgelenkt worden.

Devlin lächelte. Wer hätte gedacht, dass sich die sanftmütige, unschuldige Betreuerin in eine so leidenschaftliche Liebhaberin verwandeln würde? Nach ihren Reaktionen zu schließen, mussten manche Liebesspiele völlig neu für sie gewesen sein, und das gefiel ihm. Der erste Mann in ihrem Leben war er nicht, aber zweifellos der beste. Dafür hatte er gesorgt.

Deshalb würde es ihm umso schwerer fallen, ihr Apartment zu verlassen und keinen Blick zurückzuwerfen.

Nachdem er sich abgetrocknet hatte, zog er sich an. Dann fuhr er sich mit den Fingern durch sein Haar. Bevor er das Zentrum aufsuchte, würde er in sein Quartier gehen und seine Kleidung wechseln. Aber erst einmal würde er mit Laurel reden. Der heiße Sex hatte ihr geholfen, die Ereignisse des vergangenen Tages zu überwinden. Jetzt mussten sie beide mit der Gegenwart und der Zukunft zurechtkommen.

Seine Schuhe in der Hand, tappte er durch den Flur zur Küche und merkte, wie still es ringsum war. Zu still. Wenn ihn nicht alles täuschte, hatte er das Apartment für sich allein. Verdammt, sie war einfach verschwunden, ohne ein einziges Wort! Er würde sie einen Feigling nennen – wenn er nicht trotz seiner Enttäuschung erleichtert wäre. Sicher wurden viele Liebesnächte vom Morgen danach ruiniert.

Vor allem, wenn der Sex so fantastisch gewesen war.

Er betrat die Küche und sah sich um. Wie rücksichtsvoll – sie hatte eine Kanne Kaffee für ihn bereitgestellt. Neben einer Schüssel lagen sogar eine Müslipackung und ein Löffel. Am liebsten hätte er das Zeug von der Theke gefegt und den Hocker quer durch den Raum getreten. Stattdessen schenkte er sich eine Tasse Kaffee ein, fügte zwei Löffel Zucker und etwas Milch hinzu.

Dann entdeckte er einen gefalteten Zettel, mit einem winzigen Magneten am Kühlschrank befestigt. Darauf stand sein Name. Er griff danach und schleuderte den niedlichen Magneten auf den Boden. So früh am Morgen hatte sie einen Termin, den sie nicht versäumen durfte? Vielleicht, aber das erklärte nicht, warum sie wortlos davongeschlichen war. Und da er üblicherweise nicht allzu tief schlief, musste sie sich völlig geräuschlos bewegt haben, um ihn nicht zu wecken.

Der heiße Kaffee besänftigte ihn nicht sonderlich. Nachdem er die leere Tasse in den Geschirrspüler gestellt und die benutzten Handtücher in den Korb für die Schmutzwäsche geworfen hatte, klingelte sein Handy, und er klappte es auf. »Bane.«

»Du wirst gebraucht.« Seltsam, wie aufgeregt Cullens normalerweise ruhige Stimme klang …

»Was ist los?« Entweder rumorte der Berg, oder die tektonischen Platten drohten zu brechen. Okay, sollten die Anderen herüberkommen – Devlin würde sie mit gezücktem Schwert empfangen.

Immer noch atemlos, bestätigte Cullen den Verdacht. »Plötzlich steigen die Werte der Verwerfungen, und zwar beängstigend schnell. Also müssen wir runterfahren.«

Devlin wandte sich zu der Uhr auf Laurels Kaminsims. »In dreißig Minuten bin ich da.«

»Alles klar, wir warten.« Dann war die Leitung tot.

Bedauernd schaute Devlin sich im Apartment um. Die Chancen, dass er jemals wieder hierherkommen würde, standen ziemlich schlecht. Verdammt schade, dachte er. Aber solange sein Verstand noch funktionierte, würde er die Erinnerung an die Nacht, die er in Laurels Bett – in ihren Armen verbracht hatte, wie einen kostbaren Schatz hüten. Als er die Wohnung verließ und die Tür hinter sich schloss, wünschte er, es würde nicht so wehtun.

Knapp zwanzig Minuten später bog er in die Gasse, wo Penn Wache hielt.

»Lonzo und die übrigen Kameraden sind schon da«, berichtete Penn, ohne seinen Neid zu verhehlen.

Liebend gern würde er den Posten eines Wachmanns aufgeben, den Paladinen nach unten folgen und kämpfen. Aber vor zwei Monaten war seine Schwerthand schwer verwundet worden, und er konnte den Griff nicht mehr festhalten. Die Betreuer hofften, mit der Zeit würde er wieder zu Kräften kommen. Bis dahin tat er sein Bestes, um sich nützlich zu machen.

»Vorhin hat Cullen erwähnt, die Werte würden sehr schnell steigen.«

»Mach den Bastarden die Hölle heiß.« Penn bewegte seine lädierten Finger. »Auch in meinem Namen. Und sag ihnen, ich bin bald wieder im Untergrund.«

Interessiert schnupperte er, als Devlin an ihm vorbeiging.

»Was für ein nettes Parfüm«, meinte er und grinste anzüglich. »Ich hoffe, die Lady hat dich beglückt.«

Unwillkürlich ballte Devlin die Hände und bezwang den Impuls, dem ahnungslosen Paladin die Nase einzuschlagen. Der Kommentar unterschied sich nicht von den üblichen Frechheiten, die Penn den Kriegern zumutete. Aber Laurel verdiente nun wirklich keinen Spott.

Verdammt, wahrscheinlich galt das für alle Frauen, die er im Lauf der Jahre näher gekannt hatte. Trotzdem – Laurel war etwas Besonderes.

Er eilte zum Eingang des Zentrums. Wenn er Glück hatte, würde sein Zorn schon bald ein geeigneteres Ziel finden. Bei dem Gedanken, wie er ein paar Andere niederstrecken würde, besserte sich seine Stimmung.

Zunächst suchte er sein Büro auf, um seine Waffen zu holen. Der dunkle Brandfleck verunstaltete sein Lieblingsschwert immer noch. Ansonsten befand es sich in erstklassigem Zustand. Er schnallte den Gurt, an dem die Scheiden mit den Wurfmessern hingen, um seine Taille. Dann steckte er eine kleine Pistole hinten in den Hosenbund, an einer Stelle, wo sie seine Beweglichkeit nicht beeinträchtigen würde. Bei Kämpfen gegen die Anderen funktionierten Schusswaffen großartig, durften aber nahe der Barriere nicht benutzt werden. Eine achtlos abgefeuerte Kugel konnte dem empfindlichen, labilen Wall bedrohliche Schäden zufügen.

Seine Freunde warteten vor dem Lift, der sie alle zu den Tunnels hinunterbringen sollte. Rings um die Welt zog sich die Barriere an den wichtigsten Verwerfungslinien entlang. Im Vulkangebiet beim Pacific Rim war sie besonders verwundbar. Deshalb schickten die Regenten immer wieder erfahrene Paladine in diese Zone. Wann immer der Mount St. Helens Asche und Dampf ausspuckte, postierten sich die Krieger an der Barriere und warteten auf Attacken.

»Freut mich, Devlin, dass du's geschafft hast.« D.J.s Finger flogen über die Tasten neben dem Eingang zum Aufzug. Sofort kündigte ein leises Surren die Ankunft der Liftkabine an.

Devlin blieb im Hintergrund und erlaubte seinen Gefährten, zuerst einzusteigen, damit er im Vordergrund des Lifts stehen konnte. Bald erklang ein Klingelton, die Türen glitten auseinander.

Bevor sie die Kabine betraten, erregten Stakkatoschritte ihre Aufmerksamkeit. Paladine waren zu stolz auf ihre Unabhängigkeit, um sich wie disziplinierte Soldaten zu verhalten. Niemals würden sie in geordneter Formation marschieren. Deshalb erriet Devlin, dass sich ein Wachtpostentrupp näherte.

Alle Paladine wandten sich zu den Neuankömmlingen und versuchten günstige Positionen einzunehmen, falls sie sich verteidigen mussten. Zu beiden Seiten der Gruppe, schräg hinter Devlin, standen Cullen und D.J., und er wusste die unausgesprochene Rückendeckung zu schätzen.

Nun bog die Wache um eine Ecke. Colonel Kincade führte die Parade an. Was zum Teufel machte er hier? Er trug seine übliche Pistole bei sich. Ansonsten erweckte er nicht den Eindruck, er würde sich in den Kampf stürzen. Aber seine Leute waren bis an die Zähne bewaffnet.

»Mr. Bane!« Der Colonel hob eine Hand. Abrupt blieb seine Truppe stehen.

»Colonel Kincade«, erwiderte Devlin in neutralem Ton. Keiner der Paladine mochte den Kommandanten der Einsatztruppe. Aber er übte einen beträchtlichen Einfluss in der Regentenorganisation aus.

»Diese Männer werden Sie in den Untergrund begleiten«, verkündete er und trat zur Seite, als hätten Devlin und dessen Kameraden die Wachtposten noch nicht gesehen.

»Warum? Bisher hat die Barriere nicht versagt. Wenn wir die Situation eingeschätzt haben, können Sie immer noch Verstärkung nach unten schicken.«

Manchmal waren die Wächter in den Tunnels eher hinderlich als hilfreich. Nur wenige besaßen die gleiche Nahkampfkraft wie die Paladine. Wenn sie in Schwierigkeiten gerieten, mussten Devlin und seine Freunde die unwillkommenen Begleiter in Sicherheit bringen. Im Lauf der Jahre waren schon viele Paladine beim Versuch, diese unfähigen Männer zu retten, schwer verletzt oder sogar getötet worden.

»Darauf möchte ich nicht warten, weil das Risiko zu groß wäre«, entgegnete Kincade. »Zu viele Andere könnten den unterirdischen Passagen entfliehen, wenn wir mangelhafte Vorbereitungen treffen.« Er warf Devlin einen vielsagenden Blick zu. »Glauben Sie mir, Mr. Bane, diese Männer sind darauf trainiert, den Abschaum zu bekämpfen, der sich über die Grenze wagt. Die sind nicht nur imstande, den Lift zu bewachen oder Ihre Aufträge auszuführen. Ich freue mich schon auf Ihren Bericht über die Aktivitäten dieses Tages.«

Dann stolzierte der eingebildete Bastard davon, nachdem er die beiden Gruppen effektiv gegeneinander aufgewiegelt hatte.

Jemand musste den Einsatz der Paladine und der Wache organisieren, so dass sie einander nicht in die Quere kamen. Noch besser – *zwei* Aufpasser würden sich um dieses Problem kümmern, damit ein potenzieller unerwarteter Angriff eines Wachmanns abgewehrt werden konnte.

»Sergeant, wir nehmen den ersten Lift«, entschied Devlin. »Schicken Sie die Hälfte Ihrer Leute mit dem zweiten hinunter, den Rest, wenn unserer nach oben zurückfährt.« Ohne eine Antwort abzuwarten, wandte er sich zu seinen Freunden. »Öffne die Tür, D.J., wir haben schon genug Zeit verschwendet.«

Sobald die Türen und die Paladine außer Hörweite waren, seufzte er resignierend.

»Ich will die Kerle genauso wenig da unten sehen wie ihr. Aber die meisten sind anständige, gute

Männer. Gegen jeden anderen Feind würde ich ohne Zögern mit ihnen aufs Schlachtfeld marschieren. Heute habe ich keine Wahl. Und ihr könnt ihre Anwesenheit auch nicht verhindern. Inzwischen habt ihr sicher alle gehört, dass ich in den Tunnels von einem Menschen getötet wurde.«

Um Kommentare abzuwehren, hob er eine Hand.

»Ob der tückische Schurke das noch einmal versuchen wird, wissen wir nicht. Wie auch immer, heute darf niemand allein kämpfen. Jeder sucht sich einen Partner und bleibt mit ihm zusammen. Verteilt euch auf beide Seiten, im Norden und Süden. Cullen und ich beaufsichtigen die Wachtposten. Schaltet eure Funkgeräte ein. Wer Hilfe braucht, muss sich sofort melden.«

Schweigend nickten sie alle und formierten sich paarweise. Im Untergrund angekommen, verließen sie die Liftkabine und setzten ihre Schutzbrillen auf. Damit schirmten sie ihre Augen gegen das supergrelle Licht ab, das installiert worden war, um die Anderen wirksam zu benachteiligen. Zu zweit schwärmten sie in beide Richtungen aus, wie Devlin es angeordnet hatte.

Während er mit Cullen auf die Ankunft des zweiten Lifts wartete, beobachtete er seine Freunde. Allzu diensteifrig wirkten sie nicht, aber sie würden ihren Job erledigen. Und vielleicht – wenn sie Glück hatten – würde die Barriere den Attacken standhalten und niemand an diesem Tag sterben müssen.

Ein Klingelton signalisierte die Ankunft des Lifts.

Im selben Moment wurde die Erde von einem gewaltigen Ruck erschüttert, eine Welle aus dunkler Energie glitt an Devlins Rückgrat hinauf. Verdammt, also eher Pech als Glück … Die Barriere flackerte und gab ihren Geist auf, direkt vor seinen Augen.

Das Schwert gezückt, wappnete er sich Schulter an Schulter mit Cullen für das Blutvergießen.

*

Die Kämpfe dauerten stundenlang. In allen Passagen häuften sich Leichen, und es war fast unmöglich, auch nur einen Schritt zu machen, ohne über verwundete Andere zu stolpern – oder über zu viele seiner eigenen Leute.

Wie er zugeben musste, bewährten sich die Wachtposten erstaunlich gut. Die Anderen fochten bis zum Tod. Für sie konnte die Schlacht nur auf zweierlei Arten enden. Entweder wurden sie von den Paladinen über die Grenze in die heimatliche Finsternis zurückgetrieben. Oder sie klammerten sich mit aller Macht an die ersehnte Welt des Lichts, bis sie starben.

Wenigstens funktionierte die Barriere wieder und lief auf Hochtouren. Und so drängten keine weiteren schreienden Anderen herüber. Zuvor hatte die Barriere immer wieder geflackert und die Hoffnung der Paladine enttäuscht, nun wäre die Situation unter Kontrolle und sie könnten mit den Aufräumarbeiten beginnen. Doch da waren sie von neuen Attacken todesmutiger, bis an die

Zähne bewaffneter Anderer gegen die Wände gedrängt worden. Lonzo wollte einem halben Dutzend entschlossener Feinde den Zugang zu den Liften versperren und stürzte. Zu spät versuchten Devlin und ein paar Wachtposten, zu ihm vorzudringen und ihn zu retten.

Also musste Laurel wieder einmal einen Paladin zu neuem Leben erwecken, sobald Devlin genug Leute entbehren konnte, die sich um die Toten und Verwundeten kümmern würden.

»He, Devlin, wo zum Geier steckst du?«

Er wandte sich in die Richtung von Cullens Stimme. Aus den Augenwinkeln spähte er in die Passage zu seiner Linken. D.J. und Trahern waren nach Süden geeilt, um etwaige Flüchtlinge zurück nach unten zu treiben, zu der Stelle, wo Devlin und die Wache warteten.

»Hier!«, rief er und hob eine Hand, damit sein Freund ihn entdeckte. Cullen stürmte direkt auf ihn zu und sprang über Leichen hinweg. An seinem Schwertarm klebte getrocknetes Blut. Ob es von ihm selbst oder von einem Feind stammte, konnte Devlin nicht feststellen.

»Hast du alles unter Kontrolle?« Erschöpft stützte Cullen sich auf sein Schwert, als wäre es ein Spazierstock.

»Trahern und D.J. suchen das Gebiet noch einmal ab. Wie viele beim letzten Angriff entkommen sind, konnten wir nicht beobachten. Also wissen wir nicht, ob wir alle geschnappt haben.«

Arme Bastarde … Wie schrecklich musste es in

ihrer Welt zugehen, wenn sie sogar den fast sicheren Tod, vom Schwert eines Paladins erzielt, für ein besseres Schicksal hielten?

»Sobald ich von Trahern und D.J. höre, sorgen wir für Ordnung. Sag den Wachtposten schon mal, sie sollen die Verwundeten in die Lifte tragen.« Dass die Toten warten konnten, sogar die Paladine, musste Devlin nicht erwähnen. Auch ohne die Hilfe ihrer Betreuer würden sie die Prozedur der Wiederbelebung einleiten. Und bevor sie erwachten, würden sie längst im Labor eingetroffen sein.

Lonzo würde zu Laurels Patienten zählen. Soviel Devlin wusste, schwebte sein Freund noch nicht in der Gefahr, die letzte Schwelle zu überqueren. Es würde nicht schaden, wenn seine Betreuerin daran erinnert wurde, dass bei den meisten Paladinen die Rückkehr ins Leben ohne Zwischenfälle stattfand.

Gerade wollte er Cullen fragen, wie viele Andere gestorben seien, als hastige Schritte seine Aufmerksamkeit wieder auf den Tunnel lenkten.

Die Beine gespreizt, zückte er sein Schwert und ging in Angriffsstellung, um die vier Anderen zu bekämpfen, die auf ihn zusteuerten. Cullen trat an seine Seite, für eine neue Schlacht bereit.

Drei Männer mit seltsamen hellgrauen Augen rannten aus der Passage und verteilten sich in regelmäßigen Abständen. Hinter ihnen postierte sich eine Frau. Mit ruhiger Miene erwiderte sie Devlins und Cullens Blicke. Sie hob ihr Schwert, und die Spitze berührte die Mitte ihrer Stirn, als wollte sie salutieren. Dann rief sie einen Befehl im seltsamen gutturalen Dialekt der finsteren Welt, die Männer antworteten und sprangen vor.

Plötzlich kämpfte Devlin um sein Leben. Gegen drei erprobte Schwertfechter. Unglücklicherweise hielten sie sich in einem Bereich auf, wo drei Feinde genug Platz fanden, um ihn gleichzeitig zu attackieren. Die Frau stürmte mit ausgestrecktem Schwert zu Cullen, so dass er seinem Freund nicht beistehen konnte.

Als zwei Wächter zu Devlin liefen, verscheuchte er sie mit einer knappen Geste. »Zurück! Bringt die Verwundeten nach oben. Und um Himmels willen, geht Cullen aus dem Weg!«

Das Schwert in beiden Händen, wehrte er die Angriffe ab und verletzte einen Anderen schwer genug, um ihn zum Rückzug zu zwingen. Eindeutig eine Verbesserung seiner Chancen. Im Tandemstil kämpften die beiden Gefährten des blutenden Mannes weiter, womit sie bewiesen, dass sie gemeinsam trainiert hatten. Der Größere fintierte seitwärts und lockte Devlin in diese Richtung.

In derselben Sekunde huschte sein Partner nach links und wirbelte herum. Mit einem funkelnden Krummschwert zielte er auf Devlin, der seine Hand gerade noch rechtzeitig hob, um den Hieb von seinem Hals wegzulenken. Stattdessen wurde sein Oberarm verletzt. Trotz der Schmerzen würde die Wunde wohl kaum gefährlich sein – falls er seine Gegner möglichst bald außer Gefecht setzte.

Allmählich näherten sie sich der Barriere, wo die

Frau seinem Kameraden die Hölle heißmachte. Sie bewegte sich mit der Grazie einer Tänzerin – einer mörderischen Tänzerin. Über ihre Wange rann Blut aus einer kleinen Schnittwunde, doch das störte sie nicht in ihrer Konzentration auf den Kampf. Sie schrie den Männern etwas zu. Sofort änderten sie ihre Positionen, um Devlin und Cullen den Weg zu dem verletzten Anderen zu versperren.

Und in diesem Moment – als hätten es die vier Feinde erwartet –, flackerte die Barriere und erlosch lange genug, um ihnen die Flucht zu ermöglichen. Erschöpft ließ Devlin sein Schwert sinken und starrte die Barriere an – zu müde, um irgendetwas zu empfinden außer maßloser Erleichterung. Einige Sekunden später nahm er eine Bewegung wahr, die seine sofortige Aufmerksamkeit erforderte. Langsam sank Cullen zu Boden. Aus einer tiefen Schnittwunde in seiner Brust quoll Blut.

»Wache! Schnell, eine Bahre!«

Er stützte seinen Freund, bis Cullen auf einer fahrbaren Bahre festgebunden wurde. Obwohl seine eigene Wunde höllisch schmerzte, konnte er nichts dagegen tun, ehe D.J. oder Trahern auftauchen und die Aufräumungsarbeiten organisieren würden.

Bevor Cullen davongerollt wurde, nahm Devlin das Funkgerät des Verletzten an sich, weil sein eigenes verschwunden war. »Trahern! D.J.! Meldet euch!«

Der Empfang war voller Störgeräusche, ein gewohntes Problem in der Nähe der elektronisch surrenden Barriere. Aber er erkannte D.J.s Stimme. »Okay, wir sind auf dem Rückweg.« Dann nannte er den Zeitraum. Doch das Knistern mischte sich in die Worte, und so verstand Devlin nicht, ob seine Gefährten in zwölf oder zwanzig Minuten zurückkehren würden. So oder so, er glaubte, so lange würde er durchhalten. Bedauerlicherweise würde er Colonel Kincade gestehen müssen, es war richtig gewesen, die Wache zur Verstärkung in den Untergrund zu schicken.

Hatte Sergeant Purefoy den Tag überlebt? Wenn ja, sollte er den offiziellen Bericht an den Colonel abfassen und Devlin die Mühe ersparen.

Er ging zu den Sanitätern der Wache hinüber, die gerade eine Triage-Station arrangierten, und fragte, wie er ihnen helfen könnte.

*

Wieder einmal schmerzte Laurels Rücken. Vor Müdigkeit sah sie doppelt. Seit Mittag wurden Verwundete ins Labor gebracht, und kein Ende war abzusehen. Zunächst hatte sie zwei Paladine verarztet und die Blutungen nur mittels komplizierter Operationen gestoppt. Danach musste sie ein halbes Dutzend größerer Wunden nähen. Um die Genesung zu beschleunigen, verordnete sie den Verletzten Infusionen und Antibiotika.

Wenigstens würden sich alle ihre Patienten erholen. Dr. Neal kümmerte sich um die verwundeten Wachtposten. Eine Krankenschwester hatte ihr erzählt, einige würden nie wieder kämpfen.

Sie wagte nicht zu fragen, wie viele Paladine im Untergrund warteten, bevor die Wache beginnen würde, die Toten heraufzubefördern. Wo mochte Devlin sein? Diese Sorge quälte sie unentwegt. Einigen Berichten zufolge waren die Kämpfe brutal gewesen, fast niemand hatte sie unbeschadet überstanden. Die meisten Schwerverletzten waren bereits im Labor eingetroffen. Jetzt musste sie nur mehr die leichteren Fälle behandeln – und die Toten. Wenn sie bloß wüsste, zu welcher Gruppe Devlin gehörte …

Da sie sich kaum noch auf den Beinen halten konnte, sank sie auf einen Stuhl, da gerade keine Patienten eingeliefert wurden. War sie erst vor anderthalb Tagen neben Devlin in ihrem Bett erwacht? Sie wusste, dass sie sich feige verhalten hatte, weil sie einfach verschwunden war, ohne ihn zu wecken. Jetzt bereute sie diesen Entschluss. Würde er diesen Tag überleben? Natürlich bestand diese Chance – oder auch nicht. Sie hätte sich einfach verabschieden – oder sagen können: »Der Kaffee ist fertig.« Oder vielleicht hätte sie ihn sogar zu einem letzten Liebesakt verführen sollen. Stattdessen hatte sie eine kurze Nachricht hinterlassen, eine alberne Lüge, um das Geständnis zu vermeiden, wie viel ihr die Nacht in seinen Armen bedeutete.

Wohlig ermattet, ein bisschen wund von den erotischen Aktivitäten, war sie erwacht – und mit einer Wahrheit konfrontiert worden, die sie noch nicht analysieren wollte. Irgendwann während der letzten Tage hatte sie sich Hals über Kopf in Devlin

Bane verliebt. Der Sex war phänomenal gewesen. Aber etwas anderes erschien ihr viel wichtiger. In seinen Armen hatte sie sich sicher und geborgen gefühlt, beschützt und respektiert. Gewiss, er war ein harter Mann, von vielleicht unlösbaren Problemen belastet. Trotzdem hatte er ihr eine Zärtlichkeit geschenkt, die sie mit einem tiefen inneren Frieden erfüllte.

»Dr. Young?«

Jemand zupfte an ihrem Ärmel und holte sie in die Gegenwart zurück, wo sie hingehörte. Wie sie Kennys verwirrter Miene entnahm, rief er nicht zum ersten Mal ihren Namen.

Kraftlos lächelte sie ihn an. »Tut mir leid, Kenny, ich war mit meinen Gedanken ganz woanders. Das war ein langer Tag.«

»Und er wird noch länger. Bald werden die Toten heraufgebracht. Angeblich in zwanzig Minuten.«

Laurels Magen drehte sich um. »Weiß man schon, wer sie sind?«

»Jedenfalls Lonzo Jones. Vielleicht noch mehr Paladine.« Er sah so müde aus, wie sie sich fühlte.

»Machen Sie zehn Minuten Pause, Kenny. Inzwischen treffe ich die nötigen Vorbereitungen.« Etwas mühsam stand sie auf. Als er zögerte, versuchte sie ihn mit energischer Geste zu verscheuchen. »Verschwinden Sie! Und nehmen Sie alle mit, die seit Stunden keine Gelegenheit mehr fanden, Kaffee zu trinken oder sich hinzusetzen. Wenn diese Tür wieder geöffnet wird, müssen wir alle in Topform sein.«

»Sind Sie sicher?«, fragte Kenny.

»Ja, gehen Sie nur. Die Tische stehen bereit, viel mehr gibt's nicht zu tun, bis wir wissen, wie viele Patienten uns brauchen.« Inständig hoffte sie, Devlin würde nicht zu den tödlich Verletzten zählen. Dann verdrängte sie den unerträglichen Gedanken.

Um sich zu beschäftigen, ordnete sie die Instrumente auf den Tabletts und checkte ihren Vorrat an Spezialdrogen, die für die Wiederbelebung der Paladine erforderlich waren. Die meisten kamen aus eigenem Antrieb zu sich. Aber die Arzneien beschleunigten den Prozess.

Nach einer Weile kehrten Kenny und das restliche Personal zurück. Noch immer sahen sie ziemlich mitgenommen aus. Aber Laurel bezweifelte nicht, dass sie ihre Pflicht gewissenhaft erfüllen würden. Sie schlüpfte in einen frischen Laborkittel. Ein letztes Mal prüfte sie die OP- und Behandlungstische.

Zwei Wachtposten schoben eine Bahre mit Lonzo Jones herein. Sofort trat Laurels Team in Aktion, hob ihn auf den nächstbesten Tisch und band ihn fest, um seinen Körper zu reinigen und die Verletzungen zu katalogisieren. Sie begann eine große Schnittwunde an seinem Schenkel zu nähen, und da rollte die nächste Bahre ins Labor. Devlin …

Sein Gesicht sah sie nicht. Doch sie erkannte sein Hemd. Letzte Nacht war sie hineingeschlüpft, bevor sie gemeinsam ihren Kühlschrank geplündert hatten. Kenny und zwei Schwestern verließen Lonzos Tisch, um Devlin und den dritten Paladin zu versorgen, der gerade eintraf.

War er schon wieder tot? Letztes Mal hatten sie befürchtet, er würde die Rückkehr nicht schaffen. Laurel musste sich zwingen, ihre Aufmerksamkeit wieder auf Lonzo zu richten. Um Devlin und den dritten Patienten würden sich erst einmal die Mitarbeiter kümmern. Irgendjemand erwähnte Cullen Finleys Namen. Wann waren zuletzt so viele Männer aus dieser einen Gruppe gestorben? Daran erinnerte sie sich nicht.

Während sie den Faden der letzten Naht abschnitt, flehte sie den Allmächtigen an, die Barriere würde lange genug funktionieren, bis diese Männer wieder gesund und auf den Beinen waren. Sie ergriff eine neue Packung mit Nadel und Faden und neigte sich über die nächste Wunde an Lonzos Schulter. Sobald alle Verletzungen gereinigt und geschlossen waren, würde sie ihn mit Medikamenten versorgen und den nächsten Patienten behandeln – Devlin.

Plötzlich hörte sie seine Stimme. Lauthals beschwerte er sich über irgendetwas. Wunder über Wunder, er war nur verletzt! Erleichtert schloss sie Lonzos Schulterwunde mit den letzten Stichen und überantwortete ihn der Schwester, die ihm Verbände anlegen würde.

Als sie ihre Hände wusch und desinfizierte, zitterte sie am ganzen Körper. Kenny reichte ihr Cullen Finleys Krankenblatt. Offenbar hielt das Triage-Team ihn für den heikleren der beiden Fälle.

Lächelnd musterte sie ihren nächsten Patienten. »Nun, was führt Sie zu mir?« Sie überflog die Notizen der Triage. Dann betrachtete sie Cullens Gesicht. Er sah viel zu bleich aus, seine Haut fühlte sich feuchtkalt an. Zweifellos ein Schock, von einem Trauma und starkem Blutverlust hervorgerufen. »Checken Sie seine Blutwerte und fangen Sie mit einer Bluttransfusion an«, beauftragte sie ihre Mitarbeiter. »Informieren Sie mich so schnell wie möglich über die Resultate.« Beruhigend tätschelte sie Cullens Arm. »Sie brauchen nur ein bisschen neuen Treibstoff, Mr. Finley. Sobald wir Ihren Tank gefüllt und diese hässliche Wunde geflickt haben, sind Sie wieder ganz der Alte.«

»Vorhin habe ich Ihren Leuten schon gesagt, es ist nichts Ernstes, Doc.« Cullens Stimme klang ziemlich schwach. Aber wenn er redete, würde er bald wieder auf dem Damm sein.

»Jetzt sehe ich mal nach Ihrem Freund, während die Schwester Ihre Wunde reinigt. Erst danach kann ich sie nähen.«

Sie notierte ihre Anordnungen auf seinem Krankenblatt und reichte es Kenny. Nach einem tiefen Atemzug ging sie zu Devlin, der die Aktivitäten rings um Lonzo beobachtete. In seinem Blick las sie schmerzliche Gefühle und ahnte, dass sie nicht mit der gezackten Schnittwunde an seinem Arm zusammenhingen.

»Regen Sie sich nicht auf, Mr. Bane, Ihr Freund Lonzo ist in guten Händen.«

Da starrte er sie an, die grünen Augen voller Zorn.

»Er ist *tot,* Dr. Young! Versuchen Sie nichts zu beschönigen!«

Nun senkte sie ihre Stimme. »Ich weiß, du hast Schmerzen und sorgst dich um deine Kameraden. Aber lass deinen Kummer nicht an *mir* aus. *Ich* bin es, die sie alle wieder zusammenflickt.«

Mit einer bebenden Hand zeigte sie auf die medizinisch-technischen Teams, die Cullen und Lonzo umringten.

»Seit die erste Bahre ins Labor gerollt wurde, waten diese Leute im Blut. Jetzt brauchen wir Unterstützung, keine Ressentiments.«

Sekundenlang glaubte sie, seine Miene würde sanftere Züge annehmen. Doch der Ausdruck verschwand so schnell, dass sie nicht sicher war. Er schaute an ihr vorbei zu Kenny hinüber, der sie mit einem Tablett voller Instrumente erwartete. »Okay. Bis später.« Die Augen geschlossen, drehte er seinen Kopf zur Seite.

Es dauerte sehr lange, bis sie die tiefe Wunde auf Cullens Brust geschlossen hatte. Aber dank der Bluttransfusion und der Medikamente sah er bereits besser aus. Falls er sich keine Infektion zuzog, würde er bald genesen.

»Bitte, Kenny, bringen Sie Mr. Finley in die Krankenstation.« Lächelnd neigte sie sich zu ihrem Patienten hinab. »Sie sprechen schon auf die Behandlung an. Nachdem ich Ihren Freund versorgt habe, werde ich noch einmal nach Ihnen sehen.«

»Lassen Sie sich von Devlin keine Angst einjagen,

Doc. Er bellt nur, aber er beißt nicht.« Bevor Cullens Bahre davongerollt wurde, schenkte er Laurel ein schiefes Grinsen.

Da irrte er sich, denn Devlin biss sehr wohl. Das bewiesen mehrere Spuren an ihrem Körper. Doch die würde sie seinem Kumpel natürlich nicht zeigen. Bei dieser Erinnerung lächelte sie, und das stärkte ihren Mut für die Behandlung des letzten Patienten.

»Nun muss ich mir Ihren Arm anschauen, Mr. Bane.« Vorsichtig zog sie an dem provisorischen Verband, den ihm die Wachtposten von der Triage angelegt hatten. Zwischen dem Heftpflaster und dem getrockneten Blut klebte er fest an der Haut. »Es wird ein bisschen wehtun. Oder wir befeuchten die Bandage.«

»Reißen Sie das Zeug einfach runter, Doc. Das wird so oder so wehtun. Also bringen wir's hinter uns.«

»Okay, dann machen Sie sich jetzt auf die Schmerzen gefasst.«

Mit seiner anderen Hand klammerte er sich an den Rand der Bahre, während Laurel Luft holte und an dem Verband zerrte. Den konnte sie erst beim zweiten Versuch entfernen, und die Wunde öffnete sich wieder.

Eine Zeit lang ließ sie das Blut fließen, damit die Wunde gereinigt wurde. Wie mochte dieser tiefe Schnitt entstanden sein? Zu einem Messer passte die Form nicht, für ein Schwert trafen die Ränder zu dicht aufeinander.

»Wie ist das passiert?« Laurel drückte einen Lappen, den sie mit einem Betäubungsmittel getränkt hatte, auf die Wunde, bis die Lokalanästhesie wirkte.

»Eigentlich sollte mein Hals aufgeschlitzt werden. Von einem Krummsäbel.« Devlins sachlicher Tonfall verschlimmerte das Fantasiebild, das seine Worte heraufbeschworen.

»Welch ein Glück, dass Sie diesen Angriff entschärfen konnten, Mr. Bane.«

Mit gleichmäßigen Stichen nähte sie die Wundränder zusammen.

»Ich glaube, da Sie nicht allzu viel Blut verloren haben, brauchen Sie keine Transfusion. Aber Sie bekommen eine Infusion mit Antibiotika. Etwas später werden Sie etwas essen. Mal sehen, ob Sie dann nach Hause gehen können.«

Als sie sich abwenden wollte, schnellte seine gesunde Hand vor, und er hielt ihren Arm fest. »Laurel ...«

Langsam drehte sie sich zu ihm um.

»Vorhin bin ich aus der Rolle gefallen.«

Wenn *er* sich zu einer Entschuldigung aufraffte, sollte *sie* seinem Beispiel folgen. »Ich hätte nicht weglaufen dürfen, Devlin«, flüsterte sie, nachdem sie sich vergewissert hatte, dass sie nicht beobachtet wurden. »Daran bin ich nicht gewöhnt ... Ich habe nur ganz selten Frühstücksgäste«, fügte sie hinzu und hoffte, sie würde nicht erröten.

Genau das geschah – sie wusste es, weil er lächelte. Inzwischen kannte sie dieses Lächeln, das ganz plötzlich erschien und beim nächsten Herzschlag schon wieder verschwand. Aber das boshafte Glitzern in seinen Augen erlosch nicht so schnell. »Vielleicht fehlt dir die nötige Übung, Laurel. Dagegen solltest du unbedingt etwas unternehmen.«

Sie spielten mit dem Feuer. Wie leichtsinnig, in einem Labor voller Kollegen zu flirten … »Wahrscheinlich hast du Recht. Ich werde dich über meine Fortschritte informieren.«

»Zurück!« Der Schrei hallte vom anderen Ende des Raums herüber, wo Laurels Team sich immer noch um Lonzo bemühte. Erschrocken rannte sie hinüber und half ihren Mitarbeitern, den rasenden, um sich schlagenden toten Paladin zu bändigen.

»Verdammt! Sichert die Riemen, bevor er euch oder sich selbst verletzt!« Mit ihrem ganzen Gewicht stützte sie sich auf sein linkes Bein, und ein Assistent hielt das rechte fest. Lonzos Anfall verebbte genauso schnell, wie er begonnen hatte. Jetzt nahm sie ihren ganzen Mut zusammen und hob eines seiner Lider, um die Farbe der Iris zu prüfen. »Seine Augen sind immer noch braun.«

Gleichzeitig seufzte mindestens ein halbes Dutzend Leute, sie selbst eingeschlossen, vor maßloser Erleichterung. Das fanden sie plötzlich alle sehr komisch. Obwohl das allgemeine Gelächter ein bisschen hysterisch klang, tat es ihnen gut.

»Isoliert ihn«, wies Laurel ihr Team an. »Er muss rund um die Uhr gefesselt bleiben. In den nächsten beiden Stunden brauche ich alle fünfzehn Minuten einen Bericht. Dann werden wir die Situation neu einschätzen.«

»Ja, Doktor.«

Sie trug die nötigen Angaben in sein Krankenblatt ein und gab es der Schwester zurück. Nun wollte sie noch einmal Devlins Werte checken. Als sie seine leere Bahre sah, stockten ihre Schritte. Wohin war er gegangen?

Besorgt schaute sie zur Tür. Und da entdeckte sie ihn. Er stand auf der anderen Seite und beobachtete sie durch das Glas des kleinen quadratischen Fensters. Nach einem kurzen Blick auf Lonzo sah er sie wieder an. Seine Miene verschloss sich, in seine Augen trat ein kalter Glanz, und die Entfernung zwischen ihnen schien nicht nur ein paar Meter zu betragen. Dann schüttelte er den Kopf und ging davon.

Während sie den Verlust zu verkraften versuchte, fühlten sich ihre Beine bleischwer an. Bald würde es jemand merken, wenn sie noch länger wie festgewurzelt dastand und zur Tür starrte. Doch jetzt konnte sie nicht zu ihrem Team zurückkehren.

Statt eine Blamage zu riskieren, lenkte sie Kennys Aufmerksamkeit auf sich und zeigte in die Richtung der Tür. Stundenlang hatte sie sich keine Pause gegönnt. Wenn sie für ein paar Minuten verschwand, würde es niemand seltsam finden.

Außerhalb des Labors sah sie sich um. Ein halbes Dutzend bewaffneter Wachtposten war im Flur stationiert. Aber Devlin ließ sich nirgendwo blicken. Zweifellos war er an den Männern vorbeigestürmt. Und er hatte gelogen und behauptet, er sei entlassen worden. Inmitten der ganzen Aufregung um Lonzo hatten sie ihm wahrscheinlich geglaubt. Oder sie waren zu beschäftigt gewesen, um seine Flucht zu bemerken.

An jedem anderen Tag hätte sie Colonel Kincade über das nachlässige Verhalten seiner Leute informiert. Doch sie mussten den Verlust mehrerer Kameraden verschmerzen, und sie wollte ihnen keine zusätzlichen Schwierigkeiten bereiten. Falls Devlin das Gebäude verlassen hatte, konnte sie nicht viel für ihn tun, außer einer Änderung in seinem Krankenblatt, die seinen Regelverstoß vertuschen würde. Sicher würde es dem Colonel missfallen, wenn ein Paladin ohne die erforderlichen Entlassungspapiere einfach aus der Forschungsabteilung spazierte.

»Kann ich Ihnen helfen, Ma'am?« Ein Wachmann, der viel zu jung aussah, entfernte sich von der Wand, um ihre Aufmerksamkeit zu erregen.

»Ist Mr. Bane hier vorbeigekommen?«, fragte sie und schob die Hände in die Taschen ihres weißen Kittels, um ihr Zittern zu verbergen.

»Ja. Vor etwa drei Minuten begleiteten wir ihn zum Ausgang.« Dann runzelte er die Stirn. »War er nicht entlassen worden?«

»Doch, Corporal.« Sie hasste es zu lügen. Aber sie hatte keine Wahl, denn es hätte nur eine einzige Alternative gegeben – einen Suchtrupp loszuschicken und ihn gewaltsam zurückholen zu lassen. »Ich vergaß nur, ihm etwas zu sagen. Jetzt möchte ich ein bisschen frische Luft schnappen. Vielleicht habe ich Glück und hole ihn ein.«

Im Westen begann die Sonne zu sinken und bemalte die verstreuten Wolken pfirsichrosa und orangegelb. Laurel blieb vor dem Eingang des Gebäudes stehen und spähte in beide Richtungen.

Keine Spur von Devlin.

Niedergeschlagen ließ sie die Schultern hängen. Der Anblick Lonzos in den Fängen des Todes und der Wiederbelebung quälte sie immer noch. Genauso gut hätte Devlin gefesselt auf diesem Tisch liegen können. Und sie hätte fürchten müssen, *seine* Augen würden sich verfärben, weil er ein Anderer geworden wäre.

Natürlich wusste er, sie würde zur Injektionsspritze greifen und ihn erlösen, wenn es keine Rettung mehr für ihn gäbe. Genauso wie sie das Leben des armen Paladins am Vortag beendet hatte. Welche Beziehung könnten sie eingehen, wenn die Macht über sein Leben oder seinen Tod in ihren Händen lag?

Die Antwort war offensichtlich – gar keine Beziehung. Keinesfalls, wenn mehr daraus wurde als hin und wieder ein gemeinsames Dinner. Trotzdem bereute sie nicht, was letzte Nacht geschehen war – obwohl es ihr seither noch schwerer fiel, einer Zukunft ohne Devlin entgegenzublicken. Er hatte ihr eine Seite seines Wesens gezeigt, die sicher nur wenige Leute kannten.

Abrupt drehte sie sich um, beschloss ins Labor zurückzukehren und stieß mit Blake Trahern zusammen. Er hielt sie fest, als sie zu schnell zurückwich und beinahe die Eingangsstufen hinabstolperte. Die Silberaugen ausdruckslos, schaute er sie an. Was er dachte oder in welcher Stimmung er sich befand, konnte sie nicht feststellen.

Wenn er auch der Letzte war, den sie um einen Gefallen bitten wollte – sicher würde es ihm keine Mühe bereiten, Devlin aufzuspüren und herauszufinden, ob es ihm gutging.

»Darf ich kurz mit Ihnen sprechen, Mr. Trahern?« Sie zog ihn beiseite, aus dem Blickfeld der Eingangstür. »Vor ein paar Minuten hat Mr. Bane mein Labor ohne Erlaubnis verlassen.«

»So? Er ist schon ein großer Junge.« Ohne ein weiteres Wort wandte er sich zum Gehen. Als sie seinen Arm erneut berührte, erstarrte er.

»Bitte, ich muss nur wissen, ob er okay ist. Heute ist Lonzo in den Tunnels gestorben. Während mein Team ihn behandelte, reagierte er mit einem Wutanfall.«

»Offenbar meinen Sie, er hat die Kontrolle verloren.« So wie Trahern vor kurzem selbst – was er nicht erwähnte.

»Bisher wurde er nicht wiederbelebt, und wir mussten ihn fesseln. Natürlich versuchte er nicht absichtlich, irgendjemanden zu verletzen, und seine Augen sind immer noch menschlich.«

Täuschte sie sich, oder bemerkte sie eine leichte Entspannung in Traherns Schultern?

»Als ich mich wieder um Mr. Bane kümmern wollte, war er verschwunden. Gewiss, er ist ein großer Junge, wie Sie es formuliert haben. Und er müsste auch ohne die Antibiotika genesen, die ich ihm verabreichen wollte.«

»Aber?« Trahern inspizierte sie, als wäre sie eine Spezies, die er nie zuvor gesehen hatte.

»Sicher verstehen Sie meine Sorge, Mr. Trahern. Ich muss wissen, ob er okay ist. Würden Sie nach ihm sehen und mir Bescheid geben?«

»Klar, Doc. Aber das wird ihm nicht gefallen.« Erstaunlicherweise lächelte er, und für wenige Sekunden erschien ein warmes Licht in seinen eisgrauen Augen. »Manchmal muss man sogar Devlin Bane zur Vernunft bringen.«

Verblüfft sperrte sie Mund und Nase auf.

Um die surreale Szene noch zu steigern, krümmte er einen Finger, hob ihr Kinn und schloss ihre Lippen. »Nur damit sie keine Fliege verschlucken, Doc.«

Dann ging er um sie herum und die Straße hinauf. Entgeistert starrte sie ihm nach.

Achtes Kapitel

Er wurde verfolgt. Und das gefiel ihm ganz und gar nicht. Sein Arm schmerzte wie die Hölle, und deshalb war er nicht in Stimmung für die Spielchen der Einsatztruppe. Wenn diese Typen seine Rückkehr in Laurels Labor wünschten, konnten sie ihn verdammt nochmal darum bitten. Dann würde er sie alle zum Teufel schicken, und die Sache wäre erledigt.

Mit langen Schritten durchquerte er das Gebiet am See und forderte alle, die ihm hinterherlaufen mochten, zu einer Konfrontation heraus. Hauptsächlich lebte er von Adrenalin und Zorn. Aber notfalls war er immer noch stark genug, um es mit einem halben Dutzend Wachtposten aufzunehmen. Es würde ihn sogar aufmuntern, wenn er irgendwen niederschlagen könnte.

Selbst wenn er seinem Schatten entkam – es war unmöglich, dem Fantasiebild seines Freundes Lonzo davonzulaufen. Betäubt und an den Behandlungstisch gefesselt, wie ein tollwütiges Tier … Und Laurel hatte ihrem Team auch noch mit aller Kraft geholfen, ihn zu bändigen, bis Lonzo keine Bedrohung mehr darstellte – nackt und hilflos auf der Stahlplatte.

Natürlich hatte er das selbst durchgemacht und andere Kameraden dabei beobachtet. Aber nie zuvor war es seine Liebhaberin gewesen, die den letzten Riemen festgemacht und entschieden hatte, ob der Paladin seinen Überlebenskampf fortsetzen durfte. Was wäre geschehen, hätte er mit ansehen müssen, wie Laurel zu der Giftspritze griff, die Lonzos Atemzüge beenden würde?

Und doch – er bewunderte ihren Mut und ihre Bereitschaft, ihre Seele mit einer so schweren Bürde zu belasten. Er wollte sie umarmen und vor diesem Horror beschützen. Gleichzeitig wollte er sie verfluchen, weil sie längst verschüttete Gefühle in ihm weckte – weil sie ihn an die unabänderliche Gewissheit erinnerte, dass jeder Tag ihn ein bisschen näher zum Ende seiner eigenen Menschlichkeit führte. Und er wünschte sich so verzweifelt, jede einzelne Nacht der ganzen Ewigkeit in ihren Armen und in ihrem Bett zu verbringen, sich in ihrer süßen Hitze zu verlieren – nicht im wilden Wahnsinn eines Anderen.

Oh, verdammt, jetzt brauchte er einen Kampf. Statt der unwillkommenen Gesellschaft seines Verfolgers zu entfliehen, stieg er die Stufen hinab, die zu irgendeinem Laden in einem Kellergeschoss führten. Den Rücken an die Mauer gelehnt, wartete er. Allzu lange dauerte es nicht, bis eine vertraute Gestalt vorbeischlenderte. Er sprang die Treppe hinauf, packte Trahern und zerrte ihn in die nächstbeste Seitengasse.

In knapp fünf Sekunden hatte er Blake an eine

Wand gedrängt und seine Kehle umklammert. Trahern wehrte sich nicht. Schlaff hingen seine Arme hinab. Dieser mangelnde Widerstand half Devlin, sein Temperament zu zügeln.

Langsam wich er zurück, immer noch kampflustig, falls Trahern eine falsche Bewegung wagte.

»Warum stellst du mir nach?«

Lässig zuckte Trahern die Achseln. »Das ist ein freies Land. Oder gehört dieser Gehsteig nur dir allein?«

»Verdammt, treib keine albernen Spiele mit mir! Seit ich die Forschungsabteilung verlassen habe, bleibst du mir auf den Fersen. Und das stört mich ganz gewaltig.«

Jetzt genoss Devlin die ungeteilte Aufmerksamkeit seines Kameraden. Trahern glich einem Wolf, der eine Beute witterte. »Unsinn, ich bin dir nicht gefolgt. Erst kurz, bevor du diese Stufen hinabgestiegen bist, habe ich dich entdeckt. Vorher ging ich einfach nur in die Richtung deines Hauses.« Höhnisch verzog er die Lippen. »Ich soll mich um dich kümmern. Darum hat deine Frau mich gebeten.«

Devlins Faust traf Traherns Kinn, noch bevor er merkte, dass er zu diesem Schlag ausgeholt hatte. Taumelnd prallte Trahern gegen die Mauer. Aber er verzichtete auf einen Racheakt.

Als Devlin seine schmerzenden Finger bewegte, wusste er nicht, ob er enttäuscht oder erleichtert war. »Nenn sie nicht so.«

»Auch wenn ich's nicht ausgesprochen hätte, ist's die reine Wahrheit.« Die Schultern gestrafft, ballte

Trahern die Hände und schien sich gegen einen weiteren Angriff zu wappnen.

»Das habe ich ja auch gar nicht bestritten«, erwiderte Devlin, obwohl ihn dieses Geständnis fast umbrachte. »Trotzdem sollst du sie nicht so nennen, sie verdient was Besseres.«

»Mal sehen, ob sie's beweisen kann …« Trahern entspannte sich ein bisschen. »Aber du hast größere Probleme als dein amouröses Interesse an der reizvollen Dr. Young. Was ich vor deinem Fausthieb sagte, war ernst gemeint – ich bin dir nicht gefolgt.«

Devlin glaubte ihm. Mochte Trahern auch sarkastisch, jähzornig und bitter sein – außerdem war er auf brutale Weise ehrlich, weil es ihn kein bisschen interessierte, ob er jemanden beleidigte oder nicht. Wenn er erklärte, er habe Devlin nicht beschattet, dann stimmte das.

Und wer war hinter ihm her?

»Sicher weißt du, dass ich letztes Mal nicht von einem Anderen getötet wurde.« Darüber mussten Cullen oder D.J. alle Paladine, die Devlin nahestanden, informiert haben.

»Ja. Echt zum Kotzen. Diese Kämpfe gegen die Hurensöhne aus der Nebenwelt sind schon schlimm genug. Da sollten wir uns nicht auch noch um Schurken sorgen, die uns in den Rücken stechen könnten.« Er spähte an seinem Freund vorbei zur Straße, als fürchtete er, ein angriffslustiger Feind würde in die Gasse stürmen.

»Diesen Ärger habe ich nicht zum ersten Mal. Seit meiner letzten Wiederbelebung bläst mir ständig jemand seinen Atem in den Nacken. Neulich bekämpfte und tötete ich zwei Andere im Untergrund. Während ich sie aufspürte, schlich mir jemand nach. Das spürte ich. Aber der Feigling zeigte sich kein einziges Mal.«

»Wahrscheinlich wartete er ab, ob die Anderen dich niederschlagen würden. Danach wollte er dir den endgültigen Todesstoß versetzen.« Traherns Augen glitzerten eisig genug, um die milde Abendluft zu gefrieren.

»Das dachte ich damals auch.« Die Situation eignete sich nicht für Geheimnisse. »Gestern verließ ich die Forschungsabteilung und ging zu Dr. Youngs Apartment. Kurz davor hatte sie zum ersten Mal das Leben eines Paladins beendet, und ich wollte herausfinden, ob sie damit zurechtkam.«

»Davon habe ich gehört.« Trahern schüttelte den Kopf. »Zweifellos eine Frau mit Rückgrat. Obwohl sie den armen Kerl von seinem Elend erlöst hat, ist sie heute Morgen zum Dienst erschienen.«

»Nun ja, ich musste selbst sehen, ob sie okay war.«

Natürlich ging es Trahern nichts an, wie verzweifelt Laurel geschluchzt oder dass Devlin die Nacht in ihrem Bett verbracht hatte. »Vom Forschungszentrum ging ich auf Umwegen zu ihrer Wohnung. Obwohl mir kein Verfolger auffiel, bewog mich irgendwas, immer wieder die Richtung zu wechseln.«

»Also weißt du nicht, ob du den Hurensohn abgeschüttelt hast. Und wenn er dir auf den Fersen blieb …«

»Dann hat er festgestellt, dass ich bei Laurel war. Verdammt!«

Wieder einmal empfand Devlin den drängenden Impuls, irgendwas mit seinen Fäusten zu traktieren. Wie hatte er nur so dumm sein können? Gewiss entsprach er nicht dem Märchenbild eines Ritters in glänzender Rüstung auf weißem Schlachtross. Trotzdem war er am Vortag losgestürmt, um Laurel zu retten – ohne an den Feind zu denken, der ihn töten wollte. Womöglich hatte er den Bastard direkt zu ihrer Tür geführt.

»Wenn ich auch keinen zweiten Fausthieb riskieren will – ich vermute, du hast nicht nur eine Tasse Tee mit ihr getrunken und dich dann verabschiedet.« Das Mitgefühl in Traherns normalerweise frostigen Augen verblüffte Devlin.

»Nein. Heute Morgen war ich immer noch in ihrem Apartment, als Cullen uns alle zusammentrommelte.« Und dieses Ziel würde Devlin sofort wieder ansteuern, wenn ihm keine bessere Idee kam. »Ich wette, mein Schatten hat lange genug vor Laurels Apartment rumgelungert und herausgefunden, dass ich nicht nach Hause ging.«

»Scheiße.«

Der knappe, treffende Kommentar entlockte Devlin ein Lächeln. Schon immer hatte Trahern das Talent besessen, eine Situation kurz und bündig zu umreißen.

Ein paar Sekunden lang überdachte Devlin seine Möglichkeiten. »Jemand muss ihr Apartment bewachen.« Darum wollte er Trahern nicht bitten. Aber er hoffte, sein Freund würde sich freiwillig bereiterklären, den Job zumindest teilweise zu übernehmen. Allerdings – wenn er einen der anderen Paladine darum ersuchte, würden sie sich wundern, warum ihm das so wichtig war. Bald würden sie erraten, was zwischen Devlin und Laurel lief. Sicher wäre sie sauer, wenn die ganze Bande sie dauernd angaffte und sich ausmalte, was er mit ihr im Bett machte. Und er würde weder genug Zeit und noch die nötige Energie aufbringen, um die Typen zu verprügeln, wenn sie seine Liebhaberin schief anschauten.

»Überlass das mir, Devlin.«

»Danke. Nun bin ich dir was schuldig.«

Trahern schnaufte verächtlich. »Für *dich* tue ich's nicht«, betonte er und ging davon.

Bis er um die Ecke der Gasse bog, starrte Devlin ihm nach. Nachdem er schon so lange lebte, gab es nicht mehr viel, was ihn überraschte. Aber Trahern war immer ein Rätsel gewesen. Jedenfalls konnte er sich auf das Wort des eigenwilligen Paladins verlassen. Um das zu wissen, musste er nicht herausfinden, wie Blake Trahern tickte.

Offenbar war der Mann nicht immun gegen die sanften Behandlungsmethoden der schönen Ärztin – obwohl Devlin es vorgezogen hätte, es würde keinen Patienten außer ihm selbst interessieren.

Wie auch immer, er musste eine Mission erfüllen, und seinen Gegner aus der Reserve locken. Aber nicht jetzt. Zu viele Paladine waren nicht fit genug für neue Kämpfe, und sein eigener Arm bereitete ihm infernalische Schmerzen. Aber in ein oder zwei Tagen würde eine Konfrontation stattfinden. Dafür wollte er sorgen.

*

»Er ist okay.«

Niemals sagte Trahern ein Wort zu viel. Und so war die Telefonleitung bereits tot, bevor Laurel ihm danken konnte. Die Sorge, die ihren Magen zusammengekrampft hatte, ließ endlich nach. Obwohl sie die Regenerationskräfte eines Paladins kannte – die Information, Devlin sei auf dem Weg der Besserung, beruhigte sie noch zusätzlich.

Natürlich musste sie sich bei Trahern für seine freundliche Hilfe revanchieren. Vielleicht mit Schokoladenkeksen? Zu den Mahlzeiten, die in der Küche des Forschungszentrums für ihn zubereitet wurden, gehörten immer Schokoladenkekse.

Über diese kleine Schwäche musste sie lächeln. Also schwärmte der große, hartgesottene Paladin für Süßigkeiten.

Die Tür zum Labor öffnete sich, und Dr. Neal kam herein, dicht gefolgt von Colonel Kincade. Hastig stand sie auf. Wenn sie dem Kommandanten der Einsatztruppe direkt in die Augen schaute, fiel es ihm schwerer, sie einzuschüchtern. Sie folgte den beiden Männern in die Krankenstation, zu Lonzos Bett.

»Wie geht es ihm?«, fragte Dr. Neal und studierte das Krankenblatt.

»Wie es zu erwarten war«, antwortete Laurel.

»Vor einiger Zeit bekam er einen Anfall. Aber jetzt verhält er sich schon seit Stunden ganz ruhig. Für morgen früh habe ich noch einen Gehirnscan und weitere Tests angeordnet.«

Kincade trat näher an das Bett heran. »Wann kann ich wieder über ihn verfügen?« Seine kalten Augen richteten sich auf Laurel. »Im Moment sind zu wenig Männer einsatzfähig. Der Berg rumort immer noch. Und das Personal ist auf mindestens zwei Drittel dezimiert. Selbstverständlich würde ich Sie niemals auffordern, Mr. Jones' Gesundheit zu riskieren, Dr. Young. Ich bitte Sie nur, abzuschätzen, wann er wieder diensttauglich ist.«

So unsympathisch sie den Colonel auch fand, sein Wunsch war verständlich. »Nach seinen früheren Wiederbelebungen zu schließen, würde ich sagen, in zwei Tagen, spätestens in drei. Die Wunden beginnen sich zu schließen, seine Kreatinphosphokinase-Werte sinken. Dabei geht es um ein Enzym, das im Muskel chemische Energie für die Bewegung bereitstellt. Auch die übrigen Resultate sind okay. Morgen früh weiß ich etwas mehr. Sobald die Ergebnisse analysiert wurden, maile ich Ihnen einen Bericht.«

»Tun Sie das.« Damit war sie entlassen, der Colonel wandte sich zu Dr. Neal. »Besuchen wir meine Männer, Doktor?«

»Mit Vergnügen. Sicher wird ein Besuch ihres Kommandanten alle aufmuntern und motivieren.«

Bevor Dr. Neal den aufgeblasenen Widerling aus der Krankenstation führte, zwinkerte er Laurel zu.

Sie wunderte sich, wieso es ihrem Boss gelang, in der Gesellschaft dieses unangenehmen Mannes seine heitere Gelassenheit zu wahren. Nun, darum musste sie sich nicht kümmern, sondern um ihren immer noch bewusstlosen Patienten.

»Machen Sie sich wegen des Colonels keine Sorgen, Lonzo. Sie bleiben hier, bis ich weiß, dass Sie völlig genesen sind. Wenn Sie Ihren Dienst zu früh wieder antreten, würde es niemandem nützen.« Sie tätschelte seinen Arm. Dann drückte sie das Stethoskop auf seine Brust. Um besser zu hören, schloss sie die Augen und lauschte den Herzschlägen. Schwach, aber vernehmlich. In den nächsten vierundzwanzig Stunden würde sich sein Puls allmählich beschleunigen und schließlich einen normalen Rhythmus erreichen. Bis dahin müssten auch die Lungen wieder einwandfrei funktionieren. Die Heilkräfte eines Paladins waren wirklich erstaunlich. »Keine Bange, Lonzo, Ihr Genesungsprozess verläuft ausgezeichnet. Nur Geduld.«

Während die Nacht hereinbrach, wurde die Luft kühler. Vielleicht machte sie sich etwas vor, aber es war ihr ein Herzensbedürfnis, so gut wie möglich für ihre bewusstlosen Patienten zu sorgen. Eine Decke, die auf der Heizung gelegen hatte, musste sich gut anfühlen, wenn diese Männer um ihre Rückkehr ins Leben rangen.

Nachdem sie für Lonzo ihr Bestes getan hatte, kehrte sie ins Labor zurück und setzte sich wieder an den Schreibtisch. Wenn so viele neue Patienten auf einmal eintrafen, häufte sich der Papierkram. Am nächsten Nachmittag würde sie die Mehrheit der Paladine entlassen. Sollte nur mehr Lonzo in der Krankenstation bleiben, würde sie das nicht überraschen. Für sie wäre es okay.

Vielleicht musste das Diktat, das sie in den Rekorder sprechen wollte, bis zum nächsten Tag warten. Vor Müdigkeit brannten ihre Augen, und ihr Rücken schmerzte. Nachdem sie die Lichter gedimmt hatte, streifte sie die Schuhe von den Füßen, zog den Laborkittel aus und legte ihn über einen Stuhl. Dann putzte sie ihre Zähne, strich mit einer Bürste durch ihr Haar und streckte sich auf dem Klappbett aus. Bevor sie einschlief, wünschte sie sich, sie würde in ihrem eigenen Bett liegen. Von Devlins Armen umschlungen.

*

Falls irgendwer fragte, warum er in Dr. Youngs Labor schlich, hatte er sich einen Vorwand ausgedacht. Jemand musste sich vergewissern, dass der Paladin immer noch gefesselt war. Natürlich wusste jeder Bescheid über den Tobsuchtsanfall des Hurensohns. Kurz bevor man ihn festgebunden hatte, war er total ausgeflippt.

Um seine Ausrede zu untermauern, näherte er sich dem Bett in der angrenzenden Krankenstation und wünschte, Devlin Bane würde darauf liegen, so gut wie tot. Das würde seinen Job beträchtlich erleichtern.

Stattdessen war Bane entlassen worden oder auf

eigene Faust verschwunden. Beide Versionen waren erörtert worden, als er nach dem Blutbad in den Tunnels seinen Dienst vor der Labortür angetreten hatte. Schaudernd erinnerte er sich an das Grauen. Schon mehrmals hatte er den Paladinen im Untergrund beigestanden, aber so etwas nie zuvor erlebt. In Strömen war das Blut geflossen. Überall bildeten sich klebrige Pfützen, in denen man ausrutschte. Immer neue Andere überquerten die Grenze.

Einige konnte er töten, aber längst nicht so viele wie die Paladine. Am erfolgreichsten schwangen Blake Trahern und Devlin Bane, diese furchteinflößenden Bastarde, ihre Schwerter. Auch ihre Kameraden führten sich schlimm genug auf. Aber die beiden töteten ohne Zögern, ohne Bedauern, als würden sie keine Lebewesen, sondern Heu niedermähen.

Möge der Himmel verhüten, dass sie ihre kalten Augen und blutigen Schwerter jemals in meine Richtung lenken …

Bei diesem Gedanken fand er es umso wichtiger, Bane zu erledigen, ohne den Zorn der ganzen Paladin-Bande zu erregen. Er kehrte ins Labor zurück, wo Dr. Young auf dem Klappbett schlief. Zweifellos war sie erschöpft.

Unter anderen Umständen würde er sie bemitleiden. Sicher war es kein leichter Job, Tote wie diesen Lonzo zu neuem Leben zu erwecken, geschweige denn die Wunden der Schwerverletzten zu flicken. Trotzdem empfand er kein Mitgefühl. Jetzt nicht mehr. Die Paladine zu verarzten, weil es zu ihrem

Job gehörte, das war okay – mit ihnen zu bumsen, wohl kaum.

Früher hatte er sie bewundert. Das hatte sich gründlich geändert. Darüber war er froh, denn es vereinfachte seinen Plan, sie als Köder zu benutzen und Bane in eine Falle zu locken. Der Kerl wäre edelmütig genug und würde ganz gewiss sein Leben für Dr. Young riskieren.

Sie bewegte sich im Schlaf und zwang ihn zum Rückzug. Nun musste er warten, bis sie wieder im Tiefschlaf versank. Sie schien zu lächeln. Offenbar genoss sie einen erfreulichen Traum von ihrem Liebhaber, mit dem sie sich nackt im Bett wälzte. Vor seinem geistigen Auge tauchten Bilder auf, die seinen Magen zusammenkrampften. Beinahe wurde ihm speiübel. Er hatte bereits beschlossen, dass sie genauso wie Bane sterben musste. Wenn sie ihn erkannte, würde sie alle Paladine auf ihn hetzen. Also musste er sie töten.

Grinsend kostete er den schwindelerregenden Geschmack der Macht aus. Bei ihm lag die Entscheidung, ob sie ebenso schnell sterben würde wie Bane oder ob er sich Zeit mit ihr lassen sollte. Vielleicht würde er ein Exempel statuieren und aller Welt zeigen, was mit Nutten geschah, die diese abscheulichen Paladine den richtigen Männern vorzogen.

Ja, die Idee gefiel ihm.

Auf leisen Sohlen ging er wieder zum Klappbett und wünschte, er würde es wagen, ihre Wange zu berühren. Stattdessen sah er sich nach einer Schere um. Blitzschnell schnitt er eine von Dr. Youngs

Haarsträhnen ab. Dann hielt er das Löckchen vor seine Nase und schnupperte daran. Sein Körper reagierte sofort auf den femininen Duft, fast schmerzlich intensiv. O ja, wenn er seine Karten raffiniert ausspielte, würde er seinen Spaß haben.

Er wickelte die Haarsträhne in ein Papiertaschentuch und steckte es in seine Brusttasche. Jetzt war es nicht an der Zeit, beim Spionieren ertappt zu werden. Der Moment seines Triumphs würde noch kommen. Viel länger würde sich der Mann, der das ersehnte Geld besaß, nicht gedulden.

Draußen im Flur kehrte er auf seinen Posten zurück. Nun würde er die Stille der Nacht nutzen, um seine Pläne in allen Einzelheiten zu schmieden.

*

Laurel tastete in den Tiefen ihrer Handtasche nach dem Schlüsselbund. Allzu schlimm war der Tag nicht verlaufen. Trotzdem fühlte sie sich müde. Die meisten Paladine waren als geheilt entlassen worden, mit der Instruktion, sie sollten sich bei Dr. Neal oder ihr selbst melden, falls sie etwas brauchten. In den letzten vierundzwanzig Stunden hatte Lonzos Wiederbelebung gute Fortschritte gemacht. Deshalb erwartete sie, er würde in den nächsten zwölf Stunden das Bewusstsein wiedererlangen.

Wegen der Verstärkungen, die Colonel Kincade aus anderen Sektoren angefordert hatte, waren drei zusätzliche Betreuer zum Dienst verpflichtet worden. Die Folgen des Gemetzels waren zu anstrengend für Laurel und Dr. Neal gewesen. In dieser

Nacht wachte eine Vertretung über ihren Patienten. Der Gedanke, Lonzo würde womöglich einen Fremden neben seinem Bett sehen, wenn er zu sich kam, bedrückte sie. Doch es ließ sich nicht ändern. Sie war so erschöpft, dass sie ihrer eigenen Urteilskraft nicht mehr traute, und so war sie nach Hause gegangen, um sich zu erholen. Nach einem zwölfstündigen Schlaf würde sie wieder einsatzfähig sein.

Sie drehte den Schlüssel im Schloss herum und stieß die Tür auf. Ehe sie die Schwelle überqueren konnte, schnellte ein Männerarm aus dem Nichts hervor und schob sie ins Apartment. Und bevor sie zu schreien vermochte, presste sich eine Hand auf ihren Mund.

»Nur keine Angst, Laurel, ich bin's.«

Sobald sie Devlins Stimme erkannte, sank sie nach hinten an seine Brust und fürchtete, ihr rasender Puls würde zu einer Herzattacke führen.

In plötzlicher Wut trat sie gegen sein Schienbein. Sofort ließ er sie los. »Autsch! Warum hast du das getan?«, klagte er und schloss die Tür hinter sich.

Als könnte sie einen großen, hartgesottenen Paladin ernsthaft verletzen! Sie fuhr zu ihm herum und zählte die Gründe an ihren Fingern ab. »Erstens hast du mich furchtbar erschreckt. Das könnte mich zehn Jahre meines Lebens kosten. Zweitens war ich ganz krank vor Sorge, weil du gestern aus meinem Labor geflüchtet bist. Und drittens – ich bin zu müde, um mir dir zu streiten.«

»Aber wir müssen reden, Laurel, es ist wichtig.« Er half ihr aus dem Mantel und warf ihn über die Lehne des nächstbesten Stuhls.

»Nichts ist so wichtig. Für heute Abend habe ich ganz bestimmte Pläne. Und nicht einmal du wirst mir das verderben.« Sie ging an ihm vorbei in die Küche.

Weil er ihr folgte, stellte sie zwei Schüsseln auf die Theke und nahm zwei Müslipackungen aus dem Schrank. In einer steckten ganze Weizenkörner sowie andere Ballast- und Nährstoffe. Die war für Devlin bestimmt. Ihre eigene Schüssel füllte sie mit verschiedenen Crunches voller Zucker.

»He, das will ich auch.« Er stellte den Karton, den sie neben seiner Schüssel deponiert hatte, zur Seite, und sie schob ihn wieder zurück.

»Nein, das gehört nur mir. Wenn du ohne Einladung zum Dinner dableiben willst, musst du nehmen, was du kriegst.«

Noch nie hatte sie ihn schmollen gesehen. Das sah bezaubernd aus, aber nicht hinreißend genug, so dass sie ihr Müsli mit ihm teilen würde. Als er versuchte, seinen Löffel in ihre Schüssel zu tauchen, schlug sie mit ihrem eigenen auf seine Fingerknöchel.

»Finger weg, großer Junge. Von diesen Delikatessen gebe ich nicht mal einen Krümel her.« So gut wie in diesem Moment hatte sie sich den ganzen Tag nicht gefühlt. Sie setzte sich auf einen Hocker an ihrer Küchentheke und genoss jeden einzelnen Bissen.

Nach dem Essen stellte Devlin die Schüssel in die Spüle.

»Können wir jetzt reden?«

»Nein, nun brauche ich eine heiße Dusche. Danach gehe ich ins Bett.«

Sie glitt von ihrem Hocker herunter und schlenderte davon. Bevor sie das Badezimmer erreichte, spähte sie über ihre Schulter. Devlin saß immer noch an der Theke, als wäre es sein gutes Recht, in ihrem Apartment zu wohnen. So wie in ihrem Herzen. Vielleicht sollte sie ihn wegschicken. Doch sie brachte nicht die nötige Kraft dafür auf. Außerdem wollte sie es auch gar nicht.

Die Brauen leicht erhoben, hielt er ihrem Blick stand. »Ich weiß, ich habe dich erschreckt. Aber ich konnte nicht draußen warten. Womöglich hätte mich jemand gesehen.«

In ihrem Badezimmer drehte sie die Dusche auf, bevor sie sich auszog. Das heiße Wasser fühlte sich himmlisch auf ihren verspannten Muskeln und den schmerzenden Knochen an. Als die Tür aufschwang, wehte kalte Luft herein, und sie bekam eine Gänsehaut.

Offenbar gehörte es zur Gewohnheit dieses Mannes, Türen ohne Erlaubnis zu öffnen. Seufzend schob sie die Schiebetür der Duschkabine ein wenig zur Seite und starrte ihn an. »Was jetzt?«

»Ich bleibe hier.« Dass er durch das geriffelte Glas ihren nackten Körper sah und dass ihm der Anblick gefiel, verhehlte er nicht.

»Aber ich bin immer noch zu müde, um zu reden«, erklärte sie wahrheitsgemäß.

»Dann reden wir eben nicht.«

Wie Seide schien seine Stimme über sie hinwegzugleiten. Er streifte seinen Pullover über den Kopf und griff nach dem Reißverschluss seiner Jeans.

Nun hätte ihm eine charakterstarke Frau befohlen, aus ihrem Bad zu verschwinden, vielleicht sogar aus ihrem Leben. Und eine schwächere Frau wäre angesichts dieser imposanten maskulinen Nacktheit dahingeschmolzen. Aber Laurel war eine Frau, die diesen Mann brauchte. Und so trat sie beiseite, machte ihm Platz in ihrer Duschkabine und in ihrem Herzen.

Er stieg zu ihr hinein und schob die Tür hinter sich zu, sperrte alle Sorgen und Schmerzen aus, die da draußen existierten. Vorerst existierten nur sie beide – mit glatter nasser Haut und Lippen, die nach leidenschaftlichen Küssen hungerten. Während die Zungen miteinander tanzten, liebte sie das Gefühl, ihren Busen an seine kraftvolle Brust zu schmiegen.

Nach einer Weile unterbrach Laurel den Kuss, um Devlins Haut zu kosten. Bei den eigenwilligen Konturen seines Kinns fing sie an. Ihre Lippen wanderten langsam nach unten, bis sie auf den Knien lag. Behutsam nahm sie das Zentrum seiner Lust in die Hand und streichelte es, bis er stöhnte, den Kopf in den Nacken warf und seine Hände gegen die Fliesenwand hinter seinem Rücken stemmte.

Mit ihrer flackernden Zungenspitze schmeckte sie ihn, und es verschaffte ihr eine beglückende Genugtuung, ihn zu erfreuen. Erschauernd schien er um seine Selbstkontrolle zu kämpfen, dann zog er sie nach oben, und ein verzehrender Kuss verschloss ihr den Mund. Er seifte ihren Waschlappen ein und drehte sie herum, so dass sie sich von ihm abwandte.

Während seine Finger kleine Kreise auf ihren Rücken zeichneten, entfachten sie ein sanftes Feuer. Diese Berührung wiederholte er mehrmals. Immer tiefer glitt seine Hand hinab. Bei Laurels Hüften verharrte er sehr lange. Dann kniete er nieder und befasste sich besonders aufmerksam mit ihren Kniekehlen und Schenkeln. Als er glaubte, er hätte ihre Rückseite ausgiebig genug gewürdigt, drehte er sie wieder zu sich herum.

Viel zu langsam strich der Waschlappen an den Innenseiten ihrer Beine nach oben. Sie stellte die Füße so weit auseinander, wie es die Duschkabine zuließ. Bei ihren Knien hielt Devlin inne. Vor lauter Ungeduld hätte sie fast geschrien. Aber da griff er nach oben. Kreisförmig streichelte er ihre Brüste. In schmerzlichem Verlangen erhärteten sich die Brustwarzen. Laurel neigte sich vor und bat ihn wortlos, etwas dagegen zu unternehmen.

Nun folgte seine Zunge denselben Spuren um ihre Brüste herum, dann saugte er an den Knospen. Unbeschreiblich, was der Mann mit seinen Zähnen und Lippen anfangen konnte … Schließlich kam der Waschlappen wieder zum Einsatz, bis sie zitterte. Devlin schob ihn an den Innenseiten ihrer Schenkel aufreizend langsam hinauf, bis zu den dunklen Kräusellöckchen.

O Gott, wenn er das noch einmal tat, würde sie vergehen. Jetzt fiel der Waschlappen zu Boden. Devlin umfasste ihre Hinterbacken und zog sie näher zu sich heran.

»Halt dich an mir fest, Laurel. Denn ich werde erst aufhören, wenn du Sterne siehst.« Ein Finger drang in sie ein. Mit seiner Zunge kostete er ihre Hitze.

Bebend klammerte sie sich an seine breiten Schultern, während sein Mund und sein Finger den letzten Rest ihrer Selbstkontrolle bedrohten.

Bald strömten die ersten Wellen verzehrender Ekstase durch Laurels Körper, und sie wusste nicht, ob sie noch mehr ertragen und bei klarem Verstand bleiben würde. Ein zweiter Finger schob sich zum ersten in ihr Zentrum, Devlins Daumen drückte auf ihren sensitivsten Punkt, einmal – zweimal … Plötzlich explodierte die Welt in einem überwältigenden Rausch aus Farben, für die es keine Namen gab.

Als Laurels Beine einknickten, setzte er sie auf seine Schenkel und umarmte sie zärtlich. Etwas später versuchte er sie aufzurichten. »Eh – das Wasser wird kalt.«

Kichernd schmiegte sie ihr Gesicht an seinen Hals. »Das ist mir egal.«

Hatte er sie in ein rücksichtsloses Biest verwandelt? »Mag sein, aber du sollst dich nicht erkälten«, mahnte er, obwohl er selbst fror.

Halbherzig versuchte sie sich aufzurappeln. Da hob er sie von seinem Schoß und stand auf. Direkt vor ihren Augen sah sie den Beweis seines immer noch ungestillten Verlangens.

»Setzen wir die Diskussion in deinem Bett fort«, schlug er vor. »Dort ist es viel wärmer und komfortabler.«

Als sie aus der Kabine stieg, stützte er ihren Ellbogen. Sie warf ihm ein Handtuch zu, und sie trockneten sich ab. Hin und wieder hielten sie inne, um Küsse auszutauschen, dann führte sie ihn zu dem Ort, wo er am liebsten sein wollte – zu ihrem Bett.

Sie schlüpften zwischen die Laken, und Laurels Hand wanderte über Devlins Bauch nach unten. Aber er ergriff ihre Finger. »Das kann noch ein bisschen warten.«

Verwirrt runzelte sie die Stirn. »Willst du etwa immer noch reden?«

Was für eine halsstarrige Frau … »Nein – wenn du versprichst, dass du mir morgen früh zuhören wirst.«

Schweigend nickte sie. Nachdem sie seinen Wunsch erfüllt hatte, ließ er ihre Hand los. Nun durfte sie tun, was ihr gefiel. Bis sie das merkte, dauerte es ein paar Sekunden. Offenbar kam sie sich wahnsinnig raffiniert vor, während sie ihre Hand ganz langsam hinabschob.

Wenn sie sich noch mehr Zeit nahm, würde er womöglich den Verstand verlieren. Endlich erreichte die Hand ihr Ziel, und er hob erleichtert die Hüften.

»Küss mich, Laurel«, flüsterte er, schlang seine Finger in ihre dunklen Haare und genoss es, wie seidig sich die feuchten Strähnen anfühlten.

»Mit Vergnügen.«

Laurel kniete sich über seine Hüften, die Beine einladend gespreizt. Stöhnend drückte er sich an ihre Hitze. Noch mehr wagte er nicht, bevor er für den nötigen Schutz sorgte. Sein Leben, ebenso wie ihres, war schon kompliziert genug, auch ohne das Risiko einer Schwangerschaft. In der ersten Nacht waren sie zu leichtsinnig gewesen.

»Vergiss nicht, was du vorhattest, Schätzchen.« Er wollte das Laken zurückschlagen und aufstehen.

Aber sie hielt ihn zurück. »In der Nachttischschublade findest du eine Box.«

Devlin setzte sich auf, nahm die Box aus dem Schubfach und stellte fest, dass sie noch nie geöffnet worden war. Darüber freute er sich, obwohl er kein Recht dazu hatte. So inständig er sich auch wünschte, er dürfte diese Frau für sich allein beanspruchen – letzten Endes würde eine feste Beziehung zur Katastrophe führen. Diese Nacht gehörte ihnen. Vielleicht noch zwei oder drei ... Das war alles, was sie sich gönnen würden.

»Denk nicht daran, Devlin.« Sie presste ihren süßen Busen an seinen Rücken und umschlang ihn mit beiden Armen.

»Was irgendwann geschehen könnte, soll diese Stunden nicht verderben.«

Die Lider geschlossen, kostete er ihre Zärtlichkeit in vollen Zügen aus und gab ihr Recht. Wenn sie auch keine Zukunft hatten – diese Nacht ließen sie sich nicht nehmen. Er streifte ein Kondom über seine Erektion, sank auf das Bett zurück und umarmte Laurel. Wieder einmal hieß sie ihn mit ihrem Lächeln und ihrem Körper willkommen.

Und das genügte vollauf.

*

Am nächsten Morgen lag sie neben ihm. Soviel er sich erinnerte, hatte er in all den Jahren seines langen Lebens noch nie eine so tiefe Zufriedenheit empfunden. Wenn die Welt bloß draußen bleiben würde … Doch er konnte sie bestenfalls noch eine Stunde fernhalten.

»Für anstrengende Gedanken ist es noch zu früh.« Auf einen Ellbogen gestützt, zeichnete sie mit der anderen Hand kleine Kreise auf Devlins Brust. »Ich weiß, ich habe versprochen, heute Morgen würde ich dir zuhören. Das werde ich auch tun. Aber du musst wenigstens warten, bis ich meine erste Tasse Kaffee getrunken habe.«

Er küsste ihre Fingerspitzen. »Eigentlich habe ich gerade überlegt, ob ich noch eine Dusche brauche.«

Mit halb geschlossenen schokoladebraunen Augen schaute sie ihn an und lächelte verlockend. »Oh, ich dusche immer erst nach meinem Morgentraining.« Herausfordernd glitt ihre Hand über seinen Bauch hinunter.

Verdammt, sie sollten es nicht tun. Das wusste er. Aber er war Wachs in Laurel Youngs Händen, so leicht rumzukriegen.

Er richtete sich auf, und im nächsten Moment lag sie unter ihm. Wie ihr strahlender Blick verriet, wollte sie nirgendwo anders sein. Hungrig knabberte er an ihrem Hals und atmete ihren Duft ein.

»Nicht!«, kicherte sie. »Das kitzelt.« Um sich zu rächen, drückte sie ihre Finger zwischen seine Rippen.

Noch nie war er mit einer spielerischen Liebhaberin zusammen gewesen, und er fand es einfach wundervoll. O ja, es tat so gut, am frühen Morgen zu lachen, insbesondere mit einer schönen Frau, die er unter seinem Körper spürte. Allein schon ihr Lächeln brachte sein Herz zum Schmelzen.

Dann schrillte ein Handy im Wohnzimmer und riss ihn aus der heiteren Stimmung. Seufzend legte er seine Stirn an ihre. »Meines oder deines?«

»Meines, glaube ich. Im Seitenfach meiner Handtasche.«

Nur widerstrebend stand er auf, tappte nackt in den Nebenraum und nahm das irritierende elektronische Gerät aus ihrer Tasche. Auf dem Rückweg zum Schlafzimmer verstärkte ein zweites Handy das ärgerliche Geräusch. Offensichtlich sollten die Pläne für diesen Morgen vereitelt werden. Ein Anruf musste nichts Schlimmes bedeuten; ein zweiter kündigte vermutlich schlechte Nachrichten an.

In einen kurzen Bademantel gehüllt, stand Laurel neben dem Bett. Er warf ihr das Handy zu, dann kehrte er in den Flur zurück, um sein Telefonat entgegenzunehmen. Wenn der Anrufer im Hintergrund Dr. Young reden hörte, wäre das nicht besonders vorteilhaft.

»Bane.«

»Guten Morgen, Devlin. Hoffentlich hast du schon deine erste Tasse Kaffee getrunken.« D.J.s Stimme hörte sich entnervend munter an.

»Warum?«

»Weil Colonel Kincade für zehn Uhr ein Treffen anberaumt hat. Deshalb dachte ich, du weißt eine Vorwarnung zu schätzen. Worum es gehen soll, erwähnte er nicht. Aber wir nehmen an, er will mit uns über die Personalprobleme sprechen – nachdem so viele Paladine außer Gefecht sind.«

Natürlich durfte Devlin die miserable Laune, in die er plötzlich geraten war, nicht an seinem Freund auslassen. »Danke, ich werde rechtzeitig da sein. Ruf alle an, die du erreichst. Eine kleine Machtdemonstration wird nicht schaden.«

»Okay.« Die Leitung war tot.

Erst in zwei Stunden wurde er im Zentrum erwartet. Vielleicht reichte die Zeit noch für die Dusche. Und dann musste er mit Laurel reden.

*

Zwei Stunden später war er ganz furchtbar schlecht gelaunt, und es interessierte ihn nicht im Mindesten, wer das merkte. Während alle herumstanden und auf die Besprechung warteten, war niemand tapfer oder dumm genug zu fragen, warum er in seinem Büro herumtigerte. Beinahe wünschte er, jemand würde sich danach erkundigen – vielleicht würde ein Streit, bei dem die Fetzen flogen, seine Wut ein bisschen dämpfen.

Das Gespräch mit Laurel war nicht planmäßig

verlaufen. Warum ihn das überraschte, wusste er nicht. An dieser Frau war nichts vorhersehbar. Hinter diesen unschuldigen Augen und dem sanften Lächeln verbarg sich ein eiserner Wille. In der Tat, sie war verdammt eigensinnig. Normalerweise ein Wesenszug, den er bewunderte. In diesem Fall ärgerte er sich maßlos darüber.

Wieso hatte er versagt? Darüber zerbrach er sich erfolglos den Kopf. Am Vortag hatte er seine Strategie geplant und gründlich überlegt, welche Argumente er anführen würde, um ihr klarzumachen, warum sie sich nicht mehr sehen durften. Alles ergab einen perfekten Sinn. Immerhin hatten sie von Anfang an gewusst, dass eine gemeinsame Zukunft unmöglich war. Erstens war er mindestens dreimal so alt wie sie, obwohl man ihm das nicht ansah. Zweitens – schon jetzt war er kein richtiger Mensch mehr, und mit der Zeit würde er immer weniger menschliche Eigenschaften aufweisen. Und drittens wollte ihn jemand töten. Falls der unbekannte Gegner in Verzweiflung geriet, würde er jede Person in Devlins Nähe gefährden. Natürlich hatte er Laurel nicht darüber informiert. Stattdessen hatte er betont, sie würde etwas Besseres verdienen als einen Mann, der nur lebte, um zu töten. Mühsam hatte er sich zu dieser letzten Erklärung durchgerungen, obwohl ihn der Gedanke, jemand anderer würde in ihr Bett sinken, fast umbrachte.

Seelenruhig zählte sie ihre eigenen Argumente auf. Wenn sie Devlin außerhalb des Labors sah, verstieß sie gegen die Regeln einer normalen Beziehung zwischen Doktor und Patient. Sollte sie gewisse Gefühle für ihn entwickeln, würde das ihr professionelles Urteilsvermögen vermutlich beeinträchtigen. Außerdem – falls die Regenten, die der Einsatztruppe ebenso wie der Forschungsabteilung vorstanden, von ihren privaten Begegnungen mit Devlin erfuhren, könnte sie ihren Job verlieren. Ganz sicher würden sie dafür sorgen, dass sie ihn niemals wiedersah.

Und wenn sie es auch nicht aussprach, ihre dunklen Augen bekundeten die Angst, sie würde ihn eines Tages töten müssen.

Ja, das alles war so logisch gewesen. Zwei erwachsene Personen hatten der Versuchung nachgegeben, mit dem Feuer zu spielen. Und das durfte sich nicht wiederholen. Aber diese Frau wusste nur wenig über Strategien und Taktiken. Ehe er seine Charakterstärke beweisen und zur Tür hinausgehen konnte, öffnete sie den Gürtel ihres kurzen Bademantels und ließ ihn zu Boden fallen. Dort hatte er sie genommen, ohne Zärtlichkeit oder Finesse, voller Verzweiflung. Danach hatten sie sich hilflos angestarrt, am Rand eines katastrophalen Abgrunds. Kein Abschied. Keine Lösung des Problems.

Und weil er ein selbstsüchtiger Bastard war, empfand er nicht die geringste Reue.

Neuntes Kapitel

Bevor Devlin den Konferenzraum betrat, wartete er bis zur allerletzten Minute. Vielleicht war das kindisch. Aber er wollte nicht nach Kincades Pfeife tanzen. Er hatte Trahern, Cullen und D.J. gebeten, zusammen mit ihm hineinzugehen. Nun würden vier breitschultrige, hochgewachsene Paladine den Colonel überragen. Das musste den Chef der Einsatztruppe maßlos irritieren.

Und darüber freute Devlin sich geradezu unbändig.

Wie er es vermutet hatte, stand Kincade im Vordergrund des Raums, von sichtlicher Ungeduld erfüllt. Der Colonel schaute zu ihnen auf und runzelte die Stirn, bevor sein Blick zu seiner Armbanduhr schweifte. Unauffällig nickte Devlin seinen Freunden zu, um ihnen zu bedeuten, die kleine Machtdemonstration habe den angestrebten Zweck erfüllt.

Die anderen setzten sich und warteten, bis Kincade die Konferenz eröffnen würde. Nur Devlin blieb stehen und lehnte sich neben der Tür an die Wand, als hätte er die Absicht, bald wieder zu verschwinden.

Entschlossen ignorierte ihn der Colonel. Eine Zeit lang starrte er abwechselnd zur Tür am anderen Ende des Raums und auf seine Uhr. Angewidert schnitt er eine Grimasse, konzentrierte seine Aufmerksamkeit auf sein unwilliges Publikum und postierte sich hinter dem Podium. Mit zusammengekniffenen Augen musterte er die Männer und wartete, bis Stille eintrat. Die meisten ortsansässigen Paladine und zahlreiche Mitglieder der Verstärkungen beachteten ihn nicht, bis Devlin sich räusperte. Da verstummte einer nach dem anderen. Wie ihre Mienen bekundeten, erkannten sie Devlin Banes Autorität an, während sie den Colonel nicht so wichtig nahmen. Diese neuerliche Demonstration erhöhte Kincades Blutdruck. Das verriet sein feuerrotes Gesicht.

»Heute Morgen habe ich Sie hierher gebeten …«

Ehe er seine Ansprache fortsetzen konnte, öffnete sich die Tür, die er beobachtet hatte, und Devlin musste beinahe lachen. So gewaltig hatte sich der kleine Bastard angestrengt, um die Aufmerksamkeit der Versammlung zu erregen, und jetzt ließ sie schon wieder nach.

Aber Devlins Amüsement verflog, als alle Betreuer, die im Forschungszentrum arbeiteten, mit Dr. Neal und Laurel hereinkamen. In diesem Moment war Kincade der einzige Anwesende, der zufrieden aussah.

Devlin versuchte Laurels Blick auf sich zu lenken. Keine Chance. Sie wählte einen Stuhl, der ihr die Möglichkeit bot, in die entgegengesetzte Richtung zu schauen.

Verdammt, was ging hier vor? Wahrscheinlich

würde es ihm nicht gefallen – nach dem süffisanten Grinsen zu urteilen, das Kincade ihm schenkte.

Der Colonel klopfte auf sein Mikrofon, um die Konferenz zu beginnen. »In letzter Zeit sorgt sich das Kommando der Einsatztruppe um den geistigen Zustand der Paladine.«

»Was zum Teufel soll das heißen?«, fragte ein Paladin, der aus einem anderen Sektor hierher versetzt worden war und im Hintergrund des Raums saß.

»Nun, es bedeutet, dass jeder von Ihnen in den nächsten achtundvierzig Stunden einem Gehirnscan unterzogen wird.« Offensichtlich fand der Bastard diesen Beschluss überaus erfreulich.

»So ein Unsinn!«, rief Trahern und sprang auf. Breitbeinig stand er da, die Arme vor der Brust verschränkt, und mehrere Paladine folgten seinem Beispiel.

Die Situation drohte außer Kontrolle zu geraten. Allem Anschein nach würde kein einziger Paladin die Untersuchung freiwillig ertragen, nur um dem Colonel einen Gefallen zu erweisen.

»Hängt diese Entscheidung mit Dr. Youngs Patienten zusammen, der sich ohne Vorwarnung in einen Anderen verwandelt hat?«, fragte Devlin.

Kincade ignorierte ihn. Glücklicherweise erkannte Dr. Neal, dass die Problematik dem Colonel über den Kopf wuchs. Deshalb trat er vor und lenkte die allgemeine Aufmerksamkeit auf sich. Die meisten Einheimischen kannten ihn als fairen, engagierten Mann. Fast alle Paladine hatte er schon mindestens einmal aus dem Totenreich zurückgeholt.

»Da Mr. Bane eine legitime Frage gestellt hat, verdient er eine Antwort, die den Tatsachen entspricht.« Mühelos drang seine ruhige Stimme bis in die entfernten Ecken des Konferenzraums. »Ja, der erwähnte Zwischenfall bereitet uns Sorgen.«

»Was für eine nette, beschönigende Formulierung, Doc!«, spottete Trahern. »Warum reden Sie nicht Klartext? Offenbar hatte Dr. Young beschlossen, einen von uns zu exekutieren.«

Laurel zuckte zusammen. Verdammt, dachte Devlin, für gar nichts muss sie sich entschuldigen. Hätte sie dem armen Kerl nicht die tödliche Spritze verabreicht, wäre die heikle Aufgabe einem Kollegen zugefallen. So sah die Realität nun einmal aus, und sie alle wussten es.

»Einer von Ihnen war er nicht mehr, Mr. Trahern. Denn er hatte sich ganz plötzlich in einen Anderen verwandelt und bekam einen Tobsuchtsanfall. Wir besitzen alle Daten seiner medizinischen Tests. Aus irgendwelchen Gründen wurde er fast ein Jahr lang keinem Gehirnscan unterzogen.« In Dr. Neals Worten schwang aufrichtiges Bedauern mit. »Alle, die für das Forschungszentrum arbeiten, vertreten den Standpunkt, dass es erforderlich ist, die Paladine regelmäßig zu untersuchen. Nur auf diese Weise lassen sich solche Tragödien in Zukunft verhindern.«

Devlin wünschte, er könnte Laurels Gesicht sehen. Sicher fiel es ihr nicht leicht, das alles mit anzuhören. »Mit Computertomographien lösen wir das Problem nicht, Dr. Neal. Dadurch werden Sie bestenfalls gewarnt, sonst passiert gar nichts.«

»Ja, das stimmt, Mr. Bane. Aber wir würden gern herausfinden, warum sich manche Paladine dem Ende schneller nähern als ihre Gefährten. Der letzte Gehirnscan jenes Verstorbenen war normal.« Nach einem Blick auf sein Klemmbrett fuhr der Arzt fort: »Sogar überdurchschnittlich gut, und so gab es keinen Grund, mit seiner baldigen Verwandlung zu rechnen.«

»Was wird geschehen, wenn wir den Check verweigern?«

Natürlich war es Trahern, der diese Frage stellte. Die angespannte Atmosphäre im Raum erreichte einen neuen Höhepunkt. Wenn niemand die Kontrolle übernahm, war eine hässliche Eskalation unvermeidlich. Gewaltakte mussten vermieden werden, denn die Einsatztruppe würde genug Wachtposten hierherrufen, um die Paladine außer Gefecht zu setzen. Da Devlin den Colonel kannte, standen seine Leute wahrscheinlich schon vor der Tür.

Danach würde Kincade die Gehirnscans erzwingen – und bei einem temperamentvollen Paladin von Traherns Sorte, der zornig und unkontrolliert von den Toten auferstand, die faire Regel »Im Zweifelsfall für den Angeklagten« wohl kaum anwenden.

»Also gut, ich stimme dem Scan zu.« Devlin trat vor. »So wie wir alle.«

Erleichtert nickte Dr. Neal. »Hier habe ich einen Terminplan. Bevor Sie hinausgehen, wäre ich Ihnen dankbar, wenn sich jeder einen Zeitpunkt für den Test aussuchen und seinen Namen notieren würde.«

Dass kein Verweigerer den Raum verlassen würde, musste der Doktor nicht eigens aussprechen.

Mehr oder weniger mussten D.J. und Cullen den wütenden Trahern hinter Devlin zu dem Tisch zerren, auf dem der Terminplan lag. Vielleicht war der Stress des Gehirnscans leichter zu ertragen, wenn ihn die vier Freunde am selben Tag absolvierten.

Devlin ging zu Dr. Neal, der ihn lächelnd willkommen hieß.

»Danke für Ihre Hilfe, Mr. Bane. Hätten wir das Problem dem Colonel überlassen, wäre es sicher zu einigen Schwierigkeiten gekommen.«

Auf den Dank des Arztes legte Devlin keinen Wert. Stattdessen wollte er den Test möglichst schnell hinter sich bringen. »Ich stehe als Erster auf der Liste, Doktor. Können wir's sofort erledigen?«

»Gewiss. Am besten begleiten Sie Dr. Young ins Labor. Wir haben die Geräte schon eingestellt. Deshalb sind wir zu spät in den Konferenzraum gekommen.«

»Dr. Neal, es wäre mir lieber, *Sie* würden den Check vornehmen.«

Devlin kreuzte die Finger und hoffte, der Doktor würde nicht nach dem Grund dieses Wunsches fragen. Immerhin war Laurel seine offizielle Betreuerin.

Aus den Augenwinkeln nahm er eine Bewegung wahr. Sie ging an Traherns Seite zur Tür. Dicht gefolgt von D.J. und Cullen. Seine erste Reaktion war heiße Eifersucht. Aber er beherrschte sich. So emotional, wie er sich fühlte, fand er es vorteilhafter, wenn er nicht mit Laurel in diesem halbdunklen kleinen Raum allein wäre.

Nur der Allmächtige mochte wissen, wie das seine Werte beeinflussen würde. Und da Colonel Kincade einen Kreuzzug begonnen hatte – wild entschlossen, alle Paladine auszurotten, die sich der Grenze zur Verwandlung in einen Anderen auch nur ein kleines bisschen näherten – durfte Devlin kein unnötiges Risiko eingehen.

Außerdem – wenn sein unbekannter Feind zur Wache gehörte, wollte Devlin möglichst wenig Zeit in Laurels Gesellschaft verbringen. Und es war zweifellos am besten, wenn er im Blickpunkt der Öffentlichkeit überhaupt nicht mit ihr zusammentraf.

Nun lenkte er Dr. Neals Aufmerksamkeit auf die Situation. »Anscheinend hat Trahern sich doch noch für die Kooperation entschieden. Im Moment gehe ich ihm lieber aus dem Weg.«

»Einverstanden, Mr. Bane. Ich glaube, das ist Ihr gutes Recht. Gehen wir in mein Labor.«

*

»Nein, das kann nicht sein ...« Sichtlich nervös drehte Dr. Neal an einigen Wählscheiben und drückte auf ein paar Tasten an der Konsole.

»Tut mir leid, dass es so lange dauert, Mr. Bane. Aber ich muss diese letzte Serie wiederholen.«

»Was beunruhigt Sie denn?«, fragte Devlin. Waren seine Werte schlechter als beim letzten Test?

»Offenbar ist alles in Ordnung, zumindest mit Ihnen. Wir haben alle Geräte neu eingestellt. Trotzdem scheinen bei diesem die Zahlen vom zu erwartenden Resultat abzuweichen – obwohl beim Kontrollcheck alles okay war.«

»Und wo liegt das Problem?«

»Ihre Werte stimmen nicht mit den Ergebnissen Ihres Gehirnscans überein, den Dr. Young zuletzt vornahm.«

»Vielleicht funktioniert ihr Gerät nicht richtig?«

»Wohl kaum. Natürlich haben wir uns vergewissert, dass beide Apparate bei den Kontrolltests dieselben Resultate anzeigten ...« Der Arzt unterbrach sich und studierte den Computerausdruck. Dann überflog er Devlins Krankenblatt und runzelte die Stirn. »Verdammt will ich sein!«

Er drückte auf einen weiteren Knopf, und die Maschine spuckte wieder Papier aus.

»Vorerst sind wir fertig, Mr. Bane. Aber vielleicht muss ich Sie noch einmal hierher bitten. Jetzt befreie ich Sie von den Elektroden, und dann zeige ich Ihnen, was mich verwirrt.«

Sie verließen den kleinen Untersuchungsraum. Im Labor beugte Devlin sich über Dr. Neals Schulter und las die Ergebnisse seiner letzten drei Gehirnscans. Nachdem der Doktor sie nebeneinandergelegt hatte, war das System klarer zu erkennen. Normalerweise zeigte sich ein stetiger Anstieg in den speziellen Gehirnströmen eines Paladins, die seine menschlichen Eigenschaften allmählich beeinträchtigten.

In Devlins Fall verlief die Prozedur umgekehrt. Die Veränderung zwischen dem ältesten Gehirnscan und jenem, den Laurel durchgeführt hatte, war minimal, wies jedoch eindeutig auf eine Besserung hin. Aber beim neuesten Test hatte sich eine so dramatische Veränderung ergeben, dass sie beiden Männern unglaublich erschien. In der langen Geschichte der Paladine war so etwas noch nie vorgekommen. Obwohl die Möglichkeit, Veränderungen mittels der Gehirnscans zu registrieren, erst seit relativ kurzer Zeit bestand, hatten die Regenten die Symptome der Paladine und ihre Verhaltensmuster jahrhundertelang schriftlich festgehalten. Bei allen hatte sich der Zustand stetig verschlechtert – ausnahmslos, ohne Gnadenfrist.

»Keine Ahnung, wie ich das einschätzen soll, Mr. Bane …«, seufzte Dr. Neal. »Darüber muss ich mit Dr. Young diskutieren und herausfinden, wie sie dieses Phänomen beurteilt. Falls es nötig ist, werde ich meine Kollegen in anderen Teilen der Welt kontaktieren. Mal sehen, ob sie das Rätsel lösen können.« Er wandte sich zu Devlin. »Wie fühlen Sie sich? Haben Sie irgendeine Veränderung bemerkt? Verhalten Sie sich anders als früher?«

»Nein, mein Leben verläuft so wie eh und je«, antwortete Devlin. Abgesehen von den atemberaubenden Liebesakten mit seiner Betreuerin und den intensiven Gefühlen, die er für sie entwickelt hatte …

»Nun, wenn Ihnen irgendetwas auffällt, geben Sie mir Bescheid. Wenn ich andere Paladine teste, werde ich vielleicht feststellen, ob die verblüffenden

Resultate am Apparat liegen oder tatsächlich an Ihnen.« Der Doktor legte die Computerausdrucke zusammen und schob sie in die Mappe, die Devlins Krankenblatt enthielt. »Würden Sie den nächsten Mann zu mir schicken, wenn Sie hinausgehen.«

»Ja, natürlich.«

Cullen wartete im Flur. Falls er staunte, weil Devlin nicht aus Laurels, sondern aus Dr. Neals Labor kam, erwähnte er es nicht. »Offenbar hat alles geklappt, weil du immer noch herumläufst.«

»Ja, bisher. Dr. Neal hat gesagt, ich soll dich hineinschicken.« Devlin warf einen Blick auf Laurels Tür. »Hast du schon was von Trahern gehört?«

»Nein. Wenigstens hat er nicht mit Dr. Young gestritten. Als sie sagte, sie würde ihn zuerst drannehmen, folgte er ihr sanft wie ein Lamm in den Untersuchungsraum. Das schwöre ich dir, diese Frau muss eine unglaubliche Anziehungskraft haben, wenn sie ein Raubein wie Trahern bezirzen kann.«

O ja, da musste Devlin ihm Recht geben. »Ich glaube, ich bleibe noch eine Weile hier und warte die nächsten Ereignisse ab.«

»Gute Idee.« Cullen richtete sich zu seiner vollen Größe auf. »Wünsch mir Glück, Devlin. Wenn sich bei den Tests rausstellt, dass einer von uns ernsthaft gefährdet ist – diese Genugtuung gönne ich diesem Bastard Kincade nicht.«

»Nur keine Bange. Wenn ich die Prüfung bestanden habe, schaffst du's auch.« Devlin schlug auf die Schulter seines Freundes. »Wenn du fertig bist, komm mit unseren Kameraden zu mir. Ich habe noch eine ganze Menge Bier im Kühlschrank.«

»Okay.«

Nachdem Cullen in Dr. Neals Labor verschwunden war, setzte sich Devlin auf eine Bank. Einige Wachtposten wechselten ihre Positionen – wahrscheinlich, um ihn im Auge zu behalten. Solange er auf abrupte Bewegungen verzichtete, würden sie ihn in Ruhe lassen.

Verdammt, sie müssten schlau genug sein, um zu merken, dass mit ihm immer noch alles in Ordnung war. Wenn Zweifel an seiner Diensttauglichkeit bestünden, hätte Dr. Neal sofort die nötigen Maßnahmen ergriffen.

Er schloss die Augen, streckte die Beine aus und machte es sich so bequem wie möglich.

Wenn diese verblüffenden Resultate korrekt waren – würde er sich tatsächlich in einen Menschen zurückverwandeln? Könnte es möglich sein? Die einzige Veränderung in seinem Leben war seine Beziehung zu Laurel. Was würde sie denken, wenn Dr. Neal ihr die Ergebnisse zeigte?

Ohne die Augen zu öffnen, wartete er geduldig auf seine Freunde.

*

»Blake, ich will mich nicht beklagen – aber Sie zerquetschen beinahe mein Handgelenk.« Zwischen zusammengebissenen Zähnen würgte sie die Worte hervor.

Da lockerte er seinen Griff ein wenig, und Laurels Blut begann wieder zu zirkulieren. Normalerweise achtete sie auf professionelle Distanz zu ihren Patienten – insbesondere, wenn sie so wie Trahern zu Wutausbrüchen neigten. Aber seit er ihr jenen Gefallen getan und nach Devlin gesehen hatte, fand sie ihn nicht mehr so beängstigend. Vielleicht irrte sie sich, und neue Erfahrungen würden sie eines Besseren belehren. Wie auch immer – vorerst wollte sie im Zweifelsfall zu seinen Gunsten entscheiden.

Sie hatte geglaubt, nur Devlin würde die Gehirnscans hassen. Aber seine Bedenken waren eher harmlos, verglichen mit Traherns Abscheu. Anscheinend wusste er, dass Colonel Kincade vor allem ihn im Visier hatte. Sie wünschte, sie hätte dem Chef der Einsatztruppe versichert, er würde sich täuschen, Trahern sei sehr stabil und völlig okay. Natürlich sollten die Tests der Einsatztruppe keine Waffen bieten, die sie über den Köpfen der Paladine schwingen konnte. Trotzdem wurden sie von Kincade auf diese Weise missbraucht.

Bei Devlins letztem Gehirnscan hatten sich seine Werte verbessert. Ob es nützlich gewesen war, dass sie seine Hand gehalten hatte, wusste sie nicht. Einen anderen Grund für die Anomalie fand sie nicht. Wenn der Trick bei ihm funktioniert hatte, würde er sich vielleicht auch auf Trahern vorteilhaft auswirken. Sie wünschte, sie hätte sein Gesicht gesehen, als das Licht im Untersuchungsraum schwächer geworden war. Nach kurzem Zögern hatte sie ihn aufgefordert, während des Tests ihr Handgelenk zu halten.

»Reden Sie mit mir, Mr. Trahern.« Wenn sie ihn von den Nadeln ablenkte, die endlose Wellenlinien auf das Papier zeichneten, würde er sich vielleicht ein bisschen entspannen.

Einige Sekunden lang schwieg er, dann bewegte er sich ein wenig. »Worüber?«

Musste sie sich denn um alles kümmern? »Das weiß ich nicht. Über das Wetter, die Bücher, die Sie gelesen haben, ihre Kindheit …«

»Eigentlich dachte ich, ihr Typen von der Forschung hättet uns alle katalogisiert, bis zur Anzahl der Sommersprossen auf unseren Ärschen.« In seiner Stimme schwang nicht der geringste Humor mit.

»Also gut.« Sie versuchte es noch einmal. »Wo sind Sie aufgewachsen?«

»Auf der Straße.«

Hätte sie ihn nicht aufmerksam beobachtet, wäre ihr das leichte Zucken seiner Mundwinkel entgangen. Das verriet ihr, dass er sie zum Narren hielt. Dagegen hatte sie nichts einzuwenden. Solange er sich auf solche Dinge konzentrierte, würde er nicht an den Gehirnscan denken.

»Auf welcher Straße?« Sie drohte ihm mit ihrem freien Zeigefinger. »Selbstverständlich werde ich Ihre dunklen Geheimnisse niemandem verraten, das schwöre ich Ihnen.«

»In St. Louis.« Nach einer kurzen Pause fügte er hinzu: »Ja, ich wuchs in St. Louis auf, in Missouri. Mit achtzehn wurde ich hierhergebracht.«

Das war ungefähr die längste Ansprache, die sie aus seinem Mund gehört hatte. Und ganz sicher die persönlichste. »Haben Sie noch eine Familie in St. Louis?«

»Nein.«

Wie brachte der Mann es nur fertig, einem einzigen Wort einen Klang zu verleihen, als würde er ihr eine Tür vor der Nase zuschlagen? Vielleicht war es besser, wenn sie selbst redete. »Ich stamme auch aus dem Mittelwesten. Dort lebt meine ganze Familie immer noch.«

»Warum sind Sie nicht dort?«

»Weil ich hier bin.« Auch sie konnte ihm rätselhafte Antworten geben.

»Wissen Ihre Eltern, womit Sie Ihr Geld verdienen?«

Trahern ließ ihren Arm los. Endlich wirkte er völlig relaxed.

»Nun, sie wissen, dass ich eine Ärztin bin und für die Forschung arbeite.« Laurel lehnte sich auf ihrem Stuhl zurück. »Gewiss, meine Eltern lieben mich – aber sie werden niemals verstehen, warum ich hier glücklich bin, so weit von meiner Heimat entfernt. Hätten Sie meine Zukunft planen können, wäre ich längst verheiratet, mit einer riesigen Kinderschar. Manchmal glaube ich, Enkelkinder wären ihnen viel wichtiger als mein Glück …«

Erschrocken richtete sie sich auf. Das hatte sie noch niemals zugegeben, nicht einmal sich selbst eingestanden, und jetzt erzählte sie es Blake Trahern.

»Vergessen Sie, was ich gesagt habe.«

Der Apparat piepste, um das Ende des Tests zu signalisieren.

»Bevor ich die Elektroden entfernte, möchte ich mir den Computerausdruck anschauen.«

In drückender Stille wartete Blake auf das Urteil. Sie versuchte sich zu beeilen. Trotzdem studierte sie die Resultate gründlich und gewissenhaft, damit sie nichts übersah. Sofern sie es feststellen konnte, waren die Werte okay – und sie entdeckte sogar eine Verbesserung.

Lächelnd wandte sie sich zu ihrem Patienten und erlöste ihn von den Elektroden. »Nun, Mr. Trahern, alles in bester Ordnung. Die meisten Werte gleichen den Resultaten von Ihrem letzten Gehirnscan. Ein paar haben sich sogar verbessert.«

»Danke, Doc«, murmelte er und schwang die Beine über den Bettrand.

»Keine Ursache. Wenn alle Tests abgeschlossen sind, werde ich die Ergebnisse dem Colonel vorlegen. Darauf freue ich mich schon.«

Blake ging zur Tür. Bevor er die Schwelle überquerte, drehte er sich noch einmal um. »Wissen Sie, manchmal fällt es den Leuten, die uns am nächsten stehen, ganz besonders schwer, uns so zu sehen, wie wir wirklich sind.«

Dann war er verschwunden. Verwirrt fragte sie sich, wer ihn betrachtet und den richtigen Blake Trahern nicht gesehen hatte.

*

Devlin öffnete die Tür und trat beiseite, als ein halbes Dutzend Paladine in sein Wohnzimmer schlenderte. Die meisten waren schon öfter hier gewesen und hatten sich auf seinem wuchtigen Ledersofa oder in den komfortablen Sesseln gerekelt. Diese überdimensionalen Möbel hatte er schon vor einiger Zeit gekauft und nur mühsam durch die Tür hereingezwängt. Doch die Anstrengung lohnte sich. Wie fast alle Paladine war er über eins neunzig groß und brauchte eine entsprechende Einrichtung.

»Im Kühlschrank findet ihr Bierdosen. Und in ein paar Minuten müssten die Pizzas geliefert werden.«

Als er die Tür schließen wollte, erschien Trahern auf der Veranda. Devlin hatte ihn nicht erwartet, weil der Mann nur selten an privaten Zusammenkünften teilnahm.

»Komm rein, Blake.«

»Nein, ich kann nicht bleiben.« Über Devlins Schulter hinweg musterte er die Kameraden. »Ich will dir was erzählen. Hier draußen.«

»Klar, ich sag nur den anderen, wo ich bin.« Devlin kehrte ins Wohnzimmer zurück. »Keine Ahnung, wo der Pizzabote so lange bleibt – ich schau mal nach. Trinkt nicht das ganze Bier, bevor ich wieder zurück bin.«

Cullen kam aus der Küche, ein Tablett voller Bierdosen und Chipsschüsseln in den Händen. »An deiner Stelle würde ich nicht zu lange wegbleiben.«

»Heb mir wenigstens eine Bierdose auf.«

Devlin folgte Trahern ein paar Meter die Straße

hinab, bis sie sich aus der Hörweite und dem Blickfeld der Gefährten entfernt hatten.

»Was ist los?«

»Ich habe den Gehirnscan bestanden. Und ich dachte, vielleicht willst du das wissen.«

»Was für gute Neuigkeiten, Blake! Sicher ist Kincade stinksauer.«

»Hoffentlich.« Trahern grinste. Noch immer spähte er über Devlins Schulter hinweg.

»Um mir das zu erzählen, bist du sicher nicht hergekommen. Ein Telefonanruf hätte genügt.«

»Außerdem wollte ich dir noch etwas mitteilen. Um deinen Wunsch zu erfüllen, habe ich Dr. Youngs Apartment beobachtet. Ob es etwas bedeutet, weiß ich nicht. Jedenfalls fand ich ein paar Zigarettenstummeln hinter einem Müllcontainer in der Nähe des Hauses. Genau an der Stelle, wo ich mich verstecken würde, wenn ich die Frau im Auge behalten wollte.«

»Verdammt! Offenbar ist der Bastard immer noch auf der Pirsch.«

»Schwer zu sagen. Ich habe die Zigarettenkippen gezählt. Wenn sich die Sammlung vergrößert, werde ich's merken.«

»Nochmals vielen Dank, Blake.« Das meinte Devlin ernst. Natürlich hätte er sich lieber selbst um das Problem gekümmert. Aber er wollte es nicht riskieren, seinen unbekannten Schatten direkt auf Laurels Türschwelle zu führen.

»Wie gesagt, für dich mach ich's nicht.«

Dann ging Trahern davon. Ohne eine nähere Erklärung abzugeben. Die wurde auch gar nicht verlangt. Devlin schaute seinem Freund nach. Bis er aus seinem Blickfeld verschwand.

In diesem Moment traf der Pizzabote ein. Devlin bezahlte ihn, nahm ihm die Schachteln ab und kehrte zu seinen Kameraden zurück.

*

Das Licht im Büro war etwas zu hell für seinen Geschmack. Vielleicht hätte er der Versuchung widerstehen und diese beiden letzten Bierdosen am vergangenen Abend nicht trinken sollen. Aber die improvisierte Party hatte sich zu einer größeren Fete entwickelt und die halbe Nacht gedauert. Kein einziger Paladin hatte bei den erzwungenen Gehirnscans Schwierigkeiten bekommen. Was genau Colonel Kincade damit bezweckt hatte, wusste Devlin nicht. Jedenfalls war der arrogante Widerling bitter enttäuscht worden.

Einen Teil der inneren Anspannung loszuwerden – dafür lohnten sich die Kopfschmerzen.

D.J. klopfte an den Türrahmen, trat ein und warf einen Aktenordner auf Devlins Schreibtisch. Dann sank er in den nächstbesten Sessel, lehnte sich zurück und schloss die Augen. »Tolle Party gestern Abend.«

»Wie geht's deinem Schädel?« Nur ganz selten schluckte Devlin Schmerzmittel. Aber jetzt nahm er eine Packung Aspirin aus einer Schublade, spülte zwei Tabletten mit seinem Kaffee hinunter und warf das Röhrchen seinem Kameraden zu. »Kopf hoch.«

D.J. öffnete seine Augen lange genug, um das Röhrchen aufzufangen.

Nachdem er zwei Tabletten ohne Flüssigkeit hinuntergewürgt hatte, legte er es auf den Tisch zurück. »Diesen Bericht wirst du verdammt interessant finden.«

»Was steht drin?«, fragte Devlin. Bevor das Aspirin wirkte, widerstrebte es ihm, irgendwas zu lesen.

»Das sind die Resultate der Tests, die mein Freund von der Forschungsabteilung an den zerfetzten Beuteln aus dem Untergrund vorgenommen hat.« D.J. öffnete ein Auge. »Was er davon halten soll, weiß er leider nicht. Wenn ich das alles richtig verstehe, dürfte der Staub in diesen Säckchen gar nicht existieren.«

Verwirrt runzelte Devlin die Stirn. »Und was heißt das? Wieso weiß dein Kumpel, was die grauen Bastarde in ihren kleinen Beuteln mit sich herumgetragen haben?«

»Er sagt, er hätte zu wenig von dem Zeug, um alle erforderlichen Tests durchzuführen. Aber *was* er hatte, erregte die Aufmerksamkeit aller wissenschaftlichen Freaks in diesem Verein. Falls man den Untersuchungsergebnissen glauben kann, stammt der Staub von einem Kristall, das in unserer Welt unbekannt ist.«

»Und?«

»Nun ja, vielleicht gibt's in unserer Welt keine blauen Granaten. Wenn sie irgendwo auftauchten, würden alle Leute um die Vermarktung dieser Steinchen kämpfen.«

Devlins Kopfschmerzen verstärkten sich. »Was kann man denn damit anfangen?«

»Da sind sich meine Freunde nicht sicher. Deshalb sollen wir ihnen größere Mengen von dem Staub bringen. Ich schlug ihnen vor, falls sie das Zeug aus dem Gebiet jenseits der Grenze importieren wollen, sollen sie eine Forschungsstation im Untergrund einrichten und beobachten, was da passiert. Vielleicht verteilt irgendwer Visa für unsere Welt, falls ein Migrant von drüben einen Beutel voller hübscher blauer Klunker mitbringt.«

Plötzlich kehrte Devlins nagendes Gefühl zurück, er hätte irgendwas übersehen. Er fand D.J.s Idee richtig gut, lehnte sich zurück und legte ebenfalls die Füße auf den Schreibtisch. Wenn er die Augen schloss und seine Gedanken wandern ließ, würde ihm vielleicht einfallen, was ihn quälte.

In einträchtigem Schweigen saßen die beiden Freunde einige Minuten lang reglos da und warteten, bis das Aspirin wirkte.

Langsam ließ das Pochen in Devlins Schläfen nach.

Die blauen Kristalle hatten offensichtlich etwas mit den Anderen zu tun. Und sie mussten wertvoll sein, denn ein Wachtpostentrupp wurde nicht ohne guten Grund getötet. Nach dem Mord waren die Beutel aufgeschlitzt und die Kristalle herausgeholt worden. Warum hatten sich der oder die Täter so viel Zeit genommen, obwohl die Gefahr einer Entdeckung mit jeder Sekunde gewachsen war? Weil die Beutel den Gestank der anderen Welt enthielten? Klar, danach rochen die Steine. Aber sie waren kostbar. Und ohne die unhandlichen Beutel ließen sie sich leichter verstecken.

Also wusste jemand Bescheid über die Steine und hatte einen Plan geschmiedet, um sie zu erbeuten. Aber wie? Kampflos hätten die Anderen das Zeug nicht hergegeben.

Und da fiel es ihm wie Schuppen von den Augen, die er abrupt aufriss. Er erinnerte sich an seinen ersten Trip in die Tunnels nach der Wiederbelebung. Damals hatte er zwei Andere bekämpft und getötet. Einer hatte behauptet, er habe schon bezahlt.

Offenbar glaubten die Anderen, mit den blauen Steinen könnten sie ihre Übersiedlung in die Welt des Lichts erkaufen. Verdammt, wer besaß genug Ressourcen, um einen solchen Deal auszuhandeln?

Entweder die Forschungsabteilung oder die Einsatztruppe. Niemals würden die Paladine ihresgleichen auf diese Weise hintergehen. Zu viele Jahre, zu viele Menschenleben hatten sie verbracht, um die Barriere gegen die unaufhörliche Invasion zu verteidigen.

Eine so wichtige Erkenntnis konnte er nicht für sich behalten. Natürlich durfte sie nicht durch normale Kanäle verbreitet werden. Bevor die Paladine herausfanden, wer vertrauenswürdig war, mussten sie die Sache geheim halten.

Eins nach dem anderen. Er nahm seine Füße vom Schreibtisch. Krachend landeten sie am Boden und schreckten seinen Freund auf. »D.J., sag unseren Freunden, wir treffen uns heute Nachmittag hier in meinem Büro. Mach keine große Sache draus. Wenn sich's vermeiden lässt, will ich keine Alarmflaggen hissen.«

D.J. beugte sich vor. »Also hast du rausgefunden, worum's geht?«

»Da habe ich ein paar Ideen. Aber die möchte ich nicht an die große Glocke hängen.«

»Okay, ich ruf sie alle an.«

Nach D.J.s federnden Schritten zu schließen, war die Wirkung des Aspirins eingetreten. Oder die Herausforderung eines Problems, das gelöst werden musste, erfüllte ihn mit neuer Energie. Neidisch schaute Devlin ihm nach. Verdammt, dass so vieles gleichzeitig auf ihn einstürmte, konnte er wirklich nicht gebrauchen. Er hatte schon genug zu tun, wenn er seinen Rücken deckte und Laurel beschützte.

Vorerst gab es keine Beweise. Aber er würde sein Lieblingsschwert darauf wetten, dass alles irgendwie zusammenhing. Wer immer sich die Steine angeeignet hatte, wünschte Devlin Banes endgültigen Tod. Für eine andere Erklärung fügten sich die einzelnen Glieder in der Kette der Ereignisse zu gut ineinander.

Er schaute auf seine Uhr. Wenn er sich beeilte, konnte er nach Laurel sehen und dann immer noch genug Zeit finden, um den Bericht der Forschungsabteilung über die blauen Steine zu studieren.

So wie Laurel ihn bei der Konferenz am Vortag angestarrt hatte, würde sie ihn wahrscheinlich nicht willkommen heißen. Wie auch immer, bevor er wusste, ob sie an diesem Morgen ihren Arbeitsplatz unbeschadet erreicht hatte, würde er sich auf nichts konzentrieren können. Ein Telefonat wäre vernünftiger, aber eine Begegnung viel erfreulicher.

Die Kopfschmerzen waren vergessen. Devlin verließ sein Büro. Unterwegs würde ihm sicher ein plausibler Vorwand für seinen Besuch bei Laurel einfallen.

*

»Also erklären Sie mir, die Paladine hätten endlich eine Methode gefunden, um die Resultate der Tests zu fälschen.« Colonel Kincade starrte Laurel über den Schreibtisch hinweg an, als wäre es ihre Schuld, dass alle ihre Schützlinge die Prüfungen mit Bravour bestanden hatten. Sogar Trahern.

»Nein, das habe ich nicht gesagt.« Nur mühsam verbarg sie ihren Ärger über seine kampflustige Haltung und sein widerwärtiges Wesen. »Was wir festgestellt haben …« Sie nickte Dr. Neal zu, um zu betonen, diesen Standpunkt würde sie nicht allein vertreten. »Die Scans weisen auf eine erstaunliche Stabilität hin. Und das gilt für fast alle Paladine. Bei einigen haben sich die Werte erhöht. Aber kein Einziger nähert sich der Grenze.«

Dr. Neal blätterte in einigen Papieren, bis er fand, was er suchte. »Außerdem haben wir die Geräte vor den Tests und zwischen den Untersuchungen einzelner Patienten immer neu eingestellt. Bei den Kontrolltests ergaben sich keine Diskrepanzen. Selbstverständlich habe ich unseren Bericht für Sie kopiert, Colonel.« Er schob mehrere Papiere über den Tisch, was erwartungsgemäß ignoriert wurde. Das nahm der Arzt lächelnd zur Kenntnis, ohne einen Kommentar abzugeben.

Und so überließ er es Laurel, dem Chef der Einsatztruppe den Fehdehandschuh hinzuwerfen.

»Wie ich gestehen muss, finde ich Ihre Reaktion auf unsere Resultate etwas seltsam, Colonel«, begann sie. »Eigentlich sollte man meinen, Sie würden sich erleichtert fühlen, wenn Ihre Streitkräfte diensttauglich sind – stets bereit, die ständige Bedrohung einer Invasion abzuwehren. Stattdessen scheinen Sie eine gewisse Enttäuschung zu empfinden.«

Vielleicht sollte sie ihn nicht provozieren. Aber die erzwungenen Gehirnscans hatten ihre Nerven strapaziert. Außerdem wusste sie nicht, wo Devlin steckte oder was er dachte. Irgendwie geriet alles aus den Fugen.

Am vergangenen Morgen war sie glücklich erwacht, an ihren neuen Liebhaber geschmiegt. Und dann hatte er das Idyll zerstört. Natürlich hätte sie wissen müssen, er würde ein Gespräch mit einer Lektion gleichsetzen und Befehle erteilen. Nun, sie hatte ihm gezeigt, was sie fühlte und …

»Was halten Sie vonColonel Kincades Meinung, Dr. Young?«

Dr. Neals ruhige Stimme holte sie in die Gegenwart zurück und verdrängte die Erinnerung an den leidenschaftlichen Liebesakt mit Devlin am Boden ihres Wohnzimmers.

Glücklicherweise wiederholte der Doktor, was sie überhört hatte. »Colonel Kincade glaubt, und ich pflichte ihm halbherzig bei, wir sollten alle Paladine regelmäßig scannen. Bisher wurden sie nur untersucht, wenn es einen Anlass zur Besorgnis gab.« Er warf Laurel einen Seitenblick zu. »Zum Beispiel bei Mr. Banes Gehirnscan, den Sie vornahmen, nachdem seine letzte Rückkehr ins Leben so lange gedauert hatte.«

Sie starrte ihre Hände an und betrachtete den Vorschlag aus verschiedenen Blickwinkeln. Natürlich war ihre persönliche Abneigung gegen den Kommandanten der Einsatztruppe kein legitimer Grund, ihm diesen Wunsch abzuschlagen.

»Auf den ersten Blick finde ich die Idee sinnvoll. Aber es hängt davon ab, wozu wir die Daten benutzen würden. Diese Männer fühlen sich durch die Tests ohnehin schon bedroht. Was wir alle sicher verstehen.« Nun, zumindest sie hatte Verständnis dafür. »Wenn wir die Scans nutzen, um die Entwicklungen in den Gehirnen der Paladine besser zu begreifen – okay.«

Eindringlich schaute sie in Kincades Augen.

»Aber wenn Sie die Resultate wie Damoklesschwerter über die Köpfe der Paladine halten, werde ich an der psychischen Folter meiner Patienten nicht teilnehmen, Colonel.«

Kincades Brauen zogen sich zusammen, und sein Gesicht färbte sich hochrot. Bevor er explodieren konnte, klopfte ein Wachtposten an die Tür und steckte seinen Kopf ins Labor.

»Verzeihen Sie die Störung, Dr. Young, da ist ein Anruf für Sie. Die Frau hat gesagt, es sei wichtig.«

Noch besser hätte das Schicksal die Chance zur Flucht nicht timen können.

»Wenn Sie mich entschuldigen, Gentlemen …« Sie folgte dem Wachtposten den Flur entlang, hinab zum Empfang.

Um ihr wenigstens die Illusion einer Privatsphäre zu gewähren, nahm er seine Position an der Wand ein. Wer rief sie am Arbeitsplatz an? Ihre Mutter würde sicher die Handynummer wählen. Nun, vielleicht auch nicht, wenn es um einen Notfall ging. Als sie den Hörer ergriff, beschleunigte sich ihr Puls.

»Dr. Young.«

»Treffen wir uns in zehn Minuten zum Lunch. Am selben Ort wie zuvor.« Sobald Devlin das letzte Wort ausgesprochen hatte, war die Leitung tot.

Erbost knirschte sie mit den Zähnen. Diese Männer und ihr autoritäres Gehabe! Hätte er nicht wenigstens auf ihre Antwort warten können? Stattdessen musste sie dastehen und ein imaginäres Gespräch führen, vermeintlich mit einer Frau. Wen hatte er dazu überredet, sie anzurufen, damit die Wachtposten seine Stimme nicht erkannten?

»Ja, vielen Dank für die Information. Darum werde ich mich kümmern.« Sie legte den Hörer auf die Gabel und lächelte den Wachmann an. »Nun werde ich das Gebäude für zwei Stunden verlassen. Vielen Dank für Ihre Mühe.«

»Gern geschehen, Doktor.«

Sie eilte zu ihrem Labor, um den weißen Kittel

auszuziehen und ihre Handtasche zu holen. Unterwegs überlegte sie, ob sie Devlins arroganten Befehl tatsächlich befolgen sollte. Wenn er sie brauchte, musste er einfach nur erklären, was er wollte. Zweifellos war er so kurz angebunden gewesen, weil niemand erraten sollte, dass sie mit ihm gesprochen hatte, nicht mit einer anonymen Frau. Aber das entschuldigte sein unhöfliches Benehmen keineswegs.

Okay, sie würde ihn zum Lunch treffen. Aber er würde sich einiges über die Vorzüge guter Manieren anhören müssen.

Am Empfang trug sie sich aus und ließ den Zeitpunkt ihrer Rückkehr offen, weil sie keine Ahnung hatte, wie lange ihre Begegnung mit Devlin dauern würde. Wenn sie gebraucht wurde, war sie auf ihrem Handy zu erreichen. Damit niemand sah, welche Richtung sie einschlug, verließ sie das Haus durch die Hintertür.

Strahlender Sonnenschein erwärmte die Stadt. Laurel genoss den kurzen Spaziergang durch die frische Luft. Zu schade, dass Devlin sie so kurzfristig zu dem Treffen aufgefordert hatte … Sonst wäre sie auf einem Umweg zu dem Restaurant gewandert, aus reiner Freude am schönen Wetter.

Wie gern würde sie glauben, er wollte sie nur sehen, weil er sie vermisste … Aber zweifellos würde er ihr einige Fragen nach den Gehirnscans stellen oder andere Dinge mit ihr besprechen, die seine Kameraden betrafen. Das sollte nicht vor den Augen der Einsatztruppe und der Forschungsabteilung geschehen. Wenn sie ihm helfen konnte, war sie dazu bereit. Doch sie würde ihre Integrität als Ärztin niemals verletzen.

Bevor sie den Eingang des Lokals erreichte, sah sie sich um. Offenbar war die Luft rein. Als ein Mann die Tür öffnete, um das Restaurant zu verlassen, schlüpfte sie hinein.

Bis sich ihre Augen an das Halbdunkel gewöhnten, dauerte es ein paar Sekunden. Dann entdeckte sie Devlin in derselben Nische wie beim letzten Mal. Wäre er ein anderer Mann, würde sie glauben, er hätte diesen Platz aus sentimentalen Gründen gewählt. Aber Devlin Bane bevorzugte zweifellos einen Tisch, der ihm einen Ausblick zur Tür bot, während er halb verborgen hinter Topfpflanzen saß.

Als er sie anschaute, pochte ihr Herz sofort schneller, und sie wünschte, sie wäre irgendwo allein mit ihm. Zwischen Tischen und Stühlen ging sie zu ihrem Liebhaber. Er stand auf und wartete, bis sie auf die Bank gesunken war. Dann setzte er sich an ihre Seite, legte einen Arm um ihre Schultern und zog sie an sich, so dass sie die Wärme seines Körpers spürte. Offenbar wollte er sie küssen. Sobald sie das merkte, vergaß sie die geplante Lektion über gute Manieren und neigte sich zu ihm. Mit einer Hand hielt er ihren Hinterkopf fest, hungrig spielten die Zungen miteinander.

Mit zitternden Fingern klammerte sie sich an sein Flanellhemd.

Während seine Zunge immer wieder in ihren Mund glitt, wünschte sie, er würde das erotische Spiel beenden, das sie begonnen hatten. Hier und jetzt. Auf dieser Bank. Unglücklicherweise räusperte sich jemand am Nachbartisch und erinnerte sie an eine unumstößliche Tatsache – dieser Ort eignete sich nicht für einen Liebesakt.

Brennend stieg ihr das Blut in die Wangen, als Devlin sich aufrichtete. In seinen grünen Augen glühte die Hitze, die sie entfacht hatte. Vor lauter Verlegenheit wäre sie am liebsten unter den Tisch gerutscht. Aber er umschlang ihre Schultern immer noch, als er sich an den Kellner wandte.

»Zwei dunkle Ales und zwei kleine Pizzas. Eine vegetarische mit Artischocken, eine mit – allem.« Anzüglich grinste er Laurel an. »Ohne Zwiebeln.«

Lachend eilte der Kellner zur Küche – ein kluger Entschluss, denn Laurel war nahe daran gewesen, dem unverschämten Kerl oder Devlin ihr Glas Wasser ins Gesicht zu schütten.

Zehntes Kapitel

So leidenschaftlich hätte er sie nicht küssen dürfen. Das wusste er. Aber nur ein viel charakterstärkerer Mann hätte der Versuchung widerstehen können. Laurels Mund schmeckte unglaublich süß. Und ihr mühsam beherrschtes Temperament hatte dem Kuss eine gewisse Würze verliehen. Das gefiel ihm. Aber er merkte, dass die empfindsame Dr. Young nicht besonders gut auf ihn zu sprechen war. Natürlich hatte sie sich über das abrupt beendete Telefonat geärgert. Nun, wenn sie für blumige Komplimente und galante Manieren schwärmte, hatte sie sich den falschen Liebhaber ausgesucht.

Spielerisch zupfte er an ihrem Haar. »Bist du sehr wütend?«

Ihre Augen verengten sich. Darunter bekundeten dunkle Schatten, dass die letzten Tage auch für Laurel nicht leicht gewesen waren. Vielleicht bin ich ein egoistischer Bastard, dachte er. Aber er bereute nichts von alldem, was zwischen ihnen geschehen war.

»Nächstes Mal *bitte* mich, wenn du irgendwas willst. Auf Befehle reagiere ich ziemlich ungehalten, was du vermutlich sehr oft merken wirst. Es sei denn, du besserst dich. Falls so was nochmal passiert, wirst du allein hier sitzen und auf mich warten, bis die Hölle zufriert.«

Um Abstand zu wahren, rückte sie ans andere Ende der Nische. Lachend zog er sie wieder an seine Seite und küsste sie noch einmal. Nur allmählich erlosch ihr Widerstand. Zufrieden schmiegte sie sich an ihn.

»Nachdem das geklärt ist – warum hast du mich hierherbeordert?«

»Brauche ich dafür einen Grund?«

»O ja. Insbesondere, wenn du mich von einer Besprechung mit meinem Boss und deinem Colonel Kincade wegholst.«

Das erregte Devlins Aufmerksamkeit. »Was wollte Kincade, dieser Mistkerl? Dass wir deine verdammten Tests ausnahmslos bestanden haben, wird ihn wohl kaum beglücken.«

Deutlich genug hörte er, wie bitter seine eigene Stimme klang. Und wenn schon …

»*Meine* Tests waren es nicht, Devlin. Und außerdem – wieso wusstest du von den vorteilhaften Scans aller Paladine?« In ihren Augen funkelte neuer Unmut.

»Reg dich ab, Doc. Wir haben uns nicht in deine Dateien gehackt.« Obwohl – wenn er sich's überlegte, war das keine schlechte Idee. D.J. würde es schaffen, ohne irgendwelche Spuren zu hinterlassen. »Gestern Abend kamen die meisten einheimischen Paladine und ein paar von außerhalb zu mir. Wir tranken Bier und aßen Pizzas. Verständlicherweise waren die erzwungenen Gehirnscans ein Thema, das uns alle interessierte.«

»Hmmm. Offenbar hattet ihr Jungs viel mehr Spaß als ich. Bis in die frühen Morgenstunden saß ich im Labor, wertete die Scans aus und diktierte Berichte.« Den Kopf an Devlins Arm gelehnt, schloss sie die Augen. »Ich freue mich so sehr auf heute Abend. Wenn ich nach Hause gehen kann ...«

Könnte er doch in ihrem Apartment auf sie warten! Doch das wäre unklug. Auch jetzt hatte er nicht viel Zeit, bevor er ins Center zurückkehren und mit seinen Kameraden reden musste. Wenn der Kellner nicht bald mit der Bestellung auftauchte, würden sie die Pizzas notgedrungen einpacken lassen und gehen. Devlin fing einen Blick des Mannes auf, der ihm bedeutete, er würde das Essen und die Getränke sofort servieren.

»Was den Colonel betrifft ...«

Laurel seufzte. »Heute hat er vorgeschlagen, in Zukunft sollten regelmäßig Scans an allen Paladinen vorgenommen werden. Als ich wegging, war noch keine Entscheidung gefallen.«

Verdammt, so etwas Ähnliches hatte er befürchtet. »Glaubst du, damit setzt er sich durch?«

»Keine Ahnung. Mit diesen Tests hat sich immer nur die Forschungsabteilung befasst – die Einsatztruppe noch nie. Nach allem, was neulich geschehen ist, werden die Regenten den Wunsch des Colonels schätzungsweise erfüllen. Ich weiß, die Paladine hassen die Untersuchungen. Aber wenn wir feststellen, welche Eigenschaften der Paladin-Physiologie eure schweren Verletzungen erstaunlich schnell heilen, können wir den schlechten Einfluss, den sie langfristig auf euch ausübt, vielleicht kontrollieren.«

»Damit kommen wir seit Jahrhunderten ohne spezielle Maßnahmen zurecht.«

Laurel hatte doch tatsächlich den Nerv zu lachen. »Wer hätte gedacht, dass ein großer, taffer Typ wie du so ein erzkonservativer Langweiler sein kann? Nur weil irgendwas immer so war, heißt das noch lange nicht, es wäre die einzige oder sogar die beste Möglichkeit. Wenn wir eine Methode finden, die eure Werte verbessert und den Prozess verlangsamt, der auf euer Ende zusteuert – würde sich's da nicht lohnen, ein paar zusätzliche Tests zu erdulden?«

Vielleicht. Aber wenn die Werte besser wurden und die Paladine sich trotzdem ganz plötzlich, ohne Vorwarnung, in Andere verwandelten … Hatte Dr. Neal nicht betont, Devlins Werte, die auf das unvermeidliche Ende hinwiesen, seien gesunken?

»Hat Dr. Neal mit dir über meine Resultate gesprochen?«

»Nein, wir fanden noch gar keine Zeit, die Ergebnisse, die bei seinen und meinen Scans erzielt wurden, miteinander zu vergleichen. Heute Nachmittag werde ich die Berichte lesen. Was hat er zu dir gesagt?«

»Nun, er erwähnte einige auffällige Werte und erklärte, sie seien niedriger als die Resultate des Scans, den du nach meiner Wiederbelebung vorgenommen hast.«

Bevor sie antworten konnte, kam der Kellner zum Tisch, mit einem großen Tablett, das er auf seiner Schulter balancierte.

In den nächsten Minuten konzentrierten sie sich auf ihr Essen. Heißhungrig verschlang Devlin seine Pizza. Dann stopfte er auch noch in sich hinein, was Laurel ihm von ihrer abgab. Er wünschte, sie hätten Zeit, um nach dem Lunch wieder am See spazieren zu gehen. Aber sie mussten beide ziemlich viel erledigen.

»Danke, dass du gekommen bist, Laurel.«

»Warum du mich angerufen hast, weiß ich noch immer nicht.« Sie wischte ihren Mund mit ihrer Serviette ab und legte sie beiseite.

»Weil ich mich vergewissern wollte, dass du okay bist.« Er hatte Trahern beauftragt, ihr von der Forschungsabteilung zum Restaurant und dann wieder zurück zu folgen. Dabei sollte sein Freund herausfinden, ob jemand Interesse an ihren Aktivitäten zeigte. Natürlich würde Blake sie beschützen, darauf konnte Devlin sich verlassen. Aber wie lange mochte es dauern, bis er den vereinbarten Anruf erhalten und erfahren würde, sie sei wohlbehalten im Labor angekommen?

Entnervend lange …

»Gibt es einen Grund, warum es mir schlecht gehen könnte?«

Wie viel sollte er ihr verraten? Genug, um sie zur Vorsicht zu ermahnen, ohne dass sie schreiend ins Labor laufen und Alarm schlagen würde. Seine Betreuerin war kein Schwächling. Aber sie wollte immer nur das Beste in den Menschen sehen. Und ihre Hoffnung, man könnte die Paladine vor der Verwandlung in Andere bewahren, wies auf ihre Naivität und Unschuld hin.

Sein Blick schweifte durch das Restaurant, über die Gäste hinweg. Glücklicherweise entdeckte er keine bekannten Gesichter. »In letzter Zeit ist einiges passiert. Dafür finden wir keine Erklärung. Wir versuchen die Situation in den Griff zu kriegen. Im Moment gibt es leider mehr Fragen als Antworten.«

»Welche Fragen? Was die Scans betrifft, habe ich schon alles erklärt.«

»Um die Rolle, die du dabei spielst, geht es nicht. In unserem Sektor geschehen unheimliche Dinge. Wahrscheinlich hat's nichts zu bedeuten. Aber wir müssen uns in Acht nehmen.«

Zum Beispiel durften die Paladine den Wachtposten nicht trauen, nicht einmal der Forschungsabteilung. Bis sie herausfanden, wer Geschäfte mit den Anderen ausgehandelt hatte, war jeder suspekt – Devlins Kameraden und die Frau, die neben ihm saß, ausgenommen.

»Du erzählst mir nicht alles.« Das war keine Frage, sondern eine Feststellung.

Seufzend zuckte er die Achseln. Laurel neigte zum Kampf gegen Windmühlen.

Wenn sie auch nur den leisesten Verdacht hegte, irgendjemand in der Organisation wäre korrupt, würde sie sofort Zeter und Mordio schreien. Das musste er unbedingt verhindern. Sonst könnte er genauso gut eine Zielscheibe auf ihren Rücken malen. »Nein, nicht alles.«

Sie starrte in Devlins Augen und versuchte seine Geheimnisse zu ergründen. »Versprich mir, dass du mich einweihen wirst, sobald es möglich ist.«

Als er nickte, überraschte sie ihn mit einem Kuss. Inzwischen war die Würze des Zorns von Oregano und dunklem Ale verdrängt worden. Doch die Leidenschaft spürte er immer noch. Heiß und süß und berauschend. Wieder einmal spielten sie mit dem Feuer, und beide wussten es. Schließlich war einer von beiden vernünftig genug, um den Kuss zu beenden. Dass *er* sich dazu entschlossen hatte, bezweifelte er.

»Jetzt muss ich ins Labor zurückgehen.« So verlockend sahen ihre leicht geschwollenen Lippen aus.

»Wir sollten das Lokal getrennt verlassen.« Allerdings würde sie nicht allein sein. Aber das verschwieg er ihr.

»Sehen wir uns später?« Ein Schatten verdunkelte ihre Augen. Offenbar kannte sie die Antwort.

»Nein.«

Laurel verzog ihre Lippen zu einem strahlenden Lächeln. »Nun, das war ein sehr erfreuliches Rendezvous, Devlin. Vielen Dank für den Lunch.«

Damit sie sich aus der Nische entfernen konnte, stand er auf und wünschte, es wäre nicht nötig. Sie hatte Verpflichtungen. Ebenso wie er selbst. Trotzdem würde er für eine weitere Nacht in ihrem Bett einiges riskieren.

Vielleicht erriet sie seine Gedanken, denn sie

schenkte ihm noch ein Lächeln – diesmal ein mysteriöses, typisch weibliches Lächeln, das jeden Mann in die Knie zwingen würde.

Ehe er merkte, was er tat, neigte er sich zu ihr, und ihr Lächeln ging in leises Gelächter über.

»Feigling …« Dann tätschelte das kleine Biest seine Wange, schob sich an ihm vorbei und eilte zur Tür.

Als würde das noch nicht genügen, reizte sie ihn mit einem verführerischen Hüftschwung. Er versuchte sich einzureden, um Laurel fair zu behandeln, sollte er die Beziehung auf heißen Sex und ein bisschen Spaß beschränken und bald mit ihr Schluss machen. Aber der betörende Blick, den sie ihm von der Tür aus zuwarf, belehrte ihn eines Besseren. Nein, das würde nicht geschehen.

Lautlos fluchte er, zog sein Handy aus der Hosentasche und drückte auf eine Taste für eine gespeicherte Nummer. »Jetzt kommt sie raus. Halt mich auf dem Laufenden.«

*

Devlin bestellte die Paladine in sein Büro, die er am besten kannte, denen er rückhaltlos vertraute. Nachdem sie jahrelang gegen einen gemeinsamen Feind gekämpft hatten, standen sie ihm näher als Brüder, und jeder Einzelne personifizierte eine scharfe geschliffene Waffe.

Während er seine Schwerthand bewegte, wünschte er inständig, er wüsste, was ihnen drohte. Irgendwann würde einer der Schurken einen Fehler machen, und dann konnten sie ihn entlarven. Aber falls der Verrat von Regentenkreisen ausging – wie ließ sich feststellen, in welche Höhen der Befehlskette das Problem hineinreichen mochte?

Nun schwang die Bürotür auf, und seine Freunde kamen herein. Wenn Colonel Kincade diesen Moment nicht für einen seiner unangekündigten Besuche wählte, würde sich niemand um die Versammlung der Paladine kümmern. Sie trafen sich sehr oft in Devlins Büro, einfach nur, um dies oder jenes zu erörtern.

D.J. sank in einen bequemen Sessel und legte seine Füße auf die Schreibtischkante. Sofort tat Cullen seinem Anführer den Gefallen und stieß diese Füße hinunter. Obwohl Devlin die Geste zu schätzen wusste, ahnten beide, dass sie sinnlos war. D.J. nahm keine Rücksicht auf seinen eigenen Besitz, auf fremden noch weniger. Innerhalb weniger Minuten würden seine abgewetzten Kampfstiefel das Holz erneut zerkratzen.

Als Letzter überquerte Trahern die Schwelle. Leise schloss er die Tür hinter sich. Wie üblich stand er mit dem Rücken zur Wand, möglichst weit von den Kameraden entfernt. Im Lauf der Zusammenkunft würde er nicht viel sagen. Aber wenn er das Wort ergriff, würden ihm alle zuhören. Denn er besaß das Talent, durch einen Haufen Mist den springenden Punkt zu erkennen.

Wie ein Kind, das die Aufmerksamkeit des Lehrers erregen wollte, hob D.J. einen Finger. »Erklärst du mal, warum du uns alle zusammengetrommelt hast, Dev? Eigentlich wollte ich heute Nachmittag ein paar Nachforschungen anstellen.«

Stöhnend verdrehte Cullen die Augen. »Also möchtest du dich wieder ins Sicherheitssystem irgendeines armen Teufels reinhacken und Kunden für dein neues Programm an Land ziehen.«

»Das nenne ich doch lieber Marktanalyse.« D.J.s Unschuldsmiene täuschte niemanden.

Vergeblich bekämpfte Devlin seinen Lachreiz. »Tut mir leid, D.J., dafür hast du jetzt keine Zeit, weil du was anderes für mich rausfinden musst.«

Nun nahm D.J.s Grinsen raubtierhafte Züge an. »Noch etwas mehr über die Wachtposten? Die meisten Einheimischen habe ich schon gecheckt und nichts gesehen. Nur eine Bande blöder Pfadfinder.«

»Am besten weitetest du deine Suche aus und wiederholst sie jeden Tag. Irgendwann wird was auftauchen.« Devlin setzte sich auf die Schreibtischkante. Der Reihe nach schaute er seine Freunde an. Das waren die Männer, denen er sein Leben anvertrauen würde. Noch wichtiger, auch Laurels Leben. »Was ich euch zu sagen habe, kennt ihr teilweise schon. Aber ich fange noch einmal von vorn an, damit ihr alles versteht.«

Um seine Gedanken zu ordnen, schloss er sekundenlang die Augen.

»Bei meinem letzten Tod wurde das Schwert von einer Menschenhand geschwungen. Deshalb hat D.J. die Bankkonten der Wachtposten untersucht. Irgendjemand muss einen guten Grund haben, warum er mich beseitigen will. Da ich nicht weiß, was ein Wachmann gegen mich haben könnte, nehme ich an, es geht um Geld. Zumindest hoffe ich das, denn das würde unsere Chancen verbessern, den elenden Kerl zu schnappen.«

»Wenn wir hier fertig sind, schaue ich mir alle Dateien noch einmal an.« D.J. wollte seine Füße wieder auf den Schreibtisch legen, aber Devlins scharfer Blick hinderte ihn daran. Verlegen grinste er und richtete sich in seinem Sessel auf.

»Bisher habe ich den Schurken nicht gesehen«, fuhr Devlin fort. »Aber ein Instinkt sagt mir, dass mich irgendjemand verfolgt, in den Tunnels und auch auf den Straßen dieser Stadt.«

Niemals würden die Paladine an der Glaubwürdigkeit seiner Instinkte zweifeln. Hätten nicht alle einen ausgeprägten Überlebensinstinkt entwickelt, wären sie schon längst für immer gestorben.

»Dazu gehört eine ganze Menge Mumm«, meinte Cullen. »Eigentlich müsste der blöde Armleuchter wissen, dass er so gut wie tot ist. Jeder von uns würde ihm liebend gern den Bauch aufschlitzen. Mit einem stumpfen Schwert. Für das, was er getan hat, wäre das die beste Rache.«

»Weil er so viel riskiert, nehme ich an, dass verdammt viel Geld hinter der Attacke steckt. Das Wagnis muss sich lohnen. Also ist mein Gegner nicht hinter mir her, weil er sauer auf mich ist. Heute Morgen hat D.J. die Testresultate von seinem Freund in der Forschungsabteilung bekommen. In diesen Beuteln befanden sich Spuren von blauem Staub. Offenbar stammt das Zeug aus dem Gebiet jenseits der Barriere, weil es in unserer Welt nichts dergleichen gibt.«

»Ja«, bestätigte D.J. »Mit der geringen Menge, die diese Beutel enthielten, konnte mein Kumpel keine gründliche Analyse vornehmen. Anscheinend glaubt er, der Staub stammt von irgendwelchen Granaten. Aber in unserer Welt sind die nicht blau. Wozu sie gut sind, weiß ich noch nicht. Um das rauszufinden, brauchen wir noch mehr Staub.«

Rastlos wanderte Devlin zu seinen Waffen, die an der Wand hingen, und wieder zurück. »Seit diese Beutel aufgetaucht sind, hat irgendwas an mir genagt. Und nun fand ich endlich heraus, was es war. Vor kurzem stieß ich im Untergrund auf zwei Andere, in einem Tunnel nahe der Oberfläche. Die beiden waren ziemlich verwirrt, weil sie mich bekämpfen mussten, und der Ältere fragte sogar nach dem Grund, weil er doch schon ›bezahlt‹ habe. Irgendjemand muss den Anderen einreden, sie dürften in unsere Welt übersiedeln, wenn sie einen hohen Preis dafür zahlen. Und dann hetzt uns der kranke Halunke auf die Anderen, damit wir sie erledigen. Kein Wunder, dass sie in letzter Zeit scharenweise die Grenze überqueren.«

Mit jeder Minute wuchs die Spannung im Büro.

Besonders liebenswert waren die Paladine nicht, aber ausnahmslos Ehrenmänner. Allein schon der Gedanke, jemand würde die Sicherheit der Welt aufs Spiel setzen, um ein Vermögen einzuheimsen, erhitzte ihr Blut. Und wer immer hinter den verbrecherischen Aktivitäten steckte, würde bitter dafür büßen müssen.

»Im Augenblick sind die Werte des Mount St. Helens stabil«, fügte Devlin hinzu. »Aber er spuckt ziemlich oft Dampf und Asche aus. Nächstes Mal könnte es kritisch werden. Schon lange, bevor er explodiert, müssen wir in den Untergrund fahren und den Kerl schnappen, der die Wachtposten getötet und die Beutel aufgeschlitzt hat – bevor er die Chance kriegt, das noch einmal zu tun.«

»Glaubst du, das ist der Mann, der dich verfolgt?«, fragte Cullen.

»Mit Sicherheit weiß ich es nicht, aber es würde einen Sinn ergeben. Wer die Drecksarbeit leistet, wird für seine Bereitschaft zu töten bezahlt, nicht für seine Intelligenz. Für die Planung ist jemand anderer verantwortlich.« Devlin verschränkte die Arme vor der Brust.

»Und was sollen wir tun?« Cullens Augen verengten sich, und er lächelte grimmig. »*Nachdem* wir dem Kerl den Garaus machen?«

»Gewiss, auch ich wünsche seinen Tod. Aber vorher brauchen wir noch mehr Informationen.« Devlin hob eine Hand und zählte die einzelnen Punkte an den Fingern ab. »Erstens müssen wir herausfinden, woher das Geld stammt, denn das wird die meisten Fragen beantworten. Zweitens sollten wir an einige dieser blauen Steine rankommen. Die möchte ich testen lassen. Sobald sich herausgestellt hat, warum sie so kostbar sind, wissen wir, wieso der unbekannte Schurke ganz verrückt danach ist.

Und drittens – ich will die miese kleine Ratte zwischen meine Finger kriegen, die mich beschattet.«

Er wandte sich zu Trahern, der im Hintergrund des Raumes stand. Wenn Devlin auch nicht beabsichtigt hatte, Laurel zu erwähnen – seinetwegen wurde sie bedroht. Natürlich würde es ihr missfallen, wenn ihr Name mit seinem in Verbindung gebracht wurde, noch dazu vor so vielen Paladinen. Doch es ließ sich nicht ändern.

Als Trahern verstand, was Devlins Blick bedeutete, zuckte er die Achseln. »Soll ich den Rest erzählen? Oder willst du's selbst tun?«

Nein, verdammt, das wollte Devlin nicht. »Vielleicht wäre es besser, wenn du das übernimmst. Weil du den Beweis entdeckt hast.«

Verwundert drehten sich Cullen und D.J. zu Trahern um. »Ein Beweis? Wofür?«

»Jemand spioniert Dr. Young nach.«

»Wieso weißt du das?«

»Ich fand Zigarettenstummeln hinter einem Müllcontainer. Von dieser Stelle aus kann man Dr. Youngs Tür im Auge behalten.« Traherns helle Augen verdüsterten sich und nahmen die Farbe einer Schwertklinge an. »Auf der anderen Straßenseite lagen ebenfalls Zigarettenkippen von derselben Marke, bei der Bank einer Busstation – zu viele für jemanden, wenn er auf einen Bus wartet, der jede halbe Stunde fährt.«

Ohne Zögern kam Cullen zum Kern der Sache. »Und warum hast *du* dich dort herumgetrieben?«

Trahern schaute Devlin so ausdruckslos wie möglich an. »Nachdem Dr. Young den Paladin getötet hatte, ging Dev zu ihr, weil er sehen wollte, wie sie sich fühlte. Wir glauben, dass er an jenem Tag verfolgt wurde. Vielleicht schläft irgendein armer Schlucker jede Nacht hinter dem Müllcontainer, und er hat diese Zigaretten geraucht. Aber daran zweifeln wir. Vielmehr glauben wir, der Typ ist hinter Devlin her und hofft ihn zu erwischen, wenn er Dr. Youngs Apartment verlässt.«

Nun richtete Cullen seine Aufmerksamkeit wieder auf Devlin. »Also warst du nochmal bei ihr? Wie oft?«

Mühsam bezwang Devlin den Impuls, lauthals zu fluchen. Mit diesen wenigen Worten hatte Cullen zahlreiche Fragen gestellt. Und – verdammt, die Antworten gingen ihn nichts an.

»Das spielt keine Rolle. Natürlich verdient Dr. Young es nicht, Kollateralschäden zu erleiden, nur weil sie mich kennt.«

»Und wie gehen wir jetzt vor?«

»Was die blauen Steine betrifft, können wir nicht viel tun, bis sich der Druck auf die Barriere wieder verstärkt. So, wie sie in letzter Zeit flackert, wird das wahrscheinlich jeden Moment passieren. Und was mein eigenes Problem angeht – Trahern und ich wollen den tückischen kleinen Gauner an der Nase herumführen.«

Abrupt richtete D.J. sich wieder auf, wie ein Jagdhund, der vor dem Wild stand. »Und Dr. Young? Die würde ich sehr gern beschützen. Zum Henker, wenn sie's nicht stört, dass du dauernd bei ihr rumhängst, möchte sie sich vielleicht auch von mir trösten lassen.«

Heißer Zorn stieg in Devlin auf. Er packte D.J. am Hemdkragen, zerrte ihn aus dem Sessel und rammte ihm seine Faust in den Magen. »DIESE FRAU WIRST DU RESPEKTIEREN, ODER ICH TRETE DEINEN WERTLOSEN ARSCH GERADEWEGS IN DIE HÖLLE!«

Dann versetzte er seinem Freund einen kraftvollen Stoß. Hilflos fiel D.J. zu Boden und krümmte sich vor Schmerzen.

Devlin wandte sich zu Cullen. »Möchtest du auch noch was fragen?«

»Lieber nicht.«

Traherns Gelächter klang etwas blechern. In spöttischer Kapitulation hob er eine Hand. »Diese spezielle Lektion hast du mir bereits erteilt, Dev.«

»Okay, kehren wir zum Thema zurück. Ich habe Dr. Young nichts von unseren Sorgen erzählt, weil man alle ihre Gedanken in ihrem Gesicht lesen kann, wie auf einer verdammten Reklametafel. Wenn wir ihr sagen, sie soll sich vor den Wachtposten in Acht nehmen, wird sie die Nerven verlieren, sobald sie in die Nähe dieser Schurken kommt, und sie warnen. Natürlich darf ich ihr nicht jeden Abend wie ein liebeskranker Schuljunge die Bücher nach Hause tragen. Sonst würde ich alle nur erdenklichen Komplikationen heraufbeschwören.«

»Und was tun wir?«, murmelte D.J. in schmerzlichem Ton. Inzwischen war es ihm gelungen, sich aufzusetzen.

»Sooft wie möglich muss ihr eine Eskorte auf den Fersen bleiben. Davon wird sie nichts mitkriegen.« Devlin machte D.J. ein Friedensangebot, reichte ihm eine Hand und half ihm auf die Beine. »Wechseln wir uns ab. Heute Nachmittag wird Trahern ihr Apartment beobachten, und ich folge ihr unbemerkt nach Hause, wenn sie das Labor verlässt. Morgen könnt ihr zwei, du und Cullen, genauso verfahren.«

»Einverstanden«, sagte Trahern. »Und wenn's dich nicht stört, werde ich jemanden um einen Gefallen bitten. Mal sehen, was er rausfindet.«

Devlin runzelte die Stirn. »Vertraust du ihm?«

»Sogar mein Leben würde ich in seine Hände legen.« Ohne mit der Wimper zu zucken, erwiderte Trahern seinen Blick.

»Das genügt mir.«

»Okay. Wenn du mich nicht mehr brauchst, verschwinde ich jetzt.« Trahern ging zur Tür, und D.J. hinkte hinter ihm her. Stöhnend rieb er seinen misshandelten Magen.

Cullen wartete, bis die Tür hinter den beiden ins Schloss gefallen war.

»Was willst du?« Devlin hörte, wie kampflustig seine eigene Stimme klang. Aber daran war Cullen gewöhnt.

»Ich glaube, Dr. Young ist nicht der Frauentyp, der dich normalerweise interessiert.«

»Was zum Geier soll das heißen? Dass ich einen Typ habe, wusste ich gar nicht.« Devlin ballte die Hände, drauf und dran, noch einen Freund niederzuschlagen.

»Im Allgemeinen lassen wir uns nur mit Frauen ein, die schon einiges hinter sich haben und nicht mehr erwarten als ein bisschen Spaß im Bett. Zu dieser Kategorie gehört Dr. Young nicht. Für unsereins ist sie viel zu gut.«

Das wusste Devlin. Deshalb widersprach er nicht. Doch das bedeutete keineswegs, dass er von Cullen darauf hingewiesen werden wollte. »Behalt deine Meinung für dich«, mahnte er und straffte die Schultern. »Was zwischen Dr. Young und mir geschieht, steht nicht zur Debatte. Nicht einmal mit dir rede ich darüber. Mit dir am allerwenigsten.«

Was Cullen an Körpergröße fehlte, machte er durch reine Sturheit wett. Schon öfter hatten sie gekämpft, aber einander niemals ernsthaft verletzt. Irgendwie gewann Devlin den Eindruck, das würde sich jetzt ändern.

Cullen wich zurück, damit er mehr Platz fand und besser manövrieren konnte. »Das ist Scheiße, Dev, und du weißt es. Wenn du ihr an die Wäsche gehst, wird sie Hochzeitsglocken läuten hören und von kleinen Babys mit deinem hässlichen Gesicht träumen.«

»Halt die Klappe! Du hast keine Ahnung, wovon du redest.« Brennend stieg das Blut in Devlins Gesicht.

Da sank die Kinnlade seines Freundes hinab. »Oh, verdammt, ihr habt's schon miteinander getrieben.«

Das schlug dem Fass den Boden aus. Devlins

knallharte Linke verschloss Cullens Mund und jagte ihn ein paar Schritte nach hinten.

Sofort sprang Devlin hinterher. Aber bevor er zum K.-o.-Schlag ausholen konnte, bremste Cullen ihn mit einigen gezielten Fausthieben. Der kleine Kerl war geschmeidig wie eine Schlange, und er kombinierte stilreine Kampfsportarten mit mehreren ganz miesen Tricks. Aus einer Platzwunde über dem rechten Auge floss Blut über Devlins Wange. Seinem Gegner ging es nicht viel besser. Trotzdem tänzelte er immer noch von einem Fuß auf den anderen.

»Komm schon!«, fauchte Cullen. »Das kannst du besser.«

Devlin warf ihn gegen einen Stuhl, der unter dem Gewicht beider Männer zerbrach.

Dann fielen sie zu Boden, nahmen eine Lampe und einen kleinen Tisch mit. Devlin lag auf seinem Widersacher und schwang eine Faust hoch, um ihm den Rest zu geben. Doch da hielt ihn etwas zurück, das sich wie der letzte Rest seines Gewissens anfühlte.

Keuchend wälzte er sich zur Seite und versuchte seinen Puls und sein Temperament unter Kontrolle zu bringen. Zehn Sekunden lang blieb Cullen reglos liegen, bevor er sich langsam aufrichtete.

»Dich hat's wirklich schlimm erwischt, was?« Grinsend wischte er mit seinem Hemdsärmel das Blut von seinen Lippen und prüfte mit einer Fingerspitze, ob sich irgendwelche Zähne gelockert hatten. Offenbar nicht.

Diesmal verleugnete Devlin seine Emotionen nicht mehr. »Ja, sie hat mich gefesselt – mit einem Knoten, der jeden Seemann stolz machen würde. Aber ich will nicht darüber reden. Es wird zu nichts führen. Das weiß Laurel genauso gut wie ich.«

»Okay. Jetzt werde ich D.J. mal bei seiner Hackerei helfen.«

Devlin rappelte sich mühsam auf und stöhnte, weil ein paar angeschlagene Rippen schmerzten. Wenigstens musste er nicht befürchten, irgendwas wäre gebrochen. Lachend beobachtete er seinen Freund, der obszöne Flüche hervorstieß und sich nur ganz vorsichtig bewegte, damit ihm nicht allzu viele Körperteile wehtaten. Das funktionierte nicht richtig.

»Wenn ihr zwei eure Cyber Games treibt – versucht mal rauszukriegen, wie schwierig es ist, in unseren medizinischen Dateien zu surfen, ohne Spuren zu hinterlassen.«

Die Keilerei war bereits vergessen. Lächelnd nickte Cullen. »Erinnerst du dich nicht, mit wem du redest? Ich besitze nur ein bescheidenes Talent, in Systeme rein- und wieder rauszuschlüpfen. Aber D.J. ist ein Genie. Willst du was Bestimmtes wissen?«

»Nein, nur ob's möglich ist. Sicher ist Kincade nicht allzu glücklich über unsere Resultate, und ich traue ihm durchaus zu, dass er einige ändern wird. Deshalb sollten wir's im Auge behalten, das könnte sich lohnen.« Devlin senkte seine Stimme. »Besonders, was Traherns Ergebnisse angeht.«

»Alles klar. Pass gut auf dich auf, Dev. Und sag's mir, wenn ich dir irgendwie helfen kann.« Cullen humpelte zur Tür. Bevor er das Büro verließ, drehte er sich noch einmal um, die Augen voller Mitleid. »Du beneidenswerter Schuft, ich glaube, ich bin eifersüchtig. Hoffentlich wirst du sie beschützen. Und wenn du ihr irgendwas antust, machen wir dort weiter, wo wir vorhin aufgehört haben.«

»Klingt vernünftig.« Im umgekehrten Fall wäre Devlin der Erste, der seine Fäuste schwingen würde.

Er musterte seinen Schreibtisch und den Papierkram, der sich auf einer Ecke häufte. Außerdem musste er zahlreiche E-Mails beantworten. Stattdessen beschloss er nach Lonzo zu sehen, bevor Laurel ihr Tagewerk im Labor beenden würde. Immerhin ein glaubwürdiger Vorwand, damit er sich in ihrer Nähe aufhalten konnte … Hochzufrieden mit sich und seinem Plan, trat in den Flur hinaus und versperrte seine Bürotür.

⁂

Irgendwas musste er unternehmen, und zwar bald. Jedes Mal, wenn das Telefon klingelte, fuhr er beinahe aus der Haut. Bisher war der Mann sehr geduldig gewesen. Doch das würde sich ändern. Niemand bot so viel Geld für einen Job an, ohne einen absehbaren Erfolg zu erwarten.

Zum Glück wusste er endlich, wie er Devlin Bane erledigen konnte. Wenn er Laurel Young gefangen nahm, würde Bane schnurstracks in die Hölle stürmen, um sie zu retten, selbst wenn er dabei sterben sollte. Und diesmal würde er *nicht* von den Toten auferstehen.

Seine Zigarette war bis auf einen winzigen Stummel herabgebrannt, und er warf sie auf den Boden. Dann trat er sie mit seinem Schuhabsatz aus. Inzwischen war es dunkel geworden, und er durfte es nicht riskieren, noch einen Glimmstängel anzuzünden. Bevor er seinen Köder aus dem Apartment locken konnte, musste er ein kleines Problem lösen. Warum Trahern vor Dr. Youngs Tür Wache hielt, wusste er nicht. Wie auch nimmer, das Letzte, was er wollte, war eine Konfrontation mit den mörderischen Augen dieses halb verrückten Bastards.

Deshalb hatte er eine kleine Ablenkung für Trahern arrangiert. Das würde den Mann nicht lange genug zum Narren halten, aber ihn wenigstens zwingen, seine derzeitige Position zu verraten. Natürlich konnte er mit einem Paladin wie Trahern nicht wetteifern. Trotzdem war er ein verdammt guter Schütze. Von einem gut gezielten Schuss würde Trahern sich nicht so schnell erholen. Und selbst wenn, würde er für eine Weile von der Bildfläche verschwinden, und der Plan müsste gelingen.

Er checkte sein Gewehr und das Visier. Dank der Spezialausrüstung für die Nacht, die allem einen unnatürlichen Glanz verlieh, nahm er viel mehr Einzelheiten wahr, als es seine normale Sehkraft ermöglichen würde. Er hatte sich auf dem Dach auf der anderen Straßenseite postiert, direkt gegenüber dem Apartment, das Dr. Young bewohnte. Von hier aus konnte er alle Ereignisse beobachten. Sein Handy vibrierte und teilte ihm mit, nun sei es an der Zeit für den nächsten Teil des Plans. Er setzte sich, nahm eine möglichst bequeme Haltung ein und wartete auf den Beginn der Show.

*

O Gott, sie war so müde. Sie konnte sich gar nicht mehr erinnern, wann sie zum letzten Mal eine ganze Nacht lang geschlafen hatte. Nachdem sie ihre Wohnungstür versperrt und den Riegel vorgeschoben hatte, streifte sie die Schuhe von den Füßen und warf ihre Handtasche auf den nächstbesten Stuhl. Sie vermisste Devlin. Natürlich – wäre er hier, würden sie kaum schlafen. Aber dieses Opfer würde sie bereitwillig in Kauf nehmen.

Er hatte ihr erklärt, in dieser Nacht würde sie ihn nicht sehen. Das glaubte sie ihm, ebenso wie das Bedauern in seinen grünen Augen. Obwohl sie nicht allzu erfahren war – eine Frau wusste es, wenn ein Mann sie begehrte. In der Tür des Restaurants hatte sie sich umgedreht und die Glut in Devlins Augen gesehen. Noch immer erwärmte diese Erinnerung ihr Blut.

Auf bloßen Füßen tappte sie in die Küche und schenkte sich einen Eistee ein. Sicher wäre ein Glas Wein besser. Aber bevor sie ins Bett ging, musste sie noch einiges erledigen. In etwa einer halben Stunde sollte ihr Dinner geliefert werden. Bis dahin würde sie ein bequemes T-Shirt und ihre Lieblingsboxershorts aus Flanell anziehen.

Während sie aß, würde sie sich vielleicht einen Film anschauen – irgendwas Romantisches, Sentimentales.

Wieder im Wohnzimmer, wartete sie auf den Lieferwagen vom Cateringservice. Zweifellos wäre ihre Mutter entsetzt, wenn sie wüsste, wie selten Laurel kochte. Das wusste die Tochter natürlich. Oft genug hatte Mom verkündet, von einer Frau würde man erwarten, dass sie für ihre Familie kochte. Aber nach Zwölf-Stunden-Tagen während des Medizinstudiums hatte Laurel ihre Freizeit nicht mit Hausarbeit vergeudet. Auch jetzt tat sie das nicht, weil sie oft bis in die Nacht hinein im Labor am Schreibtisch saß.

Es läutete an der Tür, und sie schaute aus dem Fenster, um festzustellen, ob sie den Fahrer kannte. Ein paar Sekunden später gab sie ihm einen Scheck, und er reichte ihr eine Tüte mit mehreren weißen Boxen. Vor lauter Vorfreude knurrte ihr Magen, als sie Sojasoße und Knoblauch roch.

Nachdem sie die Tüte auf die Küchentheke gelegt hatte, nahm sie Geschirr und Besteck aus dem Schrank. Aber noch bevor sie die Boxen auspacken konnte, wurde die friedliche Stille von plötzlichem Geschrei gestört. Klirrendes Metall prallte gegen irgendetwas Hartes. Sofort stieg Laurels Adrenalinspiegel, und sie stürmte aus der Haustür zur Unfallstelle, noch ehe ihr der Entschluss dazu bewusst wurde. Bis eine Ambulanz eintraf, würde sie Erste Hilfe leisten.

Nach dem Zustand des kleinen Autos auf der anderen Straßenseite zu schließen, musste jemand verletzt sein. Womöglich sogar mehrere Leute. Sie rannte in ihr Apartment zurück und nahm die Arzttasche aus dem Schrank im Flur.

Hastig bahnte sie sich einen Weg durch die schaulustige Menschenmenge, die sich inzwischen versammelt hatte. Auf ihr Ziel konzentriert, bemerkte sie ihren Begleiter nicht. Als sie an einem Müllcontainer vorbeieilte, packte eine große Hand ihren Arm und zerrte sie in die Seitengasse. Bevor eine zweite große Hand auf ihren Mund gepresst wurde, brachte sie nur einen halb erstickten Laut hervor.

»Schrei nicht, Laurel, ich bin's. Du wirst gebraucht.«

Devlins heiseres Flüstern bezwang ihren Widerstand. Sie nickte, damit er sie losließ, dann fuhr sie zu ihm herum.

»Bist du wahnsinnig?«, fauchte sie empört. »Du hast mich halb zu Tode erschreckt! Schon wieder!« Eine Sekunde später erinnerte sie sich an den Unfall. »Jetzt muss ich zu diesem Auto da vorn …«

Aber er versperrte ihr den Weg. »Hier brauche ich dich dringender.«

»Dort könnte jemand sterben.«

»Tut mir leid«, entgegnete er grimmig, »aber die Ambulanz müsste jeden Moment eintreffen. Trahern kann nicht warten.«

Immer lauter gellten die Sirenen. Ja, Devlin hatte Recht, der Krankenwagen müsste jeden Moment eintreffen. »Ist Trahern verletzt? Niemand hat mich angerufen.«

»Weil er hier in der Gasse liegt.« Devlin griff wieder nach ihrem Arm und zog sie mit sich. »Soeben wurde er angeschossen, und wir dürfen ihn nicht sterben lassen.«

Da verdrängte sie das Fantasiebild des Autowracks, blieb an Devlins Seite und bereute, dass sie keine Schuhe angezogen hatte, bevor sie aus ihrem Apartment gerannt war. In der Gasse war es relativ sauber. Aber Steine und andere kleine Gegenstände drückten sich schmerzhaft in ihre nackten Fußsohlen.

Als sie zum zweiten Mal stolperte, erkannte Devlin endlich, welches Problem ihr zu schaffen machte. Ohne seine Schritte zu verlangsamen, nahm er sie auf seine Arme und trug sie zum anderen Ende der Gasse. Hinter einigen Kartons ragten Traherns ausgestreckte Beine hervor. Um Himmels willen, er bewegte sich nicht! Kalte Angst schnürte ihr die Kehle zu. Wie oft konnte er noch sterben und mit menschlichen Eigenschaften ins Leben zurückkehren?

Nicht mehr allzu oft.

Elftes Kapitel

Devlin stellte sie auf die Beine und drückte einen der Kartons flach, damit sie darauf knien konnte. Voller Angst um Traherns Leben sank sie an seine Seite. Ein großer Blutfleck färbte die rechte Hälfte seines Hemds hellrot. Neben ihm hatte sich eine Pfütze gebildet. Laurel fühlte ihm den Puls, der gleichmäßig pochte.

Als sie erleichtert seufzte, öffnete er blinzelnd die Augen. »Doc?«

Kraftlos versuchte er sich aufzurichten. Aber sie drückte ihn mit sanfter Gewalt auf den Boden zurück. »Ja, Blake, ich bin es. Bitte, bewegen Sie sich nicht, bevor ich festgestellt habe, wie schwer Sie verletzt sind.«

Sie wollte sein T-Shirt nach oben ziehen, doch es klebte am Blut, das bereits zu gerinnen begann. Da nahm sie ein Skalpell aus ihrer Arzttasche, um den Stoff zu zerschneiden. Wie sie bald merkte, ging das viel zu langsam. »Gib mir dein Messer, Devlin.«

Dicht vor ihrem Gesicht schimmerte eine scharf geschliffene Klinge. »Tu nichts, was zu umständlich wäre, Laurel. Wir sollten ihn von hier wegbringen, ehe die Bullen draußen auf der Straße neugierig werden. Solche Schwierigkeiten brauchen wir nicht.«

»Ich kann gehen«, murmelte Trahern und versuchte noch einmal, sich aufzusetzen.

»Liegen Sie still!«, befahl Laurel. »Wenn Sie sich bewegen, verletze ich Sie womöglich mit diesem Messer. Und das wollen Sie sicher nicht.«

Sekunden später hatte sie genug von dem T-Shirt entfernt, so dass sie die Wunde sah. Schon oft hatte sie Paladine behandelt, die Schnittwunden erlitten hatten. Doch diese Verletzung stammte von einer Kugel, die ein tiefes Loch in Traherns Bauch gegraben hatte.

»Wie schlimm ist es?«, fragte Devlin und spähte über Laurels Schulter.

»Er hat viel Blut verloren. Aber es ist nicht gefährlich.«

In aller Eile nahm sie mehrere Mullstreifen aus ihrer Tasche, knüllte sie zusammen und presste sie auf die Wunde, um die Blutung zu stoppen. Dann klebte sie den provisorischen Druckverband mit einigen Pflastern fest. Sobald sie Trahern an einen privateren Ort gebracht hatten, würde sie die Wunde professioneller versorgen. Im Augenblick wollten beide Männer die Gasse möglichst schnell verlassen. Das verstand Laurel, die sich selbst viel zu exponiert fühlte.

»Der Verband müsste halten, bis wir mein Apartment erreichen«, meinte sie und stand auf.

Eine Pistole in der Hand, die ziemlich bedrohlich aussah, hatte Devlin sich mit dem Rücken zu einer Mauer postiert. Er wirkte immer gefährlich. Aber diese wild entschlossene, tödliche Miene fiel ihr zum ersten Mal auf, und sie erschrak – obwohl sie wusste, dass er seinen verwundeten Freund und auch sie nur beschützen wollte.

»Eh – Devlin, nun können wir gehen.«

Sein Blick schweifte kurz in ihre Richtung, dann schaute er auf Trahern hinab. »Bleibt hier, bis ich die Straße gecheckt habe.«

Auf der Straßenseite gegenüber von Laurels Apartment befassten sich die Polizisten immer noch mit dem Autounfall. Wenn Laurel und Devlin einen Verwundeten in einem zerfetzten, blutigen T-Shirt an ihnen vorbeitransportieren würden, wäre das äußerst ungünstig.

Während Devlin eine sichere Route auskundschaftete, half Laurel ihrem Patienten, sich aufzusetzen. Kein Paladin ließ sich Schmerzen anmerken. Aber Traherns Gesicht glänzte schweißnass, und er biss auf seine Lippen, um ein Stöhnen zu unterdrücken.

Sie hasste seine erzwungene Selbstbeherrschung, und gleichzeitig bewunderte sie seine Selbstkontrolle. »Fluchen Sie nur, wenn es Sie erleichtert. Denn wenn Sie aufstehen, werden Sie noch schlimmere Qualen erdulden müssen.«

Bis sie ihn auf die Beine gezogen hatte, verschwendete er seinen Atem nicht mit irgendwelchen Kommentaren. Laurel packte ihre ärztliche Ausrüstung ein. Unterdessen lehnte er an der Mauer, die Lider gesenkt. Nach seiner Blässe zu urteilen, hielt er sich nur dank schierer Willenskraft aufrecht. Die Blutflecken konnte sie nicht vom Boden entfernen.

Aber sie schob einen Karton darüber und versteckte die verräterischen Spuren, so gut es ging.

»Versuchen wir's?«

Sie schlang Traherns Arm um ihre Schultern und half ihm, die Gasse entlangzuhinken. Als Devlin zurückkehrte, hatten sie nur wenige Schritte geschafft. Sofort trat er an die andere Seite seines Freundes und stützte ihn.

»Fast alle Leute sind immer noch an der Unfallstelle versammelt«, berichtete er. »So lange wollte ich nicht wegbleiben. Aber ich dachte, ich sollte herausfinden, was da passiert ist. Anscheinend saß niemand in dem Auto. Der Besitzer ist wütend, weil die Bullen ihm vorwerfen, er habe die Handbremse nicht angezogen und das Vehikel im Leerlauf stehen lassen. So was würde er nie tun, behauptet er. Irgendwer müsse an seinem Wagen herumhantiert haben. Diese Story kaufen ihm die Cops nicht ab, denn alle Autotüren waren versperrt. Hätte jemand versucht, die Fahrertür ohne Schlüssel zu öffnen, wäre ein Alarm ausgelöst worden.«

Trahern schüttelte den Kopf. »Schätzungsweise war der Unfall so getimt, dass der Krach den Schuss übertönt hat.«

»Ja, das glaube ich auch.« Devlin wandte sich zu seinem Freund und ging mit seitlichen Schritten weiter, damit er ihn vor den Blicken der Menschenmenge schützte. »Solange wir hier draußen sind, kann ich dich nicht stützen. Wenn der Schurke nochmal auf einen von uns feuert, muss ich mich möglichst schnell bewegen.«

Laurel spürte, wie Trahern wieder etwas mehr von seinem Gewicht auf ihre Schultern verlagerte. »Tut mir leid, Doc, jetzt müssen Sie mich allein verkraften.«

»Schon gut, großer Junge, kommen Sie – überqueren wir die Straße.«

Sie gingen weiter und fanden ihren Rhythmus. Bei einem seiner langen Schritte machte sie zwei, und das klappte sehr gut. Sobald sie die andere Straßenseite erreichten, wandten sie sich von dem Getümmel ab und steuerten Laurels Apartment an.

Abrupt versperrte Devlin ihnen den Weg. »Warum steht die Haustür sperrangelweit offen?«

»Wahrscheinlich habe ich sie nicht geschlossen«, erwiderte Laurel. »Als ich den Krach hörte, rannte ich heraus. Dann kehrte ich um und holte die Arzttasche.«

»Wartet hier.« Die Pistole gezückt, verschwand Devlin in der Wohnung. Um die Räume abzusuchen, brauchte er nicht lange. »Okay, die Luft ist rein.« Er steckte die Waffe am Rücken in seinen Hosenbund und ergriff Traherns Ellbogen. »Wohin soll ich ihn bringen, Laurel?«

»Ins Gästezimmer. Da legen wir ihn aufs Bett.«

»Hört auf, so zu reden, als wäre ich nicht hier!«, stieß Trahern hervor. »Führt mich ins Bad, und dann lasst mich allein. Wenn ich mich gewaschen habe, gehe ich …« Die Stirn gefurcht, schaute er Devlin an. »Ich brauche was Sauberes zum Anziehen. Wenn ich mich in diesem Zustand auf der Straße zeige, würde ich Aufsehen erregen.«

Es war sinnlos, mit Trahern zu streiten. Inzwischen kannte Laurel ihn gut genug und wusste, eine Verletzung, die er offenbar harmlos fand, würde ihn nicht zurückhalten. »Ich habe ein paar extragroße Joggingsachen für Männer, die müssten Ihnen passen. Devlin, während ich sie hole, pass auf, dass er die Wunde desinfiziert.« Sie lief in ihr Schlafzimmer, nahm eine Tube mit einer antibiotischen Salbe aus einer Schublade des Toilettentisches und kehrte zu den beiden zurück. »Danach soll er das auftragen. Im Bad gibt's Bandagen, im Wäscheschrank liegen frische Handtücher und Waschlappen.«

Während sich die zwei Freunde um die nötige Erste Hilfe kümmerten, suchte sie in ihrem Kleiderschrank die Joggingsachen, die ihr Bruder bei seinem letzten Besuch zurückgelassen hatte. So groß wie ein Paladin war er nicht, aber die Kleidungsstücke aus weichem Sweatshirt-Stoff würden ihren Zweck erfüllen, bis Trahern zu Hause eintraf.

Sie übergab Devlin die Sachen und ließ die Männer allein. Dann ging sie in die Küche und erwärmte ihr Dinner.

Als Devlin und Trahern zu ihr ins Wohnzimmer kamen, standen drei Teller auf der Theke, und die Mahlzeit war fertig.

»Setzt euch und esst. Und bevor Sie widersprechen, Blake – bedenken Sie, dass Ihre Ärztin mit Ihnen redet. Klar, Sie sind so hartgesotten wie sonst niemand auf der Welt. Aber entweder essen Sie jetzt, oder ich rufe im Labor an und lasse Sie für eine Untersuchung abholen.«

Genau das würde sie tun. Allmählich ließ der Adrenalinschwall nach, den die Krise bewirkt hatte. Aber bevor sie erschöpft ins Bett sank, wollte sie noch einige Antworten hören.

Keiner der beiden protestierte, und Devlin setzte sich auf den Hocker zu ihrer Rechten. »Sieht so aus, als hättest du ein gigantisches Dinner für eine einzige Person bestellt.«

Der Himmel bewahre mich vor einem eifersüchtigen Mann … »Die Joggingsachen gehören meinem Bruder. Und ich esse gern chinesisch. Manchmal bestelle ich genug für zwei oder drei Mahlzeiten. Dadurch spare ich die Lieferkosten.«

Heißhungrig begannen die zwei Paladine das Dinner zu verschlingen, als gäbe es kein Morgen. Oder vielmehr, weil sie ahnten, welche Fragen ihnen drohten, und keiner darauf antworten wollte …

Laurel ließ ihnen noch etwas Zeit und nutzte das Schweigen, um die Situation aus verschiedenen Blickwinkeln zu betrachten. Was war soeben geschehen?

Schließlich schob sie ihren leeren Teller beiseite und beugte sich vor. »Also, Gentlemen? Ich erwarte einige Erklärungen.«

»Hören Sie, solange ich noch gehen kann, würde ich gern verschwinden«, sagte Trahern hastig. Er sah nicht mehr so blass aus. Aber die harten Linien um seine Mundwinkel bezeugten seine starken Schmerzen.

»Erst wenn ich …«

Devlin fiel ihr ins Wort. »Verschone ihn, Laurel.

Ich rufe D.J. an, der bringt Blake heim und kümmert sich um ihn. Während wir warten, kannst du packen.«

»Packen? Was meinst du?«

Aber er hatte ihr bereits den Rücken gekehrt und tippte D.J.s Telefonnummer in sein Handy. Da ging irgendetwas vor, über das keiner der beiden Männer reden wollte. Und was immer das Problem sein mochte – jetzt betraf es auch sie. Warum war Trahern in der Nähe ihres Apartments niedergeschossen worden? Und wieso war Devlin sofort zur Stelle gewesen, um seinem verletzten Kameraden beizustehen?

O ja, er musste ihr eine ganze Menge erklären. Doch das konnte warten, bis sie allein waren.

»He, Doc, würden Sie mir was gegen die Schmerzen geben? Vielleicht ein paar Aspirintabletten?«

Diese Bitte durfte sie Trahern nicht abschlagen. Aber sie vermutete, er hätte seinen Wunsch nur geäußert, um sie abzulenken. »Ja, ich hole ein Röhrchen.«

Als sie aus dem Badezimmer zurückkam, stand die Tür offen, die von der Küche zur Garage führte. Devlin und Trahern waren verschwunden. Einige Sekunden lang lauschte sie und hörte die beiden leise in der Garage sprechen. Dann bog ein Auto in ihre Zufahrt.

Erbost, weil sie auf Traherns Trick hereingefallen war, schluckte sie selbst ein Aspirin. Denn sie fürchtete, was immer Devlin zu erzählen hatte, würde ihr schlimme Kopfschmerzen bereiten.

Um sich zu beschäftigten, verstaute sie die Reste des Dinners im Kühlschrank und stellte die Teller in die Geschirrspülmaschine.

In diesem Moment erklangen Schritte in der Garage, und Laurels Puls beschleunigte sich. Wenn sie Devlin in ihr Bett lockte, konnte er ihren Fragen vielleicht nicht ausweichen. Diese Idee gefiel ihr aus mehreren Gründen. Aber sie wollte sich nicht auf ihn stürzen, sobald er in die Küche kam. Erstmal sollte er die Tür schließen.

Mit entschlossener Miene kehrte er zurück. Genauso entschlossen hielt sie die Stellung, nahm an, er würde sie umarmen, und hoffte, nicht nur sie könnte es kaum erwarten, bis sie beide nackt waren. Und dann verriet ihr sein Blick, dass er andere Pläne hatte …

Dicht vor ihr blieb er stehen. »Wo ist dein Koffer?«

»Auf Befehle reagiere ich ziemlich ungehalten.«

»Hör zu, Laurel, für Lektionen über meine Manieren habe ich jetzt keine Zeit. Wir müssen möglichst schnell von hier verschwinden.«

Als hätte er ihr kaltes Wasser ins Gesicht geschüttet, starrte sie ihn entgeistert an. Es gab nicht viel, was einen Mann wie Devlin erschrecken würde. Aber nun bemerkte sie einen angespannten Zug um sein Kinn, den sie nie zuvor gesehen hatte.

»Warum? Was verschweigst du mir?«

Frustriert strich er durch sein Haar. »Vertrau mir einfach und tu, was ich dir sage. Später werde ich dir alles erklären. In deiner Wohnung bist du nicht mehr sicher. Also pack genug Sachen für ein paar Tage.«

Ohne guten Grund würde sie nicht aus ihren eigenen vier Wänden fliehen. Statt zu gehorchen, verschränkte sie die Arme vor der Brust. »Solange du mir nicht erzählst, was los ist, gehe ich nirgendwohin.«

Devlin trat näher zu ihr und richtete sich zu seiner vollen Größe auf – ein erfolgloser Versuch, sie einzuschüchtern. »Streiten wir nicht, Laurel. Pack ein paar Sachen. Oder ich tu's, werfe dich über meine Schulter und trage dich hinaus. Sobald wir in Sicherheit sind, erkläre ich dir alles – jetzt haben wir keine Zeit dafür.«

Offenbar gab es keinen Zweifel – jedes einzelne Wort war ernst gemeint. »Okay …«

Als sie an ihm vorbei zum Schlafzimmer gehen wollte, ergriff er ihren Arm und drehte sie zu sich herum. Fordernd presste er seinen Mund auf ihren. Die wilde Glut eines Kriegers, zum Kampf bereit, vereinte sich mit dem Geschmack ihres Zorns zu einer explosiven Mischung, und die Situation drohte außer Kontrolle zu geraten. Das wünschte sie sich – sie brauchte es. Die Zungen spielten miteinander, paarten sich, und vielleicht besänftigten sie die Temperamente. Doch sie schürten die Flammen der Leidenschaft, bis Laurel und Devlin lichterloh brannten. Er hob sie ein wenig hoch, damit sie seine Erregung und seine harten Muskeln spürte.

»Um zu beenden, was wir soeben begonnen haben, fehlt uns die Zeit.« Nicht, dass er sich bewegt hätte, um sie loszulassen. Hungrig knabberte er an ihrem Hals.

»Das scheint keine Rolle zu spielen«, flüsterte sie und wollte an ihm emporklettern – oder ihn zu Boden werfen.

»Je früher du deine Sachen packst, desto eher können wir uns an einem sicheren Ort splitternackt ausziehen.«

Eine unwiderstehliche Bestechung ... Laurel rannte in ihr Schlafzimmer und zerrte einen Koffer aus dem Schrank, warf ihn aufs Bett und klappte den Deckel hoch. Mit der Unterwäsche fing sie an und suchte die hübschste aus, die sie besaß – aus verführerischer Spitze. Darin würde Devlin sie sehen, und sie wollte möglichst reizvoll wirken.

Im Bad sammelte sie nur die notwendigsten Toilettenartikel ein, denn sie dachte, sie könnte jederzeit zurückkommen, um noch etwas zu holen, oder sie würde später kaufen, was sie brauchte. Allzu schwer würde es ihr nicht fallen, ein paar Tage lang auf dies oder jenes zu verzichten.

Nun musste sie nur noch die Kleider einpacken. Sie legte lange Hosen und Blusen in den Koffer, die sie bei der Arbeit trug, dann Jeans und drei Sweatshirts. Weil ihre Hände zitterten, war es mühsam, alles ordentlich zu falten.

Ein letztes Mal sah sie sich im Zimmer um, dann packte sie noch zwei Paar Schuhe und ein bisschen Schmuck ein. Endlich war sie fertig und musste mehrmals versuchen, den vollgestopften Koffer zu schließen. Als sie ihn hinter sich her ins Wohnzimmer rollte, sah sie Devlin am Fenster stehen. Inzwischen hatte er die Vorhänge zugezogen. Durch einen schmalen Spalt spähte er hinaus. Über Seattle war die Nacht hereingebrochen.

»Ich bin bereit, Devlin. Wohin gehen wir?«

»Heute übernachten wir bei mir. Danach wird es uns besser gelingen, Pläne zu schmieden.«

Laurel lief in die Küche und nahm ihren Schlüsselbund von der Theke. »Willst du fahren? Oder soll ich's machen?«

»Für alle Fälle – ich«, erwiderte er und streckte seine Hand aus.

In ihrem Bauch begannen Schmetterlinge zu flattern. »Für welche Fälle?«

Besänftigend strich er über ihre Wange. »Falls der Verbrecher, der mich getötet und auf Trahern geschossen hat, immer noch da draußen wartet.«

Über ihren Rücken rann ein eisiger Schauer. »Also ist er auch hinter mir her?«

»Wahrscheinlich will er dich benutzen, um an mich heranzukommen. Weil ich mich nicht so leicht in die Enge treiben lasse.« Devlin ergriff den Koffer. »Vielleicht glaubt er, wenn er dich bedroht, würde ich geradewegs in eine Falle tappen, mit nacktem Arsch und erhobenen Händen.«

»Das würdest du tun?«, fragte sie, obwohl sie die Antwort kannte.

»Ohne Zögern, mit einem breiten Grinsen.« Um sie aufzuheitern, hauchte er einen Kuss auf ihre Wange.

Während sie ihm in die Garage folgte, fühlte sie

sich elend. Sollte es dem unbekannten Feind gelingen, Devlin zu töten, würde er dafür sorgen, dass sein Opfer nicht wiederbelebt werden konnte. Sonst würde es ihn später entlarven. Und alle Paladine würden sich gnadenlos an seine Fersen heften – bis zu seinem letzten Atemzug.

Laurel sank auf den Beifahrersitz ihres Autos. Als Devlin in die Nacht hinausfuhr, schnallte sie sich an. Langsam schloss sich das Garagentor. Sie schaute zurück und hatte das Gefühl, auch in ihrem Leben würde sich eine Tür schließen.

*

»Hurensohn!«

Er war versucht, auf das Auto zu schießen, das im Rückwärtsgang aus der Garage glitt. Aber die Polizisten trieben sich immer noch in der Gegend herum und suchten Unfallzeugen.

Darum sorgte er sich nicht. Als er den Punk bezahlt und beauftragt hatte, die Bremsen loszulassen und den Wagen in den Leerlauf zu versetzen, war er anders gekleidet gewesen, das Gesicht von einem Hut überschattet, tief in die Stirn gezogen. Nicht einmal seine eigene Mutter hätte ihn erkannt.

Beinahe wäre es ihm gelungen, Laurel Young in seine Gewalt zu bringen. Aber er hatte einen Fehlschlag erlitten.

Wütend trat er gegen einen Mülleimer, der klirrend über das Pflaster schlitterte. Das hätte er sich denken können. Devlin Bane würde Trahern nicht zutrauen, die Frau allein zu bewachen. Sobald er abgedrückt hatte, war Bane auch schon aus der Deckung gekommen, um nach seinem Freund zu sehen.

Eigentlich hätte ihn das lange genug beschäftigen müssen, um Dr. Youngs Entführung zu ermöglichen. Stattdessen war sie direkt in Banes wartende Arme gelaufen. Nun musste er sich noch einmal die Mühe machen, ihr nachzuspionieren. Sicher würde es Tage dauern, bis der raffinierte Paladin sie wieder in die Nähe ihres Apartments ließ. Und dann würde sie die ganze Zeit von seinen mörderischen Kumpanen umzingelt sein.

Also musste er Mittel und Wege finden, um sie in ihrem Labor zu überfallen, wenn sie allein war. Ja, das müsste funktionieren. Doch die Zeit lief ihm davon. Wenn er nicht bald einen Erfolg erzielen würde, musste er die Flucht ergreifen.

So oder so würde er Seattle verlassen müssen. Aber er würde es vorziehen, eine prallgefüllte Börse mitzunehmen. Dann könnte er Jahrzehnte lang Wein, Weib und Gesang genießen. Mit diesen verlockenden Gedanken kehrte er nach Hause zurück. Dort würde er Pläne schmieden und inständig hoffen, irgendetwas würde endlich einmal klappen.

*

Während Laurels Wohnung hinter dem Auto zurückblieb, schaute Devlin immer wieder in den Rückspiegel. Einem motorisierten Verfolger würde er mühelos entrinnen. Aber er fürchtete, sein Feind würde auf das Auto feuern. Nichts dergleichen geschah, und sie entfernten sich immer weiter von dem Ort, an dem der Schuss gekracht hatte. Allmählich entspannten sich seine Muskeln.

»Bist du okay?« Dank seiner ausgezeichneten Sehkraft konnte er im schwach beleuchteten Wagen viel klarer sehen als ein normaler Mensch. Laurel hatte sich an die Kopfstütze des Beifahrersitzes gelehnt und die Augen geschlossen.

»Ja, es geht mir gut.« Sie brachte sogar ein schwaches Lächeln zustande.

»Ein paar Minuten lang will ich noch herumfahren, um sicherzugehen, dass wir nicht verfolgt werden. Jetzt sind wir schon in der Nähe meines Hauses.«

»Gut. Für heute bin ich nämlich erledigt.« Sie berührte seinen Arm. »*Fast* erledigt.«

Ihre warme Hand erschien ihm wie ein himmlischer Segen. O ja, er erriet Laurels Gedanken, und sie gefielen ihm. Er beschleunigte das Tempo, um eine grüne Ampel zu nutzen. Abrupt bog er nach links. Wenn jemand hinter ihnen herfuhr, würde er an der Kreuzung halten müssen, weil die Ampel auf Rot wechselte. In der Mitte des Häuserblocks durchquerte er einen Parkplatz, um die Richtung zu ändern. Nahe der Ausfahrt hielt er zwischen zwei geparkten Autos, denn er wollte feststellen, ob seine Manöver beobachtet wurden.

Doch die Luft war rein. Erleichtert verließ er den Parkplatz und steuerte sein Domizil an. In wenigen Minuten würden sie hineingehen und sich nicht mehr im Blickfeld eines etwaigen Verfolgers befinden. Er bog nach Osten, und wenig später in seine Zufahrt.

Aufmerksam schaute Laura sich um. »Oh, beinahe sind wir Nachbarn.«

»Ja. In Luftlinie nur durch eine Meile getrennt.«

Er parkte neben seinem Oldtimer-Porsche. Nachdem er Laurels Gepäck aus dem Kofferraum genommen hatte, führte er sie ins Haus. Was würde sie von seinem Heim halten? Sicher würde es ihr gefallen. Denn ein Großteil seines Lebens verbrachte er im Untergrund. Dafür entschädigte ihn bei jeder Heimkehr die spektakuläre Aussicht auf den Puget Sound und die Olympic Mountains im Westen. Ein drei Meter hoher Zaun aus Zedernholz schützte den kleinen Garten hinter dem Gebäude vor den neugierigen Blicken der Nachbarn. Wie die meistens Paladins wusste er seine Privatsphäre zu schätzen.

Er trug den Koffer durch den Flur zu seinem Schlafzimmer. Natürlich könnte er Laurel sein Gästezimmer anbieten. Aber er fand solche Spielchen albern. Im Augenblick wünschte er sich nichts sehnlicher als diese Frau in seinem Bett.

Als er ins Wohnzimmer zurückkehrte, stand sie draußen auf der Veranda und betrachtete die Lichter, die sich im Meer spiegelten. Er trat hinter sie, schlang die Arme um ihre Taille und drückte ihren Rücken an seine Brust. Sofort übte der Duft ihrer Haut und ihrer Haare eine vorhersehbare Wirkung auf seinen Körper aus.

»Schöne Aussicht«, gab sie zu.

»Ja, die finde ich auch fabelhaft.« Er legte sein

Kinn auf ihren Scheitel. »Und sie ist immer wieder anders.«

»Erzählst du mir endlich, was das alles soll?«

»Das habe ich dir versprochen.« Er küsste ihren Hals, dann zog er die Konturen eines Ohrs mit seiner Zungenspitze nach. »Danach.«

Um ihm den Zugang zu erleichtern, legte sie den Kopf zur Seite. »Einverstanden ...«

Während er ihren Hals küsste, glitten seine Hände nach oben und liebkosten ihre Brüste. Sie trug immer noch das T-Shirt und die Boxershorts aus Flanell, die sie in ihrem Apartment angehabt hatte. Keinen BH. Devlin genoss es, den weichen Baumwollstoff zu spüren, der sich an den verführerischen Rundungen rieb. Leise stöhnte Laurel, wandte sich zu ihm und verlangte einen Kuss. Er war anders als der, den sie in ihrer Wohnung getauscht hatten. Die Hitze war immer noch da, das Temperament nicht.

Stundenlang hätte er sie einfach nur festhalten und küssen können, um seine Sinne von ihrem Duft und ihrem Geschmack erfüllen zu lassen.

Oder vielleicht nicht. Ringsum erwärmte sich die kühle Abendluft. Sicher wäre es besser, wenn sie das Liebesspiel drinnen fortsetzten. Devlin zwang sich, Laurel loszulassen, zurückzutreten und eine Hand auszustrecken. Auf ihr Lächeln hatte er gehofft. Wortlos folgte sie ihm durch den Flur in sein Schlafzimmer.

Er zerrte die Tagesdecke von seinem Bett. Als er sich umdrehte, hatte Laurel ihr T-Shirt bereits ausgezogen. »Danke«, sagte er grinsend.

Den Kopf schief gelegt, lachte sie. »Und wie willst du deine Dankbarkeit zeigen?«

»Da habe ich ein paar Ideen.« Auch Devlin schlüpfte aus seinem Hemd. Ein bisschen Hautkontakt war längst überfällig.

»Netter Anfang. Was hast du sonst noch zu bieten?« Sie wich einen Schritt zurück. Wollte sie spielen? Er griff nach dem Reißverschluss seiner Jeans, und Laurels Blick folgte seiner Hand, die den Zipper nach unten zog.

Als er die Daumen in den Hosenbund steckte, um die Jeans hinabzustreifen, hörte er Laurels Atem stocken. Wenig später stand er vor ihr und trug nur mehr sein Lächeln. »Nun, ich glaube, das ist alles.«

Sie hatte immer noch die Boxershorts an, und es eilte ihm nicht, sie nackt zu sehen.

Stattdessen hielt er wieder seine Hand hin, und sie zögerte.

»Plötzlich so schüchtern?«

»Nein, ich überlege nur, wie wir anfangen sollen, weil es so endlos viele Möglichkeiten gibt.«

»Mit all deinen Plänen bin ich einverstanden.« Er hob einen Arm und präsentierte seinen Bizeps. »Natürlich habe ich noch mehr zu bieten.«

»Leg dich hin.«

»Sehr wohl, Ma'am.«

Er streckte sich auf dem Bett aus, verschränkte die Hände hinter seinem Kopf und wartete ab, was Laurel tun würde.

An diesem Mann konnte sie sich gar nicht sattsehen. Sein Körper glich einem Kunstwerk – stark und formvollendet. Mit federleichten Fingern strich sie über seine Beine, dann streichelte sie seinen Penis, der ihr entgegenzuckte und sie verwirrte. Devlin lachte. Doch das störte sie nicht. Er lachte viel zu selten. Und ganz egal, was für schreckliche Neuigkeiten er ihr erzählen würde – die wollte sie vorerst verdrängen.

Rittlings setzte sie sich auf seine Hüften und spürte seine Erektion direkt zwischen den Beinen. Sie sehnte sich danach, ihn in ihrem Innern aufzunehmen, aber jetzt noch nicht. So viel gab es noch zu erforschen. Sie rückte weiter zu ihm hinauf, umfasste ihre Brüste und bot sie ihm an, damit er sie berührte und kostete.

Während seine Zunge über den sensitiven Spitzen flackerte, straffte sie den Rücken und reckte ihm ihren Busen noch begieriger entgegen. Da nutzte er seine Zähne und Lippen, um an den Knospen zu saugen und jagte heiße Schauer durch ihren Körper. Offenbar wusste er ganz genau, was sie brauchte, und sie musste ihn nicht dazu auffordern. Nun strich er über ihren Bauch, seine Hand glitt unter das Gummiband ihrer Shorts, und ein Finger bedeutete ihr, darauf zu reiten, reizte das Zentrum ihrer Lust und drang in ihre feuchte Wärme ein. Diese betörenden Emotionen ertrug sie kaum.

»O Devlin …« Sein Name war ein inständiges Flehen. Jetzt wollte sie, dass er die Kontrolle übernahm und ihnen beiden schenkte, was sie sich wünschten.

Er schob sie von seiner Brust hinab und drehte sie

auf den Rücken, zog ihr die Shorts aus und warf sie über seine Schulter. Reglos kniete er zwischen ihren Beinen und betrachtete sie mit einer so zwingenden Intensität, dass sie seinen Blick auf ihrer Haut zu fühlen glaubte.

»Sooft habe ich mir das vorgestellt – zu sehen, wie du hier liegst.« Seine Stimme klang heiser, und er griff nach unten. Aufreizend streichelte er sie, wo sie es am sehnlichsten wünschte. »Sag mir, was du willst, Laurel.«

»Dich, Devlin. Nimm mich. Wie, ist mir egal. Nimm mich einfach.«

»Dann bereite dich auf einen langen, harten Ritt vor, Schätzchen«, flüsterte er und hob sie ein wenig hoch.

Ganz langsam verschmolz er mit ihr, und sie fühlte sich wundervoll ausgefüllt. Als sie dachte, noch tiefer könnte er nicht in sie eindringen, setzte er sie auf seinen Schoß, hob seine Hüften, und seine Erektion glitt höher empor. Seine rauen, schwieligen Hände umklammerten ihre Hinterbacken und hielten sie fest, während er sich rhythmisch bewegte. Offenbar wusste er genau, in welchem Winkel er sein Glied immer wieder nach oben stoßen musste, um ihr die größte Freude zu bereiten.

»Devlin ...«, hauchte sie, als die Spannung in ihr wuchs, bis sie die Schwelle des Höhepunkts erreichte.

Boshaft, wie er nun einmal war, erstarrte er und weigerte sich, ihr noch ein bisschen mehr zu schenken. Schließlich löste er sich von ihr und rückte hinab, um sie mit seiner Zunge zu stimulieren. Schon nach wenigen Sekunden geriet sie außer Kontrolle. Diesmal gelangte sie zum Höhepunkt und schrie ihre Erleichterung hinaus. Devlin legte ihre Beine sofort auf seine Schultern, drang wieder in sie ein und ließ ihr keine Zeit, um sich zu fassen, bevor er sie noch einmal zu einem Gipfel entgegenjagte und sie begleitete.

Atemlos krallte sie ihre Finger in das Laken, als er erneut innehielt. Um sich zu beherrschen, musste er seine ganze Willenskraft aufbieten. Sein schweißnasser Körper zitterte vor Anstrengung, während er die Erlösung hinauszögerte, die er so dringend brauchte.

»Warum hörst du auf?«

»Ein Schutz … Bevor es zu spät ist.« Er zog sich zurück und nahm ein Kondom aus der Nachttischschublade. So schnell wie möglich vereinte er sich wieder mit Laurel.

Jetzt gab es kein Zaudern mehr. Sie liebte es, wie zielstrebig er das Tempo beschleunigte, wie er dafür sorgte, dass sie den Liebesakt beide gleichermaßen genossen. Nach ein paar letzten kraftvollen Stößen überquerten sie gemeinsam die Schwelle. Fürsorglich fing er sie auf, als sie aus dem Paradies zur Erde zurückkehrte.

*

Laurel und Devlin schliefen. Irgendwann spürte sie, wie er sich neben ihr bewegte und beide ins Bewusstsein holte. Ob Minuten oder Stunden verstrichen waren, wusste sie nicht. Jedenfalls musste der Zeitpunkt für das angekündigte Gespräch gekommen sein. Sie wäre zufrieden gewesen, hätte sie noch eine Weile in der Wärme seiner Arme baden können. Doch die Nacht würde die restliche Welt nicht mehr lange fernhalten.

»Am besten beginnst du mit dem Anfang der Story.«

Während er seine Gedanken ordnete, spielten seine Finger mit ihrem Haar. »Bei meinem letzten Tod war irgendwas nicht so wie sonst.«

»Abgesehen von der langen Dauer deiner Wiederbelebung?«

»Ja. Ich weiß es nicht – aber vielleicht lag es daran, dass ich von einem Menschen getötet wurde. Nicht von einem Anderen.« Obwohl er mit ruhiger Stimme sprach, spürte sie seine wachsende innere Anspannung. »Sein Gesicht sah ich nicht. Aber die Hand, die den Schwertgriff umfasste, war menschlich.« Für einige Sekunden verstummte er. »Seltsam – schon zum vierten Mal erzähle ich jemandem davon, und es erscheint mir noch immer irreal. An jenem Tag kam ich zu dir, um zu sehen, wie es dir ging. Da hatte ich das Gefühl, jemand würde mir folgen. Außerdem bei einem oder zwei Aufenthalten in den Tunnels. Diesen Kerl konnte ich nicht entlarven. Trotzdem existiert er, da gibt es keinen Zweifel.« Seufzend schaute er in ihre Augen. »So leid es mir tut – ich fürchte, er hat mich auch in jener ersten Nacht beobachtet, die ich bei dir verbrachte.«

»Also ist er über unsere Beziehung informiert.«

Sie schmiegte sich enger an ihn. »Und deshalb hast du Trahern beauftragt, mein Apartment zu bewachen.«

»Ich war auf dem Weg zu ihm und wollte fragen, ob er etwas herausgefunden hatte. Da fand ich ihn in der Gasse – blutüberströmt. Wir vermuten, dass der Autounfall arrangiert war, der Krach sollte den Schuss übertönen. Zudem nehme ich an, der Schurke hat den Tumult auch aus einem anderen Grund inszeniert – um dich in der allgemeinen Aufregung zu kidnappen.«

»Wahrscheinlich erwartete er, ich würde mit meiner Arzttasche auf die Straße laufen. Und ich habe ihm direkt in die Hände gespielt.« Trotz des warmen Betts erschauerte sie. »Hast du irgendeine Ahnung, wer es sein könnte?«

Bevor Devlin antwortete, zögerte er kurz. »Da ermitteln wir in mehrere Richtungen.«

Sie hob den Kopf und stützte sich auf einen Ellbogen. »Erspar mir diesen Unsinn. Erzähl mir alles. Das hast du versprochen.« Herausfordernd drückte sie einen Finger in seine Brust.

»Okay«, stimmte er zu, hielt ihren Finger fest und küsste ihn. »Wir glauben, das alles hängt irgendwie mit den Anderen zusammen. Neulich fanden wir im Untergrund ein paar zerfetzte Stoffbeutel, die blauen Staub enthielten. Dieses Zeug ließ D.J. von einem Freund in der Forschungsabteilung untersuchen. Es stammt von einem Edelstein, schätzungsweise von einer Granatenart, die es in unserer Welt nicht gibt. Offenbar wird jemand auf unserer Seite damit bestochen. Wenn die Anderen ihm solche Steine geben, verspricht er ihnen, sie dürften aus dem Untergrund in die Stadt heraufsteigen.«

»Aber er bricht sein Wort, nicht wahr?« Der doppelte Verrat ekelte sie an.

»Allerdings. Für uns ändert sich nichts. Wenn die Anderen nicht auf ihrer Seite bleiben, jagen und töten wir sie. Oder sie töten uns.«

Devlins brutale Offenheit krampfte ihr Herz schmerzlich zusammen. Tiefes Mitleid stieg in ihr auf, nicht nur mit ihm – mit allen Paladinen.

Und obwohl sie ihm das niemals gestehen würde, sie bedauerte auch die Anderen, die aus lauter Verzweiflung eher den Tod durch das Schwert eines Paladins riskierten, als in ihrer eigenen düsteren Welt auszuharren.

»Also verdächtigst du jemanden in den Kreisen der Regenten oder der Wache.« Nach Laurels Meinung war das die einzige Erklärung, die einen Sinn ergab.

»Wie gesagt, wir ermitteln in verschiedene Richtungen. Morgen wirst du das Labor nur verlassen, wenn dich einer von uns begleitet. Ich habe versucht, die ominöse Sache unter Verschluss zu halten. Bisher wissen nur D.J., Cullen und Trahern Bescheid. Auch Lonzo ist über einiges informiert. Aber die Ereignisse der letzten Zeit hat er verpasst.«

Endlich konnte sie ihm eine gute Neuigkeit mitteilen. »Er wird morgen früh entlassen. Falls Dr. Neal ihn nicht schon heute Abend nach Hause geschickt hat. Er wollte noch die aktuellen Blutwerte deines Freundes abwarten.«

»Was für eine erfreuliche Nachricht! Bevor das Problem gelöst ist, brauchen wir jede verfügbare Schwerthand.« Er neigte sich zu ihr und küsste sie. »Schlaf noch ein bisschen. Vor uns allen liegt ein langer, anstrengender Tag.«

Laurel drehte sich zur Seite und spürte Devlins warme Brust an ihrem Rücken. Einen Arm um ihre Taille geschlungen, hielt er sie fest. Bald verflüchtigten sich die Sorgen der vergangenen Stunden, und sie schlummerte ein.

*

Stunden später läutete das Telefon, laut und schrill. Rastlos bewegte sich Devlin, streckte einen Arm aus und riss den Hörer vom Apparat auf dem Nachtisch. Nachdem er aufgelegt hatte, murmelte er, irgendjemand sei so gut wie tot. Dann sprang er aus dem Bett, schlüpfte in einen Jogginganzug und verließ das Schlafzimmer.

Ehe Laurel wieder einschlafen konnte, kam er zurück und zog ihr die Decke weg.

»He!«, jammerte sie und griff nach dem Laken, um die angenehme Wärme zurückzuerobern, die sie genossen hatte.

»Zieh dich an, Trahern ist da.«

Allzu glücklich schien ihn der morgendliche Besuch seines Freundes nicht zu stimmen. Trotzdem musste er seine schlechte Laune nicht an *ihr* auslassen. Sie setzte sich auf und starrte ihn an. »Gib mir die Decke. Ich bin nackt, und ich friere. Oder hast du das nicht gemerkt?«

Mit einem typisch männlichen Grinsen warf er ihr das Laken zu. »Klar, das habe ich gemerkt. Und wenn Cullen und D.J. nicht auf dem Weg hierher wären, um uns ebenfalls zu besuchen, würde ich mich freuen, wenn du in diesem Zustand bleibst.«

Sie hüllte sich in das Laken – ganz langsam, damit er einiges zu sehen bekam. Nach dem Glanz in seinen Augen zu schließen, gefiel ihm die Show. Zärtlich nahm er sie in die Arme.

Nach einem leidenschaftlichen Kuss ließ er sie nur widerstrebend los. »Blake, Cullen und D.J. wollen über die Situation reden. Wenn wir wissen, was wir zu sagen haben, schmieden wir unsere Pläne.«

»Welche Pläne?« Das gefiel ihr nicht. »Was verheimlichst du mir?«

»Bevor wir weitere Informationen gesammelt haben, darfst du nicht mehr im Labor arbeiten. Dort bist du nicht sicher, falls einer der Wachtposten hinter diesen Attacken steckt.«

»Auch du bist nirgendwo sicher. Trotzdem gehst du immer wieder in den Untergrund. Obwohl du genauso verletzlich bist wie ich.«

Indem er eine Braue hob, erinnerte er sie wortlos an die Tatsache, dass er ein ausgebildeter Krieger und imstande war, sich zu verteidigen. Aber wie sie beide wussten, konnten Kugeln einen Paladin viel leichter niederstrecken als ein Schwert. Wenn sie blutend am Boden lagen, waren sie genauso verwundbar wie gewöhnliche Menschen.

»Jetzt fehlt uns die Zeit für solche Diskussionen«, betonte er. »Es sei denn, du willst Kaffee und Donuts servieren, nur mit einem Laken und einem Lächeln ausgestattet.«

»Dann geh hinaus, damit ich mich anziehen kann, Devlin. Ich werde an eurer Besprechung teilnehmen. Aber danach gehe ich ins Labor.«

Stöhnend fuhr er mit allen Fingern durch sein Haar. »Wie schwierig das für dich ist, verstehe ich, Laurel. Trotzdem bitte ich dich – unternimm nichts, bevor wir geredet haben.«

Würde sie ihm vertrauen?

»Also gut, Devlin, ich werde erstmal abwarten.«

Er hauchte einen raschen Kuss auf ihre Lippen. Im selben Moment läutete es an der Tür.

Nachdem er sie allein gelassen hatte, überlegte sie, was sie anziehen sollte, putzte ihre Zähne und strich mit einem Kamm durch ihr Haar. Wenn sie ihre Arbeitskleidung trug, würde Devlin das in die falsche Kehle kriegen. Legere Freizeitkleidung erschien ihr genauso unpassend. Schließlich entschied sie sich für ihre schicksten Jeans und ein kurzärmeliges Hemd. Notfalls konnte sie sich immer noch umziehen, wenn seine Freunde verschwunden waren.

Sie schlüpfte in Sandalen, holte tief Atem und ging in Devlins Wohnzimmer. Inzwischen waren alle seine Kameraden eingetroffen. Von plötzlicher Scheu erfasst, senkte sie den Blick, weil ihr die heikle Situation bewusst wurde. Zum ersten Mal war sie als

Devlins Geliebte mit diesen Männern zusammen, nicht als seine Betreuerin. Er ließ sich nicht blicken. Aber sie hörte ihn in seiner Küche rumoren. Hoffentlich kocht er Kaffee, dachte sie. Nun brauchte sie ein bisschen aufmunterndes Koffein.

Auf der Couch und in wuchtigen Sesseln rekelten sich drei Paladine. Blake Trahern sah sie zuerst in der Tür stehen. Wenn er auch nicht lächelte, entdeckte sie eine gewisse Wärme in den normalerweise eisig grauen Augen.

»Guten Morgen, Blake. Wie fühlen Sie sich heute?«

»Okay«, antwortete er, rückte zur Seite und klopfte neben sich auf die Couch. Mit dieser Geste bedeutete er ihr, bei ihm Platz zu nehmen.

Laurel folgte der Einladung. Sichtlich verwirrt starrten D.J. und Cullen herüber, als wäre ihr ein zweiter Kopf gewachsen. Wahrscheinlich genoss Trahern die Verblüffung seiner Freunde, und vielleicht wollte er die Aufmerksamkeit von ihrer Beziehung zu Devlin ablenken. So oder so, er schien sie zu akzeptieren, und das beruhigte sie ein wenig.

»Guten Morgen, D.J. – Cullen.«

Rastlos rutschte D.J. in seinem Sessel umher. »Morgen, Doc.«

»Tut uns leid, dass wir Sie so früh stören, Doc.« Cullen lächelte sie an. »Daran ist Trahern schuld. Schon bei Tagesanbruch hat er uns aus dem Bett geholt.«

»Fahr zur Hölle, Cullen.« In Blakes Worten schwang kein echter Ärger mit.

Ehe Cullen antworten konnte, trug Devlin ein Tablett mit Kaffeetassen, einer Kanne und Kuchen ins Zimmer.

»Beklag dich nicht, Cullen, und denk daran – es war Blake, der das Frühstück mitgebracht hat.«

»Der einzige Grund, warum er nicht blutüberströmt am Boden liegt«, konterte D.J.

Mahnend hob Laurel eine Hand. »Tut mir leid, Jungs, ihr müsst das Thema wechseln. Vor dem Frühstück will ich nichts von Blut hören. Wie zart ich besaitet bin, wisst ihr ja.«

Mit dieser kleinen Lüge amüsierte sie alle drei Männer. Sogar Trahern lachte heiser. Die erste Tasse füllte Devlin für Laurel, reichte sie ihr und schenkte ihr ein warmherziges Lächeln. Nachdem er auch seine Kameraden bedient hatte, setzte er sich zu ihr auf die Couch. Flankiert von den beiden mächtigsten Paladinen in der Seattle-Region – welch ein schwindelerregendes Gefühl …

»Also?« Cullen stellte seine Tasse auf den Couchtisch. »Was ist so wichtig, dass wir unseren Schönheitsschlaf versäumen mussten?«

Devlin übernahm es, das Problem zu erläutern. »Letzte Nacht wurde vor Laurels Apartment ein Autounfall inszeniert. Der Krach der Karambolage erfüllte einen doppelten Zweck. Erstens lockte er sie aus dem Haus, damit sie einer Attacke ausgeliefert war. Und zweitens wurde der Schuss übertönt, der Trahern traf.« Devlin stand auf. »So wie es aussieht, ist der Schurke nicht nur hinter mir her – er hat es auch auf Laurel abgesehen.«

»Ganz offensichtlich!« Stets der Erste, der seinem Temperament die Zügel schießen ließ, sprang D.J. auf. Kampflustig ballte er die Hände.

»Setz dich, D.J.«, befahl Devlin, »wir alle müssen einen klaren Kopf behalten.«

D.J. sank in seinen Sessel zurück, und Laurel beobachtete, wie er vor verhaltener Energie förmlich vibrierte.

»Diesen Dreckskerl will ich schnappen, und zwar bald. Letzte Nacht kam er viel zu nahe an Laurel heran.« Devlin legte eine Hand auf ihre Schulter. »Gewiss, ich ließ ihre Wohnung bewachen. Doch das nützte nicht viel. Natürlich konnten wir nicht ahnen, dass er verrückt genug war, Trahern niederzuknallen.«

Darauf reagierte Blake nicht. Das war auch gar nicht nötig. Was geschehen würde, wenn der Angreifer seinen Weg noch einmal kreuzte, wussten sie alle.

»Nun will ich ihn aus der Reserve locken«, fuhr Devlin fort. »Ich glaube, Laurel und ich sollten für eine Weile verschwinden. Dann haben wir bessere Chancen. Wenn sie nicht im Labor auftaucht und wir uns weder in ihrem Apartment noch in meinem Haus aufhalten, wird er in Panik geraten. Wer immer ihn bezahlt – es wird ihm missfallen, dass es so lange dauert, bis der Job erledigt wird.«

Bestürzt runzelte Laurel die Stirn. »Aber ich kann mir unmöglich freinehmen, Devlin, meine Verantwortung …«

»Heute Morgen wird Lonzo entlassen, das hast

du erwähnt. Und er war dein letzter Patient, nicht wahr?«

Das gab sie nur widerwillig zu, und sie ärgerte sich, weil sie dazu gezwungen wurde. »Ja, aber es könnte sich jederzeit ändern. Das wisst ihr alle.«

»Auch ich darf mich nicht allzu weit entfernen. Wir verstecken uns irgendwo in der Nähe, damit wir notfalls sofort zurückkommen können. Dieses Jahr hattest du noch keinen Urlaub, oder?«

»Nun ja, das stimmt, aber ...«

»Gut, dann ist alles klar.« Devlin wandte sich zu seinen Freunden. »Während unserer Abwesenheit soll jemand Laurels Apartment und mein Haus im Auge behalten. Sobald jemand Fragen stellt, haben wir den Schuldigen.«

Er spürte, dass Laurel protestieren wollte. Aber er drückte ihre Schulter und hoffte, sie würde den Wink mit dem Zaunpfahl verstehen und erst explodieren, nachdem sich seine Kameraden verabschiedet hatten.

Wenn er es auch kaum erwarten konnte, den elenden Schurken zwischen die Finger zu kriegen – er fand es noch wichtiger, Laurel in Sicherheit zu bringen.

»Wenn ihr zwei Kreditkarten benutzt, werdet ihr eine Spur hinterlassen, der man mühelos folgen kann. Nicht einmal eure Handys sind sicher.« D. J. sprach mit der lässigen Autorität eines Experten. Immerhin war es sein liebster Zeitvertreib, sich in angeblich bombensichere Computersysteme reinzuhacken.

Anerkennend nickte Devlin. »Danke für die Warnung. Ich kaufe eines dieser Prepaid-Handys, und ihr ruft mich nur auf dieser Nummer an. Und mit Bargeld müssten wir unsere Spur verwischen.«

Diesmal war es Cullen, der auf eine weitere Gefahr hinwies. »Vielleicht beobachtet die Bande eure Konten, um festzustellen, ob ihr größere Summen abhebt. Das können wir vermeiden, wenn sich jeder von uns kleinere Beträge auszahlen lässt. D.J. wird dafür sorgen, dass die Transaktionen aus den Computern verschwinden. Oder er verändert nur die Daten. Überlasst das alles uns.«

»Viel Zeit haben wir nicht, Cullen«, warf Devlin ein.

»In zwei Stunden bringe ich euch das Geld. Komm mit mir, D.J. Und – Blake, ich brauche deine Kontonummer und die Kundenkarte.«

Während Trahern nach seiner Brieftasche griff, schaute Devlin auf Laurel hinab. »Was gefällt dir besser? Die Berge oder das Meer?«

Zwölftes Kapitel

Glücklicherweise bekamen sie ein Zimmer an der Meeresseite des Hotels. Laurel öffnete die gläserne Schiebetür und trat auf den kleinen Balkon. Während sie die frische, salzige Luft einatmete, konnte sie sich beinahe vorstellen, sie wäre mit Devlin an die Küste gefahren, um einen Liebesurlaub zu genießen.

Er folgte ihr und umarmte ihre Taille, legte sein Kinn auf ihren Scheitel, und die Wärme seines Körpers fühlte sich sogar noch besser an als der Sonnenschein auf ihrer Haut. An seine starke Brust gelehnt, entspannte sie sich und genoss die friedliche Atmosphäre.

Aber schon im nächsten Moment hatte sie neue Wünsche. Einladend legte sie den Kopf zur Seite. Als intelligenter, einfühlsamer Mann, ließ Devlin sofort seine Lippen über ihren Hals gleiten. Behutsam biss er in ihr Ohrläppchen, dann küsste er es, um sich für den leichten Schmerz zu entschuldigen.

»Gehen wir hinein?«, schlug er vor.

Die geflüsterte Frage, so dicht neben ihrem Ohr, sandte wohlige Schauer über ihren Rücken. »Warum? Hast du irgendwelche Pläne, die unsere Zimmernachbarn schockieren könnten?«

»Allerdings.« Devlin drehte sie zu sich herum und küsste sie in wachsender Glut, umfasste ihre Hüften und hob sie ein wenig hoch, um seine Leidenschaft zu demonstrieren.

Was für himmlische Gefühle … »Bring mich ins Bett, Devlin.«

»Und ich dachte schon, dazu würdest du mich niemals auffordern.« Als er sie ins Zimmer trug, ließ er die Balkontür offen, damit die Meeresbrise hineinwehte.

*

Er drückte sie fester an seinen Körper und liebte es, ihren Kopf auf seiner Schulter zu spüren, wie sie sich neben ihm streckte. Langsam und gleichmäßig atmete sie. Bald würde sie einschlummern. Sehr gut.

Letzte Nacht, nachdem sie in seinem Haus angekommen waren, hatten sie kaum Schlaf gefunden. Der Stress der Gewissheit, dass ein Killer hinter ihnen her war, forderte seinen Tribut und zerrte an Laurels Nerven. Wenn Devlin und seine treuen Freunde auch ihr Bestes taten, um die Gefahr zu bannen – die Erinnerung an das Grauen ließ sich nicht so leicht verdrängen.

Verdammt, er liebte diese Frau. Für sie war es schwierig gewesen, D.J. und Cullen an diesem Morgen gegenüberzutreten. Trotzdem hatte sie die Situation so entschlossen und souverän gemeistert wie alles, was sie tat. Vielleicht waren ihr die neidischen Blicke, die seine Freunde ihm zugeworfen hatten, nicht aufgefallen – ihm schon. Alle Kameraden wussten, dass Paladine sich niemals verliebten. Sex war okay. Aber er empfand viel mehr für Laurel.

Er wünschte, er könnte seinen Job aufgeben und sie heiraten, und sie würden wie ein normales Ehepaar zusammenleben, bis zu seinem oder ihrem letzten Atemzug. Doch das würde nicht geschehen, weil sie beide dem Leben verpflichtet waren, das sie führten. Und daran ließ sich nichts ändern. Oder?

Auf dem Nachttisch neben dem Bett begann das Handy zu vibrieren, das er gekauft hatte. Er griff danach und drückte auf den Antwortknopf.

»Bane«, flüsterte er. »Einen Moment ...« Vorsichtig stieg er aus dem Bett und ging ins Badezimmer. Dort konnte er sprechen, ohne Laurel zu wecken. »Da bin ich wieder«, sagte er etwas lauter und hörte sich Cullens Bericht an.

Bisher keine Aktivitäten auf irgendeinem Konto. Devlin fühlte sich versucht, seinen Freund zu fragen, ob der unbekannte Feind ein ebenso guter Hacker sein könnte wie Cullen und D.J. und ob sich das feststellen ließe. Aber das würden die beiden für eine Beleidigung halten, und im Augenblick durfte er sich ihren Zorn nicht zuziehen, weil er ihre Hilfe brauchte.

»Danke für die Info. Wir bleiben morgen noch hier. Übermorgen fahren wir zurück. Es war schon schwierig genug, Laurel zu einem so langen Urlaub zu überreden.«

Cullen versprach, morgen und übermorgen noch einmal anzurufen. Natürlich würde er sich schon früher melden, falls etwas Ungewöhnliches geschah. Devlin drückte die Austaste. Dann zuckte er zusammen, weil er Laurel in der Tür stehen sah. Schläfrig rieb sie sich die Augen.

»Wer war das?«

»Cullen. Bis jetzt ist nichts passiert.«

»Also können wir früher zurückfahren?«

»Nein.«

Sie wollte protestieren. Das las er in ihren Augen, aber sie versuchte es nicht. Stattdessen überraschte sie ihn. »Ich will einen Drachen fliegen lassen. Und danach würde ich gern auf einem Motorroller fahren.«

»Was?«

Sie lehnte ihren Kopf an seine Brust und umschlang seine Taille. »Da wir nun mal hier sind und ein Liebespaar spielen, sollten wir alles tun, was Liebespaare hier machen. Ich will an den Strand gehen und einen dieser großen bunten Papierdrachen fliegen lassen und dann auf einem Motorroller fahren.«

»Hast du jemals auf einem Motorroller gesessen?«

»Nein. Entweder das – oder wir reiten auf Pferden.« Sie hob den Kopf und schaute ihn an. »Wahrscheinlich bist du eher ein Motorrollertyp.«

Wenn er auf ein motorisiertes Rad steigen würde, müsste es eine pompöse Harley sein. Aber diese Frau war in spielerischer Stimmung, und er hatte große Lust, darauf einzugehen. Selbst wenn sie nur für ein paar Stunden von ihrem Problem abgelenkt wurden.

»Okay. Frühstücken wir, dann geht's los.«
»Alles klar.«

*

Drachen steigen zu lassen – das war viel schwieriger, als er es erwartet hatte. So etwas hatte er noch nie gemacht. Zumindest erinnerte er sich nicht daran. In seiner Kindheit hatte er hauptsächlich gejobbt, um etwas Geld zu verdienen, für das tägliche Brot auf dem Tisch. So gut es seine Mom auch mit ihm gemeint hatte – als Mutter war sie eine reine Katastrophe gewesen.

Noch dazu hatte Laurel den kompliziertesten Drachen im Laden ausgesucht. Ein riesiges Ding, in der Gestalt eines richtigen Drachens. Darauf war ihre Wahl gefallen, nachdem sie ein paarmal zwischen Devlin und dem Monstrum hin und her geschaut hatte. Nun erwartete er, sie würde erwähnen, es würde so wie er aussehen.

Er persönlich fand, es müsste einige Kampfnarben aufweisen, um einem Paladin zu gleichen. Unter viel Gelächter und nach mehreren misslungenen Versuchen setzten sie das Ding zusammen. Dann erklärte Laurel, er müsse den Drachen festhalten, während sie mit der Schnur über den Strand rannte.

Als der Wind das Ungetüm endlich emporwehte, hörte Devlin sie jubeln und beobachtete, wie sie beinahe hochgehoben wurde. Unauslöschlich würde dieses Bild Jahrzehnte lang in seinem Gedächtnis haften.

Nach einer Weile nahm er ihr den Griff aus der

Hand, an dem die Schnur befestigt war, sank in den Sand und zog sie herab. Sie saß zwischen seinen Knien, lehnte an seiner Brust, und sie schauten dem Drachen zu, der über blauen Meereswellen tanzte.

»So wild sieht er aus, nicht wahr?« Sie zeigte auf den schwankenden Drachen. »Jetzt weiß ich, an wen er mich erinnert. Er hat die gleichen Augen wie Trahern. Vor allem, wenn dein Freund lächelt.«

»Unsinn!«, schnaufte Devlin verächtlich. »Trahern lächelt nie.« Natürlich war er nicht eifersüchtig, weil sie von seinem Kameraden sprach. Kein bisschen.

»Doch. Meistens nur mit den Augen.« Sie zupfte an der Schnur, und der Drache hüpfte auf und ab.

»Von Traherns Augen will ich nichts hören.«

Das kleine Biest kicherte. »Oooh, der große, taffe Paladin ist eifersüchtig. Nun, ich bin nicht mit Trahern hier, oder? Und es war sicher nicht Trahern, über den ich in unserem Hotelzimmer hergefallen bin.«

Nein, ganz gewiss nicht. Und beim Gedanken an die besonders fantasievollen Liebesspiele, die sie mit ihm getrieben hatte, wünschte er, der Rückweg zum Hotel wäre nicht so lang. Vielleicht kam sie auf ähnliche Ideen, denn sie entwand ihm den Holzgriff, rollte die Schnur zusammen und holte den Drachen heran. Dagegen sträubte sich das große Reptil eine Zeit lang. Aber letzten Endes kapitulierte es vor Laurels Beharrlichkeit und schwebte friedfertig zu ihr.

Dann umfasste sie Devlins Hand und führte ihn zum Hotel.

*

»Hast du Erfolg?« Über D.J.s Schulter gebeugt, beobachtete Cullen den Bildschirm.

»Was für ein raffinierter kleiner Schuft – das muss ihm der Neid lassen.« D.J.s Finger flogen über die Tasten, während er herauszufinden versuchte, ob jemand durch irgendwelche Hintertüren in die Dateien von Devlins und Laurels Bankkonten eingedrungen war. Schließlich erstarrten seine Hände, und er murmelte ein paar drastische Flüche vor sich hin.

»Ist er damit davongekommen?«

»Nicht ganz. Jedenfalls verkriecht er sich hinter einem ziemlich ausgeklügelten Sicherheitssystem.«

Cullen rückte einen Stuhl heran und setzte sich, um das Ende der Cyber-Schlacht abzuwarten. »Diese Sicherheitscodes kannst du doch durchbrechen, nicht wahr?«

»Klar, das müsste klappen. Die haben wir beide für die Regenten programmiert. Wenn sich ein Außenseiter da hineinschleicht, benutzt er unsere Software. Verdammt, ich wusste, wie gut wir sind. Vielleicht *zu* gut.«

Wenn sie die Attacke nicht zu einer bestimmten Person zurückverfolgen konnten, waren sie so schlau wie zuvor.

Abgesehen von der neuen Erkenntnis, dass der Schurke zur Organisation der Regenten gehören musste.

Cullens Handy klingelte. Im Display erschien Blakes Nummer. »Hast du etwas für mich, Trahern?«

»Da schlendert jemand zu Laurels Wohnung.« Traherns Stimme klang gedämpft. »Nicht verstohlen auf Umwegen, sondern schnurstracks. Sein Gesicht sehe ich nicht, ich bin zu weit entfernt. Aber nach dem Körperbau zu schließen, müsste es Dr. Neal sein.«

»Dass er in unlautere Machenschaften verstrickt ist, kann ich mir nicht vorstellen. Selbst wenn er uns plötzlich hasst – er würde Laurel nichts antun.«

»Diesen Mann beurteile ich nicht, ich erzähle dir nur, was ich sehe.« In Traherns Worten schwang verhaltener Ärger mit.

»Okay. Wir haben inzwischen die Bankkonten angeknabbert. Während der vergangenen Stunde hat jemand zweimal versucht, sich in Devlins und dann in Laurels Dateien reinzuhacken. Zum letzten Mal vor fünf Minuten.«

»Das schließt den Doc aus. Um diese Zeit war er in meinem Blickfeld.«

»Gut. Es wäre mir unangenehm, wenn ich dem Mann misstrauen müsste, der mich immer wieder zusammenflickt.«

»Bald wird Penn mich ablösen. Dann komme ich zu euch. Braucht ihr irgendwas?«

»Ja, zwei große fette Pizzas und eine Sechserpackung Bier. Wahrscheinlich liegt eine endlos lange Nacht vor uns.«

»In einer halben Stunde bin ich da. Und sag D.J., er soll den Mistkerl festnageln.«

»Wird gemacht.«

*

»O ja, Baby. So ist es gut. Genau dort.«

Laurel hob lange genug den Kopf, um Devlins Gesichtsausdruck zu genießen. Offensichtlich gefiel ihm, was sie mit ihren Lippen und ihrer Zunge anfing. Sie umfasste seinen Penis etwas fester und leckte ihn der Länge nach ab. Dann nahm sie die Spitze in den Mund. Die sofortige Reaktion ihres Liebhabers zerstreute alle Zweifel. Davon wünschte er sich noch mehr.

Aber nach ein paar Sekunden zog er sie hoch, um sie voller Glut zu küssen. Ungeduldig setzte er sie auf seine Hüften. »Willst du mich reiten?«

Sie bewegte sich über seine Erektion. Langsam nahm sie ihn in sich auf, und beide stöhnten, weil die Verschmelzung so wunderbare Emotionen erzeugte. Nun wiegte sie ihren Körper vor und zurück und liebte es, ihn ganz tief in sich zu spüren. Während sie Devlin beglückte und ihre eigene Lust schürte, hob er seine großen Hände und liebkoste ihre Brüste.

»Beug dich zu mir herab, Laurel.«

Sie gehorchte und seufzte entzückt, als er an ihren Brustwarzen saugte. Bald fühlte sie, wie der Sturm in ihrem Bauch anschwoll. »O Devlin!«

»Lass den Höhepunkt kommen!« Er hob seine Hüften und drang noch tiefer in sie ein, von ihren zuckenden inneren Muskeln umschlossen. Schließlich sank sie auf ihn hinab. Beide rangen nach Atem und genossen die Nachwirkungen der Leidenschaft.

»Danke«, flüsterte sie mit schwacher Stimme.

Er lachte und küsste ihre Stirn. »Nun, ich will nicht sagen, das Vergnügen war ganz meinerseits. Aber wenigstens zur Hälfte.«

»Wenn ich nicht so erschöpft wäre, würde ich lachen.« Trotzdem kicherte sie.

»Und ich bin viel zu müde, um mich zu bewegen.« Behutsam schob er Laurel von seinem Körper, so dass sie neben ihm lag, und nahm sie in die Arme. Nach solchen Momenten konnte ein Mann süchtig werden.

Aber am nächsten Morgen mussten sie das Hotel verlassen und in ihr reales Leben zurückkehren. Und sie durften sich nicht mehr der Illusion hingeben, Spiel und Spaß an den Ocean-Shores-Stränden würden niemals aufhören. Eine schmerzliche Erkenntnis …

Anscheinend spürte Laurel seinen Stimmungsumschwung. »Was wird geschehen, wenn wir wieder in der Stadt sind?«

»Da bin ich mir nicht sicher.« Diese Ungewissheit zerrte an seinen Nerven. »Wenn D.J. und Cullen nicht herausfinden, wer in unsere Bankkonten einzudringen versucht, müssen wir auf Plan B zurückgreifen.«

Ihre Finger strichen über seine Brust. »Und der wäre?«

»Nun, wir arbeiten weiter und entlarven den Widerling auf andere Weise.«

Alle Paladine nahmen den Verrat innerhalb der Organisation persönlich. Nicht nur einer der ihren war angegriffen und getötet worden – auch ihre Lieblingsbetreuerin schwebte in Gefahr. Deshalb würde Laurel keinen Schritt vor ihre Tür tun, ohne dass sie von mindestens einem Paladin beschützt wurde.

In ihrem Labor war es schwieriger, sie zu bewachen. Dort durften die Paladine nicht herumhängen. Nur wenn sie verwundet oder tot waren, gelangten sie in diesen Raum. Und solange die Barriere nicht zusammenbrach, würde es ihnen schwerfallen, Verletzungen vorzutäuschen.

Lächelnd richtete sie sich auf. »Wir sind noch nicht auf Motorrollern gefahren, Kumpel. Jetzt duschen wir, und dann ziehen wir uns an. Falls du dich weigerst, stürze ich mich eben allein ins große Abenteuer.«

Devlin hielte ihre Hand fest und küsste die Fingerspitzen. »Willst du das wirklich?«

»Hast du Angst, ich könnte dich bei einem Wettrennen besiegen?«

»Nein, ich fürchte, ein Großteil deiner Haut wird auf dem Pflaster kleben.«

Das war nur ein halber Scherz. Wie auch immer, er würde sie natürlich begleiten und auf sie aufpassen.

»Und danach probieren wir die Gokarts aus. Ganz bestimmt bin ich eine bessere Fahrerin als du.«

Jetzt reichte es ihm. Er setzte sich auf und starrte sie an. »Wieso glaubst du das?«

»Eine doppelte Herausforderung, Devlin Bane. Auf einem Motorroller fahre ich dir davon. Und in einem Gokart werde ich auch gewinnen.«

Lachend sprang sie aus dem Bett und rannte ins Bad.

»Das werden wir ja sehen!«, rief er und folgte ihr, seine Jeans in der Hand.

*

Eine Viertelstunde später gingen sie zum Verleih für Motorroller und Gokarts. Laurel schlang ihre Finger in seine und zerrte ihn praktisch den Gehsteig entlang. Wann er sich zum letzen Mal Zeit für solche Spielereien genommen hatte, wusste er nicht mehr. Mit oder ohne eine Frau an seiner Seite.

Den Drachen würde er nach Hause mitnehmen und an die Wand seines Wohnzimmers hängen. Zur Erinnerung an diese beiden Tage. Und er würde noch weitere Erinnerungen sammeln, um sich damit zu trösten, wenn er auf den nächsten Kampf wartete.

»Ich will den roten Roller, Devlin. Und du solltest den grünen nehmen, weil er zu deinen Augen passt.«

Obwohl sie nur scherzte, stöhnte er und entschied sich für einen schwarzen Motorroller, der neuer aussah als die übrigen. Währenddessen probierte Laurel die Funktionen des Vehikels aus, das sie gewählt hatte. Der Junge, der im Verleih jobbte, erklärte ihr alles und ignorierte Devlin – der ihm die Missachtung nicht verübelte. Mit ihren fröhlichen Augen und dem strahlenden Lächeln war sie einfach unwiderstehlich.

Zehn Minuten später »brausten« sie mit fünfundzwanzig Stundenmeilen die Straße hinab. Wenn Laurel von einem Auto überholt wurde, drosselte sie das Schneckentempo sogar noch.

Devlin steuerte seinen Roller an ihre Seite. »Alles okay?«

Seufzend schüttelte sie den Kopf. »Wie groß einem manche Autos vorkommen, sobald man auf einem dieser Dinger sitzt, wusste ich nicht.«

In letzter Zeit war ihr oft genug Angst eingejagt worden. Nachdem er die Möglichkeiten überdacht hatte, rief er: »Fahr hinter mir her!«

Er bog von der Hauptstraße ab, und kurz danach ratterten sie am breiten Strand entlang. Auf dem trockenen Sand war es schwierig, die Motorroller zu manövrieren. Aber als sie den feuchten, von der Flut gefestigten Sand erreichten, konnten sie das Tempo beschleunigen.

Lachend sauste Laurel an Devlin vorbei, kehrte in weitem Bogen zu ihm zurück und forderte ihn zu einem Spiel heraus. In großen Kreisen fuhren sie herum, zeichneten Spuren in den Sand und schrien die Möwen an, die über ihren Köpfen dahinglitten. Ein paarmal veranstalteten sie Wettrennen. Nach jedem behaupteten beide steif und fest, sie hätten gewonnen.

Schließlich fuhren sie Seite an Seite am Wasserrand entlang und genossen es einfach nur, zusammen zu sein, während die Sonne allmählich unterging.

Zum Verleih zurückgekehrt, stieg Laurel ab und tätschelte den Ledersitz, als wäre der Roller ein Pferd, das eine Belohnung verdiente. Sie gab ihren Helm dem jungen Burschen und schüttelte den Kopf, um ihr Haar zu lockern.

»Und jetzt, Mr. Bane – auf zu den Gokarts! Da wirst du nur Auspuffgase einatmen.«

Devlin griff nach ihrer Hand. Kichernd tänzelte sie aus seiner Reichweite. »Was ist denn los mit dir, du großer, starker Mann? Hast du Angst vor einem harmlosen kleinen Wettkampf?«

Nein, stattdessen fürchtete er, einen solchen Tag würde er in seiner ganzen, Jahrzehnte langen Zukunft nie mehr erleben. Doch das durfte er nicht aussprechen – wo Laurel doch so glücklich war … Der nächste Tag würde sie viel zu früh mit der Realität konfrontieren.

Vorher würde er den Abend und die Nacht mit dieser wundervollen Frau genießen und sich amüsieren. Und verdammt wollte er sein, wenn er sie beim Gokart-Rennen gewinnen ließ. Sonst wäre ihr triumphierendes Gelächter nicht auszuhalten.

*

Laurel schlüpfte aus dem Bett und legte Devlins Hemd um ihre Schultern. Da es bis zu ihren Schenkeln hinabhing, bedeckte es ihre Blöße züchtig genug, als sie auf den Balkon trat. Eigentlich sollte sie nach den Aktivitäten des vergangenen Tages schlafen. Aber die Alpträume lauerten, wann immer sie die Augen schloss, und ließen sich nicht verscheuchen.

Auf den Meereswellen glitzerte das Mondlicht und verlieh der Nacht einen silbrigen Schimmer. Nachdem die Sonne in einem rötlichen Feuerwerk hinter dem Horizont verschwunden war, hatte die Luft abgekühlt. Die Dunkelheit sank auf die Stadt herab. Und Laurel und Devlin waren in die Privatsphäre ihres Hotelzimmers zurückgekehrt – im bitteren Bewusstsein, dass ihnen die restlichen gemeinsamen Stunden entglitten wie Sand, der am Strand zwischen den Fingern hindurchrieselte.

Wieder einmal folgte er ihr auf den Balkon. Statt sie an sich zu drücken, blieb er neben ihr stehen. Obwohl sie seinen Wunsch, Distanz zu wahren, verstehen konnte, tat ihr die Zurückweisung weh.

Die Arme verschränkt, wandte sie sich zu ihm. »Niemals hätte ich dich für einen Feigling gehalten, Devlin.«

»So benehme ich mich nur zu deinem Besten. Das weißt du.« In die Kränkung, die aus seiner Stimme sprach, mischte sich unverkennbarer Zorn.

»Warum maßt du dir an, über meinen Kopf hinweg zu entscheiden, was gut für mich ist und was nicht?« Fast ihr ganzes bisheriges Leben lang hatte sie mit Verwandten verbracht, die sie in eine Schublade stecken wollten. In eine hübsche, nette Nische, die sie verstanden, die zu ihrer spießigen Welt passte … Das würde sie sich von Devlin nicht bieten lassen. »Du hast nie nach meiner Familie gefragt. Weil es dich nicht interessiert? Oder weil du dann mehr in mir sehen würdest als einen amüsanten Zeitvertreib im Bett?«

Wie seine verkrampften Kinnmuskeln verrieten, schluckte er nur mühsam hinunter, was er erwidern wollte.

Gnadenlos forderte sie ihn erneut heraus.

»Nun, ich werde dir mal was von meiner Familie erzählen. Das sind gute, anständige Menschen, die jeden Sonntag in die Kirche gehen und nur selten in eine Gegend außerhalb ihres Countys reisen. Alle meine Geschwister haben ihre Jugendlieben aus ihrer Heimatstadt geheiratet und sofort die nächste Generation gezeugt. Und alle meine Verwandten lieben mich. Aber keiner versteht mich. Ich bin die Kuriosität in unserer Familie, der Freak, die einzige Person, die nicht daheim bleiben wollte. Weil ich mir etwas ganz anderes gewünscht habe. Und ich dachte, mit dir hätte ich es endlich gefunden.«

»Laurel …«

»Nein, lass mich ausreden.« Sie bemühte sich nicht, die Tränen zurückzuhalten, die über ihre Wangen strömten. »Nur du begreifst, wie wichtig mir meine Arbeit ist – wie viel es mir bedeutet, alle Paladine zu retten, die in mein Labor gebracht werden. Und du respektierst nicht nur, was ich mache – du bist stolz auf meine Leistungen. Klar, deine Freunde und du, ihr haltet mich für eine kleine Schwester, die man beschützen muss. Aber ich bin kein Schwächling, und ich weiß mich in gefährlichen Situationen zu behaupten.«

Schnüffelnd ergriff sie den Saum seines Hemds und wischte ihr Gesicht ab.

»Verdammt, Devlin, ich liebe dich, und ich erlaube dir nicht, mir dieses Recht abzusprechen.«

Diesen Worten folgte ein beklemmendes Schweigen. Angespannt wartete sie auf seine Reaktion.

Es dauerte nicht lange, bis sie im sicheren Hafen seiner Arme landete. Ganz fest drückte er sie an sich, als würde sie alles verkörpern, was in seinem Leben wundervoll und kostbar war.

»O Laurel, deine Liebe ist das schönste Geschenk, das ich jemals bekommen habe. Eine halbe Ewigkeit ist es her, seit ich zum letzten Mal jemandem außerhalb meines Freundeskreises so nahestand. Mit meinen Kameraden fühle ich mich verbunden, weil sie die Einzigen sind, die wirklich verstehen, was ich bin – ein Mann, zum Töten geboren. Und dann kamst du, mit deinem strahlenden Lächeln und deinen sanften Händen.«

Zärtlich hauchte er einen Kuss auf ihre Stirn.

»Ich liebe dich auch. Aber meinetwegen werde ich dich nicht sterben lassen.«

Dann ließ er sie los und kehrte ins Zimmer zurück.

Jetzt reichte es ihr endgültig. Erbost stürmte sie hinter ihm her und knipste das Licht an.

Devlin saß auf dem Bett, griff nach dem Handy. Vom plötzlichen hellen Licht verwirrt, erstarrte er mitten in der Bewegung.

»Wage es bloß nicht, mir so einen Quatsch zu erzählen, Devlin Bane! Du hast kein Recht, meine Entscheidungen zu treffen, ohne das vorher mit mir zu besprechen. Dass irgendein Wahnsinniger dich und mich ermorden will – daran bist du wohl kaum schuld. Verdammt, jederzeit könnte mich ein betrunkener Autofahrer überrollen. Wäre das *deine* Schuld? Oder wenn ein Terrorist die ganze Stadt bedroht? Wie viel willst du auf deine Schultern laden, nur um der Chance auszuweichen, mit uns beiden könnte es vielleicht funktionieren?«

Laurel postierte sich direkt vor ihm und schaute eindringlich in seine Augen. Da zerrte er sie auf das Bett und begrub sie unter seinem schweren Körper.

Lächelnd nahm sie sein Gesicht in beide Hände. »Also liebst du mich?«

»Ja, verdammt nochmal!«, stieß er hervor und befreite sich hastig von seiner Pyjamahose. Sekunden später, nach einem kraftvollen Stoß, war er mit ihr vereint. »Und du liebst *mich!*«

Die Beine um seine Taille geschlungen, spornte sie ihn an. »O ja. Und nichts wird jemals irgendwas dran ändern. Nicht einmal du.«

Dreizehntes Kapitel

Laurel war allein. Und er auch. Die große Chance! Entweder ergriff er jetzt die Initiative, oder er konnte genauso gut mit seinen bereits gepackten Koffern verschwinden. Als sein mysteriöser Auftraggeber angerufen hatte, war er nicht zu Hause gewesen. Die Nachricht auf dem Anrufbeantworter hatte kurz und bündig gelautet: »Erledigen Sie den Job, oder Sie sterben an Banes Stelle.« Wegen des kalten, sachlichen Tonfalls klang die Drohung umso grauenhafter.

Zwei Tage lang war er herumgelaufen, auf der Suche nach Devlin Bane, ohne Erfolg. Da er den Paladin nicht aufspürte, wollte er ihn zu sich locken. Den ganzen Vormittag hatte er auf eine Gelegenheit gewartet, Dr. Young allein anzutreffen. Aber Dr. Neal und seine Kollegin hielten Besprechungen mit Colonel Kincade ab. Worüber diskutiert wurde, wusste er nicht. Nach den Mienen der drei zu schließen, war es nicht erfreulich gewesen. Er hoffte, dass es um schlechte Neuigkeiten über ihre kostbaren Paladine ging. Vielleicht musste die ganze Bande wie tollwütige Hunde beseitigt werden.

Dieser Gedanke gefiel ihm, abgesehen von dem Problem mit den Anderen. Klar, zusammen mit seinen Kollegen von der Wache konnte er die Situation meistern, wenn nur ein paar Monstren gleichzeitig über die Grenze kamen. Aber wenn sie die Barriere scharenweise durchquerten, wurden die Paladine, diese verrückten Hurensöhne, dringend gebraucht, damit sie den Ansturm abwehrten. Wahrscheinlich wäre es am besten, wenn die Regenten all die Freaks im Untergrund einsperrten und die Käfige nur in dringenden Notfällen öffneten.

Natürlich – wer wäre lebensmüde genug, die Bastarde nach dem Kämpfen in die Zellen zurückzudrängen? Er ganz sicher nicht, denn er verspürte nicht die geringste Todessehnsucht.

Durch das kleine Fenster in der Tür spähte er ins Labor. Verdammt. Dr. Young saß an ihrem Schreibtisch und aß ein Sandwich. Normalerweise ging sie immer weg, um sich etwas für ihren Lunch zu holen, und sie sagte, ein kleiner Spaziergang an der frischen Luft würde ihr helfen, klar zu denken. Manchmal bot sie den Wachtposten, die gerade Dienst hatten, sogar an, sie würde ihnen was mitbringen. Auch ihm schlug sie das immer wieder vor.

Nach dem Fiasko jener Nacht musste sie den Verdacht geschöpft haben, dass irgendetwas vorging. Unter anderen Umständen hätte sie Bane und Trahern sicher beschuldigt, sie seien paranoid, wenn sie ihr einzureden versuchten, jemand wäre hinter ihr her. Doch der Schuss auf Trahern hatte die Argumente der beiden zweifellos bekräftigt. Nun lautete die wichtigste Frage – hatten sie Dr. Young empfohlen, den Mitgliedern der Wache zu misstrauen? Er glaubte, diese Gefahr hätte er gebannt. Aber vielleicht hatte Bane ihr eingeschärft, bis zur Klärung des Falls dürfe sie niemandem vertrauen außer ihm selbst.

Um das herauszufinden, hatte er nur eine einzige Möglichkeit. Die Zeit rannte ihm davon. Entweder würde er die Frau endlich in seine Gewalt bringen, oder er konnte genauso gut den Lauf seiner Pistole in den Mund stecken und feuern. Gewiss wäre das ein angenehmerer Tod als die Qualen, die ihm sein unbekannter Boss oder Devlin Bane bereiten würden.

Seine Hände zitterten ein wenig, als er sich für die Konfrontation mit der reizvollen Dr. Young wappnete. Eventuell würde er sie einen oder zwei Tage lang »beschäftigen«, ehe er Bane wissen ließ, wo sie zu finden sei. In den Tunnels unterhalb des Zentrums würde der elende Kerl sie wahrscheinlich zuallerletzt vermuten. Und wenn er ihrer müde war, konnte er sie einfach in einer der Passagen zurücklassen. Dann würden die Anderen sie entdecken, wenn sie das nächste Mal versuchten, in die Welt des Lichts zu gelangen.

Ja, diese Idee gefiel ihm. Ohne Zögern würden sie das Biest töten. Und sobald ihr Liebhaber das erfuhr, würde er Amok laufen. Allzu viel müsste nicht mehr passieren, um Kincade oder sogar Dr. Neal davon zu überzeugen, Bane hätte die Grenze überschritten und würde den Gnadentod verdienen.

Jetzt, wo alle Puzzleteile seines Plans zusammenpassten, hörten seine Hände zu zittern auf. Bevor er die Tür des Labors öffnete, checkte er noch einmal seine Pistole.

*

Laurel traute ihren Augen nicht. Aber nun saß sie schon über eine Stunde lang an ihrem Schreibtisch und starrte die Wahrheit an. Nach Devlins letzter Wiederbelebung hatte sie einen Gehirnscan vorgenommen. Und der Test, den Dr. Neal während der Untersuchungen aller Paladine durchgeführt hatte, wies eine bemerkenswerte Veränderung auf.

Falls sie nicht zu viel in die Zahlen hineininterpretierte, waren Devlins Werte zum ersten Mal gesunken, als sie seine Hand gehalten hatte. Wie gern würde sie glauben, das wäre signifikant … Aber ihr wissenschaftlicher Verstand erlaubte ihr keine vorschnellen Schlussfolgerungen. Natürlich musste sie auf korrekte Weise vorgehen und die Werte mittels kontrollierter Experimente bestätigen.

Da gab es ein Problem – sie wusste nicht, was die Veränderung bewirkt hatte. Konnte sie mit einem einfachen Körperkontakt zusammenhängen?

In ihrer Fantasie erschienen Visionen von der letzten Nacht, die sie mit Devlin verbracht hatte. *So* ein Experiment würde sie sehr gern wiederholen. Bei diesem Gedanken lächelte sie.

Ihre Intuition sagte ihr, sie sei einer überaus wichtigen Erkenntnis auf der Spur. Sorgfältig ordnete sie die Berichte nach den Daten und legte sie in die Mappe mit Devlins Krankenblatt zurück. Die Neuigkeit musste sie ihm erzählen, nachdem Dr. Neal die Zahlen noch einmal geprüft hatte, unter Berücksichtigung ihrer Liaison mit dem Paladin. Zweifellos würde es ihren Boss schockieren, wenn er hörte, sie habe sich auf eine private, sogar intime Beziehung mit einem ihrer Schützlinge eingelassen.

Aber sie würde seine Entrüstung verkraften, wenn sie tatsächlich Mittel und Wege fanden, um die Paladine aus dem endlosen Zyklus von Tod und Zerstörung zu befreien. Plötzlich sprang sie auf. Diese beglückende Aussicht bewog sie zu einem kleinen Freudentanz …

… und da sah sie sich von einem Pistolenlauf bedroht. Vor Entsetzen erstarrte sie, und sie brauchte mehrere Sekunden, bis sie registrierte, wer die Waffe in der Hand hielt. Seine normalerweise freundlichen Augen erinnerten sie an Trahern.

»Sergeant Purefoy? Soll das ein Witz sein?« Ein Blick in seine eisige Miene, die abgrundtiefen Hass bekundete, raubte ihr diese zaghafte, trügerische Hoffnung.

»O ja, Doc, es ist ein Witz. Aber ich bin der Einzige, der darüber lachen wird.« Er zeigte mit dem Pistolenlauf zur Tür. »Jetzt ziehen wir beide uns für ein paar Tage zurück, an einen netten, abgeschiedenen Ort. Dort werden wir uns großartig amüsieren.«

Seine frostigen Augen fixierten ihre Brüste. Dann schweifte sein Blick langsam an ihrem Körper hinab, und sein Grinsen verriet deutlich genug, was er plante. Ihr Magen krampfte sich zusammen. Schwankend wich sie zurück. In wachsendem

Grauen starrte sie einen Fremden an – nicht den Mann, den sie gekannt, dem sie vertraut hatte.

Offenbar spiegelte Laurels Gesicht ihren Ekel wider, denn er verpasste ihr eine schallende Ohrfeige. »Ersparen Sie mir Ihre moralische Entrüstung, Sie mieses Biest! Ich weiß, Sie haben für Bane die Beine breitgemacht. Verdammt, der ist nicht einmal ein Mensch!«

Nein, sie würde sich nicht einschüchtern lassen. Entschlossen hielt sie seinem Blick stand. Nur sekundenlang schaute sie zu der Kamera, die in einer Ecke installiert war, und hoffte, jemand würde das kleine Drama beobachten. In diese Attacke konnten ja nicht alle Wachtposten verwickelt sein.

Als Purefoy merkte, wohin sie spähte, lachte er. »Was glauben Sie denn, wer die Labors gerade auf seinem Monitor überwacht? Ganz plötzlich ist mein Partner an einer Lebensmittelvergiftung erkrankt. Deshalb musste er nach Hause gehen. Stellen Sie sich das vor! So ein erstaunlicher Zufall! Bis die nächste Schicht eintrifft, stehe ich ganz allein meinen Mann.«

Er nahm ihr Handy vom Schreibtisch, steckte es in die Brusttasche seiner Uniform und schwenkte seine Pistole wieder in die Richtung der Tür.

»Nun werden Sie mit mir da rausgehen und den Eindruck erwecken, alles wäre in bester Ordnung. Eine falsche Bewegung oder ein Fluchtversuch, und ich würde nicht zögern, jeden zu erschießen, der uns über den Weg läuft.« Er grinste wieder. »Natürlich werde ich *Sie* nicht töten. Aber eine Schusswunde in Ihrem Bein würde nicht vereiteln, was ich mit Ihnen plane.«

Niemals würde sie ihm wie ein sanftes Opferlamm gehorchen. Welche Waffe könnte sie benutzen? Offensichtlich ahnte Purefoy, sie würde irgendetwas versuchen, denn er schob sie vom Schreibtisch weg, in die Mitte des Raums. Dann postierte er sich neben ihr. Schmerzhaft presste er den Pistolenlauf zwischen ihre Rippen und zerrte sie in den Flur hinaus, zu einer Treppenflucht, die in ein selten benutztes Tiefgeschoss hinabführte.

Mit voller Absicht stolperte Laurel und stoppte einen Sturz, indem sie sich am Geländer festhielt. Sie setzte sich auf eine Stufe, und als der Sergeant sie auf die Füße ziehen wollte, wehrte sie sich energisch. »Wenn Sie verhindern möchten, dass ich hinunterfalle und mir ein Bein breche, müssen Sie sich ein bisschen gedulden.« Sie riss einen ihrer Schuhe vom Fuß und hielt ihn hoch. »Ihretwegen habe ich gerade nagelneue Schuhe ruiniert!«

Ehe er sie daran hindern konnte, schleuderte sie den Schuh über ihre Schulter nach hinten und den anderen die Treppe hinunter. Erbost zerrte Purefoy sie an den Haaren hoch, der letzte Rest seiner Höflichkeit verflog.

»So dumm bin ich nicht, Laurel.« Der Pistolenlauf glitt über ihren Hals. »Klar, Sie wollen eine Spur hinterlassen, der Ihr Paladin-Liebhaber folgen soll. Das funktioniert nicht. Selbst wenn er die Schuhe findet, wird er glauben, ich versuche ihn in eine Falle zu locken. Und wenn er merkt, dass ich Sie tatsächlich in die Tunnels gebracht habe, wird's zu spät sein – für Sie und für ihn.«

Während er sie die Treppe hinabstieß, setzte er seine Kommentare fort.

»Vor einiger Zeit habe ich überlegt, ob ich eine Frau von den Anderen ausprobieren soll. Ich schnappte mir eine. Aber ich ertrug den Gestank ihrer fremden Welt nicht. Und mit dieser grauen Haut sah sie wie eine Leiche aus. Aber ich wette, einer dieser Männer würde sich nur zu gern mit einer menschlichen Frau vergnügen. Manchmal ziehen diese Männer paarweise los. Wussten Sie das? Für Sie wäre das auch eine interessante neue Erfahrung, was, Doc? Immerhin muss es einen Grund geben, warum diese Ungetüme dauernd die Grenze zwischen den beiden Welten überqueren. Vielleicht wollen sie's einfach mal mit einer Frau treiben, die nicht wie eine Tote aussieht.«

»Lieber schlafe ich mit einem Anderen als mit Ihnen, Sie kranker Bastard.«

Laurel wappnete sich gegen einen zweiten Schlag ins Gesicht. Doch er reagierte nicht auf die Herausforderung. Am Fuß der Treppe schob er sie in eine Ecke und tippte eine Codenummer in den kleinen Computer neben der Tür, die lautlos aufschwang.

Unsanft packte er Laurels Arm und zog sie in einen Lagerraum.

Nur seine und ihre Atemzüge durchbrachen die tiefe Stille. Ein paarmal hatte Laurel diesen klimatisierten Raum schon betreten. Deshalb wusste sie, dass er vom Boden bis zur Decke mit Akten gefüllt war, die keinen schädlichen Einflüssen ausgesetzt werden durften. Sogar das Licht war auf eine winzige Lampe bei der Tür beschränkt. Bewegungsdetektoren schalteten Deckenleuchten ein, wann immer sie gebraucht wurden. Solche Vorsichtsmaßnahmen waren nötig, weil hier die Geschichte der Paladine lagerte, sorgsam aufgezeichnet und von den Regenten verwahrt, seit dem nebelhaften Beginn des geschriebenen Wortes.

»Kommen Sie.« Purefoy eilte mit Laurel durch einen Mittelgang zum anderen Endes des Raums, mit schnellen Schritten, um das Tempo der Bewegungsdetektoren zu überlisten.

Vor einem versteckten Lift blieben sie stehen. Purefoys Finger flogen wieder über eine Tastatur, ein surrendes Geräusch kündigte die Ankunft einer Liftkabine an, die aus der Tiefe herauffuhr. Über Laurels Rücken rieselte ein eisiger Schauer. Bisher hatte sie die Anderen nur auf Bildern gesehen – und einmal bei einer Autopsie, die Dr. Neal vorgenommen hatte, um neuen Betreuern vorzuführen, welche Feinde die Paladine bekämpfen mussten.

Bei dem Gedanken, Purefoy würde sie als Köder benutzen, um ein männliches Raubtier in der Gestalt eines Anderen anzulocken, wurde ihr übel. Wäre das noch schlimmer, als von dem Wahnsinnigen an ihrer Seite missbraucht zu werden? Hatte ihn ihre Liaison mit einem Paladin um den Verstand gebracht?

Aus welchem Grund riskierte er die zweifellos tödliche Rache der Paladine? Selbst wenn er sie ermordete und danach auch noch Devlin – er musste wissen, dass er seiner Strafe nicht entrinnen würde.

»Warum tun Sie das?« Laurel bemühte sich, in einem möglichst ruhigen Ton zu sprechen. Schon jetzt drohten seine Nerven zu versagen. Das verrieten seine geweiteten Pupillen, die Schweißperlen auf seiner Stirn. Wenn sie ihn in die Enge trieb, war seine Reaktion nicht vorauszusehen.

»Weil ich eine Menge Geld dafür bekomme.«

Die Liftkabine öffnete sich, und er stieß Laurel hinein. Dann folgte er ihr.

»Die Regenten überschütten ihre kostbaren Paladine mit Ruhm und Reichtum. Und uns Wachtposten geht's hundsmiserabel. Mit unserem beschissenen Verdienst können wir gerade leben, aber uns kaum was leisten.«

»Aber die Paladine bekämpfen die Anderen.« Und wieso glaubte er, die Paladine würden sich mit Ruhmeslorbeeren bekränzen, wo ihre Existenz doch zu den bestbehüteten Geheimnissen der Menschheitsgeschichte zählte?

»O ja!«, schnaufte Purefoy verächtlich, »die müssen kämpfen. Wie oft? Vielleicht jeden Monat ein paar Tage? Und selbst wenn sie ins Gras beißen, kehren sie von den Toten zurück wie unheimliche Zombies. Wir werden in die Tunnels runtergeschickt, damit wir ihnen den Rücken decken. Aber wenn wir sterben, bleiben wir tot.«

Anscheinend war es sinnlos, mit dem Mann zu sprechen. Je länger sie diskutierten, desto eifriger würde er sich einreden, er handle nicht aus Habgier, sondern um den geknechteten Wachtposten zu ihrem moralischen Recht zu verhelfen. Inzwischen fuhr der Lift unaufhaltsam hinab, zu den Tunnels tief unter den Straßen von Seattle.

Mit einem schmerzhaften Ruck hielt die Kabine. Langsam glitten die Türen auseinander, und Laurel sah zum ersten Mal den feuchtkalten Untergrund, wo die Anderen und die Paladine kämpften und starben. Und wo vielleicht auch sie bald sterben würde …

*

Cullen steckte seinen Kopf durch Devlins Bürotür. »He, Dev, du wolltest wissen, ob wir ungewöhnliche Werte bemerkt haben.«

»Was ist los?« Devlin blickte von den Scan-Berichten auf, die D.J. für ihn ausgedruckt hatte, nachdem er in die ärztlichen Dateien eingedrungen war. Müde kniff er in seinen Nasenrücken und wünschte, Laurel wäre hier und würde ihm den ärztlichen Fachjargon erklären. Hätte er bloß gelernt, das verdammte Zeug zu entziffern … »Spielt sich der Berg schon wieder auf?« Lonzo war noch nicht auf dem Damm. Und Trahern erholte sich nur langsam. Im Augenblick konnten sie keine größeren Kämpfe gebrauchen.

Cullen schüttelte den Kopf. »Bisher nicht. Aber D.J. hat einen Echoimpuls auf einem der Monitore in den etwas weiter entfernten Tunnels aufgeschnappt. Den versucht er genauer zu orten. Aber es ist nur ein einziges Mal passiert.«

»Halt mich auf dem Laufenden.«

»Klar. Übrigens, wir wollen Sandwiches im Feinkostgeschäft bestellen. Möchtest du auch was?«

Wie spät es geworden war, hatte Devlin noch gar nicht registriert. »Nein, danke, ich habe andere Pläne fürs Dinner.« Und für nach dem Dinner. Doch das würde er Cullen nicht verraten. Dass Laurel immer noch in seinem Haus wohnte, wusste niemand außer Trahern. Und dabei sollte es auch bleiben, ihr zuliebe.

»Okay. Wenn du mich brauchst – in einer halben Stunde verschwinde ich.«

Nachdem Cullen die Tür geschlossen hatte, lehnte Devlin sich in seinem Sessel zurück. Die Lider gesenkt, hoffte er die Kopfschmerzen zu lindern, die ihm der Schlafmangel und die mühsame Lektüre bereitet hatten. Trotzdem lächelte er. Auch die letzte Nacht mit Laurel war anstrengend gewesen, um es milde auszudrücken. Die Frau musste regelmäßig im Fitnesscenter trainieren, denn sie besaß ein erstaunliches Durchhaltevermögen. Nach einer Diskussion über die aktuellen Probleme waren sie eingeschlummert. Aber zwei Stunden später rüttelte sie ihn wach, und er erfüllte ihre Wünsche, kurz bevor der Wecker klingelte.

In sein Haus zurückgekehrt, hatten sie seine Dusche ausprobiert, um festzustellen, ob sie sich mit ihrer vergleichen ließ. Glitschige, seifige Haut und die sprudelnde Brause sorgten für einen angenehmen Tagesbeginn. Dann war das Wasser erkaltet. Sobald sie die Schwierigkeiten gemeistert hatten, würde er einen größeren Durchlauferhitzer kaufen.

Bei diesem Gedanken griff er zum Telefon. Inzwischen war es fast sechs Uhr geworden, also höchste Zeit, Laurel zu fragen, wann er sie abholen sollte. Wenn er ihr erzählte, was er für diesen Abend plante, würde sie vielleicht auf die fabelhafte Idee kommen, ein Teil ihrer Arbeit könnte bis morgen warten.

Er wählte die Nummer und lehnte sich wieder zurück. Nach dem fünften Läuten ertönte der Anrufbeantworter. Sollte er eine Nachricht hinterlassen? Aber er wusste nicht, ob der Apparat in Laurels Labor gesichert war. Und dass Dr. Neal oder die Wachmänner seine Vorschläge belauschten, war das Letzte, was er brauchte.

Vielleicht war sie gerade beschäftigt und konnte sich nicht melden. Wie auch immer – er versuchte sie auf ihrem Handy zu erreichen. Schon nach dem ersten Läuten erklang die Voicemail.

An diesem Morgen hatte er sie zum Labor begleitet und mir ihr vereinbart, er würde sie irgendwann im Lauf des Tages anrufen und fragen, ob alles okay sei. Wieso hatte sie ihr Handy ausgeschaltet? Das fand er leichtsinnig oder dumm. Und Dr. Young war weder das eine noch das andere.

Verdammt, hatten sie den Schurken unterschätzt? Laurel aus dem Labor zu holen, das Dr. Neal oder die Wachtposten jederzeit betreten konnten – dazu würde ein geradezu tollkühner Wagemut gehören.

Er steckte seine Pistole in den Hosenbund und

nahm sein Schwert von der Wand. Falls der Hurensohn ihr auch nur ein Haar gekrümmt hatte, würde Devlin ihn mit dem größten Vergnügen zerstückeln.

Auf dem Weg nach draußen schaute er in D.J.s Büro, um dem Freund mitzuteilen, wohin er gehen würde. Aber der saß nicht an seinem Schreibtisch.

Statt Zeit zu verschwenden und ihn zu suchen, drückte er auf die All-Call-Taste der Sprechanlage. »D.J., schaff deinen nutzlosen Arsch in dein Büro zurück!«

Zehn Sekunden später kam D.J. angelaufen, dicht gefolgt von Lonzo und Trahern.

Ein Blick in Devlins Gesicht bewog D.J., den Klugscheißer-Kommentar hinunterzuschlucken, der ihm zweifellos auf der Zunge lag. »Was gibt's?«

»Jetzt fahre ich rüber zum Labor und sehe nach Dr. Young.«

»Stimmt was nicht?« Trahern schob sich an Lonzo vorbei.

»Soll ich mitkommen? Brauchst du mich?«

»Das weiß ich noch nicht. Sie geht nicht ans Labortelefon. Auf ihrem Handy meldet sie sich auch nicht. Wahrscheinlich kein Grund zur Besorgnis … Aber das passt nicht zu ihr.«

»Da hast du völlig Recht.« Traherns eisgraue Augen bezeugten, wie beunruhigt er war. »Ruf mich sofort an, wenn ich dir helfen soll.«

»Danke, das werde ich tun.« Devlin eilte zur Tür. »Sobald ich was weiß, hört ihr von mir.«

*

Ohne Umwege steuerte er sein Auto in die Privatgarage der Regenten, die um diese Tageszeit fast leer war. Die meisten Mitarbeiter hatten die Tagesschicht beendet und waren nach Hause gefahren. Nur selten blieb jemand nach sechs Uhr abends im Haus – es sei denn, an der Barriere tauchten Probleme auf und verletzte Paladine mussten versorgt werden.

Nachdem er seinen Wagen versperrt hatte, eilte er zum Vordereingang des Gebäudes. Der Empfang in der Halle war verlassen, und Devlins Unbehagen wuchs. Selbst wenn in der Wache Personalmangel herrschte, bestand Colonel Kincade auf einen ständigen Bereitschaftsdienst an dieser Stelle, weil sie bei einem Angriff die erste Verteidigungslinie bildete. Zudem wurden hier die Kameras und Mikrofone in den Hochsicherheitstrakten wie den Labors überwacht.

Devlin zog sein Handy hervor und drückte auf die Taste für eine gespeicherte Nummer. Schon beim ersten Läuten hörte er D.J.s Stimme.

»Hier ist alles leer, keine Wache am Empfang in der Halle. Jetzt gehe ich zum Auto zurück und hole meine Waffen. Kannst du die Sensoren lange genug ausschalten? Ich will die Labors erreichen, ohne einen Alarm auszulösen.«

Ungeduldig wartete er, während sein Kamerad mit jemandem sprach, wahrscheinlich mit Cullen. Wenn der eine nicht mit Computern zurechtkam, schaffte es der andere. Allzu lange dauerte die Debatte nicht. Wie es Devlin erwartet hatte, garantierte ihm D.J. eine Ausfallzeit von mindestens sechzig Sekunden.

»Danke, D.J. Wenn ich bereit bin, lasse ich dein Handy zweimal klingeln. Dann zähle ich bis dreißig, bevor ich an den Sensoren vorbeilaufe. Sag Trahern, er soll hierherkommen.«

Zu seiner Erleichterung erfuhr er, der Freund sei bereits unterwegs und müsse bald in der Forschungsabteilung eintreffen. Immer eindringlicher sagte ihm sein Instinkt, irgendetwas Schreckliches könnte passiert sein.

Als er mit seinen Waffen in die Halle zurückkehrte, war sie immer noch verlassen. Er drückte D.J.s Taste auf seinem Handy. Nach dem zweiten Klingelton unterbrach er die Verbindung und starrte die Wanduhr an. In wachsender Ungeduld zählte er die Sekunden, bis er unbemerkt weitergehen konnte. Zur Sicherheit zog er zehn Sekunden von der Frist ab. Halb und halb nahm er an, der Alarm würde jeden Moment schrillen.

Von unheimlicher Stille umgeben, eilte er zu Laurels Labor. Lautlos wie ein Jäger pirschte er sich heran, die Pistole in der Hand. Das Schwert hing an seiner Seite. Nur wenn die Paladine gegen die Anderen kämpften, benutzten sie Waffen aus alten Zeiten. Hier, in sicherer Entfernung von der verletzlichen Barriere, bevorzugte er eine moderne Waffe. Denn die würde kurzen Prozess mit dem Abschaum machen, der Laurel zu bedrohen wagte – *seine Frau.*

Er näherte sich dem Eingang von der Seite her, dicht an der Wand, und trat vor das kleine Türfenster, das ihm einen raschen Blick ins Labor gestattete. Wie er sofort feststellte, war der Raum menschenleer – zumindest, so weit sein Auge reichte.

Die Pistole mit beiden Händen umklammert, schob er die Tür nur so weit auf, dass er hindurchschlüpfen konnte. Bis auf das leise mechanische Surren der Laborgeräte war nichts zu hören.

Devlin steckte die Pistole wieder in den Hosenbund seiner Jeans. In einer Ecke des Raums begann er mit seiner Suche, checkte Tische und Schränke, sogar die leeren Betten in der angrenzenden Krankenstation. Konzentriert hielt er nach Anhaltspunkten Ausschau, nach Spuren einer Gewalttat, die ihm verraten könnten, was Laurel zugestoßen war. Aber er fand nur das Papier, in das er am Morgen das Sandwich für ihren Lunch gewickelt hatte. Nun lag es im Abfalleimer. Er hatte gewusst, sie würde ihr Wort halten und das Gebäude in der Mittagspause nicht verlassen. Darauf wiesen die Krümel im Plastiksack hin, der den Mülleimer auskleidete.

Frustriert schlug er mit seiner Faust auf den Schreibtisch. Vielleicht war Laurel zu einer späten Besprechung gerufen worden. Aber ihre Handtasche lag auf einem Schrank. Ohne die hatte sie das Labor noch nie verlassen. Und hätte sie ihren Laptop nicht mitgenommen?

Sein Handy klingelte und zerriss die Stille. Im Display erschien Laurels Nummer. Noch bevor er sich meldete, stieg eine böse, beklemmende Ahnung in ihm auf.

»Bane.«

»Devlin?«

Er glaubte, ihre Stimme würde ein bisschen zittern, aber der Empfang war schlecht. Entweder befand sie sich außerhalb des Handynetzes oder in einem Gebiet, wo elektronische Geräte dazwischenfunkten.

»Wo bist du Laurel? Und bei wem?« Während er rastlos im Labor umherging, bemühte er sich um einen möglichst ruhigen Tonfall.

»Das kann ich dir nicht sagen. Aber im Augenblick bin ich okay.« Damit deutete sie an, so würde es nicht mehr lange bleiben. Diesen elenden Schurken würde er dreimal töten.

»Er lässt dir ausrichten, er würde dich informieren, wenn du zu der Party kommen sollst.«

Dann war die Leitung tot. Wenig später klingelte sein Handy wieder, und D.J. teilte ihm mit, nun würde Trahern das Gebäude der Forschungsabteilung betreten.

Als Devlin sein Handy wieder in die Hosentasche stopfte, stürmte Trahern ins Labor, senkte seine Pistole und steckte sie zurück in das Schulterhalfter. Mit einem kurzen eisigen Blick sah er sich um. »Offenbar ist sie verschwunden.«

»Ja, er hat sie gekidnappt.«

»Davon abgesehen, dass er so gut wie tot ist – wissen wir sonst noch was über ihn?«

Trahern trat näher, achtete aber auf eine ausreichende Bewegungsfreiheit zwischen ihnen, für den Fall unerwarteter Gefahren.

»Nein, er hat Laurel nur beauftragt, mir zu sagen,

er würde mich informieren, wenn ich zur ›Party‹ kommen soll.« In Devlins Fantasie tauchten Visionen auf, die ihm vorgaukelten, was der Widerling mit Laurel machte. Von heißem Zorn erfasst, hätte er am liebsten geschrien.

»Also müssen wir Laurel und den Bastard noch vorher finden.« Traherns Kinn wies zum Laptop. »Hast du da schon nachgesehen? Vielleicht hatte sie genug Zeit, um uns einen Hinweis zu hinterlassen.«

Fluchend schaltete Devlin den Laptop ein. Eher unwahrscheinlich, dass diese Vermutung stimmte – aber er ärgerte sich, weil er nicht daran gedacht hatte. Das bewies ihm, wie verwirrt und nervös er war. »Keine Eintragungen in letzter Zeit.«

Mühsam zwang er sich zur Ruhe und überlegte, was sie unternehmen könnten.

»Ruf D.J. an, er soll Cullen sofort zur Wachstation schicken. Vielleicht hat eine Kamera den Schurken gefilmt. Zumindest kann er nachschauen, welche Männer heute Dienst hatten.«

Während Trahern telefonierte, holte Devlin mehrmals tief Atem, auf der Suche nach der Konzentration, die ihn stets stärkte, wenn die Barriere zusammenbrach und die Anderen hindurchströmten.

Die Barriere. Da war doch irgendetwas gewesen, das mit der Barriere zusammenhing ... Er riss Trahern das Handy aus der Hand. »D.J., bist du diesem Echoimpuls nachgegangen, den du vorhin bemerkt hast? Sagtest du nicht, er müsste aus einem der entfernten Tunnels stammen?«

Nein, D.J. hatte noch keine Zeit gefunden, das

zu checken. Doch es war nur ein einziger Impuls gewesen.

»Welcher Tunnel war es? Hast du das rausgekriegt?«

D.J.s Antwort jagte Devlin zur Tür hinaus, und Trahern blieb ihm auf den Fersen.

»Wohin gehen wir jetzt?«

»Vor einer Weile hat irgendwas die Sensoren in einem entfernten Tunnel aktiviert«, antwortete Devlin, »nicht in der Nähe der Barriere, aber direkt unter diesem Gebäude. D.J. sondiert gerade die Lage. Gleich wird er mir erklären, wie wir den Tunnel von hier aus erreichen. Wenn das nicht klappt, müssen wir durch das Zentrum nach unten fahren und die Suche von dort aus beginnen. Bis er sich mit weiteren Informationen meldet, müssen wir uns auf eigene Faust umsehen.«

Von der Halle aus zweigten drei Korridore ab, und sie wählten den zur Linken, weil es der kürzeste war. Indem sie nach dem Standardsuchsystem vorgingen, wechselten sie einander ab. Erst stürmte Devlin in jeden Raum und jedes Büro, gefolgt von Trahern, dann bildete dieser die Vorhut. Die meisten Räume waren dunkel. Offensichtlich hatten die Angestellten ihr Tagewerk beendet.

Im zweiten Korridor wurden sie endlich fündig. Am Boden lag ein Frauenschuh, in der Nähe eines Treppenabsatzes. Noch bevor Devlin genauer hinschaute, wusste er Bescheid – dieser Schuh gehörte Laurel.

Was er nicht wusste – hatte sie den Schuh hinterlegt, um ihn auf ihre Spur zu bringen? Oder war das ein Ablenkungsmanöver des Kidnappers?

Als Trahern näher kam, hielt Devlin den Schuh hoch. »Von Laurel.«

»Glaubst du, sie hat ihn hierhergeworfen?«

»Das würde ich gern glauben. Leider weiß ich's nicht.« Nachdenklich runzelte Devlin die Stirn. »Weißt du, wohin diese Treppe führt?«

»Nach unten«, lautete die naheliegende Antwort.

»Vielen Dank.« Devlin legte den Schuh auf den Boden. »Vermutlich ist's am besten, wir steigen da runter. Aber vorher sollten wir uns in diesem Stockwerk genauer umschauen. Ich checke diesen Korridor, du übernimmst den dritten. Wenn D.J. sich meldet, rufe ich dich.«

Bald war die Suche, die keine weiteren Anhaltspunkte ergab, beendet. Der Entführer wäre ein Narr, hätte er Laurel in eine der oberen Etagen gebracht, wo es keinen Fluchtweg ins Freie gab, falls die Verfolger ihn in die Enge trieben. Nein, entweder hatten der Schurke und Laurel das Gebäude durch eine Tür im Erdgeschoss verlassen – oder auf einem anderen Weg. Sicher wäre es zu riskant, eine widerstrebende Frau – die noch dazu nur einen Schuh trug – auf eine Straße zu zerren und ein Auto anzusteuern. Also blieb nur die Treppe übrig. Als Trahern zurückkehrte, klingelte Devlins Handy.

Fragend schaute Devlin seinen Freund an, der den Kopf schüttelte. Nichts. Wie erwartet.

»Erzähl mir gute Neuigkeiten, D.J.«

Bis der Kamerad Bericht erstattet hatte, dauerte es nicht lange.

»Danke. Nein, bleib wo du bist. Vielleicht musst du die Truppe zusammentrommeln. Wir halten dich auf dem Laufenden, soweit das möglich ist.«

Devlin drückte auf die Austaste und wandte sich zu Trahern.

»Im tiefsten Geschoss dieses Gebäudes existiert ein klimatisierter Lagerraum. Dort werden die Aufzeichnungen der Regenten verwahrt. Wie D.J. festgestellt hat, gibt es nur einen einzigen Zugang zu diesem Raum – am Fuß dieser Treppe. Um die Tür zu öffnen, muss man den Sicherheitscode kennen.«

»Sicher hat D.J. dieses kleine Problem für uns gelöst.«

Seufzend zuckte Devlin die Achseln. »Das wird er versuchen. Wenn's nicht klappt, jage ich eine Kugel ins Schloss dieser verdammten Tür.«

»Klingt amüsant …«

Vierzehntes Kapitel

Devlin checkte seine Pistole und die Schärfe seiner Schwertklinge. Diesem Beispiel folgte Trahern.

Sobald beide bereit waren, stieg Devlin die erste Treppenflucht hinab. Am Absatz stoppten sie. Den restlichen Weg legten sie so zurück, so dass sie einander Deckung gaben, falls der Kidnapper von einem Komplizen unterstützt wurde.

Am Fuß der Treppe hob Devlin erstaunt die Brauen, denn die Tür zum Lagerraum war nur angelehnt. Er rief D.J. an.

»Hast du die Tür geöffnet? Nein? Das dachte ich mir.« Dann unterbrach er die Verbindung, bevor sein Freund Fragen stellen konnte.

»Schau doch, Devlin.« Trahern zeigte in eine Ecke.

Im Schatten, fast verborgen unter der Treppe, lag Laurels zweiter Schuh.

Das überzeugte Devlin. Zweifellos stammte dieser Hinweis von Laurel. Hätte der Entführer ihn auf eine falsche Fährte lenken wollen, würde der Schuh an einer Stelle liegen, wo er nicht übersehen werden konnte.

Ganz eindeutig versuchte Laurel mit ihren beschränkten verfügbaren Mitteln, ihren Rettern den richtigen Weg zu zeigen. Devlin hoffte, die unerschütterliche Gewissheit, dass er nach ihr suchte, würde sie trösten und ihr Kraft geben. Und sobald er sie gefunden hatte, würde er sie stets bei sich behalten, auf Biegen und Brechen.

Aber nun musste sich erst einmal herausstellen, was sich hinter der Tür befand. »Gehen wir?«

Trahern nickte und folgte Devlin über die Schwelle ins Dunkel.

*

Während Sergeant Purefoy seine Gefangene durch ein endloses Labyrinth aus Tunneln zerrte, drang feuchte Kälte bis in ihre Knochen.

Anfangs hatte sie versucht, sich all die Abzweigungen einzuprägen, und das bald aufgegeben, weil der Kidnapper ständig die Richtung wechselte. Selbst wenn sie sich losreißen und fliehen konnte – sie würde den Rückweg zu dem Lift, mit dem sie beide in diese Hölle herabgefahren waren, wohl kaum finden.

Als sie schon glaubte, Purefoy würde niemals anhalten, bog er abrupt nach links. Wegen des plötzlichen Kurswechsels strauchelte Laurel und fiel beinahe auf die Knie. Nur mühsam gewann sie ihr Gleichgewicht wieder. Der Sergeant spähte in die schmale Passage, die er gewählt hatte, und nickte zufrieden. In diesem Korridor entdeckte sie nichts, was ihn von den anderen Passagen unterschied. Doch das interessierte sie nicht. Sie war einfach nur froh über die kleine Ruhepause. Und dann sah sie, was an der Wand stand. Eine plötzliche Übelkeit drehte ihr den Magen um.

»Willkommen in Ihrem neuen Zuhause.« Purefoys Lippen verzogen sich zu einem widerwärtigen Grinsen. Triumphierend führte er sie zu einem schmalen schmiedeeisernen Bett mit einem fleckigen Matratzenüberzug. »Nicht besonders luxuriös. Aber Sie sind ja auch nicht hier, um Urlaub zu machen.«

Erbost entwand sie ihr Handgelenk seinem harten Griff. »Wie gern würde ich Ihnen sagen, Sie sollen zur Hölle fahren, Purefoy! Aber dort werden Sie ohnehin bald landen. Etwa fünf Minuten, nachdem Devlin Bane Sie zwischen seine Finger gekriegt hat – wenn Sie Glück haben. Sonst könnte es Stunden dauern.«

Mit dieser Verbalattacke versuchte sie ihren Kampfgeist zu stärken. Und sie fühlte sich tatsächlich besser, denn ihr Peiniger starrte in die Richtung, aus der sie gekommen waren. Also hatte ihre Drohung einen wunden Punkt getroffen.

»Halten Sie die Klappe, dummes Biest!«

»Zwingen Sie mich doch dazu!« Noch während sie die Herausforderung hervorstieß, erkannte sie, dass sie einen schweren taktischen Fehler begangen hatte. Die Nerven des Mannes und sein Adrenalin liefen ohnehin schon Amok. Zu dieser brisanten Mischung musste sie nicht auch noch Testosteron hinzufügen.

Prompt packte er ihren Arm und zog sie an sich. »Da Sie Bane so gern in Ihr Bett holen, nehme ich an, Sie sind ganz scharf auf die harte Tour.«

Sie spürte die Hitze, die er trotz der nasskalten Luft ausstrahlte. Nur mühsam brachte sie ihre bebende Stimme unter Kontrolle und erwiderte in kühlem Ton: »Tun Sie das nicht, Sergeant Purefoy. Sie wollen es doch gar nicht. Das wissen Sie.«

»Da täuschen Sie sich gewaltig – darauf bin ich ganz versessen.«

Mit seiner freien Hand strich er über ihre Schulter und knetete ihre Brüste so schmerzhaft, dass sie zusammenzuckte. Dann umfasste er ihre Hinterbacken und presste sie an seinen Körper. Als er sie zu küssen versuchte, wandte sie in letzter Sekunde ihren Kopf zur Seite. Dafür rächte er sich, indem er seine Finger in ihr Haar schlang, ihr Gesicht zu seinem drehte und einen feuchten, widerwärtigen Kuss auf ihre Lippen drückte.

Verzweifelt wehrte sie sich. Da riss er so brutal an ihren Haaren, dass sie aufschrie, schob seine Zunge in ihren Mund, und sie würgte angeekelt. Weil sie keinen anderen Ausweg sah, biss sie zu.

Purefoy heulte auf. Fluchend sprang er zurück und spuckte Blut aus. Mit aller Kraft schlug er in ihr Gesicht, und sie stöhnte gequält. Wenigstens verzichtete er auf weitere lüsterne Attacken. Nun würde noch ein blauer Fleck ihre Wange verunstalten. Aber nach dieser kleinen Demonstration ihres Widerstands fühlte sie sich nicht mehr so hilflos.

»Strecken Sie Ihre Hand aus.«

Vor Laurels Augen schimmerte eine Kette mit Handschellen. Wie ihr das manische Glitzern in den Augen des Kidnappers verriet, hoffte er, sie würde ihn zwingen, Gewalt anzuwenden. Langsam hob sie eine Hand. In ihrem Magen verstärkte sich die Übelkeit. Purefoy schleuderte sie blitzschnell auf die schäbige Matratze, setzte sich rittlings auf ihre Hüften und legte ihr eine Handschelle an. Mit der zweiten fesselte er ihre Hand an die rostige Querstange am Kopfteil des Betts.

»Nun könnte ich fragen, ob Sie's bequem haben. Aber sobald die Anderen Sie finden, wird der Komfort Ihre letzte Sorge sein.«

Unsanft riss er an den Handschellen, um festzustellen, dass sie sich nicht lockern würden. Dann beugte er sich hinab und pflanzte noch einen schleimigen Kuss auf ihren Mund. Nachdem er ihr fröhlich zugewunken hatte, folgte er dem Weg, auf dem sie hierhergekommen waren, und ließ sie in der kalten Passage allein.

Eine Zeit lang blieb Laurel reglos liegen und lauschte den Schritten, die allmählich verklangen. Da die Korridore umeinander herumzuführen schienen, wusste sie nicht, wie weit der Sergeant sich entfernt hatte. Womöglich wartete er in ihrer Nähe ab, ob sie einen Fluchtversuch unternehmen würde.

Warum hielt er sie in diesem schmalen Gang gefangen? Wegen der abgeschiedenen Lage und der Nähe zur Barriere? Laurel hatte den Wall auf Fotos und in Filmen gesehen. Aber keine der Aufnahmen war ihm gerecht geworden. Im schwachen Licht glänzte er am fernen Ende des Tunnels in Myriaden von Farben und schimmernden Texturen, die sie nicht definieren konnte.

Aus einem ersten Impuls heraus würde sie nach dem Wunderwerk greifen und es berühren. Doch sie wusste es besser. Oft genug hatten sich die Paladine schwere Verbrennungen zugezogen, wenn sie im Eifer des Gefechts gegen die Barriere geprallt waren. Denn sie war ebenso tödlich wie schön.

Laurel entschied, es müsste sie nicht interessieren, was Purefoy machte. Selbst wenn er nicht zu ihr zurückkehrte, bestand stets die Möglichkeit, dass der Wall flackerte und sie den Anderen auslieferte, auf Gnade oder Ungnade. Diesen Gedanken verbannte sie in den Hintergrund ihres Bewusstseins. Eine so grausige Angst durfte sie nicht schwächen. Stattdessen überlegte sie, wie sie sich befreien könnte.

Versuchsweise zerrte sie an den Handschellen, um herauszufinden, ob das Metall nachgeben würde. Dieses Experiment führte zu entmutigenden Resultaten. Trotz des geringen Kraftaufwands hatten die harten Fesseln ihr Handgelenk aufgeschürft. Mit einiger Mühe setzte sie sich auf. Das fiel ihr schwerer, als sie es erwartet hatte, weil sie sich nur auf einen Arm zu stützen vermochte.

Sie rutschte herum, bis sie dem Kopfteil des Betts gegenübersaß, presste ihre Füße darauf und stieß sich nach hinten ab. In diese Bewegung investierte sie ihr ganzes Gewicht.

An ihrem Unterarm rann Blut hinab. Aber das Eisenrohr über den Gitterstäben, die das Kopfteil des Bettgestells bildeten, rührte sich nicht. Sie holte tief Luft, ignorierte den Schmerz und versuchte es erneut. Diesmal fiel sie nach hinten und schrie auf. Im College hatte sie ein Semester lang an einem Judokurs teilgenommen. Die Studenten waren von ihrem Lehrer aufgefordert worden, beim Training möglichst laut zu schreien. Ob sie es ihrem zweiten Kraftakt oder ihrer gellenden Stimme verdankte, wusste sie nicht. Jedenfalls spürte sie, dass das massive Bettgestell ein bisschen nachgab.

Unglücklicherweise blieb das schwere Kopfteil intakt. Sie war nicht sicher, wie oft sie es noch versuchen durfte, ohne sich ernsthaft zu verletzen. Andererseits würde die feuchte Kälte im Tunnel an ihren Energiereserven zehren, wenn sie reglos dalag.

Die Füße wieder gegen das Kopfteil gestemmt, atmete sie durch die Nase ein und durch den Mund aus. Aber bevor sie sich noch einmal abstoßen konnte, ertönte ein schrilles Summen und schwoll an, bis sie das Gefühl hatte, ein Eispickel würde sich in ihr Trommelfell bohren.

Sie sank auf die Matratze hinab und beobachtete entsetzt die grellen, hässlichen Farben, die in der Barriere pulsierten. Hin und wieder glaubte sie auszumachen, wie sich jemand dahinter bewegte. Wartete ein Anderer auf seine Chance, die Grenze zu überqueren? Ja, zweifellos … Und nach allem, was sie über die allgemeine Physiologie dieser Wesen wusste, musste es ein ausgewachsener Mann sein.

Von kalter Angst erfasst, zitterte sie am ganzen Körper. Wenn die Barriere zusammenbrach, spielte es keine Rolle, ob Purefoy zurückkommen würde. Die Attacke eines Anderen auf seine Gefangene würde ihm großartig ins Konzept passen. Wenn der

Eindruck entstand, die Feinde aus der dunklen Welt hätten sie umgebracht, würde man ihm die Entführung nicht anlasten. Auf dem Weg in den Untergrund hatte er keinen Hinweis hinterlassen, der seine Identität verraten würde.

Bis zu diesem Moment hatte sie sich auf einen Fluchtversuch und auf die Hoffnung konzentriert, Devlin würde sie finden. Und was sollte sie jetzt tun, mit dieser neuen Bedrohung konfrontiert? Denk nach, ermahnte sie sich. Sie war daran gewöhnt, Daten zu analysieren und danach zu entscheiden, wie sie vorgehen würde. Während sie ihr Bestes tat, um das ohrenbetäubende Surren zu ignorieren, schaute sie sich um.

Die Wände wirkten ungleichmäßig, als wären die unterirdischen Korridore direkt aus dem Stein herausgehauen worden. An einer Stelle hatte jemand eine Betonschicht angebracht – wahrscheinlich, um die Stabilität zu verstärken. Elektrische Leitungen zogen sich an der Decke entlang. Alle drei Meter wurden sie von kleinen, bewegungssensitiven Lampen unterbrochen. Purefoy hatte Laurel in einem schmalen Nebengang des Haupttunnels verschleppt und dort gefesselt. Wenn sie sich nicht mehr bewegte, würden die Lichter erlöschen, und sie wäre in schwarzes Dunkel gehüllt.

Vielleicht würde der Andere sie nicht entdecken, wenn sie, der Länge nach ausgestreckt, auf der Matratze lag und mit den Schatten verschmolz. Wie lange mochte es dauern, bis die Lampen nicht mehr brannten? Sie bewegte sich, um die Sensoren zu reaktivieren, dann erstarrte sie, zählte die Sekunden und wartete, bis die schwachen Lichter nacheinander ausgingen. Schließlich blieb nichts mehr übrig außer dem Geräusch ihrer eigenen Atemzüge und dem Schimmern der Barriere.

Sie richtete sich wieder auf. Sofort kehrte das Licht zurück, in voller Intensität, so dass sie ihre Augen sekundenlang mit einem Arm schützen musste. Im Hintergrund ihres Bewusstseins regte sich eine Erinnerung, die mit dieser extremen Helligkeit zusammenhing – und mit den Anderen. Bald fiel es ihr ein. Natürlich, diese grelle Beleuchtung sollte das Sehvermögen der Feinde beeinträchtigen. Später würden die Lampen in normaler Stärke brennen. Den Paladinen verschaffte diese Maßnahme keinen entscheidenden Vorteil. Aber sie nutzten alles, was ihre problematischen Kämpfe ein wenig erleichterte.

Ohne Vorwarnung verstummte das Summen, die Barriere strahlte ihre normalen Farben aus. Während sie unter Kontrolle war, setzte Laurel ihren Befreiungsversuch fort, denn sie wusste, die Galgenfrist konnte nur von kurzer Dauer sein. Sollte der Wall erneut flackern, würde sie sich wieder reglos hinlegen und auf das Beste hoffen.

*

Verdammt, er hatte geglaubt, es wäre ihm gelungen, die Barriere auszuschalten. Purefoy trat zurück und starrte das Gebilde aus purer Energie an.

Für ein paar Minuten hatte es nur schwach geglüht und Gegenstände auf der anderen Seite erkennen lassen, aber nicht lange genug, um den Energiestrom zu beenden. Was mochte schiefgelaufen sein? Schon vor einiger Zeit hatte er den Strom zu durchbrechen versucht. Mit Banes Schwert. Das hatte nicht funktioniert. Wäre er nicht so vorsichtig gewesen, isolierte Handschuhe zu tragen, hätte das vermaledeite Ding ihn verbrannt. Bedauerlicherweise zerstörte es die äußere Schicht der Handschuhe und zwang ihn, seine Hände hastig herauszuziehen. Sonst hätte die Glut ihm schlimme Brandblasen zugefügt.

Diesmal war er besser vorbereitet. Er hatte seine Gefangene in eine Passage gebracht, wo ein Anderer sie aufspüren würde, sobald die Barriere ihren Geist aufgab. Dann war er zu seinem Arsenal geeilt, das er letzte Woche an einer versteckten Stelle angelegt hatte. Eine kleine Explosion, zuvor von ihm ausgelöst, hätte ein ausreichendes Loch in den Grenzwall sprengen müssen. Nun würde er es noch einmal versuchen. Selbst wenn die Detonation nur das Dach des Tunnels zertrümmerte, würde der Schaden genügen, um ein Flackern zu bewirken. Dann müssten die Anderen genug Zeit finden und herüberstürmen.

Sobald sie eine menschliche Frau witterten, würden Spiel und Spaß beginnen. Ursprünglich hatte er sich selbst mit ihr amüsieren wollen. Aber der Auftraggeber wurde ungeduldig. Und Bane war seinem Feind bereits auf der Spur. Deshalb fehlte dem Sergeant die Zeit für ein bisschen brutalen Sex. Wenn die Barriere zusammenbrach, würden alle in dieser Region verfügbaren Paladine in die Tunnels stürmen.

Bei der Durchführung seines Plans kam es darauf an, dass Bane als Erster hier unten eintraf. Während die Anderen den Mistkerl beschäftigten, weil er seine Frau schützen musste, würde Purefoy ihn niederschießen. Danach konnte er den Job mit einem Schwert erledigen.

Und falls Laurel Young ihre erste Begegnung mit einem Anderen überlebte, konnte Purefoy sich immer noch mit ihr vergnügen. Das würde dem Biest recht geschehen. Seine Zunge, in die sie gebissen hatte, schmerzte immer noch wie die Hölle. Und nachdem ein Anderer sie benutzt hatte, würde sie vielleicht einen normalen menschlichen Mann zu schätzen wissen. Unmelodisch pfiff er vor sich hin, wischte seine Hände an der Hose ab und traf die mühsamen Vorbereitungen für seinen zweiten Versuch, die Barriere zu sprengen.

*

Nur kurzfristig gestattete Devlin sich die erfreuliche Vision, wie es sein mochte, seine Hände um den Hals seines Widersachers zu legen. Ganz fest würde er zudrücken, bis die Knochen knackten. Auf diesen Genuss würde er noch eine Weile warten müssen. Aber während er daran dachte, besserte sich seine Laune. Es hatte zu lange gedauert, den Lift kurzzuschließen – kostbare Minuten, die eigentlich nicht vergeudet werden durften.

Natürlich hätten Devlin und Trahern schneller agieren können. Doch sie wollten es nicht riskieren, einen Alarm auszulösen. Der kriminelle Wachmann musste wissen, dass Devlin ihm folgen würde. Und wenn sich der Hurensohn in die Enge getrieben fühlte, würde er Laurel womöglich töten.

Notgedrungen hatte Devlin sich genug Zeit genommen, die Sicherheitskontrollen des Lifts zu umgehen. Jede zusätzliche Minute, die Laurel in den Klauen ihres Entführers ertragen musste, erfüllte ihn mit kalter Wut.

»So, jetzt müsste es klappen.« Er befestigte die kleine Computertastatur wieder an der Wand. Ein Ohr an der Lifttür, lauschte er. Irgendwo in den Tiefen da unten hörte er ein Klicken und Surren, die Maschinerie funktionierte. »Jetzt fährt der Lift herauf.«

»Endlich.« Trahern trat näher zu ihm. »Was machen wir, wenn wir unten ankommen? Trennen wir uns, oder gehen wir gemeinsam auf die Jagd?«

»Wahrscheinlich hat er ein oder zwei Überraschungen für uns vorbereitet. Also sollten wir uns trennen. Wenn wir Glück haben, war die Zeit zu knapp. Deshalb konnte er nicht überall Fallen aufstellen. Trennen wir uns, dann haben wir bessere Chancen, Laurel aufzuspüren.«

Trahern nickte. »Wenn ich ihn zuerst erwische – darf ich ihn töten, oder willst du dir dieses kleine Amüsement selbst gönnen?«

»Wie auch immer, er soll sich wünschen, er wäre nie geboren worden. Aber wir haben größere Probleme als diesen Dreckskerl. Wenn der stirbt, nimmt er alle Informationen, die wir brauchen, ins Jenseits mit.« Ein leiser Klingelton ertönte, die Lifttüren glitten auseinander. Mit einer knappen Geste bedeutete Devlin seinem Freund, ihm den Vortritt zu lassen. Als nichts passierte, winkte er ihn zu sich. »Zweifellos steht der Typ am Ende der Nahrungskette und auf der Lohnliste irgendeines Bonzen. Und ich will wissen, wer das ist – wer genug Geld lockermacht und zwei Seiten gegen die Mitte ausspielt.«

»Okay, dann schnappen wir ihn und zwingen ihn erstmal zum Reden.« Traherns Lippen verzogen sich zu einem Grinsen, das sehr viele Zähne entblößte. »Und dann bringen wir ihn um.«

»Genau«, bestätigte Devlin und erwiderte das Lächeln.

»Sehr guter Plan, gefällt mir.«

In all den Jahren, seit Devlin im Nordwesten Dienst tat, hatte er noch nie so viel Zeit in diesem Teil des unterirdischen Labyrinths verbracht, der sich an der Barriere quer durch den Puget Sound erstreckte. So hoch oben im Norden kam es nur selten zu seismischen Aktivitäten, obwohl stets behauptet wurde, Seattle sei für ein gewaltiges Naturereignis prädestiniert.

Das konnten sie jetzt wahrlich nicht gebrauchen. Sogar eine geringfügige Verlagerung in den tektonischen Platten konnte die Barriere lange genug zerstören, um die Anderen hindurchzulassen. Was geschehen mochte, wenn Laurel in die feindlichen Hände geriet, das wollte Devlin sich gar nicht vorstellen. Das war der wichtigste Grund, warum die Regenten den Frauen keinen Zugang zu den Tunnels gewährten. Seines Wissens hatte noch nie ein weiblicher Paladin existiert, und er vermutete, das würde mit dem Y-Chromosom zusammenhängen.

Vielleicht würde er Laurel danach fragen, wenn er diese Nacht überlebte. Bisher war ihm das egal gewesen, denn er hatte sich niemals ungeschützten Sex gestattet. Mit den Komplikationen einer Schwangerschaft wollte er nichts zu tun haben. Aber seit er Laurel liebte … Ein paarmal waren sie unvorsichtig gewesen, obwohl sie es besser wissen müssten. Doch die Leidenschaft hatte so verdammt heiß gebrannt und die Vernunft ausgeschaltet.

Während ein Klingelton die Ankunft des Lifts im Untergrund signalisierte, erschien eine neue Vision in Devlins Fantasie – Laurel mit einem großen runden Bauch, in dem ihr Kind heranwuchs, *sein* Kind. Allein schon der Gedanke müsste ihn erschrecken. Stattdessen lächelte er.

Trahern starrte ihn an, runzelte die Stirn und schien am Verstand seines Freundes zu zweifeln. »Keine Ahnung, woran du gerade denkst, Dev. Aber du solltest dich besser auf unsere Situation konzentrieren. Wenn sich diese Türen öffnen – wer weiß, in was für einen Schlamassel wir geraten.«

»Keine Bange, ich bin auf alles gefasst.«

Devlin zückte seine Pistole, und sie pressten sich zu beiden Seiten an die Wände der Kabine, damit sie nicht sofort entdeckt wurden. Nur ein Idiot würde direkt vor den Türen stehen, wie eine Zielscheibe.

Als keine unmittelbare Attacke erfolgte, bedeutete Devlin seinem Freund, er würde den Aufzug zuerst verlassen. Geduckt sprang er hinaus und richtete sich auf, die Waffe erhoben, um notfalls zu feuern. Trahern folgte ihm auf dem Fuß.

Durch die Bewegungen schalteten sich die Lampen ein. Nach jahrelanger Übung richteten beide den Blick automatisch zu Boden und schützten ihre Sehkraft vor dem blendenden Licht. Bis sie sich daran gewöhnten, würde es nicht lange dauern. Aber einige Sekunden lang waren sie verletzlich.

»Schau mal, ob sie auf diesem Weg irgendwelche Spuren hinterlassen haben. Inzwischen checke ich die andere Richtung.«

Trahern hob eine Braue. »Was glaubst du, wie viele Schuhe deine Frau getragen hat? Für den Fall, dass sie uns Anhaltspunkte liefern muss?«

»Sehr komisch.«

Ehe sie etwas unternehmen konnten, rollte von der linken Seite eine Energiewelle heran. Die Beine gespreizt, das Kinn auf der Brust, stemmte Devlin sich gegen den starken Wind, ebenso wie Trahern. Nachdem die Welle vorbeigeströmt war, schüttelte er den Kopf, um wieder klar zu denken.

»Was zum Geier war das?« Trahern starrte nach links, als erwartete er eine Wiederholung des Phänomens.

»Wahrscheinlich fummelt jemand an der Barriere herum – unser Kidnapper, nehme ich an.«

»Nur ein verdammter Narr würde es riskieren, den Wall zu zerstören. Wenn unsere Vermutung stimmt und der Kerl zur Wache gehört, müsste er genug gesehen haben und wissen, wozu die Anderen fähig sind.«

»Ja, aber du gehst davon aus, dass er bei klarem Verstand ist. Vergiss nicht – das ist der Typ, der sich einbildet, er würde lange genug leben, um das Geld auszugeben, das er für meine Ermordung einheimsen will. Ein stichhaltiger Beweis für seinen Wahnsinn. Jedenfalls brauchen wir Hilfe, wenn er's tatsächlich schafft, die Barriere zu vernichten. Keine Ahnung, wie lang die beschädigte Strecke wäre.«

Devlin tastete in seiner Hosentasche nach dem Handy. Aber so tief unter der Erde bekam er kein Netz.

»Scheiße! Nun musst du nach oben zurückfahren und Verstärkung holen. Eine gewaltige Energieexplosion könnte alle Sensoren eliminieren. Also würden sie da oben im Dunkeln tappen.«

Offensichtlich missfiel seinem Freund der Gedanke, ihn allein zu lassen. Doch die Barriere war wichtiger als das Leben einer Frau oder sogar eines Paladins. Mit dieser Wahrheit mussten sie leben.

Im Tunnel herrschte immer noch Stille. »Geh schon und beeil dich!«, mahnte Devlin. »Anscheinend hat die Barriere den Angriff überstanden. Aber ich fürchte, der Bastard begnügt sich nicht mit einem einzigen Versuch.«

»Okay. Ich bin so schnell wie möglich wieder da.«

»Das weiß ich. Sag Cullen, der Trupp soll aus der

entgegengesetzten Richtung vorrücken. Dann nehmen wir den Schurken in die Zange.«

»Alles klar.«

Während Trahern zu den Aufzügen rannte, die normalerweise benutzt wurden, folgte Devlin dem Tunnel, zu dem er vorhin herabgefahren war. Obwohl er nur sehr selten an den Allmächtigen dachte, flehte er ihn jetzt an, er möge Laurel beschützen.

Zumindest, bis Devlin sie fand und den Job übernehmen konnte ...

*

Das unheimliche Summen war wieder erklungen. Jenseits der Barriere sah Laurel einen Schemen auf und ab gehen. Wachsende Angst schnürte ihre Kehle zu. Doch sie zwang sich zur Ruhe und versuchte ihre Hand erneut von der Fessel zu befreien. Endlich lockerten sich einige rostige Metallteile des Bettgestells. Wenn sie noch ein paar Zentimeter schaffte – vielleicht würde einer der Gitterstäbe brechen, die das Kopfteil bildeten.

Allmählich verstärkte sich das Summen und schmerzte in ihren Ohren. Die Zeit lief ihr davon. Mit beiden Händen umklammerte sie das Eisenrohr am Kopfteil des Bettgestells, an das sie gefesselt war, und versuchte es herumzudrehen. Nur um einen Millimeter gab es nach. Aber es bewegte sich. Immer wieder drehte sie daran.

Über ihre Hände rieselten Rostkrümel, endlich löste sich das Rohr von den Gitterstäben. Nun musste sie nur noch die Handschellenkette herunterschieben. Und wenn es ihr gelang, einen Teil des Rohrs abzubrechen, würde sie eine brauchbare Waffe besitzen.

Ein paar schweißtreibende Minuten später hielt sie ein etwa sechzig Zentimeter langes Rohr in der Hand. Höchste Zeit, von hier zu verschwinden … Entschlossen eilte sie aus der schmalen Passage in den breiteren Tunnel.

Die Barriere verdünnte sich, die schönen, lebhaften Farben, die Laurel vorhin gesehen hatte, verblassten zu einem schlammigen Braun, von grünen und schwarzen Streifen durchzogen, die eine giftige, bedrohliche Atmosphäre verströmten.

Und der Schatten dahinter war keine verschwommene Silhouette mehr. Beinahe sah Laurel das Gesicht des Anderen, der jenseits des Walls Wache hielt. Als sie sich bewegte, wandte er den Kopf zu ihr. Da merkte sie, dass er sie ebenso beobachten konnte wie sie ihn – vielleicht sogar noch besser, weil sie die Lichter im Tunnel aktiviert hatte.

Sie wollte flüchten. Aber wohin? Inzwischen würde Devlin ihre Schuhe gefunden haben und wissen, wo er die Suche beginnen sollte. Falls er denselben Lift benutzt hatte wie der Kidnapper zusammen mit ihr, musste sie ihm entgegenlaufen. Unschlüssig stand sie da. Auch Purefoy hatte diese Richtung eingeschlagen.

Wenn sie sich in die entgegengesetzte Richtung wandte, würde sie sich womöglich neuen Gefahren ausliefern, die sie nicht einmal annähernd ermessen konnte. Deshalb entschied sie, eine Konfrontation mit Purefoy wäre angenehmer als eine Begegnung mit zahllosen Anderen, falls die Barriere einstürzte.

Sie folgte dem Tunnel, vorbei an der Stelle, wo der Andere wartete. Nachdem sie ihn passiert hatte, ging sie weiter, immer dicht an einer Wand. Schon jetzt verlor sie die Orientierung, und es kam nur noch darauf an, dass sie sich nicht mehr dort aufhielt, wo Purefoy sie vermutete.

Als sie um die erste Ecke bog, erschütterte eine Explosion die Luft. Ringsum schwankte die Welt. Zutiefst erschrocken, beobachtete Laurel den Wall, der heftig flackerte und erlosch. Einen Herzschlag später flutete eine tintenschwarze, dickflüssige Welle durch ihr Gehirn, der Boden hob sich ihr entgegen.

*

»Zum Teufel …« Devlin saß neben einer Wand und wartete, bis die Übelkeit und die Schwindelgefühle verebben würden. Was soeben geschehen war, wusste er nicht. Offenbar etwas Schlimmes … Irgendwie kam es ihm so vor, als wäre ihm bei lebendigem Leib die Haut abgezogen worden – weil jemand die Barriere aus ihren Grundfesten gerissen hatte.

Gegen die Wand gestemmt, bemühte er sich, aufzustehen. Das gelang ihm erst beim zweiten Versuch, und er ahnte, dass er bei der geringsten falschen Bewegung sofort wieder umkippen würde. Ganz langsam bückte er sich, um sein Schwert aufzuheben. Zum Glück konnte er es festhalten, obwohl er befürchtet hatte, es würde ihm aus der Hand fallen.

Dann tastete er sich an der Tunnelwand entlang und hoffte, er würde rechzeitig einen klaren Kopf bekommen. Den brauchte er, wenn er Laurel retten wollte. Was ihr die Explosion angetan hatte, stellte er sich lieber nicht vor. Womöglich war sie in der Nähe der Katastrophe gewesen … Nein, es ging ihr gut – es *musste* ihr gutgehen.

*

Die erste Regung ihres Bewusstseins wies sie auf die unwillkommene Neuigkeit hin, dass sie nicht mehr allein im Tunnel war. Sie hörte, wie sich jemand bewegte. Soweit sie es feststellen konnte, hatte er sie noch nicht entdeckt. Sie erhob sich auf die Knie, dann stand sie auf.

Was hatte die Explosion ausgelöst? Purefoy musste sie verursacht haben, wenn sie auch nicht verstand, warum er die Barriere zerstören wollte. Wünschte er, die Anderen würden die Menschenwelt überschwemmen? Wem würde das nützen? In diesem Teil des Untergrunds hatte anscheinend nur ein einziger Anderer die Grenze überquert. Und der näherte sich der Stelle, wo Laurel stand.

Weiter vorn sah sie eine Abzweigung. In welche Richtung sollte sie sich wenden? Sie entschied sich für den Tunnel zur Rechten, weil er im Dunkeln lag. Irgendetwas hatte die Stromzufuhr abgeschnitten. Und der Schatten im Eingang war Laurels einzige

Hoffnung, dem Grauen zu entrinnen, das sich an sie heranpirschte.

Gerade noch rechtzeitig erreichte sie die Finsternis. Angespannt lauschte sie den Schritten des Anderen, die auf sie zukamen. Das Eisenrohr gezückt, wartete sie, bis er zur Abzweigung gelangte. Außerhalb ihres Blickfeld blieb er stehen – zweifellos überlegte er, welchen Weg er nehmen sollte. Was machte er? Es hörte sich so an, als würde er schnuppern und den Geruch der Luft erforschen. Da die Sehkraft der Anderen in dieser hellen Welt eingeschränkt war – verließen sie sich öfter als die Menschen auf ihren Geruchssinn?

»Kommen Sie heraus, Menschenfrau!« Die gutturale Stimme jagte einen Schauer über Laurels Rücken.

Bis vor kurzem war sie die Gefangene eines Mannes gewesen. Noch einmal würde sie sich nicht in diese Lage bringen. Vielleicht konnte sie das fremdartige Wesen überrumpeln.

»Ja, ich komme heraus. Verletzen Sie mich nicht.« Diesen Worten versuchte sie einen möglichst angstvollen Klang zu verleihen. Der dumme Barbar sollte glauben, sie wäre restlos eingeschüchtert und zur Kapitulation bereit. Stattdessen stürmte sie aus dem Tunnel und schwang das Eisenrohr hoch, um den Anderen zu verblüffen. Das funktionierte. Blitzschnell schmetterte sie ihren provisorischen Knüppel auf seinen Kopf und hörte ein beklemmendes dumpfes Geräusch.

Wie ihr ein leises Stöhnen verriet, hatte sie ihn nicht getötet. Sie ließ alle Vorsicht außer Acht und rannte den beleuchteten Tunnel entlang. Nach ein paar langen Schritten bog sie um eine Kurve und entdeckte jemanden, dem sie nie wieder begegnen wollte. Abrupt blieb sie stehen und schaute sich nach einem Fluchtweg um. Aber Purefoy hatte sie bereits gesehen und richtete seine Pistole auf ihr Eisenrohr. Als sie es nicht fallen ließ, feuerte er. Die Kugel prallte von der Wand neben ihrem Kopf ab, Steinsplitter flogen umher.

Verwirrt ließ sie das Rohr los, und es landete mit einem schrillen Klirren vor ihren Füßen.

»Ah, Dr. Young, offenbar waren Sie sehr beschäftigt, seit ich zum letzten Mal Ihre Gesellschaft genoss.«

Purefoy schlenderte zu ihr und umklammerte ihren Arm schmerzhaft genug, um blaue Flecken zu erzeugen. Dann nahm er den Schlüssel für die Handschellen aus seiner Hosentasche und fesselte ihr freies Handgelenk mit dem Metallring am losen Ende der Kette.

»Außerdem sieht es so aus, als wäre mein Plan gescheitert, Sie den zärtlichen Avancen des Anderen auszuliefern. So große Hoffnungen hatte ich in diese Absicht gesetzt.«

»Tut mir leid, dass ich Sie enttäuscht habe, Sergeant.«

»Nun, er war wohl kaum der Einzige, der die Grenze überquert hat. Und da die Barriere noch immer nicht leuchtet, schöpfe ich neue Hoffnung.« Grinsend zerrte er sie in die Richtung des Betts, an das er sie zuvor gekettet hatte.

»Damit kommen Sie nicht davon«, warnte sie ihn. »Sobald Sie die Barriere vernichtet hatten, wussten es alle Paladine im Umkreis von hundert Meilen. An Ihrer Stelle würde ich meinen Kopf aus der Schlinge ziehen, solange es noch möglich ist.«

»Und ich wette, Sie glauben, ich würde Sie hier zurücklassen, damit ich schneller flüchten kann.« Purefoy lachte meckernd. »Nur wenn Sie tot sind, lasse ich Sie zurück. Natürlich, falls Sie das wünschen ...«

Eine gutturale Stimme fiel ihm ins Wort. »Nur ein Feigling verbirgt sich hinter einer unbewaffneten Frau, Menschenmann.«

Der Andere, dem sie das Eisenrohr auf den Kopf geschlagen hatte, wartete weiter vorn im Tunnel. Nur ein dünnes Rinnsal aus Blut, das sich über seine Wange zog, bezeugte die Verletzung. Mit beiden Händen schwang er sein Schwert geschmeidig hoch – anscheinend eine Bewegung, die zu seiner zweiten Natur gehörte – und versperrte ihnen den Weg.

»Gehen Sie weg von ihm, Menschenfrau.«

Purefoy umfasste Laurels Arm noch fester, und sie blieben stehen. »Verschwinden Sie, Mann, oder Sie sterben auf der Stelle!« Wenigstens zielte seine Pistole jetzt auf den Anderen und nicht auf sie.

Doch der Andere wirkte bemerkenswert gelassen.»Nur ein Feigling tötet aus der Ferne. Und ich liebe es, mein Schwert zu spüren, wenn es den Bauch eines Feindes aufschlitzt.«

Laurel erschauerte. Wenn es ihr auch schwerfiel,

alle Worte in dem fremdartigen Dialekt zu verstehen – sie bezweifelte nicht, dass die tödliche Drohung ernst gemeint war.

Trotz seiner Blässe sah der Mann sehr attraktiv aus, mit langem Haar in der Farbe matten Silbers und Augen, die um eine oder zwei Nuancen heller wirkten. Vom Kopf bis Fuß schwarz gekleidet, erinnerte er sie an einen Bösewicht aus einem alten Schwarz-Weiß-Horrorfilm.

Purefoy riskierte einen Blick in den Tunnel hinter ihm. Wenn er feuerte, würde er den Anderen sicher töten. Aber der Krach würde alle Paladine in diesem Sektor anlocken. Laurel spürte, wie er sein Gewicht vom rechten Fuß auf den linken verlagerte. Damit gab er ihr zu verstehen, er hätte seine Entscheidung getroffen.

Erstaunlicherweise hielt er den Pistolenlauf an ihre Schläfe. »Lassen Sie das Schwert fallen, oder sie stirbt.«

Seine ruhige, kühle Stimme sandte einen neuen Schauer durch ihren Körper. Wusste der Andere genug über die Menschen, um zu erkennen, dass Purefoys Worte keine leere Drohung ausdrückten, sondern ein Versprechen? Während sie die vielleicht letzten Sekunden ihres Lebens zählte, stellte sie sich voller Trauer vor, wahrscheinlich würde es Devlin sein, der ihre Leiche fand.

»Also, was wählen Sie? Ihr Schwert oder das Leben der Frau?«

Für einen kurzen Moment erwiderte der Andere Laurels Blick. Las sie Bedauern in seinen Silberaugen? Als sein Schwert zu Boden fiel, hallte das Echo eines metallischen Klirrens durch den Tunnel.

Dann streckte er seine Hände seitwärts aus, um zu bekunden, nun würde keine Gefahr mehr von ihm ausgehen – nicht, dass sie daran glaubte. Zu oft hatte sie sich mit den Paladinen befasst, um einen erprobten Krieger falsch einzuschätzen. Unglücklicherweise galt das auch für Purefoy, der seine Pistole seelenruhig auf den Anderen richtete und abdrückte.

Als der Mann zusammenbrach, schrie Laurel auf. Aus seinem Bein quoll Blut, und der Sergeant schob sie zu dem Verletzten.

»Ziehen Sie ihn auf die Beine. Wir nehmen ihn mit.«

»Mit gefesselten Händen kann ich ihn nicht hochheben.« Ob das stimmte, wusste sie nicht. Jedenfalls war die Behauptung einen Versuch wert.

»Also gut.« Purefoy nahm den kleinen Schlüssel aus seiner Brusttasche und warf ihn vor Laurels Füße. »Nun machen Sie schon! Bevor Ihr Liebhaber auftaucht, will ich verschwinden.«

Sie überlegte, ob sie möglichst lange mit dem Schlüssel herumfummeln und den Aufbruch verzögern sollte. Aber der Kidnapper drohte die Nerven zu verlieren, und sie wollte ihn nicht reizen. Wie sie beide wussten, würde er sterben, sobald Devlin ihn fand – ganz egal, ob Laurel immer noch atmete oder auch nicht. Sie war einfach nur eine Trumpfkarte bei eventuellen Verhandlungen, nicht mehr.

Beim zweiten Versuch funktionierte der Schlüssel. Bevor sie die andere Handschelle öffnen konnte, verlangte Purefoy ihn zurück.

»Bringen Sie ihn endlich auf die Beine!«

Ohne den Befehl zu beachten, inspizierte sie das blutende Bein des Anderen. »Wie schlimm ist es?«

»Ich kann gehen.«

Entschlossen ignorierte er ihre hilfreich ausgestreckte Hand und versuchte aus eigener Kraft aufzustehen, was ihm kläglich misslang. Aus falschem Stolz sollte er sich nicht noch schwerer verletzen. Das wollte sie verhindern.

Wenn sie auch aus verschiedenen Welten stammten, die einander bekämpften – in diesem Moment mussten sie sich gegen einen gemeinsamen Feind wehren.

»Ich muss sein Bein verbinden. Sonst verblutet er, Sergeant.« Mit schmalen Augen starrte sie Purefoy an. »Keine Ahnung, was Sie mit uns beiden vorhaben. Aber wenn er stirbt, nützt er niemandem. Außerdem – eine blutende Wunde hinterlässt eine Spur, der man mühelos folgen kann.«

Ohne seine Zustimmung abzuwarten, sah sie sich nach irgendetwas um, das sie als Bandage verwenden konnte. Schließlich zog Purefoy ein Taschentuch hervor und warf es ihr zu. »Da. Beeilen Sie sich.«

»Ich brauche auch noch die Krawatte von Ihrer Uniform.« Unsicher lächelte sie ihren widerstrebenden Patienten an. »Ich bin Ärztin. Zeigen Sie mir die Wunde.«

Zögernd krempelte er das Hosenbein hoch und

entblößte eine muskulöse Wade, in der die Schusswunde klaffte. Sie sah bedrohlich aus. Als Laurel versuchte, das Bein auszustrecken, zuckte er zusammen. Jetzt war er nur noch ein verletzter Patient, der ihre Hilfe brauchte, kein feindlicher Anderer. Wie eine hastige Untersuchung erwies, hatte die Kugel den Muskel durchbohrt. Der Mann blutete immer noch. Wenigstens würde das die Wunde reinigen.

»Wenn Sie das Bein schonen, wird es bald heilen.«

Nachdem sie das Baumwolltaschentuch um seine Wade geschlungen hatte, benutzte sie Purefoys Krawatte und band es möglichst fest. Dadurch wurde Druck auf die Wunde ausgeübt. Während sie mit diesen provisorischen Mitteln Erste Hilfe leistete, versuchte sie die Gefahr einer Infektion zu vergessen, die sie sich zuziehen könnte, weil sie die Kleidung und die Haut eines Eindringlings aus der Schattenwelt berührte.

»Vorerst dürfte der Verband halten. Ich wünschte, ich könnte was Besseres tun. Aber ich habe keine Arzttasche bei mir.«

»Ihre Bemühungen ehren mich.« Ernsthaft nickte der Andere ihr zu, dann nahm er ihre Hilfe an und stand auf. Als er das Gewicht auf sein verletztes Bein verlagerte, konnte er ein Stöhnen nicht unterdrücken. Dann straffte er die Schultern, den Kopf stolz erhoben.

»Okay, gehen wir.« Purefoy stieß Laurel mit der Pistole an und hob das Schwert des Anderen auf. »Höchste Zeit, dass wir abhauen.«

Ihr Magen krampfte sich zusammen. »Was haben Sie vorhin getan, Sergeant?«

»Nun, ich musste eine kleine Überraschung für Ihren Liebhaber vorbereiten.«

Am liebsten hätte sie in sein spöttisches Gesicht geschlagen. »Sie liefern ihm immer mehr Gründe, Sie zu töten, Purefoy.«

»Sicher nicht, wenn ich ihn zuerst umbringe.«

Laurel schüttelte den Kopf. »Anscheinend vergessen Sie eine sehr wichtige Tatsache. Selbst wenn Sie ihn töten, wird er weiterleben – und sich an Ihnen rächen. Wann immer ihn jemand ermordet, ist er ziemlich sauer. Aber das wissen Sie sicher, nicht wahr? Einmal haben Sie ihn ja schon getötet.«

»Halten Sie den Mund, verdammtes Biest!«

»Natürlich müssen Sie sich auch vor seinen Kameraden hüten. Ich glaube, Trahern wäre ein sehr unangenehmer Feind. Und als Lonzo letztes Mal starb, mussten wir ihn zu sechst festhalten, um ihn zu überwältigen.«

Warum sie sich bemüßigt fühlte, ihn gnadenlos herauszufordern, wusste sie nicht. Aber sie tat es. Während er auf ihre Drohungen reagierte, konzentrierte er sich nicht auf seine Pläne. Außerdem – falls sie wirklich sterben musste, sollte ihr Mörder seinen eigenen Tod fürchten. Denn die Paladine würden ihn wie ein wertloses Ungeziefer jagen. Und genau das war er.

Stoisch stapfte der Andere an ihrer Seite dahin. Falls seine Rasse nicht immun gegen Schmerzen war, musste ihm jeder Schritt Höllenqualen bereiten. Doch er ließ sich nichts anmerken. Niemals hätte sie gedacht, sie würde irgendetwas an einem Anderen bewundern, und das unerwartete Gefühl irritierte sie.

Zu viele Paladine waren von diesen Monstren getötet worden. Deshalb sah sie niederträchtige Feinde in den Anderen. Aber dieser Mann hatte bewiesen, dass er nicht einmal annähernd dem blutrünstigen Tier glich, das sie sich vorgestellt hatte.

Sicher war er kein typisches Exemplar seiner Rasse.

»Wie heißen Sie?«, fragte sie leise. »Ich bin Laurel Young.«

Sein Blick fixierte den Boden, als müsste er sich auf jeden Schritt konzentrieren. Schließlich sah er auf, die silbergrauen Augen von Schmerzen verdunkelt. »Barak.«

Mit einem Lächeln überraschte sie ihn ebenso wie sich selbst. »Freut mich, Sie kennenzulernen, Barak. Ist das Ihr vollständiger Name?«

Sofort richtete er seine Aufmerksamkeit wieder auf den Boden. »Nun, das ist alles, was von dem Mann übrig blieb, der ich einmal war. Und der ich nicht mehr bin.«

Sie wollte fragen, was er meinte. Aber Purefoy mischte sich ungeduldig ein. »Hört auf mit diesem Geschwätz. Ihr seid hier, um zu sterben – und nicht, um euch anzufreunden.«

Da Barak ohnehin keine Neigung zeigte, das Gespräch fortzusetzen, schwieg sie. Nach einer Weile fragte sie: »Wohin gehen wir, Purefoy? Oder wollen

Sie in diesem Labyrinth umherwandern, bis die Paladine uns finden? Oder bis Sie irgendwo eine Tür entdecken?«

Zu ihrer Enttäuschung schnappte der Sergeant nicht nach dem Köder. Stattdessen stieß er sie mit Baraks Schwert an. »Nach links.«

Noch eine Sackgasse, kaum zu unterscheiden von der Passage, wo er sie kurz nach der Ankunft im Untergrund angekettet hatte … Am Ende des Korridors drehten sich Laurel und Barak langsam zu Purefoy um. Mit dem Rücken zur Wand, wurde sie auf beklemmende Weise an Fotos von Exekutionskommandos erinnert. Offenbar verriet ihre Miene, woran sie dachte, denn Purefoy begann schallend zu lachen.

»Soll ich Ihnen was vorschlagen, Laurel? Zeigen Sie mir ein bisschen was von jener Glut, die Sie in Banes Armen verspüren. Vielleicht lasse ich Sie dann am Leben.«

»Niemals.«

»Gut, dann ketten Sie sich an Ihren neuen Kumpel an. Sicher wird sich Bane unbändig freuen, wenn er seine Frau in den Armen seines schlimmsten Feindes findet.« Den Kopf schief gelegt, fügte er hinzu: »Aber ich glaube, jetzt bin *ich* sein schlimmster Feind.«

Als sie die lose Handschelle nicht sofort um Baraks Unterarm legte, sprang Purefoy vor und schwang sein Schwert empor.

»Tun Sie, was ich Ihnen sage, Laurel! Oder Sie bekommen diese Klinge zu spüren. Meinen Sie,

Bane wird Sie immer noch begehren, wenn ich Ihr hübsches Gesicht zerschneide?«

»Paladine sind Krieger. Also wird dieser Bane erkennen, was kostbar ist – selbst wenn *Sie* es nicht begreifen, Menschenmann.« Barak postierte sich vor Laurel. »Natürlich ist es einfacher, eine unbewaffnete Frau zu bekämpfen als einen Mann. Geben Sie mir mein Schwert zurück, und wir werden sehen, welches Gesicht zerschnitten wird.«

Unwillkürlich wich Purefoy zurück. Dann riss er sich zusammen. »Ketten Sie sich an die Frau, verdammter Freak, oder ich schieße auch noch in Ihr zweites Bein – nur für den Anfang.«

Mit jeder Minute, die sie Purefoy beschäftigten, würde Devlin etwas mehr Zeit bleiben, um sie zu finden. Doch sie wollte nicht mit ansehen, wie Barak erschossen wurde, nur weil er nicht an sie gefesselt werden wollte.

Ehe er reagieren konnte, legte sie den Metallring um sein Handgelenk und ließ ihn zuschnappen. »Was nun, Purefoy?«

»Drehen Sie sich um und setzen Sie sich.«

Erst jetzt entdeckte Laurel eine Linie in der Mitte der schmalen Passage. Der pfeilgerade Strich erweckte den Eindruck, er wäre von einem Laserstrahl in den Steinboden geritzt worden. Auch die Barriere hatte man durch Gestein gehauen. Wenn sie zusammen mit Barak auf dieser Linie saß, würden sie beide sterben, wenn die Paladine die Energie wiederherstellten.

Schon jetzt flammten kurze Lichter im Korridor

auf, während die Barriere flackernd zu neuem Leben erwachte. Purefoy wandte sich ab. Dann fuhr er plötzlich herum und schlug mit dem Griff seiner Pistole auf Baraks Kopf. Lautlos sank der Andere an Laurels Schulter und glitt zu Boden. Laurel wappnete sich gegen eine ähnliche Attacke. Aber Purefoy trat zurück.

»Wenn Sie ein bewusstloses Tier hinter sich herschleifen, wird es Ihre Flucht verlangsamen, Laurel. Nur zu gern würde ich hierbleiben und Ihnen zuschauen. Aber ich verschwinde lieber.« Den Kopf schief gelegt, lauschte er. »Eigentlich müsste ich noch genug Zeit haben, um in Stellung zu gehen und zu beobachten, wie alles zusammenbricht.«

Ein paar Minuten später erloschen die Lichter. Laurel saß in schwarzer Finsternis und wartete ab, wer sie zuerst an der Seite ihres stummen Gefährten finden würde – der Tod oder Devlin.

Fünfzehntes Kapitel

Seit fünfzehn Minuten fluchte Devlin unablässig, während er versuchte, an dem Durcheinander vorbeizukommen, das ihm den Weg versperrte. Der Schurke war clever, das musste man ihm zubilligen. Ein halbes Dutzend oder noch mehr Laserstrahlen kreuzten sich an der schmalsten Stelle des Tunnels und bildeten ein engmaschiges Netz. Würden sie einer Frequenz nahe der Barriere entstammen, hätte er ihre Existenz gar nicht bemerkt. Von einem weiteren Schritt wäre ein kleines Geschenk entfesselt worden, das sein tückischer Feind für ihn vorbereitet hatte.

Die Laserstrahlen formten einen undurchdringlichen Wall, hielten ihn an der einen Seite fest und Laurel an der anderen. In all den Actionfilmen kamen die Leute immer auf schlaue Ideen, wie man diesen Lichtern auswich – entweder mit Spiegeln oder Rauch oder absurden Körperverrenkungen, die den Neid eines Schlangenmenschen erregen würden. Unglücklicherweise konnte er nichts dergleichen anwenden. Und so blieb ihm nur die Hoffnung, die Laser wären nicht an das Stromnetz angeschlossen und ihre Batterien irgendwann leer.

Frustriert betrachtete er sein Dilemma aus allen

Blickwinkeln. Aber schon nach wenigen Sekunden wusste er, was er tun musste. Laserstrahlen bestanden aus Energie. Und wie alle Paladine besaß er die Fähigkeit, die pulsierende Energie der Barriere zu manipulieren. Würde ihm das auch bei diesen dünnen Lichtstrahlen gelingen?

Er schloss die Augen und versuchte sie mit seinen Gedanken einzufangen. Als sich seine Atemzüge verlangsamten, fühlte er ihren schwachen, aber stetigen Fluss, der die Passage im Zickzack versperrte. Zögernd hob er die Lider. Indem er sich gegen das Schlimmste wappnete, zwang er den Strahl an der höchsten Stelle mittels schierer Willenskraft, sich zu bewegen, zu verbiegen und auf einen Punkt etwas weiter oben an der Tunnelwand zu zielen.

Erfolg! Er lockerte seine angespannten Schultern und ignorierte die Schweißtropfen, die in seine Augen rannen. Als der Lichtstrahl stabil blieb, machte Devlin sich wieder an die Arbeit. Sorgfältig justierte er jeden einzelnen Laser, bis eine Öffnung entstand – groß genug, so dass er durch das Netz schlüpfen konnte. Nicht mühelos, aber er durfte sich nicht die Zeit nehmen, das Loch zu vergrößern. Inzwischen würde eine Paladin-Truppe die Barriere wiederherstellen. Wenn sie funktionierte, konnte die intensive Energie zur Detonation des Lasernetzes führen.

Schlimmer noch – selbst wenn er der Explosion auswich, würde Trahern womöglich hineingeraten. Devlin ging ein paar Schritte zurück und ritzte mit seinem Messer das Wort »Laser« in den Steinboden. Das würde sein Freund sicher entdecken. Keine besonders effektvolle Warnung. Aber das Beste, was er tun konnte.

Dann kniete er nieder und schob sein Schwert und die Pistole unter den Laserstrahlen hindurch, um die Veränderungen zu testen. Als nichts geschah, streckte er sich der Länge nach aus und robbte vorsichtig über den unebenen Boden, von der bedrohlichen Gewissheit gepeinigt, dass der Tod nur wenige Zentimeter über seinem Kopf lauerte. In seinen Ohren gellte das raschelnde Geräusch seines Hemds und der Jeans, die über den Stein glitten, und er wünschte, sogar die Knöpfe wären dünner. Auf Schlachtfeldern war seine Größe stets vorteilhaft gewesen. Jetzt würde er lieber Cullens schlanken Körperbau besitzen.

Zentimeter um Zentimeter kroch er weiter. Schließlich stemmte er seine Füße gegen den Boden und schob sich auf der letzten winzigen Strecke in die Freiheit. Ungefährdet auf der anderen Seite angekommen, legte er seine Wange auf das besänftigende, kühle Gestein. Wie gern würde er etwas länger hier liegen … Der Kampf gegen elektrische Energie zehrte stets an seinen Kräften. Aber er durfte sich erst später ausruhen – wenn Laurel in Sicherheit war.

In diesem Gebiet schienen sich die Tunnels in engeren Kurven dahinzuwinden, was gut und zugleich schlecht war. Er durfte immer nur ein paar Meter laufen, bevor er an einer scharfen Biegung, an der er nicht vorbeispähen konnte, stehen bleiben und lauschen musste. Doch das bedeutete auch, dass es keine längeren Strecken gab, wo er feindlichen Blicken ausgeliefert wäre.

Zu seiner Rechten flammte ein Licht auf und erregte seine Aufmerksamkeit. Offenbar kämpfte sich die Barriere ins Leben zurück. Trahern musste die Kameraden erreicht haben. Wenigstens diese Schwierigkeit wurde gemeistert. Stück für Stück setzten sie den Wall wieder zusammen. Devlin hoffte, die Anderen wären von dem unerwarteten Durchbruch überrascht worden, so dass keine allzu große Schar darauf gewartet hätte. Doch das war nicht *sein* Problem.

Die Barriere flackerte erneut, diesmal etwas substanzieller. Bald würde sie auf vollen Touren laufen. Deshalb musste er sich möglichst schnell von der Laserfalle entfernen. Selbst in leicht geschwächtem Zustand würde der Wall genug Energie ausstrahlen, um eine Laserexplosion zu bewirken. Devlin beschleunigte seine Schritte. Sekunden später erhellte grelles Licht den Tunnel, und kurz danach krachte die Detonation. Zum Glück schützten ihn mehrere Ecken und Kurven vom schlimmsten Schaden.

Das wusste sein Widersacher nicht. Während das Dröhnen verebbte, wartete Devlin und hoffte, der Feind würde der Versuchung erliegen, den ersehnten Erfolg seines Plans zu prüfen. Prompt wisperten Schritte in der Luft, so leise, dass er sie nur hörte, weil er angespannt gelauscht hatte.

Lautlos schlich er zur nächsten Ecke, schaute daran vorbei und zuckte sofort zurück. Endlich wusste er, wer ihn ermorden wollte – Sergeant Purefoy. Was hatte er dem Mann angetan? Unfassbar! Er hatte sich stets bemüht, mit dem heimtückischen kleinen Halunken zu kooperieren. Was immer den Wachtposten bewogen haben mochte, Devlin und Laurel zu attackieren – hoffentlich lohnte es sich, dafür zu sterben.

Er lauschte wieder. Bedauerlicherweise entfernten sich die Schritte. Verdammt, er hatte gehofft, der Idiot würde blindlings in diesen Tunnel stürmen. Stattdessen kehrte er in die Richtung zurück, aus der er gekommen war. In einer Hand das Schwert, in der anderen die Pistole, eilte Devlin weiter, fest entschlossen, das Ende der geraden Strecke zu erreichen, bevor Purefoy einen neuen Erkundungsgang unternahm.

Ehe er die Hälfte des Weges geschafft hatte, krachte ein Schuss. Er warf sich zu Boden, rollte zur Seite und ließ das Schwert fallen, um mit einer Hand den Sturz zu kontrollieren. Als er auf allen vieren weiterkroch, prallten zwei weitere Kugeln von den Felswänden ab. Trotzdem verschwendete er keinen Gedanken an einen Rückzug.

»Halt, Bane! Oder ich töte Ihre Frau hier und jetzt.«

»An Ihrer Stelle würde ich das nicht tun, Purefoy. Sie ist der einzige Grund, warum Sie immer noch atmen.« Devlin stand auf. Geduckt lief er weiter. Einen Schritt vor der nächsten Biegung blieb er stehen. »Lassen Sie Laurel frei, und ich gebe Ihnen einen kleinen Vorsprung.«

»Da nehme ich Ihre Frau lieber mit, Bane, als Garantie. Falls Ihre Freunde am anderen Ende des Korridors warten.« Nun hatte sich Purefoys Stimme ein wenig entfernt.

Da der Verbrecher in Deckung blieb, befand Laurel sich vermutlich in seiner Nähe. Er wusste, wo Devlin stand. Also waren die Heimlichkeiten überflüssig.

Aus voller Kehle schrie Devlin ihren Namen. »Laurel!« Zweifellos drang seine Stimme bis zum Ende des Tunnels.

Die einzige Antwort war ein gedämpfter Laut, etwas weiter entfernt.

Den Kopf schief gelegt, konnte er nicht entscheiden, ob sie es war, die sich gemeldet hatte. Und so rief er noch einmal nach ihr.

»Hier bin ich, Devlin!«

Diesmal erkannte er ihre Stimme. Aber der Schmerzensschrei, der ihrem Ruf folgte, gefror sein Blut und erhitzte sein Temperament.

Er vergewisserte sich, dass seine Pistole geladen war, und holte sein Schwert. Dann stürmte er zum Ende der nächsten geraden Strecke, immer noch außerhalb von Purefoys Blickfeld. Als er um die Ecke bog, verlangsamte er seine Schritte nur geringfügig. Nichts und niemand. Vor ihm teilte sich die Passage, ein Weg führte nach links, der zweite in die Richtung der Barriere.

So dumm würde der Sergeant nicht sein, oder? Vielleicht doch. Sogar wahrscheinlich. Falls er Laurel irgendwo auf der falschen Seite des Walls gefangen hielt, wusste er, dass Devlin sich opfern würde, um sie zu retten. Und wenn Purefoy ihn nicht selbst töten konnte, würden die Anderen den Job erledigen.

Die Barriere flackerte und glühte.

Ein Zurück gab es nicht.

Wenn er sich irrte, würde er genug Zeit finden, um das festzustellen. Aber die Sekunden tickten unaufhaltsam dahin, während die Paladine den Wall restaurierten und ihn mit seiner intensivsten Energie versorgten. Auf das Schlimmste gefasst, eilte Devlin in den Tunnel zur Rechten.

»Laurel!«

Jetzt klang die Antwort klar und deutlich. »Devlin!«

Und da sah er sie auf der menschlichen Seite der Grenze kauern, vor einer anderen Gestalt. Purefoy. Offenbar benutzte er sie als Schutzschild.

»Bleiben Sie stehen, Bane!« Der Sergeant zerrte Laurel an den Haaren hoch. Drohend presste er den Lauf seiner Pistole gegen ihre Schläfe. Dann richtete er die Waffe auf Devlins Brust. »Noch ein Schritt, und sie stirbt.«

»Welchen Sinn hätte es, wenn Sie dieses kleine Spiel gewinnen – wo Sie doch ebenfalls Ihr Leben aushauchen würden?« Devlin sprach mit leiser Stimme, nur mäßig an der Antwort interessiert. In seinem Inneren starb er tausend Tode.

»Wären Sie beim ersten Mal für immer abgekratzt, hätte ich Dr. Young nicht in diese unangenehme Situation bringen müssen.«

»Also ist es meine Schuld, dass Sie's verbockt haben?«

»Schweigen Sie, Bane, und verschwinden Sie aus diesem Tunnel! Geben Sie uns den Weg frei, und ich lasse die Frau laufen, sobald ich in Sicherheit bin.«

»Tu's nicht, Devlin!«, mahnte Laurel. »Er hat mich an einen bewusstlosen Anderen gekettet. Uns beide kann er nicht hinter sich herschleifen.«

Verdammter Schuft, dachte Devlin wütend. Wurde es denn immer schlimmer? Wenn der Andere zur Besinnung kam – wie würde er reagieren? Das war unmöglich vorauszusehen. Er musste sich ohnehin schon mit einem Verrückten herumschlagen. Einen zweiten brauchte er nun wirklich nicht. Dieses Problem würde er mit einem Schuss in den Kopf des Ohnmächtigen lösen. Aber er durfte es nicht riskieren, Laurel zu treffen.

Sichtlich nervös, trat Purefoy von einem Fuß auf den anderen. »Nun, Bane, wie entscheiden Sie sich? Dr. Youngs Leben oder meine Freiheit?«

Devlin zuckte die Achseln. Inständig hoffte er, Laurel würde ihm verzeihen. »Es ist meine Pflicht, die Barriere zu schützen, Purefoy. Und die haben Sie empfindlich beschädigt, deshalb werden Sie sterben. Hier und jetzt.«

»Das glaube ich Ihnen nicht. Dafür bedeutet Ihnen diese Frau zu viel.«

»Seien Sie nicht albern.« Devlin zwang sich verächtlich zu lachen. »Immerhin haben Sie schon lange genug mit Paladinen zu tun. Also wissen Sie, dass wir nichts von Frauen halten und sie wie unsere Hemden wechseln. Behalten Sie Laurel, wenn's Ihnen Spaß macht. Allerdings müssen Sie erstmal an mir vorbeikommen.«

Die Beine leicht gespreizt, wartete er. Er musste sich nicht lange gedulden.

Erbost schrie Purefoy auf und senkte seine Waffe.

»Runter mit dir, Laurel!«, schrie Devlin, damit er ungehindert auf den verzweifelten Wachtposten zielen konnte. Ohne Zögern gehorchte sie.

Aber sobald sie lang ausgestreckt am Boden lag, sprang die Gestalt an ihrer Seite auf. Blitzschnell warf sich der Andere zwischen Laurel und Purefoy. Dann schleuderte er den Sergeant beiseite, der im selben Moment wie Devlin feuerte. Grelle Mündungsflammen mischten sich mit dem hellen Licht des Walls, das den Tunnel erfüllte.

Abrupt verstummte Purefoys Schrei, als er in die Barriere stürzte – halb in dieser Welt, halb in der dunklen und in beiden tot. Das Echo der Schüsse verhallte. Bald durchbrach nur noch das tröstliche Surren des intakten Grenzwalls die Stille.

Devlin lief zu Laurel, um sie vom Boden hoch und in die Sicherheit seiner Arme zu ziehen. Doch sie wehrte ihn mit ihrer freien Hand ab.

»Was ich zu Purefoy sagte, war nicht ernst gemeint, Laurel. Das weißt du.«

Angewidert starrte sie ihn an und versuchte näher an den Anderen heranzukommen, der reglos am Boden lag. »Ich bin ja nicht dumm, Devlin. Aber jetzt habe ich ein größeres Problem – Barak wurde angeschossen.«

»Na und? Das ist ein Anderer. Als er über die Grenze kam, wusste er, dass er so gut wie tot ist.«

»Er hat mein Leben gerettet. Natürlich werde ich ihn nicht in diesem gottverlassenen Untergrund sterben lassen.« Laurel hob ihren gefesselten Arm. »Außerdem bin ich an ihn gekettet. Wohin ich gehe, wird auch er gehen.«

»Wo ist der verdammte Schlüssel für die Handschellen?«

Am liebsten hätte er die Frage zurückgenommen, denn sie wandte sich zu Purefoys Hälfte, die auf dieser Seite der Barriere lag. Das Gesicht aschfahl, musste sie mehrmals schlucken.

»In – einer seiner Taschen«, stammelte sie.

Um ihr die Sicht zu versperren, trat Devlin vor und tastete die Taschen ab, die er noch erreichen konnte. Konzentriert vermied er jeden Kontakt mit der Barriere. Endlich fand er den kleinen Schlüssel in der vorderen Hosentasche des Sergeants. Auch ihm wurde fast übel, weil er eine grausige Entdeckung machte – die beiden Körperhälften waren nicht mehr verbunden.

An Purefoys Hosenbein wischte er das Blut vom Schlüssel, bevor er ihn Laurel reichte.

»Wenn ich die Handschellen öffne – hilfst du mir, Barak hier rauszubringen?«, fragte sie.

Sogar den Mond und die Sterne hätte er ihr versprochen, wenn es nötig gewesen wäre. So schnell wie möglich mussten sie dem makabren Anblick entrinnen, den Purefoy bot.

»Okay, ich trage ihn. Verschwinden wir endlich.«

Laurels dankbares Lächeln schmolz das eisige Grauen in seinem Herzen, mit dem er seit ihrer Entführung gelebt hatte.

Wenige Sekunden später war sie befreit. Er hob den Anderen vom Boden hoch und schlang einen grauen Arm um seine Schultern. Dann schleifte er Barak durch die Passage. Sobald sie sich verbreiterte, eilte Laurel an seine Seite. Sie nahm ihm einen Teil der Last ab, und sie kamen schneller voran.

Als sie den Haupttunnel erreichten, hörten sie das willkommene Geräusch rascher Schritte. Devlin blieb stehen und ließ seine unerwünschte Bürde zu Boden gleiten. Sofort kniete Laurel nieder und begann den Anderen zu untersuchen.

Verständnislos schüttelte er den Kopf. »Das ist kein Mensch, Laurel, seine Rasse schadet unserer Welt.«

»Mag sein. Aber er tat nicht nur einmal sein Bestes, um mich vor Purefoy zu retten. Dazu war er nicht verpflichtet. Und ich werde weder dir noch sonst jemandem gestatten, ihn zu verletzen.«

Verdammt, das hatte er befürchtet und sich einzureden versucht, die Attacke des Anderen auf Purefoy sei ein glücklicher Zufall gewesen, kein absichtlicher Versuch, Laurel zu retten. Was er diesem Anderen schuldete, konnte er ihm niemals vergelten. Schon gar nicht mit einer Kugel oder einem Schwertstreich.

»Hör zu, Laurel, das wird Probleme aufwerfen. Nicht nur mit den Regenten – von den Paladinen ganz zu schweigen. Keinem meiner Kameraden wird es gefallen, wenn ihre Lieblingsärztin sich um einen *Anderen* bemüht.«

»Er heißt Barak.«

»Zum Teufel, Laurel, das ist kein Hündchen, das dir nach Hause gefolgt ist. Du kannst ihn nicht behalten.« Einen Finger unter ihrem Kinn zwang er sie, ihn anzuschauen.

»Wenn du ihm helfen willst, solltest du ihn stabilisieren und dann in seine Welt zurückschicken – wenn die Barriere das nächste Mal zusammenkracht.«

Stöhnend richtete sich Barak auf. »Töten Sie mich, Menschenmann, ich gehe nicht zurück.«

»Unmöglich«, erwiderte Devlin. Mit schmalen Augen musterte er seinen Feind. »Wenn ich Sie töte, bringt sie mich um.« Entweder buchstäblich, oder indem sie ihn verließ.

Lächelnd schüttelte Barak den Kopf, was Devlins Laune nicht besserte.

Trahern führte den Angriff durch den Tunnel an, direkt auf die Stelle zu, wo Purefoy gestorben war. So sehr sich Devlin auch freute, seine Freunde wiederzusehen – er hob sein Schwert, um die geliebte Frau und einen halbtoten Anderen zu verteidigen.

*

Eine Zeit lang hatte Baraks Leben an einem seidenen Faden gehangen. Doch dann war es Laurel endlich gelungen, ihn zu retten. Da sie noch nie einen verletzten Anderen behandelt hatte, verdankte sie es ihrer Intuition und reinem Glück, dass sie die

Blutung unter Kontrolle bringen konnte. Die chemische Zusammensetzung seines Blutes kannte sie nicht, und deshalb riskierte sie keine Transfusionen. Stattdessen pumpte sie ihn mit salzhaltigen Infusionen voll.

Als sie ihre Handschuhe auszog, kam Dr. Neal ins Labor.

»Wie geht es Ihrem Patienten?«

»Vorerst ist er stabil.« Die Hände in ihre Hüften gestemmt, streckte sie sich von einer Seite zur anderen und versuchte die Steifheit in ihren Knochen zu mildern, die von der langen, fast pausenlosen Wanderung herrührte. »Morgen wissen wir mehr.«

Dr. Neal ergriff Baraks Krankenblatt. »Sicher wäre es hilfreich, wenn wir wüssten, was bei dieser Rasse normal ist. Aber solange seine Werte nicht verrückt spielen, wird er vermutlich durchkommen.« Über den Rand seiner Brille hinweg schaute er Laurel an. »Und Sie, junge Dame, müssen mir eine ganze Menge erklären.«

»Nachdem Barak mein Leben gerettet hat, konnte ich ihn nicht sterben lassen.« Das stimmte. Doch sie wusste, dass Dr. Neals Forderung nicht mit ihrem Patienten zusammenhing.

»Wann wollten Sie mir erzählen, Sie wären – sagen wir mal, eine engere Beziehung mit Devlin Bane eingegangen?« Seine Stimme klang eher enttäuscht als empört. »Wenn ich das Problem nicht kenne, kann ich Ihnen nicht helfen.«

»Das weiß ich, aber …«

»Kein Aber, Laurel. Wir alle stehen den Paladinen nahe, die uns zugeteilt wurden. Trotzdem gibt es auch gewisse Grenzen. Die haben Sie offenbar deutlich überschritten. Sobald Ihnen bewusst war, Ihre Gefühle für Devlin Bane würden über das normale Verhältnis zwischen einer Ärztin und ihren Patienten hinausgehen, hätten Sie sofort zu mir kommen müssen.« Jetzt schwang unmissverständlicher Zorn in seinen Worten mit.

»Das hatte ich auch vor. Aber ich fand einfach keine Zeit dazu. Und dann – die verbesserten Werte bei Devlins Scan … Ich hatte Angst, ein neuer Betreuer würde sich nicht darum kümmern.«

Dr. Neal hob eine Braue und kräuselte die Lippen. »Soll das heißen, wir würden schlampen, wenn es um die langfristige Behandlung unserer Patienten geht?«

Genau das hatte sie gedacht, wenigstens bis zu einem gewissen Grad. »Tut mir leid, Sir, aber ich weiß, wie wichtig diese Veränderungen sind. Stellen Sie sich vor, was es für einen Mann wie Trahern bedeuten würde, wenn wir die Schäden allmählich beheben könnten. Vielleicht trifft das Phänomen nur auf Devlin zu – vielleicht aber auch nicht.«

»Und das ist der einzige Grund, worum Sie nicht an einen anderen Arbeitsplatz versetzt werden.« Er warf einen kurzen Blick auf Barak. »Von diesem Patienten gar nicht zu reden … Colonel Kincade und die Regenten werden Ihre Nachforschungen aufmerksam beobachten. Ebenso wie ich. Ist Ihnen das klar?«

»Natürlich.«

»Mit einem Mann wie Devlin Bane zusammenzuleben – das wird nicht einfach sein, Laurel. Aber ich schätze und respektiere ihn. Und ich hoffe, er macht Sie glücklich.« Erstaunlicherweise nahm er sie in die Arme. »Sagen Sie Ihrem jungen Mann, ich bin ihm ewig dankbar, weil er Sie wohlbehalten aus dem Untergrund zurückgebracht hat. Und jetzt fahren Sie nach Hause. Ruhen Sie sich aus. Es genügt, wenn Sie sich erst morgen die Resultate der Scans anschauen. Inzwischen passe ich auf Barak auf. Aber sobald die Regenten Wind von seiner Anwesenheit bekommen … Keine Ahnung, wie sie darauf reagieren werden. Nehmen Sie sich in Acht, meine Liebe.«

»Danke, Sir. Für alles.«

Mit schweren, müden Schritten ging sie zur Tür des Labors. Am nächsten Tag würde sie die Kämpfe mit neuer Kraft fortsetzen.

Sie sorgte sich, weil sie nichts von Devlin hörte, seit er Barak mit Traherns Hilfe auf einen Behandlungstisch gehoben hatte. Jedes Mal, wenn sie die Augen schloss, spürte sie wieder ihr Entsetzen, so wie in jenem Moment, wo sie das Gesicht ihres Liebsten beobachtet hatte. Mit seinen Freunden konfrontiert, hatte er eine Kreatur verteidigt, die sie alle hassten. Mit diesem Hass waren sie geboren worden. Schließlich hoben Trahern und Cullen den schwer verletzten Anderen hoch, und Devlin führte Laurel zum Lift.

Oben angekommen, eilte sie an die frische Luft. Plötzlich fühlte sie sich vom Gewicht der ganzen

Erde befreit, das scheinbar auf ihr gelastet hatte. Zum ersten Mal konnte sie die Leistung, die Devlin und seine Kameraden vollbrachten, richtig würdigen.

Umsichtig wie eh und je, hatte Cullen den Transport Laurels und ihres Patienten zum Labor veranlasst. Devlin und Trahern waren mit ihnen gefahren. Beklommen hoffte sie, ihr gutes Verhältnis zu den Paladinen, die ihr zugeteilt waren, würde sich nicht ändern, weil sie darauf bestanden hatte, Barak zu schützen. Aber mit diesem Problem würde sie sich später befassen.

Auf dem Weg nach draußen warf sie ihren blutbefleckten Laborkittel in den Behälter für die Schmutzwäsche. Als sie die Eingangshalle erreichte, sah sie auf einer Seite nervöse Wachtposten und auf der anderen einen hochgewachsenen Paladin stehen. Sofort war ihre Welt wieder in Ordnung. Ohne sich um das Publikum zu kümmern, sank sie in Devlins Arme.

»Bring mich nach Hause«, flüsterte sie und schmiegte sich an ihn. So dringend brauchte sie seine Kraft und seine Wärme.

»Zu dir oder zu mir?« Die Worte vibrierten in seiner breiten Brust.

»Zu dir.«

Die kurze Fahrt zu Devlins Haus schien ewig lange zu dauern, und sein beharrliches Schweigen beunruhigte sie. Bald würde sie herausfinden, was nicht stimmte – wenn sie in seinen vier Wänden waren, in Sicherheit, geschützt vor dem Rest der Welt.

Immer noch wortlos, trug er sie hinein und schloss mit einem Fußtritt die Haustür hinter sich. Im Bad stellte er sie auf die Beine. Mit grimmiger Miene begann er sie zu entkleiden, und sie ließ ihn gewähren. Dann wartete sie geduldig, bis er sich ebenfalls auszog. Er drehte die heiße Brause auf, hob Laurel wieder hoch und trug sie in die Duschkabine.

Nun gab es nichts mehr außer Hitze und leidenschaftlichen Küssen. Kraftvoll drang er in sie ein, jagte sie beide zum Gipfel empor, in einem bezwingenden Rhythmus, der Laurels Körper und ihr Herz gleichermaßen erfüllte.

*

Devlin fürchtete, er wäre zu grob mit ihr umgegangen. Das bedauerte er. Aber vor wildem Verlangen war er ebenso außer Kontrolle geraten wie Laurel. Danach standen sie noch lange in der Duschkabine, und die warme Brause spülte die dunklen Flecken des Todes und der Angst hinweg. Schließlich drehte er das Wasser ab und ergriff ein Badetuch.

Während er Laurel abtrocknete, untersuchte er sie von Kopf bis Fuß. Die bläulichen Spuren in ihrem Gesicht und die Schürfwunden an ihren Handgelenken bedrückten ihn. Trotzdem atmete er erleichtert auf, weil sie nicht ernsthaft verletzt war. Ohne zu klagen, ertrug sie seine Erste-Hilfe-Bemühungen. Dann führte er sie zu seinem Bett und schlüpfte mit ihr unter die Decke. Nicht einmal ein T-Shirt wollte er zwischen seiner und ihrer Haut dulden. Die Stirn an ihre gelegt, suchte er nach den richtigen Worten.

»Beinahe hätte ich dich verloren.« Sogar jetzt quälte diese Furcht ihn immer noch – ein Gefühl, das sich mit Seife und heißem Wasser nicht wegwaschen ließ.

»Ich bin ja wieder bei dir«, betonte sie lächelnd. »Die ganze Zeit wusste ich es, du würdest mich retten.«

»Nur mit knapper Not habe ich's geschafft. Purefoy war ein cleverer Schweinehund. Viel schlauer, als ich es ihm zugetraut hätte.«

»So schlau nun auch wieder nicht. Sonst hätte er niemals versucht, dich zu ermorden.« Zärtlich strich sie über seine Schulter. »Jemand hat ihn bezahlt.«

»Das nahm ich an. Die große Frage lautet – wer? Aber darüber will ich mir jetzt nicht den Kopf zerbrechen.«

Laurels Hand glitt über seine Brust und den Bauch und tiefer hinab. Mit dem Lächeln einer Sirene umfasste sie seine harte Männlichkeit. »Und woran willst du denken?«, flüsterte sie.

Entschlossen ergriff er ihre Hand und zog sie nach oben, wo er sie im Auge behalten konnte. »Wir müssen besprechen, was ich da unten im Tunnel sagte – über Paladine und Frauen.«

Der Glanz in ihrem Blick erlosch. »Oft genug habe ich gehört, wie die Leute dieses Thema breittreten. Deine Vergangenheit interessiert mich nicht, Devlin.«

Natürlich log sie, das verriet ihre gepresste Stimme.

»Ich will dir nichts verheimlichen, Laurel. Im Lauf der Jahre kannte ich sehr viele Frauen. Aber bevor ich dir begegnet bin, wusste ich nicht, was Liebe ist. Und ich habe keine einzige Frau gebeten, mich zu heiraten.«

Mit einem verzehrenden Kuss verschloss er ihr den Mund. Als er ein wenig von ihr abrückte, mussten sie nach Atem ringen.

»Das habe ich mir für dich aufgespart, Laurel.« Er hob sie hoch, und sie setzte sich rittlings auf seine Hüften. »Wirst du meine Liebe im gleichen Maß erwidern und meine Frau werden?«

Ein strahlendes Lächeln erhellte ihr Gesicht, und sie richtete sich auf, um ihn in ihrer Wärme zu empfangen. »Ja – und das gilt für beide Teile deiner Frage.«

Weitere Worte fand er überflüssig. Schon immer war er ein Mann der Tat gewesen.

Epilog

Das Telefon läutete wieder. Ein halbes Dutzend Mal hatte er den Klingelton ignoriert. Aber wenn er seinen wütenden Boss nicht beachtete, würde sich der Mann wohl kaum in Luft auflösen.

Gegen das Schlimmste gewappnet, nahm er den Hörer ab, und sein Chef ging sofort zum Angriff über.

»Wir haben noch mehr Probleme – abgesehen von der Tatsache, dass Sie offensichtlich den falschen Typ für diese Aufgabe ausgesucht haben.«

»Gewiss, Sir, Purefoy war ein bedauerlicher Fehler. Aber diesmal werde ich persönlich für Devlins Tod sorgen. Und danach wird er sicher nicht wiederauferstehen.« Allerdings, jetzt wusste Bane, was ihm drohte – er war die Zielscheibe eines Gegners, den er nicht kannte. Deshalb würde es umso schwieriger sein, ihn in die Enge zu treiben.

Der Boss schnaufte. »Vergessen Sie ihn. Weil er vollauf damit beschäftig ist, diese Ärztin dumm und dämlich zu bumsen, merkt er gar nicht, was rings um ihn passiert. Im Moment ist er nicht unser größtes Problem.«

»Und wer ist es?«

Am anderen Ende der Leitung herrschte drückende Stille. Natürlich würde der Boss erst reden, wenn er dazu bereit war, und keine Sekunde früher.

»Trahern hat ein paar bedenkliche Telefongespräche geführt.«

Solche unwillkommenen Neuigkeiten wollte er nicht hören. Am liebsten hätte er lauthals geflucht. »Was soll ich tun?«

»Kümmern Sie sich darum, verdammt! Wie, ist mir egal. Aber machen Sie ihn unschädlich.«

»Das könnte knifflig werden. Immerhin hat Traherns Freund Kontakte zu höchsten Stellen. Außerdem ist dieser Richter astrein. Schon seit Jahren.«

»Dann bewerfen Sie ihn mit Schmutz und ziehen ihn aus dem Verkehr, bevor er uns Ärger macht.«

»Ja, Sir. Betrachten Sie den Job als erledigt.«

Noch war die Leitung nicht tot. Aber es dauerte eine Weile, bis der Boss sein Schweigen brach. »Sie haben mich enttäuscht. Tun Sie das nicht noch einmal.«

Nun klickte es, und der endgültige Klang dieses Geräusches jagte einen kalten Schauer über seinen Rücken. Darauf achtete er nicht. In seinem Leben fand er keine Zeit für Angst und Grauen, denn er musste Pläne schmieden und Menschen töten.

Er griff nach einem Blatt Papier und begann seine Gedanken zu notieren.

Danksagung

All diesen Frauen möchte ich danken, weil sie meine Paladine zum Leben erweckt haben:

Michelle Grajkowski, meine Agentin und Freundin, hörte mir zu, als ich ihr unsicher und nervös meine Anfangsidee erklärte, und sie griff die Möglichkeiten sofort auf. Ich weiß nicht, ob es mir nützte oder nicht, dass der Mount St. Helens diesen Moment für seinen Ausbruch wählte. Aber wie Sie zugeben müssen, ist dieser Gedanke eine Diskussion wert.

Der Enthusiasmus und die Ermutigung meiner Redakteurin Micki Nuding waren sehr erfreulich. Zweifellos wissen das Devlin, Trahern und die anderen Jungs zu schätzen.

Und schließlich hat Lorraine Pritchard, meine fabelhafte Schwiegermutter, mit ihren Adleraugen alle meine hässlichen kleinen Tippfehler gefunden.

Danke, Ladys.

Christine Feehan

Die *New York Times*-Bestsellerautorin

Die einzigartigen Liebesgeschichten der geheimnisvollen Drake-Schwestern mit ihren magischen Fähigkeiten

»Christine Feehan ist die Königin des übersinnlichen Liebesromans.«
Publishers Weekly

»Voller Leidenschaft und Gefahr. Pure Magie!« ***Romantic Times***

978-3-453-40662-9

Dämmerung des Herzens
978-3-453-81161-4

Zauber der Wellen
978-3-453-53259-5

Gezeiten der Sehnsucht
978-3-453-81076-1

Magie des Windes
978-3-453-40559-2

Sturm der Gefühle
978-3-453-40688-9

Gesang des Meeres
978-3-453-40662-9

HEYNE
Roman
MEGAN
MACFADDEN
Herzensstürme